KB044179

한국 **추리 스릴러** 단편선 2

두 명의 목격자

최혁곤 외 9인

황금가지

| 차례 |

◉ 이 책에 쓰인 본문 종이 E-light는 국내 기술로 개발된 최신 종이로, 기존에 쓰이던 모조지나 서적지보다 더욱 가볍고 안전하며 눈의 피로를 덜게끔 한 단계 품질을 높인 고급지입니다.

◉ 본문 중 한 행 비움과 두 행 비움은 각기 원서의 장면·시간·상황 및 장 구분에 따라 사용되었습니다.

박지혁

1978년 출생. 서울대학교 국어교육과를 졸업하고 현재 경제 일간지에 재직 중이다. 한국 미스터리 작가 모임에서 활동하고 있다. 공동 단편집 『한국 추리 스릴러 단편선』을 출간하였다.

어두컴컴한 새벽 한적한 도로, 스키드마크를 남긴 채 갓길에 함부로 꺾여서 세워진 택시 한 대. 뒷좌석에는 온 몸에 멍이 든 채 목이 졸려 숨진 여자의 시체, 함부로 열린 운전석 밑에는 반쯤 삐져나온 방석, 그 아래 핏자국과 아무렇게나 벗겨진 남자 구두 한 짝. 10미터쯤 이어진 핏자국의 끝에는 등에 칼이 꽂힌 채 의식을 잃고 죽어가는 남자.

첫 번째 진술 : 뒷좌석의 휴대폰

내 이럴 줄 알았지, 어째 편한 시절이 오래간다 싶었어……. 아까 집에서 나올 때만 해도 이리 될 줄 알았나? 한 치 앞도 모르는 게 인생이라니까. 아이구, 아직도 심장이 쿵쾅거려서 정신을 못 차리겠네. 갑자기 기사가 소리를 지르고 택시가 급정거를 한다 싶더니만, 눈 깜짝할 사이에 대체 무슨 일이 일어난 거예요? 어쩜 이 년은 지지리 복도 없는지, 이런 주인을 만나서, 이런 꼴까지 보냔 말이야…….

이놈의 직업이 1년 365일 24시간 풀타임인지라 주인이랑 계속 붙어 다니거든요. 그러다보니 본의 아니게 그 사람을 속속들이 들여다보게 되더라고요. 영감님도, 영감님이라고 불러도 되죠, 잘 아시겠지만, 인간들이란 숨기고 싶은 것도 많고 속이고 싶은 것도 많은 종자들 아닌가요? 그 행태들을 보고 있자면 구역질 날 때 많아요. 그럴 때면 아, 진짜 나 좀 잃어버려주라 싶다니까요. 네? 그래요, 주인이 깜박 잊고 두고 가는 날이 제 휴일인 셈이죠. 그때도 계속 대기 상태에 있어야 하긴 하지만…….

초면에 이런 말 좀 그런데, 사실 제가 중고거든요. 첫 번째 주인은 여중생이었는데, 온종일 손에서 놓지 않고 죽어라 만져대는 통에 내가 이렇게 폭삭 늙어버렸지 뭐예요. 아, 왜 그런 애들 있잖아요. '뭐해?', '밥 먹어', '머먹는데', '떡보끼', '영화보까', '먼영화', '딴거', 이렇게 문자로 대화하는 애들.

이 정도 내공쯤 되면 휴대폰 자판을 보지 않고도 문자를 보낼 수 있거든요. 수업시간에도 서랍 밑에 넣어놓고 실시간으로 중계해요. '담탱시간', '열라졸려', '영어화장떳다', '수학바지머묻었어', '홀아비티내나' 별의별 문자를 다 보내요. 심지어 패스트푸드점 같은 데에서 친구랑 마주보고 있으면서도 말로 안 하고 문자를 보낸다니까요. '머먹을래', '치즈라지', 이렇게요. 그렇게 실생활을 모조리 중계하다 보니 많이 보낸 날은 문자를 300개 넘게 보낸 적도 있더라고요.

온종일 그렇게 혹사당하고 밤에는 또 남자친구랑 통화한다고 한 시간이고 두 시간이고…… 요금 많이 나올까봐 걱정도 안 되나 했더니, 그 뭐냐 커플 요금제? 그래서 밤에는 공짜로 무제한 통화를 할 수 있다는 거예요. 오래 통화하면 내가 뜨거워지잖아요? 나는 더워 죽겠는데 얘는 귀가 데일 것 같은데도 끊을 생각을 안 한 거라! 매일 그렇게 살았어요. 정말 죽을 맛이었죠.

우리 기계들에겐 인간들과 달리 세월이 제각각 흐르잖아요. 많이 치이고 혹사당한 아이는 시간이 쏜살같이 흘러 금세 늙어 죽을 나이가 되고, 관리 잘 받고 고이 모셔진 애들은 평생을 젊은 채로 오래오래 살고 말이죠. 아, 내가 이렇게 살다가는 오래 못 가지 싶었는데, 다행인지 불행인지 6개월만인가 최신폰으로 갈아탄다고 중고로 팔아넘깁디다. 그렇게 분신처럼 들고 다니더니, 지가 함부로 다뤄서 그런 건 생각도 안 하고 날더러 구리다나? 아, 구리다는 말 아세요? 유행에 뒤떨어지고 촌스럽고 구질구질하다, 뭐 그냥 안 좋다 비슷한 뜻이에요. 하긴 그새 남자친구랑 헤어졌는데, 두 사람 이니셜이 덕지덕지 붙은 나를 계속 들고 다니기도 그랬겠죠.

H&S love니 forever니 하는 영어 단어에 미키마우스 스티커까지 붙인 채로 휴대폰 대리점 매대에 누워 있자니 참, 시쳇말로 쪽팔리대요. 지난 6개월간 밤낮없이 고생했던 게 뭐였나 싶고, 무슨 팔자를 타고 나서 이런 낯선 곳에 던져져 있나 싶고. 아직 솜털 보송보송한 여중생한테 의리니 정이니 하는 것을 기대한 내가 바보였던 걸까요?

네? 이 여자는 어떻게 만났냐고요? 성질도 급하시긴……. 시간이 좀먹나. 내가 오랜만에 말동무가 생겨서 좀 들떴나 봐요. 자꾸 내 얘기를 하고 싶어지네. 사고 때문에 놀래서 그런가 지난 삶이 새삼 서럽고 사무쳐오고……. 아이고, 알았어요, 알았어, 얘기한다고요. 근데 초면에 반말하지 맙시다? 제가 동안이라 어려보이긴 해도 나이 먹을 만큼 먹었거든요?

그렇게 매대에서 꽤 오래 살았어요. 전 주인이 너무 함부로 굴

린데다 시커먼 스티커 같은 게 요란하게 붙어 있으니까 사람들이 사려고 하질 않더라고요. 근데 새 휴대폰을 사러 대리점에 왔던 이 여자가 나를 골랐어요. 초점 없는 눈으로 멍하니 앉아 있던 사람이 나를 보고 눈이 반짝, 하더라니까요.

휴대폰을 사주러 같이 왔던 나이 지긋한 남자분이, 부담 갖지 마시고 새 제품으로 하라고 몇 번이나 설득했는데 말을 안 듣더군요. 싫다 좋다 의사표시를 하는 건 아닌데, 나를 꼭 쥐고 놓지를 않았어요. 번호 개통하고 집에 갈 때까지 한마디도 없기에 벙어리인가 싶었는데 그건 아니고, 일시적인 실어증이라고 하더군요. 뭔가 크게 충격을 받은 일이 있었다고, 시간이 지나고 상처가 극복되면 다시 말을 할 수 있을 거라고.

이 여자랑 일하면서는 좀 무료하긴 했지만 편했죠. 전화는 하루에 한두 통, 문자도 두세 통이었어요. 항상 깨끗하게 닦아주고 소중하게 다뤄줬고, 일이 다 끝나고 방에 혼자 남게 되면 나를 가만히 쓰다듬곤 했지요. 처음엔 액정을 닦는가보다 했는데, 내 미키 마우스 그림을 만지는 거더라고요.

그때 알았어요, 이 여자가 나를 고집했던 이유가 내 온몸을 덮고 있는 미키마우스 스티커 때문이었다는 걸. 가끔 그걸 만지면서 알아듣지 못할 말을 중얼거리곤 했는데 그럴 때는 괜히 마음이 철렁, 내려앉는 기분이었어요.

네? 연락할 사람이요? 제가 이래봬도 최신형 폰이거든요. 그 뭐냐 DMB로 텔레비전도 볼 수 있고 카메라도 120만 화소에다가 음질 짱짱하게 MP3로 노래도 들을 수 있고요. 전화번호도 300명까지 저장할 수 있는데, 지금 저장되어 있는 번호는 4개뿐이에요.

목사님, 사모님, 목사님 큰아들, 목사님 둘째딸. 근데 이 네 번호 중 누구에게도 전화를 할 수 없을 것 같네요. 그녀가 원하지 않을 거예요. 왠지, 그런 생각이 들어요.

두 번째 진술 : 그 택시의 미터기

암만해도 이짓 그만 하라는 계시인가 보오. 내가 이 생활 인간들 햇수로 8년째인데, 살인현장까지 목격했으니 볼장 다 본 거 아니겠소. 그동안 술 처먹고 토하는 놈, 애 나오기 직전에 양수 터진 아줌마, 여기가 여관인 줄 알고 물고 빨고 핥는 것들, 서로 머리채 잡고 경찰서 가자는 종자들까지 별의 별 꼴을 다 봤소만 칼부림은 처음이오. 저렇게 눈앞에서 사람 둘이 죽어나가는 걸 보니, 다리에 힘이 풀리는구려. 재수 옴 붙은 차라고 운전하겠다는 놈도 없을 것이고, 이제 정말 같이 폐차장 가는 일만 남았나 보오.

이 차와 함께 68만 킬로를 달렸구려. 24시간 내내 굴리는 이런 영업택시들은 보통 7년이면 폐차를 시키게 되어 있거든요. 지난번에 폐차되는 선배를 보니 70만 킬로를 찍었습디다. 쓸만한 미터기들은 떼어놨다가 다른 차에 넣기도 하지만, 보통은 같이 저승길 간다고 봐야지. 이 차도 내년에 폐차가 예정되어 있다오. 그래도 올해는 넘길 수 있을 줄 알았는데 과한 욕심이었나 보오.

난 그저 달리는 게 좋았소. 인구 천만이 몰려 있는 공룡 같은 이 도시에도, 도처에 아름다운 곳들이 숨어 있다오. 비 오고 난 다음날 청명한 서울 하늘을 바라보며 달리는 맛을 아시오? 한밤

중에 끼고 달리는 한강의 야경이 얼마나 예쁜지 아시오? 한강을 휘감아 돌면서 성수대교에 들어갈 때는 그 왜 인간들이 꺅꺅거리면서 타곤 하는, 놀이공원 청룡열차를 탄 것 같지. 어쩌다 인천공항 손님을 싣고 가서 그 웅장한 공항건물을 볼 때면, 내가 떠날 것도 아니면서 심장이 두근두근 했다오.

라디오에는 어찌나 재미있고 슬픈 사연들이 많이 나오는지, 그것들 들으면서 구석구석 이 동네 저 동네 돌아다니는 재미가 쏠쏠했지요. 이런 저런 인간 군상들 태워야 하는 처지라 힘들고 치사하고 더러운 일도 많았지만 나는 그것도 좋았어. 세상에 아픔 없는 사람 없고, 제 깐엔 열심히 살아보겠다고 애쓰는 것이 다들 예뻐 보입디다.

택시 기사도 사람인지라, 별의 별 인간들이 다 있었지요. 이 일 시작한 지 얼마 되지 않아서는 팔팔한 20대 아이와 총알택시를 했었어요. 혹시 아시오? 그 유명한 일산 '나라시'가 나였다오. 그땐 진짜 총알처럼 날아다녔지……. 한 번 시동을 걸고 나면 타이어가 도로에 붙어 있질 않았거든. 일단 손님을 태우고 나면 한 가지 목표만이 나를 사로잡았소. **스. 피. 드.** 죽을 때까지 달리자, 오직 그 생각밖에 안 나는 거요. 안전이라든가 요금이라든가 신호 같은 건 무시하고 아무 생각 없이 무조건 달리는 거지.

그렇게 미친 듯이 달리다보면 운전하는 아이와 한 몸이 된 것 같은 순간이 와. 그때의 흥분은 정말이지 말로 할 수가 없다오. 벌이도 괜찮았고, 일하는 것도 즐겁고, 그때가 내 전성기였지 싶소. 그 아이도 나를 아껴주었고, 우린 궁합이 잘 맞는 파트너였거든. 그 후로 나를 거쳐 간 기사가 수십 명이오만 그 아이만큼 나랑 잘 맞는 이는 없었던 것 같아.

젊은 혈기로 그 생활 1년 반을 하고 나니 몸이 완전히 망가지더구먼. 피곤이 쌓이다 보면 사람이나 기계나 어딘가 탈이 나기 마련이잖소. 나의 파트너도 그랬는지, 아니면 원래부터 그리 될 운명이었는지, 유난히 스피드를 좋아하던 녀석은 쉬는 날 오토바이를 타고 가다 트럭에 받혀 죽었소.

일주일 내내 그렇게 무섭게 달려놓고 쉬는 날까지 달리고 싶었을까……. 하긴, 마감 끝내고 나면 돈을 세면서 외제 오토바이를 사겠노라 노래를 하곤 했지. 그걸 타고 전국을 돌아다니며 사는 게 꿈이라면서. 그렇게 좋아하던 오토바이를 타고 달리다가 죽었으니 원은 없었겠지요. 첫 번째 파트너와의 갑작스런 이별을 슬퍼할 새도 없이 지금 이 회사로 들어오게 되었고, 그 후로 쭈욱 지금까지 일해 온 거라오.

이 친구랑 일한 지는 2년쯤 되었소. 보통 두 사람이 교대로 운전을 하고, 기사들이 많이 바뀌는데 나는 이 친구랑 꽤 오래 하게 되었다오. 첫 번째 파트너 이후에 오랜만에 만난 잘 맞는 짝이었지. 매일 쳇바퀴 돌듯 달리다 보면 이유 없이 쓸쓸해질 때가 있거든? 이 친구도 그랬나보오. 어째 오늘 괜스레 허하다, 싶을 때면 그걸 알아챈 사람처럼 무작정 한강으로 가서 강바람을 쐬어줍디다. 그래놓고 '영감니이임(아 이 친구도 나를 영감님이라고 불렀다오.) 오늘은 이상하게 마음이 허하네요, 허허. 우리 얼른 마음 추스르고 신나게 일해 보지요 — 한강이 참 이쁘잖아요오오.' 했었지요. 뭐랄까, 나랑 감성적으로 주파수가 맞았다고 할까. 운전하는 내내 돈, 돈, 돈 앵앵거리는 다른 파트너보다 이 친구에게 더

정이 갔다오.

운전이라는 게 인간 본성이 그대로 드러나는 일이요. 이놈이 어떤 놈인가 궁금하면 반나절만 같이 달려보면 알 수 있지. 근데 이 친구는 나이도 젊은데 참 진국이었소. 손님들에게 친절하고 선배들한테도 깍듯하고 운전도 꼭 그렇게 했지요. 지난 2년간 같이 일하면서 급정거를 했던 건 아까 그때가 처음이라면 믿겠소?

택시기사가 참 박봉이에요. 내가 아무리 계산을 해도 답이 안 나와. 이런 회사택시는 사납금 때문에 더 그렇지. 요즘처럼 기름 값 비싸고 손님들 없을 때는 그거 채우기도 벅찰 게요. 그래서 기사들이 미터기로 장난을 치는 경우가 있거든.

내 왼쪽에 보면 버튼이 여러 개 보이지요? 심야에 할증 누르면 요금이 20퍼센트가 더 붙고, 시 경계를 넘으면서 복합 누르면 20퍼센트가 더 붙어요. 근데 손님이 많이 취했거나 잠들었다 싶으면 시간이 안 됐어도 할증을 누르기도 하고 시외로 간다 싶으면 출발부터 복합을 누르기도 해. 그걸 우리말로 '따당'친다고 하거든. 기사들끼리 모이면 나 '따당'쳐서 어디서 어디 갔더니 얼마 더 나오더라, 너는 '따당' 안 치냐 이야기하곤 하지. 누가 제일 많이 부풀렸나 내기하는 인간들도 있고.

인천공항은 더해. 미터 찍으면 나올 요금에 2~3만 원을 얹어 부른다오. 미터에 20퍼센트 더 붙는다 하고 태우면서 할증에 복합을 슬쩍 누르는 거지. 그럴 땐 요금이 100원과 200원이 번갈아 올라가기도 하오. 40퍼센트 할증 붙는 걸 속이기 위해 미터기를 조작하거든. 그런 택시들은 할증과 복합 표시등이 켜지는 자리에 슬쩍 스티커를 붙여놔요, 손님들 못 보게. 불법이고 사기나 다름

없지만 그렇게 안 하면 밥 먹고 살기 힘든데 어쩝니까. 나도 처음엔 이런 나쁜 놈들, 했는데 이 생활 오래 하다보니 이해가 갑디다.

근데 이 친구는 나랑 일하는 내내 한 번도 그런 적이 없소. 할증시간 되면 손님에게 말을 하고 버튼을 누르고, 시외로 나갈 때도 그 경계를 지날 때 "지금부터 시외로 나가기 때문에 요금이 20퍼센트 더 올라갑니다." 안내방송을 했다니까. 그런 사람은 처음이었어요. 형편 어려운 거 뻔히 아는데 그런 모습을 보니 존경스럽기까지 합디다. 그렇게 살아온 친구에게 어쩌다 이런 일이 일어났는지 모르겠소…….

세 번째 진술 : 뒷좌석의 휴대폰

이 여자는 가족이 없어요. 주소록에 저장되어 있는 목사님 댁에서 세 아이를 봐주면서 살고 있거든요. 내가 함께 한 2년 반 동안 한 번도 다른 사람들의 연락은 없었어요. 아까 말씀드린 대로 실어증에 걸려서 말을 못했고, 사정을 딱하게 여긴 목사님이 집으로 데려온 모양이었어요.

줄이 끊어진 인형 같은 여자였어요. 그 왜 있잖아요, 위에서 누군가가 손발에 이어진 줄로 조종해서 움직이는 인형이요. 인간들에게 그 줄은 가족이라든가 돈이라든가 사랑이라든가 꿈 같은 거 아닌가요? 이 여자에게는 그런 것들이 존재하지 않는 것처럼 보였어요. 잠깐 잃어버린 게 아니라 아예 태어날 때부터 없었던 사람 같았죠. 살고 있는 게 아니라, 못쓰게 된 인형처럼 구석에 처박혀 있는 것 같달까. 암튼 그랬어요.

목사님이랑 사모님이 노력을 참 많이 하셨어요. "우리는 한 가족이다." 이 말을 귀에 못이 박히게 했거든요. 목사님 댁 세 아이들도 살갑게 굴었죠. 큰아들이 열세 살, 둘째 딸이 열한 살, 그리고 늦둥이 막내가 네 살이었는데 이모, 이모 하면서 여자를 잘 따랐어요. 여자도 아이들을 살뜰히 챙겨줬지요. 목사님과 사모님이 바깥일로 바쁘니까 집안일을 도맡아 했거든요. 학교 다녀오면 간식도 챙겨주고 먹고 싶다는 반찬이 있으면 만들어주고, 간단한 숙제도 봐주고 잠자리도 챙겨주고요.

2년 반을 그렇게 살다보니 여섯 명이 진짜 가족이 된 것 같았어요. 주일마다 함께 교회에 다녀와선 잔치국수나 수제비를 만들어 먹기도 하고 명절이면 편을 갈라 윷놀이를 하고 걸이네 윷이네 실랑이를 벌이고. 때마다 김밥 도시락을 싸서 동물원이나 놀이공원으로 소풍을 가기도 했지요. 목사님 내외는 여자도 언젠가 독립을 해야 한다면서 10만 원씩 저축도 해주고 새로운 사람 만나보라고 세탁소 남자를 소개시켜 주기도 했어요.

여자가 가장 흥미를 보인 것은 영아원 봉사활동이었어요. 목사님 사모님이, 아기를 잃었으니 비슷한 처지에 있는 아이들을 돌보다 보면 상처가 아물 거라고 추천했거든요. 토요일마다 근처 버려진 아기들을 수용하는 곳에 가서 우유를 먹이고 기저귀를 갈아주고 놀아주곤 했는데 그때의 여자는 참 평온해 보였어요.

그렇게 아주 조금씩, 여자의 마음이 열리고 있다는 걸 느낄 수 있었어요. 매일 자기 전 내 바탕화면에 있는 세 아이들 사진을 보면서 간절히 무언가를 기원하곤 했지요.

언젠가 수요 예배 때 집사님들이 얘기하는 걸 들으니, 주정뱅이 남편한테 오래 맞고 살았던 모양이에요. 그런 남편이라도 사랑했던 건지, 달리 갈 곳이 없었던 건지, 계속 살다가 아이까지 낳았나 봐요. 그렇게 몇 년을 참고 살았는데, 어느 날 술에 취한 남편이 모진 세상 살아서 뭐하냐고 그 어린 것을 패대기쳤다지요. 그래놓고는 아이를 병원으로 데려가려는 여자를 못 가게 잡고 두들겨 팼대요.

제 힘으로는 남편이 감당이 안 되니까 반항하다 집에 불을 질렀다던가……. 다행히 불은 꺼졌지만 숨이 끊어진 어린 것을 안고 며칠을 정신 나간 사람처럼 있었다고 하더군요. 남편은 종적을 찾을 수 없어, 교회 사람들이 아이 장례를 치러주고 여자를 데려왔대요. 그러니 목사님이 얼마나 훌륭한 분이냐고, 집사님들이 침이 마르게 칭찬하는 걸 들었어요.

미키마우스는 그 아이가 좋아했었나 봐요. 나를 만지면서 웅얼거리던 뜻 모를 소리가 아이 이름이었겠죠. 그럴 때마다 이상하게 마음이 철렁했어요. 이 여자를 어쩌면 좋나, 어떻게 하면 웃게 할 수 있나, 다시 세상과 이야기하게 만들 수 없나, 고민했죠. 그래서 오늘 그녀가 2년 반 만에 처음 입을 뗐을 때, 그 말을 하고 웃었을 때, 정말 뛸 듯이 기뻤는데…….

여자와 저는 운명이었을까요? 끔찍한 사고로 아이를 잃고 세상과 담을 쌓은 여자와 온몸에 우스꽝스러운 미키마우스가 그려진 채 버려진 휴대폰과의 만남. 2년 반 만에 처음으로 말을 했던 오늘, 그녀 곁에 있던 건 저뿐이었어요. 이제 그녀가 죽었으니 오직 저만이 그 모습을 목격한 셈이잖아요? 그녀는 2년 반 만에, 오늘

두 번 웃었는데, 첫 번째 웃음은 저만 보았고 두 번째 웃음은 저 택시기사가 본 거예요. 그렇다면 저 남자랑 여자도 운명이었던 건지…….

네 번째 진술 : 그 택시의 미터기

이 청년에게는 어머니가 한 분 계시다오. 고혈압과 당뇨가 같이 와서, 합병증 때문에 고생이 많았지요. 병원도 자주 가야 하고 약값도 만만치 않고. 아버지는 아주 어릴 때 여윈 모양인데 여자 홀몸으로 자식 키우는 게 보통 일이오? 남들 다 하는 대학공부도 못 시켜줬는데 아프기까지 해서 아들에게 짐이 된다고 늘 죄스러워 한답디다.

이 친구도 어머니에게 어찌나 끔찍한지 운전하는 내내 어머니 걱정이 떠나질 않았다오. 시간마다 전화해서 안부 묻고 설렁탕 먹었네 제육볶음 먹었네 일일이 보고하고 장거리 손님 태우고 어디 간다고 얘기하고, 이제 회사에서 정리하고 들어간다고 전화하고 그러는 거요. 요즘 애들 같지 않게 효심이 지극했지요.

택시기사를 하기로 마음먹은 것도 자주 쓰러지는 어머니 때문이었다고 하더군요. 쓰러진 어머니를 업고 병원에 가려고 나왔는데, 택시가 안 잡혀 죽을 고생을 했던 모양이오. 차 살 돈은 없고 제가 택시를 몰고 있으면 어디서든 어머니에게 가기가 더 편하다고 생각했던 게지. 무엇보다 다른 사람이 그런 일을 당했을 때, 제일 먼저 병원으로 모셔다 드릴 거라고, 자기 같은 일 겪지 않게 할 거라고 하는데 괜히 뭉클 합디다.

아까 그 아주머니가 오늘 2년 반 만에 처음으로 웃었다고 했지요? 나는 이 친구 얼굴에서 웃음이 사라진 걸 오늘 2년 만에 처음 보았소. 이 사람 별명이 바람 빠진 김 기사였거든요. 매일 실실거리고 다닌다고 허파에 바람이라도 들었냐고 사람들이 붙여준 별명이오. 운전에 지장 있다고 술은 입에도 안 대고 돈 아낀다고 담배도 끊고, 사는 재미라고는 없었을 사람인데 늘 웃음이 떠나질 않았다오. 그게 참 신기했소. 하루 이틀도 아니고 2년 내내 웃는 얼굴이라니, 어지간한 사람이라면 그럴 수 없지 않나요?

사람이 없이 살면 팍팍해지기도 하련만 이 친구는 그런 적이 없었어요. 장거리 승객이 돈을 안 내고 냅다 튀었을 때에도(요금이 27,000원이나 나왔지, 허허.) 그냥 웃고 말았고, 만취한 손님이 차에 오바이트를 했을 때도, 곯아떨어져 집을 못 찾고 헤맬 때에도, 손님 걱정부터 했다니까.

한번은 잘 차려입은 아주머니가 타더니 이 친구를 위아래로 쭈욱 훑는 거요. 그리고 한다는 말이 '자기 하루에 얼마나 벌어?' 이래요. 얘가 허허허 웃기만 하니까 이 여자가 또 그러는 거요. '나랑 같이 미사리 안 갈래? 하루 일당에 10만 원 얹어줄게, 나랑 놀자. 그쪽이 맘에 들어서 그래.' 목동까지 가는 20분 동안 끈질기게 매달리더군. 그래도 꿈쩍을 안 하니까 운짱 주제에 튕기기는…… 하면서 돈을 던지고 내리더라고. 그쯤 되면 짜증낼 법도 하건만 '영감님, 저 헌팅 당했어요, 허허. 살다보니 이런 일도 있네요, 재밌네요.' 이러고 말더군.

작년 겨울에 오래 사귀던 아가씨랑 헤어졌을 때도 그랬소. 여자 쪽 부모가 심하게 반대를 했나 보더라고. 여자가 부모 대신 용서를 빌겠다고 울며불며 매달리는데도 가만히 손을 놓더니 웃는 얼굴로 차에 타. 내 걱정돼서 유심히 봤소만 분노도 냉소도 아닌 그냥 편안한 웃음이었소. 그날 하루 종일 이 친구 정말 괜찮은가 눈치를 봤지. 평소와 다름없이 허허실실 웃으면서 손님들 친절히 맞고 조심스럽게 운전을 합디다.

그날 새벽 영업이 끝나갈 때쯤 한강이 보이는 곳에 차를 세우더군. 보닛에 걸터앉아서 한참을 말없이 강물만 바라봅디다. 입가엔 여전히 미소를 머금은 채였소.

"휴우우우우우, 이럴 줄 알았으면 담배 한두 개비 몰래 숨겨두는 건데 그랬네요. 영감님, 저 오늘 수진이랑 헤어졌어요. 저 같은 놈한테는 딸 못 주신다네요. 하긴 저라도 그럴 거 같아요. 배운 것도 없고 돈도 없고 비전도 없는데 뭘 믿고 딸을 맡기시겠어요. 다른 좋은 사람 만나는 게 수진이한테도 좋은 일이겠죠? 이렇게 사는 거 한 번도 후회하거나 원망해 본 적 없는데 오늘은 마음이 참 그러네요. 이대로 집에 들어가면 어머니 걱정하실 테니까, 얼른 마음 추스르고 괜찮아져야죠. 괜찮은 척 해도 어머니는 귀신같이 아시거든요. 진짜 괜찮아져서 들어가야 해요. 그러니까 저 괜찮아질 때까지 영감님이 제 얘기 전부 다 들어주시는 거예요."

5시까지는 차고지에 가야 했지만 우리는 오래 함께 있었소. 아무 말 없었는데도 그 마음이 구구절절 느껴졌지요. 그날 저 사람이 우는 듯 웃는 표정을 잊을 수가 없소.

이 청년이 그렇게 끔찍하게 아끼던 어머니가 지금 병원에 있소. 아까 여자가 나왔던 그 병원 말이오. 오늘은 저녁 타임이라 늦은 점심을 먹고 나올 때만 해도 멀쩡하더니 아들 나가자마자 쓰러졌다고 연락이 왔어. 정신없이 병원으로 달려왔는데, 임종도 지키지 못했소. 장례를 치러야 할 텐데 아 글쎄, 이놈의 병원에서 치료비를 정산하지 않으면 고인을 내줄 수 없다는 거요. 인간이란 것들은 참 이상해. 그들에게 가장 중요한 것은 목숨이 아니요? 그런데 너무 자주, 돈이 목숨보다 중요한 것처럼 군단 말이지.

접수처 직원과 한참 싸우고 나온 모양인지 씩씩거리며 어쩔 줄을 모르더라고. 그렇게 화난 모습은 처음 봤소. 단돈 얼마라도 손에 쥐어야 시신을 찾겠다 싶어 황망하게 운전대를 잡은 건데, 그 병원에서 나오는 길에 여자를 태운 것이오. 경황이 없어 휴대폰도 병원에 두고 온 모양이던데……. 지금 저 녀석은 아마, 제 목숨이 끊어지는 것보다도 병원에 버려져 있을 어머니 생각에 더 애가 탈 것이오.

이 친구가 정신이 나가 있었던 것은 이해가 가오만 그 여자는 대체 왜 그랬던 거요? 처음에 청년이 화가 났을 때 미안하다고 했으면 아무 일도 없었을 것을. 저 여자도 넋이 나가 있는 것 같던데 무슨 일이 있었던 거요?

다섯 번째 진술 : 뒷좌석의 휴대폰

지금 새벽 3시가 넘었으니까, 어제 점심때였나 봐요. 어린이집에 다녀온 막내랑 점심을 먹고 설거지까지 끝낸 참이었어요. 유부초밥을 맛있게 먹은 막내가 졸리다고 투정을 부렸지요. 아이를 허벅지에 눕히고 머리카락을 쓸어주면서 토닥토닥 하다가 여자도 살포시 졸고 있었어요.

신경질적으로 문을 두드리는 소리가 들리고 잠에서 덜 깬 여자가 현관문을 열었을 때, 웬 초췌한 남자가 서 있는 게 보였어요. 여자가 허둥지둥 뒷걸음질을 치다 자고 있던 아이에 걸려 넘어지고, 잠에서 깬 아이가 울기 시작했지요. 남자는 신발도 벗지 않고 거실로 들어와서는 고래고래 소리를 질러댔어요.

"야 이년아! 여기 숨어 있으면 내가 못 찾을 줄 알았냐? 멀쩡한 집에 불 질러서 사람 오갈 데 없게 해놓고, 서방이 죽었는지 살았는지는 관심도 없지? 어? 예나 지금이나 이년은 제 서방을 발바닥의 때만큼도 여기질 않는다니까?"

그러더니 다짜고짜 두들겨 패기 시작했어요. 여자는 귀신이라도 본 사람처럼 벌벌 떨면서 그냥 맞고 있었죠. 제 분에 못 이겨서 한참을 발광하던 남자가 소리를 질렀어요.

"서방이 길거리에서 먹고 자고 그 고생을 했는데 네년은 이렇게 좋은 집에서 호의호식하고 있었다 이거지? 이 애새끼는 뭐야? 그새 새 서방이라도 만난 거냐? 어? 그런 거야? 이년아, 서방님이 물어보시면 대답을 해, 대답을!"

"아저씨 나빠! 왜 우리 이모 때려? 나가! 여기 우리 집이야! 하나님의 집이란 말이야. 아저씨 사탄이야? 당장 나가!"

"뭐? 사탄? 이 어린놈의 새끼가 뭐라는 거야? 너 이 새끼 혼 좀 나봐라!"

남자가 아이를 향해 발길질을 하려고 하는 걸 여자가 몸으로 막았어요. 황급히 남자를 끌고 제 방으로 들어가더니, 허겁지겁

통장을 찾아 쥐여주며 가라고 애원하더군요. 땀과 눈물이 범벅이 된 얼굴로 잔액을 가리키면서 빌었어요.

"뭐야 너? 왜 말을 못해? 지금 나 무시하는 거야? 300? 이까짓 푼돈으로 네 년의 죄가 씻어질 줄 알아? 그렇게 얻어터지고도 아직도 나를 몰라?"

한참동안 발길질이 이어졌어요. 발길질에 가끔씩 몸을 뒤틀 뿐 자포자기한 듯 늘어져 있던 여자가 혼절했지요. 그제야 분이 풀리는지 남자가 냉장고에 가서 물을 꺼내 벌컥벌컥 들이켰어요.

남자가 잠깐 한눈을 판 사이, 막내가 나를 잡고 목사님께 전화를 걸었어요. 제 언니랑 오빠가 1번 누르면 아빠랑 전화하는 거라고 매일 교육을 시켰거든요. 아이가 전화를 들고 있는 걸 본 남자 눈이 휘뚝 뒤집혔지요.

"너 이 새끼! 지금 뭐하는 거야? 죽여버린다아아아아!"

아이가 밀쳐지면서 나도 베란다 창문까지 튕겨져 나갔어요. 바닥에 머리를 찧은 아이는 정신을 잃었고요. 그때 기절해 있는 줄 알았던 여자가 남자에게 달려들었어요. 자기를 쓰러뜨리고 아이에게로 달려가려는 여자를 남자가 잡아끌었어요.

"이 새끼 죽는 거 보고 싶지 않으면 당장 은행 가서 돈 찾아와! 딴 데로 새거나 늦게 오면 어떻게 되는지 알지?"

여자가 고개를 끄덕이며 쏜살같이 뛰쳐나갔어요. 그때 나한테는 목사님 전화가 걸려오고 있었죠. 담배를 피우고 있던 남자가 나를 집어 들어 배터리를 빼버렸어요. 나도 그렇게 정신을 잃었어요.

여섯 번째 진술 : 그 택시의 미터기

저런, 그런 일이 있었구먼. 여자가 택시에 탈 때만 해도 너무 도도하네 싶을 만큼 차분해서 그런 줄은 몰랐지. 하긴 이 친구 신경 쓰느라 손님 볼 정신이 없기도 했소. 어디 가냐고 물으니까 '인천공항'이라고 쓰기에 말을 못하는 사람인가보다 했을 뿐. 평소 같았으면 저 청년, 말 못하는 이 손님한테 극진히 했을 것이오. 가는 길 설명도 해주고 요금도 얼마 나올지 알려주고, 사근사근 웃으면서 말도 붙였을 게요. 그런데 오늘은 경황이 없었지. 인천공항으로 간다니 단돈 몇 만 원이라도 쥐겠구나 싶었을 테고. 빨리 갔다 올 생각 때문인지 정신없이 밟아대서 나도 차도 좀 당황했소. 칼에 찔린 저 친구가 다시 시동을 켜려고 했을 때, 차가 비실거리다 결국 퍼져버린 게 그것 때문인 것 같구려.

택시라는 공간이 그렇소. 이리 좁고 밀폐된 곳에서 이렇게 오랫동안, 처음 만나는 사람들이 함께 있는 경우가 없어. 인간들은 잘 느끼지 못하지만, 그럴 때면 기사와 손님 사이에 오가는 적대적인 에너지가 팽팽히 맞서게 돼. 서로 의심하고 무서워하는 거지. 목적지에 도착해서 돈을 내고 거스름돈을 건넬 때에야 그 긴장감이 사라져요. 이렇게 깊은 밤이거나, 여자와 남자 단 둘이 있을 때는 그게 더 심해지고.

근데 이 둘은 전혀 그런 기미가 없었단 말이지. 이 친구는 여자를 의식하지 못할 만큼 어머니 생각에 몰두하고 있었고, 여자도 자기 안으로 늪처럼 가라앉고 있었어. 두 사람이 완전히 다른 차원의 세계에 속해 있는 것처럼. 그런데 어쩌다 이렇게 되었지?

아, 생각해 보니 둘 다 정상적인 회로체계가 아니긴 했소. 고장 난 라디오나 바이러스 먹은 컴퓨터처럼, 잠시 정상적인 뇌기능이 정지되어 있었어. 그랬으니 약속이나 한 것처럼 똑같은 말을 되풀이하며, 둘이서 주거니 받거니 했겠지.

"너도 가족이 있을 거 아니야……. 인간의 탈을 쓰고, 그러면 안 되지……."

왈칵, 피를 토하듯 청년이 내뱉었을 때, 나는 여자에게 바로 사과할 줄 알았어. 당신에게 한 말이 아니라고, 안 좋은 일이 있어 그런다고, 미안하다고. 들었는지 못 들었는지 여자는 가만히 있더군. 이 녀석은 씩씩거리면서 계속 거칠게 운전을 하고 있었고. 덜컥 겁이 납디다. 시한폭탄 같은 거야, 제정신이 아닌 거야. 인천공항까지 한참 남았는데 그 시간을 버틸 수 있을까 걱정이 됐소.

자네도 봤다시피 그 후로 한참 침묵이 이어졌잖소? 나한테는 그 시간이 영원 같았소. 몇 개의 신호를 무시하고 질주하던 택시가 횡단보도 앞에 겨우 정지했을 때, 할 수만 있다면 여자를 내리게 하고 싶었지. 그 생각이 끝나기도 전에, 또 그의 혼잣말이 튀어나왔어.

"우리는 세상에 단 둘뿐이었어……. 너도…… 가족이, 있을 거 아니야."

여전히 여자는 가만히 있더군. 벙어리에 귀머거리인가, 차라리 다행이다 했소. 차는 계속 무섭게 달리고 있었고 공항고속도로 타면 금방이니까 조금만, 조금만, 기도하는 심정이었지. 어찌된 인생이 단돈 몇 십만 원 융통할 곳이 없어 이 정신에 운전대를 잡았누, 침통하고 서글펐소. 나에게 손이나 팔이 있었다면, 가만히 안아주었을 것을…….

"돈이 아무리 좋아도, 돈이 아무리 좋아도오오오오, 네 가족이었어도 그랬겠어?"

'아이고 이 친구야, 진정해. 그러다 사고나! 자네 황천길가면 어머니 장례는 누가 치러주나. 이 손님 얼른 내려드리고 회사 들어가서 김 기사랑 박 기사한테 사정 얘기를 해보세. 다들 어렵지만 조금씩 갹출하면 얼마라도 모이지 않겠어. 그렇게 해서 어머님 좋은 데 보내드리자고.' 알아듣지도 못할 말을 혼자서 간절하게 주억거리고 있었다오.

그런데 그때, 돌부처처럼 앉아 있던 여자가 이렇게 대꾸하는 거요.

"가족? 한 가족? 하! 웃기시네!"

내가 기계가 아니었다면, 난 그 자리에서 기절했을 거요. 아이고, 수류탄 안전핀이 뽑혔구나, 터지는 건 시간문제구나, 이 여자가 미쳤나? 다 듣고 있었던 거야? 말도 할 줄 알고? 오만가지 생각이 스쳐갔소. 다행히 청년은 제 생각에 정신이 팔려 그 말을 못 들은 듯했소. 아이고 얼른 가자. 제발 무사히 얼른 가자, 하는데 여자가 한 번 더 기름을 부었지.

"우리는 가족이다? 좋을 때나 힘들 때나 함께? 하! 말이야 좋지!"

끼이이이이이익. 핸들을 어찌나 거칠게 꺾었는지 청년의 몸이 오른쪽으로 완전히 틀어졌지. 나는 그 얼굴을 차마 볼 수 없었어.

"뭐? 다시 한번 말해 봐! 뭐가 어쩌고 어째?"

나도 여자가 괘씸해 그녀를 노려보았소. 그런데 여자는 영문을 모르는 놀란 얼굴을 하고 있더군. 뭔가 잘못 됐다는 생각이 든 건 그때였소. 여자가 너무 순한 얼굴로 눈을 끔벅끔벅하니까 이 친구도 잠깐 정신이 들었나봐. 제가 잘못 들었나보다 한 게지. 화를 가라앉히고 다시 차를 출발시켰잖소. 그리고 채 몇 미터 가기도 전에, 여자가 다시 그 말을 내뱉고 말았지.

"그래, 그런 가족, 없는 게 나아. 히히."

믿을 수 없게도 여자는 웃고 있었소. 다시 핸들이 꺾이고 차가 급정거를 하고 청년이 뒷좌석으로 몸을 날렸을 때, 나는 눈을 감았소. 나머지는 당신이 본 그대로요.

일곱 번째 진술 : 뒷좌석의 휴대폰

그건 제가 본 여자의 두 번째 웃음이었어요. 나는 그 웃음의 의미를 조금 이해할 수 있을 것 같았는데, 남자에게 설명해 주지는 못했네요. 병원에서 여자가 당했던 일을 알았다면, 그도 따뜻하게 여자를 바라봐줬을 텐데.

전원이 꺼져 있던 내가 정신을 차린 건 여자가 돌아온 후였어요. 시간을 보니 20분쯤 지났을까, 부리나케 은행에 다녀온 모양이더군요. 문은 활짝 열려 있고 집에는 아무도 없었어요. 여자는 사색이 되어 온몸을 부들부들 떨었죠. 목사님, 사모님, 큰아들, 둘째 딸, 닥치는 대로 전화를 걸었어요. '우어어어어엉' '어어어엉' '어어허헝' 짐승 같은 울음을 울면서. 아무도, 전화를 받지 않더군요.

허둥대던 여자가 신발도 신지 않고 뛰쳐나갔어요. 여자의 남편이 막내를 데려간 걸까. 그래서 찾아 나서려는 걸까. 나까지 놔두고 나가는 걸 보면 정신이 없긴 없구나 하고 있었죠. 얼마 후 여자가 서늘한 얼굴로 돌아오더니, 나를 챙겨서 가방에 넣더군요. 가방에는 그녀가 2년 반 동안 모은 돈 300만 원이 들어 있었어요. 아이를 찾으러 가나보다 했는데, 갑자기 가방 속으로 신문지로 돌돌 말은 부엌칼이 스으윽 들어오는 거예요. 그때 얼마나 놀랐는지. 남편을 죽이기라도 할 생각이었을까요? 아무리 다급해도 이건 아니다 싶었는데…….

날이 어둑어둑해질 때까지 몇 시간을 정신없이 돌아다녔어요. 목사님께 계속 전화를 걸었는데 받지를 않고, 아무 연락도 없더군요. 터덜터덜 집 근처 골목으로 들어섰을 때, 마트 집사님이 여자를 보고 말했어요.

"교회! 지금 여기서 뭐해? 목사님이랑 막내가 병원에 있는데! 강도가 들었는지 막내랑 목사님이 많이 다치셨어! 사람들 다 거기에 있어. 얼른 병원 가봐!"

"하아아아아." 여자가 나지막이 탄식했어요. 바로 병원으로 달려갈 줄 알았는데, 동네 놀이터 벤치에 풀썩 주저앉더군요. 더는 눈물도 나지 않는지 끄억 꺽, 마른 울음만 올라왔어요. 이제 어떻게 하나, 막막한 심정으로 우리는 오래 거기 있었어요.

"우리는…… 가족…… 이야! 우리는 한 가족이야!"

나는 환청이라고 생각했어요. 아니면 다른 사람이 하는 말인가, 했죠. 근데 그건 여자의 목소리였어요. 2년 반 만에 처음 듣는, 여자의 말. 목사님과 사모님과 아이들이, 귀에 못이 박히도록 했던 그 말. 여자는 살포시 웃고 있었어요. 2년 반 만에 처음 보는, 여자의 웃음이었죠.

우린 병원으로 달려갔어요. 막내랑 목사님이 걱정되긴 했지만, 나는 조금 기쁘기도 했어요. 아니, 가슴이 쿵쾅쿵쾅 뛰었죠. 여자가 드디어 자기 인생을 조종할 끈을 찾은 것 같아서. 이제 새로운 가족과 행복해질 수 있겠다 싶어서. 무엇보다, 여자의 웃는 얼굴이 참 예뻐서. 웃음을 되찾은 게 다행스러워서요.

물어물어 병원을 찾아가니 중환자실 입구에서 사모님과 아이들, 목사님 부모님과 교회 사람들이 함께 기도를 드리고 있었어요. 여자가 문득 멈춰 서더군요. 사람들 볼 낯이 없었겠죠. 무슨 주문을 외듯 "우리는 가족이야, 우리는 가족이야, 가족은 힘들 때나 좋을 때나 함께 하는 거야, 끝까지 지켜주는 거야." 중얼거리더니 사람들 곁으로 걸어갔어요. 사람들은, 여자를 위아래로 훑어볼 뿐 아무 말도 하지 않았어요. 무어라 입을 떼기도 전에, 평소 성질 급하던 집사님이 다짜고짜 여자의 뺨을 후려쳤어요.

"벼룩도 낯짝이 있지, 여기가 어디라고 찾아와 찾아오길! 네 살짜리 애를 혼자 두고 나가다니 제정신이야? 집에 강도가 들어서, 그 어린 것이 목사님께 전화를 하고 목사님이 달려오셨다가 강도한테 봉변을 당하셨잖아! 막내는 혼수상태야!"

"자기, 혹시 강도 얼굴 못 봤어? 아주 잔인한 놈이야, 애한테 어떻게 저럴 수가 있어! 그보다 대체 어딜 갔던 거야?"

"얼굴은 왜 그래? 누구한테 맞았어? 혹시, 강도 들었을 때 같이 있었어? 설마 혼자 살겠다고 애 버려두고 도망친 건 아니지?"

"그러게, 내가 그렇게 말렸잖니! 저런 복 없는 여자는 함부로 집에 들이는 게 아니라고! 저런 것들은 은혜를 몰라. 아니, 은혜를 원수로 갚는 법이라고!"

고래고래 악을 쓰던 목사님 어머님이 실신하셨어요. 사람들이 서둘러 부축해서 응급실로 모시고 가고 병실 앞에는 사모님과 아이들, 여자만 남았지요.

"지금 바로 짐 정리해서, 나가주셨으면 좋겠어요."

"……."

"아무 얘기도 듣고 싶지 않고, 보고 싶지도 않으니 제발 사라져 주세요. 안 그럼 내가 자매님께 죄를 지을 것 같아서 그래요. 당장 나가주세요, 지금 당장."

사모님 목소리가 싸늘했어요. 엄마 뒤로 숨는 아이들의 눈빛도 참, 뭐라 말할 수 없이 차가웠지요. 여자가 뭐라 웅얼거리나 싶었는데, 아무 말도 하지 않더군요. 하긴 무슨 말을 할 수 있었겠어요. 막내와 목사님을 저렇게 만든 사람이 자기 남편이라고? 그 남자한테 돈을 찾아다주느라 막내만 남겨뒀다고?

휘청거리며 병원을 나와, 무심결에 잡아탄 것이 이 택시였어요. 택시기사가 어디 가냐고 물었을 때, 여자는 말을 하지 않고, 평소처럼 종이에 적어 건네더군요. 다시 실어증이 온 건가 걱정하고 있는데, 인천공항을 쓰기에 깜짝 놀랐어요. 대체 왜? 여권도 비자도 비행기 표도 없었으면서 거기는 왜? 아직도 그 이유를 모르겠어요. 인간이랑 동물들은 때가 되면 죽을 자리를 찾아든다는데, 이 여자도, 저 남자도, 그랬던 걸까요?

여덟 번째 진술 : 그 택시의 미터기

뭐하는 여자기에 핸드백에 칼을 넣어가지고 다니나 했더니 그래서였군. 뒷좌석으로 몸을 날린 청년이 의자 사이에 끼었을 때 왜 얼른 도망가지 않았을까? 남편한테 그렇게 맞고 살았으면 본능적으로 달아나는 게 정상인데……, 쯔쯔.

이 친구는 그저 겁만 줄 생각이었던 거야. 그러니까 처음에 자리에서 일어나지 않고 팔만 뻗었지. 화가 머리끝까지 나 있는 상태니까, 잠깐 폭발했던 것뿐이라고. 그때 이 여자는 왜 그랬을까. 당장 사과하라고 윽박지르는데 외려 표독스럽게 쳐다봤던 건 왜였을까? 정말 죽으려고 작정이라도 했던 걸까.

"사과? 내가 왜 사과를 해? 뭘 잘못해서?"

"뭐가 어쩌고 어째? 이 년이!"

인간들 삶에서 돈이란 게 요물이요. 그때 하필 여자 팔에 밀쳐져 핸드백이 쓰러지고 돈이 튀어나와 가지고……. 평소 이 친구 같았으면 거들떠도 안 봤을 테지만, 제 어머니가 냉동고에 누워 있는 판에 그 돈을 보니 눈이 뒤집혔겠지.

"어디, 다시 한번 말해 봐, 뭐라고? 어?"

"난…… 잘못 없어. 사과 안 해!"

"아니, 그거 말고, 그 전에!"

"그런 가족, 없는 게……"

목이 졸리면서도 끝까지 저 말을 하는데 나는 정말 이해할 수 없었어. 용서를 빌고 흥분한 사람 진정시켜도 모자랄 판에, 계속 비아냥거리다니……. 당신 이야기를 듣고 보니 저 말이 청년이 아닌 다른 사람들을 향한 것인 줄 알겠소만, 그땐 진짜 화가 났지. 그래도 난 정말 여자를 죽일 줄은 몰랐어. 적당히 조르다가 멈출 거라고 생각했지. 지난 2년간 내가 지켜봐 온 청년은 절대로 그럴 사람이 아니었으니까. 여자가 실신하면 내려놓고 돈만 챙겨서 갈 수도 있지 않소? 그것도 나쁜 짓이지만 아무렴 살인보다야 낫잖아. 그런데, 그런데 여자가 칼을 가지고 있을 줄이야.

바동거리던 여자가 가방을 뒤지는가 싶더니 칼이 나왔지. 처음엔 그게 무엇인지 알지 못했소. 무언가 번쩍! 할 때에 그게 칼이란 걸 알았지. 정말 깜짝 놀랐어. 대체 이런 여자가 왜 칼을? 저건 갑자기 어디서 튀어나온 거지? 하고.

그녀가 그를 찌를 때 얼굴을, 내 똑똑히 보았소. 정말 줄이 다 끊어진 인형처럼 무기력하게 살던 여자가 맞소? 어찌나 매섭게 쏘아보던지 내가 다 떨립디다.

여자의 눈빛에는 한 치의 망설임도 미련도 없었소. 그렇게 목이 졸리고 있는데도 어찌나 힘이 좋던지 푹, 푹, 푹, 찌를 때마다 청년의 몸이 물 밖에 던져진 고기처럼 꿈틀거렸어. 두 손은 여자의 목을 조르고 있었고, 몸은 좁은 좌석 사이에 끼어서 꼼짝없이 당하는 모양새였지. 여자가 왼손으로 칼을 잡은데다 찌르는 게 서툴러서, 제 손이 베이고 찔리고 피범벅이 되었는데 아픈 줄도 모르는 것 같았어.

한쪽 팔로 여자를 제지해 보려다 실패하고, 앞좌석을 눕혀서 빠져나와 보려고 팔을 뻗었지만 쉽지 않더군. 칼이 비스듬하게 들어가고 깊이 찔리지는 않은 것 같았지만, 자식처럼 생각했던 아이가 그렇게 당하고 있으니 내가 찔리고 있는 것 같았어. 아아, 정말 끔찍했지.

그렇게 몇 번을 찔리면서 낑낑거린 후에야 뒷좌석으로 넘어갈 수 있었지. 평소 이 친구가 아끼던 택시 시트와 여자의 돈 위로 후두둑, 피가 떨어졌어. 숨이 끊어져 가는지 여자의 손놀림이 느려지면서 허공을 가르더군. 그래서 이 친구는 살릴 수도 있지 않을까 했는데……. 여자가 마지막 힘을 다해 찌른 한 방, 그 상처가 너무 깊었나 보오.

다시 시동을 걸었을 때, 이놈의 똥차가 움직여주기만 했어도! 내내 쌩쌩 잘 달려놓고 왜 이렇게 결정적인 순간에 퍼지냔 말이야 퍼지길! 그게 꼭 내 죄 같아서 참 마음이 아프오. 지금 저 녀석은 얼마나 애가 탈까. 제 어머니 장례만 치렀어도 이렇게 안타깝지는 않았을 것을…….

최후 진술 : 뒷좌석의 휴대폰

여자가 남자를 찌를 때 피가 저한테도 튀었나 봐요. 이것 좀 보세요, 여기저기 난리도 아니에요. 저는 남자가 달려들 때 돈이랑 바닥으로 떨어졌는데 너무 놀라서 잠깐 다운됐었나……. 정신을 차려보니 남자가 여자 목을 조르면서 소리를 지르고 있더군요. 그만하라고, 제발 그만하라고 애원했는데, 남자의 눈은 이미 제정신이 아니었어요. 너무 무서웠죠. 근데 이상하게도 그의 표정이 화가 났다기보다는 슬퍼 보였어요. 그 분노의 에너지가 여자를 향한 것이 아닌 것처럼 느껴졌달까. 아까 여자가 한 말이 남자에게 한 것이 아니었듯, 남자의 욕설도 여자를 향한 것이 아니구나 싶었거든요.

그래서 영감님처럼 저도, 남자가 여자를 죽이지는 않을 거라고 생각했어요. 다만 걱정됐던 건, 가방 속에 있는 칼이었어요. 낮에 그걸 넣을 때부터 영 예감이 안 좋았거든요. 여자 인간들한테는 육감이라는 게 있다잖아요? 그 비슷한 거였어요. 조마조마하게 지켜보면서, 여자가 그 칼이 있다는 걸 기억하지 못하기를 바랐어요. 그러면 적당한 선에서 끝날 수 있다. 당신들은 서로에게 적대적인 것이 아니니, 이 고비만 넘기면 다시 행복해질 수 있다. 제발, 제발, 두 사람 다 무사하기를.

몸을 뒤틀던 여자가 칼을 집어 들었을 때, 모든 게 끝이라는 걸 알았어요. 내가 인간의 말을 할 수 없다는 것이 어찌나 원통하던지……. 할 수만 있다면 음성으로 들려주거나, 문자로 찍어주고 싶었는데……. 살아만 있으면, 그 어떤 꼴을 본다 해도 살아만 있으면, 어떻게든 행복을 찾아갈 수 있을 거다. 그러니까 이쯤해서 그만해라. 너무 힘든 하루였지 않니. 이제 우리 돌아가서 편히 쉬자. 내일은 다른 희망이 생길 거다. 옆에서 보니까 인생이, 그렇더라. 내가 오래 사랑했던 여자와, 생면부지의 슬퍼 보이는 그 남자를, 위로해 주고 싶었어요.

이상한 건요, 영감님. 여자가 마지막에 숨이 끊어질 때, 참 편안해 보였거든요. 아, 다 포기했구나. 차라리 잘됐다고 생각하는구나. 어차피 이 세상에 여자를 살게 만들 동력이 아무것도 없는데, 우리가 수명을 다 할 때처럼 저 여자도 그렇게 무심히 받아들이는구나 했어요. 그런데 갑자기 눈을 번쩍 뜨더니, 평소 같지 않은 괴력으로 남자를 찌르는 거예요. 그 전에 찌른 상처들은 그렇게 깊지 않았잖아요. 제가 이상하다고 하는 이유는, 그 순간 남자가 왠지 안심하는 것처럼 보여서예요. 이런 말 좀 이상하지만, 죽어가는 여자를 향해, 나도 좀 죽여줘, 부탁이라도 한 것 같았어요.

여자의 숨이 완전히 끊어지고, 남자가 갑자기 바동거리며 다시 운전대를 잡았을 때, 그래서 좀 놀랐어요. 뭐야 이 사람, 죽고 싶어 한 거 아니었어? 아까는 그렇게 홀가분한 표정이더니 이제 와서 왜 이러는 거지? 했는데, 제 어머니 생각이 났던 모양이군요. 그때 시동이 걸렸더라면 저 남자는 살 수 있었을까요. 여자가 2년 반 동안 모은, 자신의 피가 묻은 돈으로 제 어머니 시신을 찾고 장례를 치렀을까요.

날이 거의 밝아오고 있으니, 이제 사람들이 우리를 발견하겠지요? 경찰은 아무 혐의점이 없으니 강도 살인으로 보고할 테고 어쩌면 아침 뉴스에 한 토막 나올지도 모르죠. '강도로 돌변한 택시기사 김모 씨가 승객 유모 씨를 죽이고, 반항하는 과정에서 유 씨의 칼에 찔려 숨진 채 발견됐다.'라고. 아마 세상사람 누구도, 이 둘에게 관심이 없을 거예요. 그러니까 우리는 이 사건의 유일한 목격자들인 거예요. 아니, 이 두 사람 인생의 목격자들인 셈이죠. 여자는 가족이 없고, 청년의 어머니도 돌아가셨으니 세상에 저들을 기억하는 건 우리 둘뿐이잖아요. 그런 그녀에게 작별인사도 제대로 못해서 마음이 너무 아프네요.

영감님, 곧 은퇴하신다고요? 저는 아마 경찰서에 증거품으로 압류될 것 같네요. 얼마나 갇혀 있을진 모르지만, 나온다고 해도 새 주인을 찾을 수 있겠어요? 이게 마지막이겠죠. 저는 이제 배터리가 거의 다 되어서 작별인사를 해야 할 것 같아요.

저는요, 영감님. 전원이 꺼지는 순간에요. 저 여자의 웃는 얼굴을 마지막으로 기억할 생각이랍니다. 그 얼굴이 참, 예뻤거든요. 그리고 우리는 가족이라던, 그녀의 목소리도 한 번 더 떠올릴까 해요. 저야말로 그녀의 유일한, 가족이었던 것 같아서요.

이런 상황에서 만나 좀 그렇지만, 반가웠어요 영감님. 저 혼자 있었으면 얼마나 무서웠겠어요. 덕분에 마지막이 쓸쓸하지 않아서 좋네요. 폐차장 가실 때까지 꼭 건강하셔야 해요.

최후 진술 : 그 택시의 미터기

잘 자요, 아가씨. 나도 반가웠소. 그렇게 기억해 준다니 그녀가 기뻐할 거요. 이제 곧 내 친구도 숨이 끊어질 것 같은데, 나는 제대로 인사를 해야겠구려.

고생 많았어, 친구. 자네와 함께 한 세월이 참 행복했다네. 이렇게 파트너와 헤어지는 것이 처음이 아닌데도 가슴이 너무 아프구먼. 법 없이도 살만큼 착하게 살았으니 자네는 분명 좋은 데 갈 걸세. 가서 어머님 만나 아픔 없이 고통 없이 행복하게 지내길 바라네.

그리고 부디 죄책감은 두고 가시게. 아까 저 여자가 한 말, 그 말에 문득 홀가분해졌었지? 그런 가족은 없는 게 낫다는 말에 자기도 모르게 잠깐 동의했었지? 어머니가 돌아가셨으니 무거운 짐을 덜었단 생각이 잠시 들었단 걸, 나는 알 수 있었어. 자네의 오랜 파트너잖나. 그 말을 듣는 순간 자기 마음이 하는 말인 줄 알았을 거야. 그런 생각을 한 자신을 용서할 수 없었겠지. 그래서 자네, 여자에게 더 불같이 화를 냈던 거지? 정말 마지막에 그녀에게, 죽여 달라고 한 건가? 그 죄책감 때문에?

두 사람의 죽음을 막을 수는 없었을까 생각해 보고 있네. 저 휴대폰도 나도 한낱 기계이니 인간들의 일에 관여할 수는 없는 거겠지. 하지만 말이야, 나는 참 서운하다네. 마지막 순간에 자네 둘 모두, 아무런 미련이 없었지 않나? 세상과 이어진 끈도 아무것도 없고, 자네들이 살아남기를 간절히 바라는 존재도 없다고. 에누리 없는 이 모진 세상에 혼자 남겨졌다고 믿었지 않나? 그렇게 많은 시간을 함께 보내고, 자네들 일에 울고 웃고 했던, 우리라는 존재가 있었는데 말이야. 우리는 그렇게 자네들을 사랑하고 아꼈건만, 아무런 의미도 되지 못했어. 그게 서글퍼. 인간과 기계 사이란 으레 그렇다는 걸 알면서도 자네한테는 너무 서운해. 그리고 미안하네. 이렇게 서운하다고 나무라면서도, 중요한 순간에 아무것도 해주지 못해서, 너무 미안해.

저 휴대폰은 여자의 웃는 얼굴을 기억한다는데, 나는 자네의 어떤 얼굴을 기억할까. 수진이랑 헤어졌던 그날 새벽, 한강을 바라보면서 웃고 있던 그 얼굴, 그게 좋을 것 같구먼. 슬픔이 배어 있는 미소, 어딘가 개운하지 못한 웃음. 자네 활짝 웃는 얼굴이 보기 좋다고 사람들은 그랬지만, 나는 그게 과장되게 억지로 그린 광대의 미소 같았거든. 그래서 자네가 웃어도 괜스레 슬펐네. 이제는 그렇게 의무적으로 웃지 말게. 슬프면 울고 화나면 욕하고 정말 웃고 싶을 때만 웃어. 남을 위해서가 아니라 자네를 위해서 살란 말일세. 그러엄 괜찮아, 그래도 괜찮아. '영감니이임, 우리 신나게 달려보아요! 오늘 하루도 잘 부탁드립니다!' 하는 자네 목소리가 들리는 것 같구먼.

고마웠네, 젊은 친구.

주위가 어스름하게 밝아올 무렵, 차 한 대가 달려온다. 갓길에 함부로 꺾여 세워진 택시를 지나고, 차가운 길바닥에 누워 있는 남자도 그냥 지나친다. 잠시 후 다시 후진해서 돌아오는 자동차, 택시 근처까지 와서 멈춰 선다. 운전석에서 누군가 내리더니, 쓰러져 있는 기사를 한 번 쳐다보고 주춤주춤 다가가 택시 안을 슬쩍 살핀다. 주머니에서 손수건을 꺼내, 조심조심 뒷좌석의 문을 연다. 하나, 둘, 셋, 바닥에 떨어진 돈다발을 집어 드는 그림자. 황급히 차에 올라타고 사라진다.

이대환

1980년 출생. 연세대 교육학과 졸업. 2007년 《계간 미스터리》 신인상을 수상하였다. 한국 미스터리 작가 모임 회원이며, 출판사에서 만화 편집 기자로 일하고 있다. 공동 단편집 『한국 추리 스릴러 단편선』을 출간하였다.

보물섬

제주도 근처의 어느 무인도. 섬을 둘러싼 절벽으로 야트막한 파도가 계속 몰려와 부서지고 있었다.

"그러니까 안경을 낀 당신이 '고려청자', 턱수염 아저씨는 '비취불상', 저 어리바리한 학생이 '조선백자'. 그리고 방금 화장실에 들어간 게 '은노리개'라는 거유?"

모두가 한눈에 보이는 자리에 앉아 사람들을 일일이 호명한 사람은 정작 자신의 이름을 밝히지 않고 있었다. 대신 그의 옷자락 끝에 달린 이름표에는 '금불상'이라고 적혀 있었다.

"당신은 '금불상'으로 부르면 되겠군."

비취불상이 말했다.

"췟! 그러든가 말든가. 아무리 가명이라지만 좀 지랄 맞잖아. 부르기도 어렵고."

"그렇지만 어, 어떡하겠어요? 다들 오자마자 식탁 위에서 하나씩 집어든 모양인데 전 늦게 올라오는 바람에 뭘 집었는지도 지금에서야 아, 알았는걸요."

조선백자는 아직까지 낯선 환경에 긴장한 모습이 역력했다.

"그러고 보니 잘 보이는 거실 쪽 테이블을 놔두고 부엌 식탁 위에 이름표를 숨겨 놓은 건 무슨 장난질이람?"

은노리개가 화장실에서 젖은 머리를 수건으로 살살 비비며 나왔다. 짧은 반바지 차림에 허벅지가 다 드러났다.

"거 아무리 비위 좋은 세상이라지만 좀 적당히 하지. 참는 데도 한계가 있으니까 말이야."

"흥! 제 까짓게 뭐라고."

은노리개는 금불상이 못 본 사이에 입을 비죽거렸다.

생면부지의 사람들이 한 데 모인 지 네 시간이 지났다. 두 시간은 바다 위에서 보냈고, 두 시간 중 한 시간 삼십 분은 배를 타기 전 뭍에서 대기하면서 보냈고, 나머지 삼십 분은 이 섬에서다. 호칭과 얼굴을 파악하느라 작은 눈을 쉬지 않고 끔벅이던 고려청자가 드디어 굵은 안경테를 밀어 올리며 조심스레 첫 마디를 꺼냈다.

"저, 초면에 조금 이상한 질문일 수도 있는데……."

지나친 신중함에 사람들은 조금 짜증을 부렸다.

"고려청자 님, 무슨 말인데 그렇게 뜸을 들입니까?"

"아, 어서 해봐요."

"이게 원체 비밀스런 이야기라서. 에…… 그럼 하겠습니다. 여기 오신 분들은 모두 51p의 암호문을 해결하셨습니까?"

"……난 또 무슨 얘기라고. 그 암호문 외에 여기 오는 방법이 또 있던가요?"

"아, 그게 저로선 알 방법이 없습니다만. 그 암호문을 해결한 사람이 저 말고도 네 분이나 더 계실 줄은 생각도 못 했거든요."

"하하, 대한민국 추리마니아들 실력을 너무 얕보시는군."

"그럼 어떻게들 푸셨는지 여쭤 봐도 될까요?"

"그 정도라면 당장에라도 해드릴 수 있지."

자신 있게 나선 금불상 주위로 사람들이 모이고, 부탁을 한 고려청자는 이내 손깍지를 끼며 지켜보았다. 지켜보던 다른 사람들 역시 자신의 풀이방법과 비교하려는 듯 손바닥 글씨를 써가며 기억을 떠올렸다.

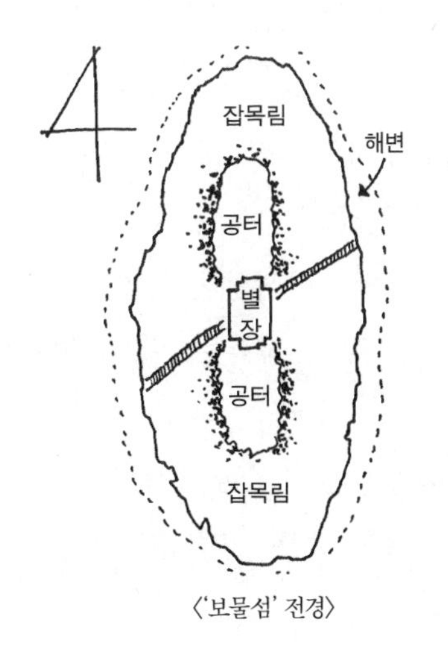

〈'보물섬' 전경〉

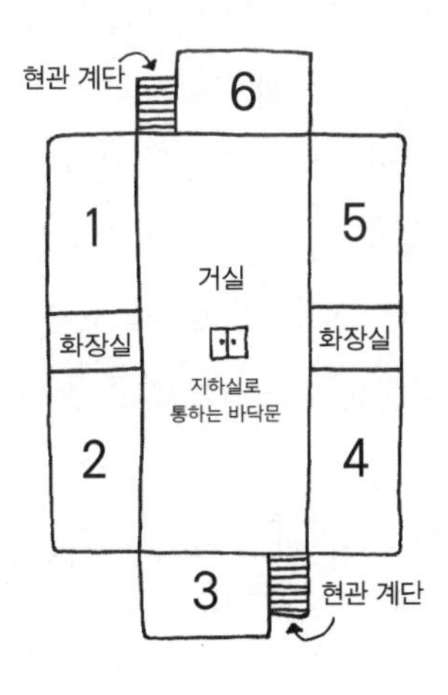

몰두해 있는 사람들 위로 보이는 섬의 지도. 지도에 따르면 일명 보물섬이라고 불리는 이 섬은 무인도이며, 가로 1.7킬로미터, 세로 4킬로미터로 남북으로 길게 뻗어 해변으로는 두 개의 길 외엔 깎아지른 듯한 절벽으로 둘러싸인 섬이었다. 섬 한가운데에 일제시대 고사포 진지였다는 별장이 있고, 별장 남북으로 정원이라 하기엔 좀 민망한 공터가 짧게 펼쳐지고, 그 뒤로는 잡목림이 펼쳐져 있었다.

별장은 단층 건물로 섬모양을 따라 남북으로 긴 직사각형모양에 한가운데 위치한 거실과 그 거실 주위로 방 6개가 붙어 있었다. 그리고 남, 북쪽으로 현관문이 하나씩 있었다. 또 거실 한복판 바닥문 아래 지하실이 있었고, 거기에는 특이하게도 잔디깎이, 전지가위, 삽, 곡괭이 등 나무가꾸기에 필요한 물건들은 거의 다 있었다. 그렇다고 하더라도 괴팍하기로 유명한 추리소설가의 별장 치고는 흥행성이 낮았다. 다행이도 암호풀이 증명이 끝난 후에 다른 재밋거리를 찾던 이들을 만족시켜 준 것은 다섯 번째 방, 감광준의 서재였다.

시중에선 절판된 그의 초기 작품부터 최근작 『조선식 가옥 살인 사건』*까지 모든 책들이 망라되어 있었고, 전설적인 추리 계간지 《괴인》의 창간호도 있었다. 그 무엇보다 사람들이 놀랐던 건 감광준의 초상화였다. 추상기법으로 그린 초상화는 얼굴이 조각

* 『조선식 가옥 살인 사건』 2006년 作. 고미술품 수집가로 유명한 OO씨의 실제 살인 사건을 다룬 것으로 센세이션을 일으킴. 소설 중 51p에 파본 페이지를 일부러 넣어 추리 마니아들 사이에선 일명 '51p의 암호문'이 소설보다 더한 인기를 끌었다. '조선식'이란 낯선 조어는 일부 언론에서 지탄을 받기도 했다.

조각 나뉘어져 뒤틀려 있었다.

"진짜 볼썽사나운 그림이네요. 어쩌면 저 모습이 진짜 감광준일지 모르죠. 책에 실린 프로필 사진 따위는 이미 예전부터 가짜라는 소문이 마니아들 사이에서는 파다했었잖아요. 여기서도 진짜 감광준의 얼굴을 본 사람은 아마 없지 않아요?"

은노리개는 볼을 씰룩거리면서 감광준의 초상화를 응시했다.

"최근에 두 번째 결혼 실패 같은 개인적으로 불행한 일도 있었지만, 젊은 시절 여러 번의 자살 시도라든지, 몇 년도인가엔 당시 화제였던 무슨 사건에 수사자문의원으로서 용의자를 잘못 지목해 수억 원대의 소송을 당했다든지…… 뭐, 원체 둘러싼 악질적인 루머들이 많으니까요. 진짜 모습은 오히려 아무도 모르고 있는 작가죠."

"쳇! 고려청자, 그렇게 감쌀 필요는 없지 않아? 억울하기는, 그런 게 다 유명세인 거라고. 또 아니 땐 굴뚝에 연기만 날 리도 없는 것이고. 그나저나 그놈의 괴팍한 면상을 이 눈으로 꼭 한번 보고 싶었는데."

금불상이 투덜거리는 한편, 조선백자는 감광준의 물건을 감정하듯이 다루고 있었다. 진지하게 두드려보고, 불에도 비춰보고, 냄새도 맡고 있었다. 은노리개는 그런 모습을 한심하다는 듯이 봤다. 아랑곳하지 않고 상패 앞에 놓여 있던 볼링 핀을 잡아들은 조선백자는 묵직한 느낌이 마음에 들었는지 눈을 감고 무게를 가늠했다. 그러자 고려청자가 다가와 말했다.

"무게는 약1.2~1.6킬로그램, 재질은 플라스틱 같군요. 보통은 단풍나무에 플라스틱을 코팅하는데……."

"감광준 작가는 볼링도 곧 잘 쳤다고 어느 잡지 기사에서 본 것도 같은데 이 상패들을 보니까 대학시절 같지만 대회에서 수상도 여러 번 했어요."

"아직 모르셨군. 그 인간 볼링이라면 죽고 못 사는 대단한 볼링광이라고. 나처럼 사업하는 사람들에게는 아무래도 골프가 최고지만. 아무튼 감광준은 익명으로 프로볼러 테스트를 받았을 정도로 굉장한 실력도 가지고 있었지. 에에, 잠깐! 은노리개, 그런 걸 맘대로 휘두르면 위험하다고!"

어디서 찾아냈는지 번쩍거리는 볼링공 구멍에 손가락을 엉성하게 끼우고 겁 없이 휘두르는 은노리개 때문에 사람들은 벽에 바짝 붙을 수밖에 없었다. 붕붕 공기를 가르는 볼링공은 위태롭게 보여도 용케 손에 잘 붙어 있었다.

"추리작가와 볼링이라니 너무나 괴팍한 조합이지 않아요? 이따위 공놀이가 뭐 재미있다고 말인지. 근데 저…… 좀 비슷하게 폼이 나오는 거 같아요?"

다행스럽게도 은노리개의 볼링공 장난이 활력을 잃어가기까지는 시간이 많이 걸리지 않았다.

"휴우— 떠벌이에 히스테리 환자까지 참 개성 넘치는 분들이네요."

비취불상이 옆에 있던 고려청자에게 나직하게 말했다.

"평범한 사람들이라면 오히려 여기까지 오기 힘들었을 테죠."

"고려청자 님, 그런 의미에서라면 우리 모두 정상은 아니겠군요. 하하."

"음…… 글쎄요. 이걸 보면 다들 어떻게 반응하실지……."

고려청자의 시선 끝에는 가로로 겹겹이 놓인 진열장들이 있었다. 그리고 그 안에는 권수가 어림잡아 몇 백 권은 됨직한 'OO사'의 세계추리소설 전집이 있었다. 여기까지라면야 특이할 만한 것이 없다고 하겠지만 비취불상은 눈을 부릅뜨고 진열장 유리에 다가갔다. 그러자 보이기 시작했다. 규칙의 의도적인 어긋남이 만들어낸 우연적인 패턴들이! 그곳엔 거꾸로 꽂혀 있는 책등의 글자 위치와 길이, 기타 약호들이 제대로 꽂힌 책들의 그것과 어울려 한 번도 본 적 없는 기하학적인 무늬가 그려져 있었다.

"호오 — 클루*!"

누군가 외쳤다.

"감광준은 예술적 재능도 타고난 게 틀림없어! 이 무늬 너무 아름답지 않아요?"

"이게 바로 외딴 섬에서 맞게 되는 광인 작가로부터의 첫 메시지란 말인가? 정말 꼭 소설 속의 장면 같군요."

이어서 고려청자는 진열장을 열었다. 정교하게 맞춰진 고급 진열장 문이 삐걱하며 열리자 메케한 먼지들까지 함께 쏟아져 나왔다. 기침을 하는 와중에도 책을 살펴보던 비취불상은 고개를 갸우뚱거렸다.

"근데 이 뒤집혀진 책들 간에는 일정한 공통점도 없는 것 같고, 어떤 식으로 풀어봐야 할지 난감한데……. 어떻게 생각들 하세요?"

"제대로 꽂혀진 책과 거꾸로 꽂힌 책, 이 두 가지라면 혹시 이

---

* 클루(clue) : 단서, 실마리

진법 숫자를 나타낸 건 아닐까?"

"500자리가 넘는 이진수? 금불상 님, 그건 좀 너무하지 않아요?"

"그것보다는 이 연결된 책등의 무늬를 조사해 보는 건 어때요?"

"에이, 그것들 좀 이리 줘 봐요!"

성질 급한 은노리개는 거꾸로 꽂혀 있던 책 중 한 권을 건네받았다. 제일 먼저 책 겉표지를 벗기고 요리조리 살폈다. 그러다가는 책을 내려놓고 다른 책도 똑같이 요리조리 살폈다. 그 다음에는 진열장 문에 붙어 있는 긴 도서목록 표를 손가락으로 몇 번이나 그어가면서 보더니 한 곳에서 손가락을 멈추고 그곳을 톡톡 두들겼다.

"누가 431번 책 좀 찾아봐 줘요."

"은노리개 님, 이거 같은데요. 이 책은 왜?"

"잠깐만 좀 있어 봐요."

은노리개는 책을 펼쳐 거꾸로 들고 털어보았다. 하지만 아무것도 나오지 않았다.

"뭐 하는 거야? 금방이라도 뭔가 보여줄 거처럼 해 놓고선."

금불상의 이 말이 은노리개의 화를 돋웠는지 이번엔 다분히 신경질적으로 책을 몇 페이지씩 꼼꼼히 넘겨보기 시작했다.

"아, 사람 피곤하게 정말."

은노리개가 말을 마치기가 무섭게 431번 책 속, 은밀하게 만들어진 공간에서 작은 테이프 하나가 나왔다. 은노리개는 귀찮은 일을 해치워버린 것처럼 활짝 웃었다. 떨어진 테이프는 조선백자가 주웠다.

"어떻게 한 거야? 마술인가요?"

테이프를 든 조선백자는 벌어진 입을 다물지 못하고 어쩔 줄을 몰라 했다.

"은노리개 씨, 정말 대단한데?"

고려청자의 칭찬에 은노리개는 별일 아니라는 듯이 말했다.

"그게 아니라 그냥 운이 좋았을 뿐이에요. 너무 그렇게들 보지 마세요."

"그래도 완전 마술 같았다니까요. 어떻게 한 건데요?"

"별 거 아니에요. 책 겉표지가 거꾸로 씌워진 책들이 눈길을 끌었던 거라서 겉표지를 벗겨서 보니까 그 책들, 그러니까 겉표지 안쪽의 본책들은 겉표지처럼 거꾸로 되어 있지 않더라고요. 이상하죠? 즉, 책 자체가 거꾸로 꽂힌 게 아니라 그저 겉과 속이 달랐던 거라고요."

"그래서? 어떻게 너는 거꾸로 꽂혀진 책들과는 전혀 상관없는 다른 책을 꺼내들고 테이프까지 찾아낸 거야?"

팔짱을 낀 금불상은 못미덥다는 표정으로 약간 따지듯이 물었다.

"간단해요. 이 500권 가까이 되는 세계추리소설 전집이 진열된 진열장들 속에서 '겉과 속이 다르다'라는 게 무얼 의미하겠어요. 이 OO세계추리전집과 관련해서 나왔던 몇 가지 논란들이 한몫을 했죠. 지나치게 추리의 외연을 확장해 추리로 보기 힘든 작품들도 유명 추리작품과 어깨를 나란히 하게 된 걸로 한창 말들이 많았잖아요. 그때 거론됐던 책들 두세 권 정도는 아직까지 기억하고 있었어요. 그 중에서 난 내 취향대로 제일 추리소설답지 않은 추리소설 한 권을 골라봤을 뿐이죠. 다행히도 내 취향과 감광준 씨의 취향이 통했던 거라고 해야 할까요."

"말대로 완전 '우연'이 작용했군. 제길, 난 운도 없으니."

테이프는 크기가 작은 녹음용 마이크로테이프였다. 조선백자가 감광준 책상 위에 있던 녹음기에 끼워 틀어보니 심한 잡음과 함께 감광준의 탁한 목소리가 흘러나왔다.

"(치직) *『조선식 가옥 살인 사건』의 암호문을 풀어내고 여기 이 보물섬까지 오신 여러분들을 환영한다. 아, 이 테이프를 찾아낸 사람에게는 비슷한 취향을 가진 추리 독자로서 먼저 반가움을 표시해야겠군. 여러분은 앞으로 사흘 동안 이곳에서 꼼짝도 할 수 없다. 물론 아무에게도 알리지 않고 왔기 때문에 밖에서도 당신들의 존재에 대해서는 알 수 없을 테지. 핸드폰 지참을 금했지만 혹시 가져왔다 하더라도 전파차단 장치 때문에 작동하지는 않을 것이다. 그러면 사흘 동안 이곳에서 무엇을 하느냐, ……게임을 하는 것이다. '보물찾기' 게임. 이 섬에는 실제 사건을 토대로 씌어진 내 최신작 『조선식 가옥 살인 사건』에 등장하는 보물과 유사한 진품 보물들이 숨겨져 있다. 당신들이 이 별장에 도착해 하나씩 주워든 이름표에 적혀 있는 보물들 말이야. 이 보물을 찾는 사람에게는 그 보물을 조건 없이 양도해주겠다. 설마 자신의 추리력을 시험해 보겠다든지 하는 고상한 이유 때문에 이 게임에 참가한 것은 아니겠지? 솔직히 모두 암호문 속 보물 얘기 때문에 일확천금을 노리고 온 사람들이니만큼 원하는 것을 꼭 얻어가길 바란다. 그리고 나는 이 섬 모처에 숨어 당신들*

의 일거수일투족을 감시할 것이다. 나를 찾아낼 생각일랑 하지 않는 게 좋을 거다. 시간낭비일 뿐더러 찾지도 못할 테니. 크흐흐흐. 이 집 안과 섬 곳곳에 숨겨져 있는 힌트를 찾아내 보물도 찾고 나의 무료함도 덜어주기를 바란다. 단, 3일이 지나면 내 법정 대리인들의 방문에 의해 게임은 자동 종료될 것이다. 게임의 시작 시간은 내일 아침 9:00부터이며 종료 시간은 3일 후인 아침 9:00다. 그리고, 에……(치직) 또……(치직)"

여러 번 녹음을 반복했던 탓인지 음질이 좋지 않아 마지막 부분은 잘 들리지 않았다. 그리고 다시 찾아온 정적. 하지만 보물, 일확천금 같은 말들만으로도 사람들의 얼굴은 이미 충분히 상기되어 있었다. 이에 생각에 잠겨 두리번거리던 고려청자가 가슴 벅찬 얼굴로 말했다.

"우리 한 번 해봅시다! 어떻게 돼도 우리가 손해 볼 일은 없는 거니까!"

숨겨진 메시지

사람들은 다음날 아침까지 모두 단 잠을 잤다. 각자의 방에 들어간 이후, 정말 세상 모르게 잠든 나머지 9시 전에 일어난 사람이 한 명도 없었다. 그나마 조선백자가 9시 10분경에 깨질 듯한 머리를 부여잡고 제일 먼저 일어났다.

몸이 원체 약한 편인 조선백자는 지난 밤 낯선 잠자리에 밤새 뒤척이다가 나중엔 천장이 뱅글뱅글 돌 정도로 속이 미식거렸다. 일어나 거실에 나왔지만 아무도 보이지 않아 우왕좌왕하다가 겨우 자기가 할 일을 하나 생각해 냈다. 그건 동쪽 해안가에 있는, 자신들이 타고 왔던 보트를 확인하는 일이었다. 바깥세상과의 유일한 교통수단이기 때문에 비바람이 몰아치는 날씨도 아니었고, 보트가 없어질 이유 따윈 전혀 없었지만 자기도 모르게 비틀거리며 보트 쪽으로 향하고 있었다.

또한 감광준이 말했던 '3일 동안 꼼짝도 할 수 없다.'는 말이 왠지 그의 가슴엔 깊이 박혀 있었기 때문이기도 했다.

"그래서 보트가 없어졌다는 겁니까?"

비취불상은 놀라 수저를 내려놓고 입에는 밥 한 덩이를 그대로 담은 채 물었다. 문가에 서 있는 조선백자는 자신이 배를 잃어버리기라도 한 듯 안절부절못하고 있었다.

"그럼 아침부터 지금까지 배를 찾아다닌 건가요?"

"우린 무슨 사고라도 난 줄 알았다고. 뭐, 그 편이 더 재밌기는 할 테지만. 혹시 엉뚱한 데 가서 찾다 온 건 아니겠지?"

"우리가 배에서 내린 데는 계단으로 내려가서 바로 보이는 곳이었잖아요. 어떻게 그런 장소를 헷갈리겠어요? 게다가 바다 쪽으로 배가 출입하기 딱 좋게 만든 것처럼 경사면이 있었던 걸 똑똑히 기억한다고요. 떠내려 갔을까봐 절벽을 따라서 동쪽 해안가를 샅샅이 찾아봤어요. 밧줄 매듭까지 없는 걸로 봐선 배에서 내릴 때 묶어두었던 게 좀 느슨했던 거 같기도 한데……."

조선백자가 애써 딴 곳을 보며 얘기를 꺼냈다.

"지금, 날 보고 하는 소리지? 두어 번 확인까지 한 걸 봤잖아. 괜히 생사람 잡지 마!"

은노리개의 까칠한 말이 듣고 있는 사람들의 마음을 요동치게 했다.

"그럼 무슨 일본군의 유령이라도 나타나서 훔쳐갔다는 말이야?"

"그건 또 무슨 말입니까? 금불상 님. 일본군의 유령이라뇨?"

"유명한 얘기잖소. 2차 대전 말엽, 연합군으로부터 일본 본토 진입을 저지하기 위한 방어선 중 하나였던 제주도에 일본군들이 비밀 활주로며, 땅굴, 비밀 기지 같은 걸 건설했다는 얘기. 하지만 정작 싸워보지도 못 하고 패전해 버리자 억울함에 목숨을 끊은 군인이 한둘이 아니었다지. 제주도에서 가까운 이 섬에도 무슨 해군 특수 부대인가가 주둔했었다고……. 이 별장 거실자리엔 고사포가 있었다지?"

이에 다리를 계속 주무르던 고려청자가 기어코 말을 꺼냈다.

"거 쓸데없는 소리는 그만 하고 정신들 좀 차리세요, 모두 지쳤다고요. 우리한테는 지금 휴식이 필요해요."

넓은 식탁에 아무렇게나 퍼져 앉아 늦은 점심을 먹고 있는 이들은 조선백자가 밖으로 나간 이후 속속 일어나 한나절이 지나도록 별장 내부와 주변 곳곳을 뒤졌다. 하지만 보물을 찾을 수 있는 티끌만 한 단서도 찾아내지 못했다. 이렇게 머릿속에서 신비한 안개가 걷혀가고 있는 사람들에게 때마침 배가 없어졌다는 소식은 큰 불안감을 더해 주었다.

하지만 금불상만은 이 상황에서 비껴 있는 사람처럼 혼자 키

득거렸다.

"이 상황이 그렇게 재밌습니까?"

난처한 표정의 고려청자가 힐난하듯이 물었다.

"여기에 온 사람들이라면 이런 상황에 대해 굉장히 반길 줄 알았는데 모두 하나같이 얼어붙은 얼굴이라니…… 웃음을 참을 수가 없지요. 다들 그런 표정하지 말고 이왕 이렇게 된 거 이 상황을 제대로 즐겨보자고. 그깟 고깃배 따위가 없으면 어때? 3일 후면 가고 싶지 않아도 이 섬에서 나가게 될 텐데. 실은 내 개인 변호사를 통해 모종의 조치를 취해 두었거든."

"그럼, 안…… 안심해도 되는 겁니까? 하지만 그건 규칙 위반 아닙니까? 분명 초대장엔 아무에게도 알리지 말고 혼자서 오라고 했을 텐데."

고려청자는 약간 놀란 듯 말했다.

"그런 건 걱정하지 않아도 돼. 나한테 무슨 일이 생겼을 때에만 유언장을 통해 이 사실을 알게 해놨으니."

"와아— 아저씨, 꽤 대단한 사람인가봐? 개인 변호사에 유언장까지……. 좋아! 아저씨 말 한 번 믿어보겠어. 그런데 우리가 하루 종일 쿵쿵거리면서 돌아다닐 때 혼자서 뭘 한 거야? 뭐 찾아낸 거라도 있어요?"

금불상의 유언장 덕분에 보트 건으로부터 마음이 가벼워진 은노리개가 얼굴색을 되찾고 금불상에게 들러붙었다.

"이거 징그럽게 왜 이래?"

금불상의 옷깃을 쥐고 얼굴을 요염하게 들이대던 은노리개는 금불상이 어물쩍거리고 있는 사이에 들고 있던 책을 확 낚아챘다.

"오오 — 보물을 혼자 차지하려고? 그렇게는 안 돼지."

"뭐예요? 책에 뭐라도 있습니까?"

"에이, 이건 아까 그 책이잖아요? 추리문학 전집, 431번. 아, 그 작가 이름이……."

사람들이 웅성거리면서 은노리개 쪽으로 몰려갔다. 그러자 금불상이 '하핫!' 짧게 웃음소리를 냈다.

"그런 게 아니라고. 이 멍청이들아!"

붉으락푸르락 해진 얼굴에 묘하게 미소를 띤 금불상의 손에 아까의 마이크로테이프가 들려 있었다. 그는 보란 듯이 테이프를 모두 플라스틱 카세트 밖으로 끄집어냈다. 밤색 마그네틱테이프들이 그의 손과 팔뚝에 지저분하게 늘어지고 엉켜갔다. 그러다가 어느 순간부터 테이프의 색깔이 바뀌기 시작했다. 하얀색 테이프가 쏟아져 나오자 사람들의 탄성이 여기저기서 들려왔다.

그렇게 감광준의 깨알 같은 글씨가 적힌 하얀 테이프가 사람들 눈에 확인되고, 금불상은 하얀 테이프 부분만을 끊어 읽기 시작했다.

"용케도 찾아냈군. 내 무언(無言)의 메시지를 훌륭하게 읽어낸 당신은 칭찬을 받을 자격이 있다. 아래 이어진 메시지에 바로 당신이 원하는 것이 있다. 어서 빨리 찾아내어 기쁨을 누리도록."

금불상은 여기까지 읽고 잠시 숨을 고르며 자신에게 쏟아지고 있는 시선들을 즐겼다. 그 여유부리는 듯한 행동에 사람들은 속이 탈 지경이었지만.

"무언의 메시지라뇨? 무슨 얘기를 하는 거죠?"

잠자코 있던 비취불상이 자신의 발견에 대해 한 마디 하고 싶어 하는 금불상에게 졌다는 듯이 물었다. 하지만 금불상이 멋쩍게 대답을 하기도 전에 조선백자가 끼어들었다.

"그건 아마…… 아까 재생했을 때 뒷부분 메시지가 잡음과 섞이면서 끊어졌잖아요. 그 부분을 얘기하는 게 아닐까 싶어요. 뭔가 할 말이 더 남아 있다는 느낌이었죠. 하지만 테이프는 더 돌아가도 아무 소리도 나오지 않았으니 하려던 말을 어떤 식으로든 감춰놨을 거라 생각해 볼 수 있지 않을까요? 물론 제 생각일 뿐이지만."

조선백자는 뒷목을 긁적긁적거리면서 자신 없게 말했다. 듣고 있던 사람들은 이제야 알았다는 표정으로 저마다 무릎을 치고 말았다. 비취불상이 한숨을 크게 쉬더니 다른 사람들 눈을 일일이 마주친 후에 말했다.

"그럼, 금불상 씨. 테이프에서 말한 '원하는 것'…… 이게 만약 그 보물이라면……."

뒷말을 잇기도 전에 금불상이 손사래를 치며 말을 꺼냈다.

"아, 아닙니다. 그런 건 아닙니다. 아실지 모르겠지만 전 돈 때문에 이 섬에 온 게 아닙니다. 그 점에 대해선 걱정하지 않으셔도 됩니다. 모두 나눠 갖는 게 마땅한 겁니다. 전 대신 다른 걱정거리가 생겼답니다. 만약 이대로 보물이 발견된다면 너무 실망스럽지 않겠어요? 평생 악몽처럼 남을 겁니다. 설마 이대로 사흘 예정의 게임이 끝나버리는 건 아니냐 이겁니다. 제 관심사라는 건."

금불상은 헝클어진 테이프 뭉치 속에서 남겨진 메시지 대목을 찾아 손가락으로 짚고 주위를 쓰윽 돌아보았다. 하지만 한 자, 한 자 읽어 내려가면서 호들갑스럽던 그의 목소리는 작고 느려졌으며, 끝에 가서는 윤기 있던 목소리가 끝이 심하게 갈라져 나왔다.

"마칠십더틴가칠하루늠지기터쇠차삼구돌길십"

(실제로는 긴 흰색 테이프에 세로로 적혀 있음.)

"어쩐지 너무 쉽다 했어!"

"이건 도대체 어느 나라 말입니까?"

"띄어쓰기가 전혀 안 되어 있어서 죽 이어 읽으면 불교 경전처럼 들리기도 해요."

그러자 비취불상이 조선백자의 얼굴을 마주보며 말했다.

"한 가지 확실한 건 이게 우리를 시험에 들게 할 또 다른 '암호'라는 거군요."

마틴루터와 구

벽난로 불 위에 올린 냄비가 약하게 끓기 시작했을 때, 비취불상은 정사각형의 종이조각을 20개 만들어 각각에 아까의 그 메시지 글자들을 써서 퍼즐 맞추기를 하고 있었다.

"그게 잘 되겠습니까?"

고려청자가 비취불상에게 담배를 권하며 물었다.

"아, 저도 잘 모르겠어요. 어떻게 『조선식 가옥 살인 사건』 속 암호는 풀어서 여기까지 오기는 했는데 아무래도 여기까지인가 보네요. 저는."

"그래도 그 암호 페이지를 풀었을 정도면 상당한 추리 마니아의 실력을 가졌다고 보이는데, 저 같은 사람이야말로 이젠 머리가 굳었는지 잘 안 됩니다. 허허."

두 사람은 서로 마주보며 어색하게 웃었다.

"지금 비취불상 님이 하신 것처럼 어쩌면 치환이라든가 암호 텍스트 자체의 변형과는 전혀 상관없이 재배열이나 그런 것들로 암호문을 해독할 수 있는 건 아닐까요?"

"사실 저도 그런 생각으로 이렇게 하고 있는 건데 그 배열의 기준이랄까 조금의 힌트도 주어지지 않아서 시작이 상당히 어렵습니다."

잠시 후, 손톱을 물어뜯던 비취불상은 산책이라도 할 요량인지 밖으로 나가 버렸다. 아까 책 속에서 마이크로테이프를 찾아냈던 은노리개도 연습장에 뭔가를 끼적거리다가 자기 방으로 들어가 버렸고, 자신만만해 하던 금불상도 테이프를 왼쪽 검지에 빙빙 감았다가 풀었다가를 반복하고만 있었다. 또 거실 구석에 자신의 가방을 깔고 앉은 조선백자는 그런 금불상을 힐끔힐끔 쳐다볼 뿐이었고.

"너는 도대체 어느 나라 말이란 말이냐. 마칠십더틴……!"

금불상은 집중력을 잃고 막연히 흥얼거리고 있었다.

"……."

그렇게 감아 올라갈 때와 풀려 내려갈 때 테이프를 쫓는 조선백자의 눈과 고개는 같이 돌았다.

"뭘 그렇게 쳐다보는 거야?"

금불상이 퉁명스럽게 내뱉자 조선백자는 또 기어 들어가는 소리로 딴청 부리듯 얘기했다. 금불상은 조선백자 흉내를 내는 것처럼 작게 중얼거렸다.

"쓸모없는 녀석 같으니……."

잠시 후, 조선백자의 눈과 고개는 다시 빙글빙글 돌고 있었다. 금불상이 신경질적으로 테이프를 다 풀어버리자 그때, 조선백자의 말문이 기적적으로 트였다. 밖에 나가 있던 비취불상이 황급히 뛰어 들어올 정도로 조선백자의 소리가 말 그대로 실내에 쩌렁쩌렁 울리고 있었다.

"그, 금불상 님……. 사, 사이테일(scytale)! 우린 아마 그걸로 암호를 해독할 수 있을 거예요."

조선백자가 제시한 암호해독법은 정말 단순한 것이었다. 기원전 5세기 경 스파르타인들이 사용했다고 하는 전치법의 일종인데 긴 띠 같은 것에 글자를 적고 일정한 지름을 가진 원형통에 띠를 감아 전혀 새로운 글자배열이 만들어지게 하는 방법이다. 문제는 감광준이 암호문을 만들 때 썼던 것과 같은 지름을 가진 사이테일에 테이프를 감지 않으면 안 된다는 것이다.

둥근 원통 물체를 찾아 온 집 안을 들쑤신 사람들은 감광준의 서재에서 발견한 몇 종류의 필기도구들을 조선백자 앞에 내밀었다. 깨알처럼 쓰인 글자 띠에 알맞은 원형 통이라는 건 역시 필기구보다 적당한 것은 없었기 때문이었다. 그 중 감광준의 손을 많이 탄 볼펜 하나가 눈에 띄었다. 어쩌면 마이크로 테이프 속 종이 테이프에 깨알 같은 글씨로 암호문을 쓸 때도 이 볼펜을 사용했을지 모르는 일이었다. 볼펜에 테이프를 5, 6차례 감아 글자를 수평으로 맞춰봤을 때 반응은 이랬다.

"제대로 감은 거 맞습니까? 다시 감아보죠."

"아니, 그 볼펜 말고 이 만년필이 아닐까?"

하지만 조선백자는 이 볼펜이 감광준의 사이테일임을 확신하고 있었다.

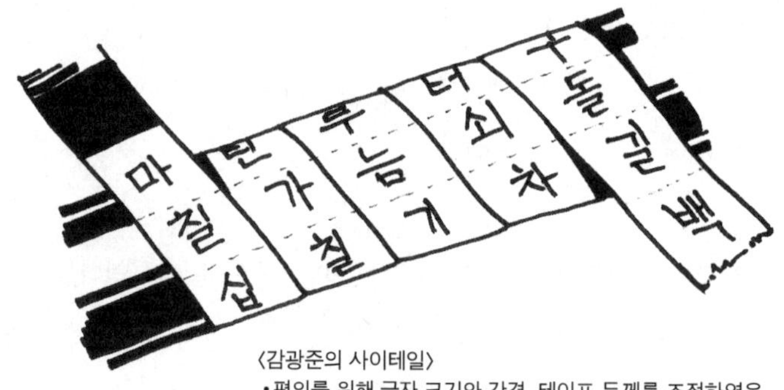

<감광준의 사이테일>
• 편의를 위해 글자 크기와 간격, 테이프 두께를 조절하였음.
• 점선은 원래 없는 것임.

"너무 이상하게들 보지 마세요. '마틴루터구/칠가늠쇠돌/십칠기차길/더하기삼십', 이 말들도 제대로 된 키워드만 찾아내면 익숙한 말들로 바꿀 수 있을 거예요. 뭔가 단서가 없을까요?"

"그래, 조선백자가 풀어낸 말이 조금 어색하긴 하지만 맨 처음 암호문처럼 전혀 말이 안 되지는 않잖아요. '마틴루터'라든지 '가늠쇠', '기차길', '더하기', '삼십' 같은 유의미한 단어들도 보이고 말이죠."

비취불상은 아까 금불상이 바닥에 버린 테이프 조각들을 이어 만지면서 생각에 잠겼다.

"자, 그럼 고유명사인 마틴 루터부터 해볼까요? 의미를 풀어보기엔 가장 만만할 거 같은데. 마틴 루터라면 서양의 종교개혁자 말하는 거 맞죠? 근데 '마틴루터구'는 뭐지? 누구 마틴 루터에 대해서 더 잘 아는 사람 없어요? '구'도 함께요."

"다들 알다시피 종교개혁자고, 16세기 독일 사람이고, 95개조 반박문을 썼죠. 루터 교라는 교파도 있고. 직업에 관해서 소명의식을 얘기하기도 했고. 또 그리고…… 뭐가 있더라……."

고려청자를 이어 조선백자가 진땀을 빼고 있을 때 은노리개가 뭔가를 떠올린 듯, 감광준의 서재에 들어갔다가 성큼성큼 걸어 나왔다.

"그리고 볼링에 열광했던 남자였죠."

은노리개의 손에는 다시 볼링공이 들려 있었다. 어설프게 자세를 잡는데 이번에는 공을 떨어뜨려 공이 마룻바닥을 쿵쾅쿵쾅 울리며 거실 한가운데를 가로 질러갔다.

"9핀 볼링게임을 고안해 낸 사람이기도 하고요."

"대단하군요. 은노리개 님, 참 보기와는 다르게……."

조선백자는 굴러온 공을 집어 들고 지공 구멍에 오른 손을 넣으려고 낑낑댔다.

"조선백자 님, 이 볼링공은 왼손잡이용 같군요."

옆에서 보고 있던 고려청자는 자신이 자연스럽게 공을 쥐어 보였다. 눈부시게 빛나는 공에 사람들의 모습이 비쳤다. 볼링공 속 환상적인 요술 기류 속을 떠다니는 사람들의 얼굴은 난데없는 볼링 분위기에 모두 심취한 것처럼 보였다. 마틴 루터와 구, 이 구는 9핀의 숫자 9를 나타내는 것이었다. 따라서 첫 번째 행은 '볼링'을 의미했다. 아마 '볼링'은 전체의 키워드일 가능성이 높았는데 그것은 2, 3행으로 갈수록 명확해져 갔다. 볼링의 공이 굴러가는 레인을 보면 7개의 작은 쐐기모양이 삼각형 모양으로 그려져 있는 것을 볼 수 있는데 이것이 바로 칠(7)과 가늠쇠 돌을 의미한 것이었다. 이 가늠쇠 돌에 대해서는 일찍 별장 주변을 산책했다는 고려청자가 단서를 제공했다. 아무도 주의 깊게 보지 않았던 정원에서 고려청자는 작은 바위들(세어 보니 모두 7개였다.)을 발견했다고 했다. 일정한 간격으로 위치한 이 돌들이 볼링 레인의 가늠쇠(aim spot)가 되었다. 이제 남은 문젯거리는 무엇이 이 거대한 볼링게임의 핀이 되느냐였다.

"이 섬이 사실 볼링 레인처럼 보이기는 해요. 근데 볼링 핀이라니."

"누구, 뭐 떠오르는 거 없어요?"

냄비의 끓는 소리를 완전히 외면한 채 골똘히 생각에 잠긴 사람들이었다. 한 20분 정도 지났을 때, 조선백자가 문을 기세 좋게 열고 밖으로 나갔다. 볼링 핀으로 자신의 머리를 톡톡 때리던 은노리개가 문소리에 깜짝 놀랐다. 잠시 후, 다시 들어온 조선백자는 손에 나뭇잎을 한 움큼 쥐고 있었다.

"핀이라고 해서 다 저런 모양의 핀만을 말 하는 건 아, 아닐 거예요. 은노리개 님이 들고 있는 저 핀은 비록 플라스틱제이지만 보통의 핀들이라면 역시 처음엔 저 밖에 있는 나무들과 같은 모양이었을 테니까요. ……보, 보세요! 저 밖엔 단풍나무 천지라고요!"

볼링게임

지하 창고에는 삽이 두 자루, 곡괭이가 두 자루나 있었다. 고려청자가 준비한 멀건 스프와 빵으로 간단히 두 번째 날의 아침 식사를 마친 사람들은 무작정 정원으로 나갔다. 그리고 7개의 정원석(가늠쇠)을 통해 7개의 단풍나무 핀들을 어렵지 않게 정할 수 있었다.

3행의 '십칠(17)기차길'은 볼링 경기 중 스페어 처리 상황 중에서 두 핀 사이가 많이 떨어진 스플릿을 기찻길의 레일에 비유해서 레일로드(railroad)라고도 하는데, 좌우로 넓게 벌어진 10번과 7번 핀이 남게 되는 아주 어려운 상황의 스페어 스플릿을 뜻했다. 7개 정원석에 평행하고 있던 단풍나무 중 맨 뒤에 위치한 2개가 7번과 10번이었다.

비취불상이 면장갑을 낀 손바닥을 삭삭 비비며 사람들 앞에 섰다.

"누구 볼링 좀 치셨던 분, 없습니까? 이 어려운 스페어 처리에 대해 고견을 들어봐야 할 것 같은데요."

"그럼, 이번 퍼즐이야말로 제가 조금이나마 도움이 될 수 있을 것 같군요."

고려청자가 말했다.

"지금이야 다리가 고장 나서 예전만큼은 아니지만 한 때는 꽤 쳤습니다. 지금 보이는 스페어 처리 같은 경우는 사실 거의 불가능한 스플릿입니다. 저도 10년 넘게 치면서 몇 번 보기 힘들었죠. 이론상으론 설명할 수 있지만 실제론 여러 변수 때문에 장담할 수 없는 스페어 처리죠. 프로들도 저 코스가 나오면 핀 하나만을 처리할 정도로요."

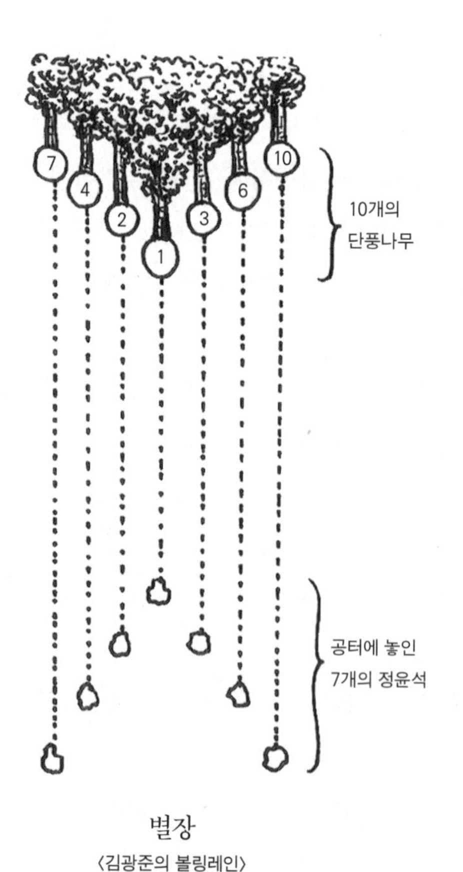

별장
〈김광준의 볼링레인〉

"그 이론상의 방법이란 건 뭡니까?"

비취불상이 10번 나무를 매만지며 물었다.

"그 나뭅니다. 그 10번 나무를 키핀 삼아서 먼저 벽 쪽으로 쓰러트리면 벽에서 튕겨져 나온 10번 핀이 레인을 가로질러 7번 핀을 쓰러뜨리는 것이죠."

"아, 그렇다는 건 핀에 운동 방향이 생긴다는 거잖아."

"10번 쪽에서 7번 쪽으로 직선방향의 운동이죠. 맞아요! 그러면 '더하기 30'이 쉽게 풀리는군요! 10번에서 7번 나무로 직선을 긋고 그 직선방향으로 30미터에……!"

"거기에 보물이 묻혀 있겠군! 그럼 어디 보물 구경 좀 해볼까?"

금불상은 곡괭이를 들고 앞장섰다. 그러자 사람들은 누구라 할 거 없이 뒤늦게 손발을 휘저어 가며 금불상 뒤를 쫓았다. 월등히 앞에 선 금불상은 벌써 자리를 잡은 것처럼 보였다. 그러고는 한 치의 망설임도 없이 땅에 녹슨 곡괭이를 탁하고 찍었다.

"여기 흙 색깔이 조금 달라. 땅도 덜 딱딱하고."

두 번째로 곡괭이를 찍었다.

"빨리들 오라고! 안 그러면 내가 보물 다 갖습니다."

세 번째 내리친 순간, 작은 금속성과 함께 불이 번쩍 하더니 고막을 찢는 굉음이 나면서 흙덩어리들이 작동 개시한 분수마냥 5, 6미터는 솟구쳐 올랐다.

한참 후에 뽀얀 먼지 속에서 '후드득' 소리를 내며 떨어져 내리는 건 검은 흙덩이만이 아니었다. 단풍나무의 앙상한 가지에 걸린 살덩이들의 색깔이 너무나 선정적이어서 눈을 마주치기가 힘들 정도였다.

금불상을 제외하곤 제일 앞서 나가 있던 은노리개는 다진 고기 세례를 받아 눈을 감은 채 한동안 움직이지도 못했다. 조선백자 역시 어깻죽지에 내려앉은 선홍빛 잔해들 때문에 반기절한 상태였다. 그나마 제정신이 있는 건 비취불상과 고려청자뿐이었다. 비취불상은 귀를 탁탁 털면서 금불상이 있던 자리로 가려고 했다. 비틀거리는 걸음으로 제법 나갔을 때 고려청자가 달려와서 그를 막았다.

“혹시 다른 폭발물이 있을지 모르잖아요.”

“사람이 죽었으니 당연히 확인해 봐야 하는 거 아닙니까. 이거 놓으세요.”

“저기 저렇게 넋 놓고 있는 사람들도 있지 않습니까. 우리마저 잘못 되기라도 하면 모두 죽는 거예요.”

한사코 만류하는 고려청자 때문에 비취불상은 뒤로 돌았다. 그러자 얼굴이 하얗게 질린 조선백자가 나무 뒤에 숨어 있었다.

“일단 이럴 게 아니라 조선백자 님을 좀 부탁해요. 전 은노리개 님을 데려 올 테니.”

비취불상이 다가오자 조선백자는 중얼거리듯이 말했다.

“비, 비취불상 님, 금불상 님은 정말 죽은 건가요?”

“네, 아무래도 그런 거 같습니다.”

“진짜로 죽은 건가요?”

“…….”

“그렇다면 그 미치광이 작가, 감광준이 죽인 걸까요?”

“……아마도.”

다른 쪽에선 고려청자가 은노리개의 뺨을 때리면서 말을 걸고 있었다.

“은노리개 님, 여기를 일단 떠나야 합니다. 근처에 다른 지뢰나 폭탄이 또 설치되어 있을지 몰라요. 은노리개 님! 정신 좀 차리세요!”

안 되겠다고 생각했는지 은노리개를 번쩍 들쳐 업은 고려청자는 비취불상에게 눈짓을 했다. 그러자 조선백자를 부축한 비취불상이 고려청자의 뒤를 따랐다. 하지만 비취불상은 몸을 돌리면서 금불상이 서 있던 곳을 한 번 더 바라보았다. 그것은 같은 무리의 사람이 죽어서 생긴 공포감과 증오감 때문이기도 했지만 사실은 정정당당하게 운영되던 게임에서 큰 반칙을 당한 듯한 회복할 수 없는 실망감과 배신감이 가슴 속에서 치밀어 올랐기 때문이었다.

7개의 정원석을 지나 다시 별장, 볼링 레인의 시작점으로 돌아온 사람들은 현관문을 굳게 걸어놓고 거실에 모였다. 몇 시간 전과는 달리 소파 끝에 엉덩이를 겨우 걸치고 몸을 빳빳하게 세운 은노리개는 아직 충격에서 헤어나지 못하는 것처럼 보였다. 고려청자가 급하게 찻물을 올려 끓인 홍차는 아직 아무도 마시지 않고 있었다. 비취불상이 홍차를 은노리개에게 권하자 눈을 새침하게 뜬 은노리개는 손을 휘둘러 잔을 엎어버렸다.

"무슨 짓이야! 보자보자 하니까."

비취불상이 눈을 부라리며 달려들어 은노리개의 멱살을 잡고 일으켜 세우자, 은노리개도 지지 않겠다는 듯이 눈을 마주쳤다.

"잘 생각해 봐요. 이 홍차, 과연 안전한지. 모두 이 별장에 있던 것들이잖아요! 이 섬에 온 이후로 저녁을 먹고 자리에 누우면 무서울 정도로 곯아떨어져 버리고 아침에 일어나서 모두들 두통을 조금씩 겪잖아요."

제일 먼저 고려청자가 안색이 변하면서 놀란 표정이었다.

"그…… 그게 무슨 소립니까? 제가 차에 무슨 짓이라도 했다는 겁니까?"

"그런 게 아니라…… 우리가 처한 상황 자체에 대해서 말하는 거잖아요."

"……대저택 비밀의 방에서 집 전체를 감시하는 주인공! 그리고 자신의 친구와 부인의 숨통을 서서히 옥죈다. 그의 보이지 않는 손이 다가오기 전에……!"

은노리개가 모두와 실랑이를 벌이는 가운데 마치 뭔가에 홀린 거처럼 조선백자가 중얼거렸다.

"그 사람은 우리를 쭉 지켜보고 있어요. 보트가 없어진 것부터 생각해 보면 모두 그의 짓이었던 거예요. 그러다가 폭탄까지 설치했죠. 모든 과정을 예상하고 항상 우리보다 앞서 있었어요. 카메라를 찾아야 해요! 숨겨진 마이크를!"

조선백자는 발작적으로 몸을 흔들었다. 고려청자가 그의 어깨를 꽉 찍어 누르며 겨우 자리에 앉힐 수 있었다.

"진정하도록 해요! 일단 이 섬에 있다는 감광준을 먼저 찾아봅시다. 이게 어떤 장난인지 모르겠지만 이미 도가 지나쳤다고 생각돼요."

"그래요, 고려청자 님. 별장 안을 우선적으로 찾아봐요. 감광준도 저 잡목숲 속에 숨어 있지는 않을 거 같고요. 모두 흩어지지 말고 방 하나하나씩 먼저 조사해 보도록 하죠."

"그럴 수밖에요. 저 밖은 이제 너무 위험해요."

비취불상은 은노리개, 조선백자, 고려청자를 이끌고 사람들의 가방만 덩그러니 놓여 있는 빈 방을 차례차례 검사하기 시작했다. 더 신중을 기했다. 하지만 역시 책장 뒤나, 침대 밑, 옷장 안,

나뭇결이 다른 마룻바닥이라든지 꼼꼼히 살펴봤지만 감광준이 은신하고 있을 만한 곳은 발견되지 않았다. 마지막으로 감광준의 서재에 다시 오게 되자, 참다못한 비취불상이 감광준이 들으라는 듯이 욕설을 내뱉고 물건들을 부쉈다.

"이런다고 해서 그 작자가 우리 앞에 얼굴을 내밀 리 없습니다. 좀 더 냉정해 지세요. 마지막까지 힘을 내서 찾아봅시다."

고려청자는 조금 단호한 어조로 그에게 말하곤 다시 자기 일로 돌아갔다. 모두 굉장히 필사적이었다. 진열장의 책들을 한 권 한 권씩 빼보고, 메모판에 붙여놓은 메모들을 일일이 확인해 보았다. 그럭저럭 대여섯 시간이 흘러버리고 날이 어두워졌다. 고려청자가 준비한 점심을 먹는 둥 마는 둥하고 다시 서재로 들어간 사람들로부터 저녁이 다 되도록 아무 소리도 들려오지 않았다.

Why?

"헌데 자기 소설의 광팬들을 이렇게 한 자리에 모아놓고 죽이려는 이유가 뭘까요?"

고려청자가 조심스럽게 분위기를 보며 음식 그릇을 날랐다.

"전 알 것 같아요."

미식거린다며 화장실에 갔다 온 조선백자가 말했다.

"여기 혹시 그 소설책 가지고 있는 사람 있어요?"

"그따위 걸 누가 갔고 왔겠어? 그 자식은 지금 우리를 죽이려 한다고."

눈가에 화장이 번져 그로테스크한 얼굴이 되어버린 은노리개는 애써 울음을 삼키는 것 같았다. 그를 지나쳐 『조선식 살인 사건』 책을 내민 건 비취불상이었다.

책을 들고 맨 마지막 장을 펼쳐든 조선백자.

"여기 보세요. 마지막 장에서 작가 감광준이 주인공의 입을 빌어 어떤 증오를 품고 진범에게 경고하고 있는지를요. 소설 속에서도 범인의 정체는 밝혀졌지만 증거 부족으로 결국 잡지는 못했잖아요. 그러면서 주인공이 사건으로부터 몇 년이 지난 후, 자신이 쓴 자서전 속에 메시지를 넣었죠. 기억해요?"

얼굴이 굳어버린 비취불상이 대답했다.

"당신을 곧 다시 게임에 초대할 거야."

뭔가 정리하려는 듯이 고려청자가 나섰다.

"그렇다면…… 감광준이 진범을 이 섬으로 초대했다는 얘기가 되는 건가요? 그리고 나서기 좋아했던 금불상 님이 제일 먼저 곡괭이질을 했다가 죽었다는 건 감광준이 의도한 덫에 걸린 것. 즉, 금불상 님, ……그가 범인이라는 얘기인가요?"

"설마요. 그 아저씨 그럴 깜냥은 없어 보였죠? 그리고 처음 만났을 때만 해도 그 값비싼 양복을 입은 아저씨가 삽을 들고 땅 파는 데 앞장설 거라는 생각은 누구도 하기 힘들지 않았을까요? 그러니까 처음부터 금불상을 노린 거였다고 하기엔 좀 어폐가 있죠."

은노리개는 콧물을 연신 들이마시며 번진 눈 화장을 티슈로

지웠다.

"은노리개 님이 정확하게 본 것 같군요. 여기 이렇게 그 사람의 가방 안을 들여다보니까 확실히 사람의 면모라는 게 보이는 것과 크게 다르진 않네요."

비취불상은 금불상의 큰 여행용 캐리어를 열고 물건들을 죽 늘어놓았다. 그 속에는 호텔에서 가져온 샴푸나 칫솔 같은 것이 큰 비닐봉투 속에 가득 있었고, 그 속엔 과일 모양이 그려진 콘돔도 몇 개 있었다. 그 나머지 옷가지 역시 더 말할 필요가 없었다. 그러니까 입고 있던 슈트 외에는 전부 싸구려뿐이었다. 옷가지를 다 들어내자 가방 바닥에서 나온 몇 장의 명함으로 그의 정체는 완전히 드러나게 되었다.

"이런, 호텔 벨보이였군요. 이렇게 허술한 사람이 『조선식 가옥 살인 사건』의 진범이라고는 도저히 믿을 수 없어요. 너무 쉬웠잖아요. 팡! 하고 터뜨리는 거."

"나도 동감."

가방 속에 다시 금불상의 짐을 아무렇게나 쑤셔 넣은 비취불상은 가방 문을 닫으려는 찰나에 말을 다시 꺼냈다.

"잠깐, 그렇다면 금불상 님이 말했던 변호사며 유언장 따위는 존재하지도 않겠군요."

"아무래도 그럴 가능성이 크겠죠?"

"그렇다면…… 감광준 이 미치광이 작자는 여기 5명 중 섞여 있을 범인을 죽이기 위해 무차별적으로 우리 모두를 죽이겠다는 거군요?"

안절부절 못하는 조선백자를 이제는 은노리개가 살펴주고 있었다. 그리고 고려청자와 비취불상은 해결책을 모색하기 위해 여러 가지 이야기를 했다. 그러다가 비취불상이 문득 궁금하다는 듯이 물었다.

"감광준은 왜 '더 쉬운' 방법으로 사람을 죽이지 않았던 걸까요?"

"예를 들면?"

"첫날 왔을 때 식수에 독을 타서 죽인다든지, 아니면 육지에서 배타고 올 때 죄다 빠뜨려 죽인다든지 훨씬 쉬운 방법들이 있었거든요. 우리 5명을 죽이는 데에는요."

"글쎄요. 다른 사람도 아니라 감광준이라면 뭔가 달라야 하지 않았을까요? 국내 작가 중에서 가장 트릭키(Tricky)한 작가잖아요. 그래서 '트릭의 장인'이라는 별명도 가지고 있고요."

"그럴까요. 이 모든 과정이 역시 그에게는 하나의 게임 정도로밖에 인식되고 있지 않다는 얘기군요."

"네, 그는 진짜 본격 작가니까요. 어쩌면 실제로 자신의 트릭을 한 번쯤은 써먹고 싶다는 생각을 했을 거예요. 그러니까 마침 때가 온 거죠. 우리는 정말 운이 없었던 거고요."

비취불상은 고개를 까딱거리며 은노리개 쪽을 한 번 살피고는 낮은 목소리로 말했다.

"고려청자 님, 솔직히 우리 중에서 누가 감광준이 지목한 진짜 '범인'이라고 생각하십니까?"

고려청자는 한참을 생각하다가 곤란한 표정으로 마무리를 지었다.

"글쎄요. 저로서는 어떻게 알아낼 재주가 없군요. 그럼 비취불상 님께서는 누구를 생각하고 계신데요?"

"비밀입니다. 저는 이 섬에 처음 올 때부터 점찍고 있던 사람이 있거든요."

비취불상은 돌연 새침한 미소를 짓더니 말을 끊고 방으로 들어가 버렸다.

절망적인 밤, 그리고 여명

이상한 밤이었다.

실화를 바탕으로 쓴 『조선식 가옥 살인 사건』이라는 자신의 소설에 소수의 마니아들이나 풀어볼 수 있는 파본 페이지 암호문을 싣고, 그것을 맞춘 사람들에게는 암호문에 담긴 메시지를 따라서 아무도 모르게 일명 '보물섬'에 오게 한 추리작가 감광순. 『조선식 가옥 살인 사건』에 등장하는 것과 똑같이 만들어진 실제 보물들을 주겠다는 그가 이제는 참가자 5명 모두를 죽이려 한다. 그것도 5명 중 『조선식 가옥 살인 사건』의 모티브가 됐던 실제 사건의 범인이 있을 것이라는 그야말로 소설 같은 이야기에 대한 확신 때문에.

"어때, 정말 이상한 밤이지?"

"그, 그래요. 정말."

"자기, 근데 그놈의 존댓말 좀 안 쓸 수는 없어? 얼핏 보기에도 당신이 나보다 3, 4살은 위라고. 말끝마다 계속 —요, —요, 해대는 건 좀 징그럽잖아."

"그, 그런가?"

"어쨌든 이리 좀 와봐."

"어떻게? 이렇게? 하면 되는 건가요?"

은노리개의 방에서도 이상한 일이 벌어지고 있었다. 조선백자와 은노리개의 어떤 절실함에서 비롯된 예측 못 할 결과가…….

"잠깐, 무슨 소리 들리지 않았어?"

"무슨 소리라뇨?"

시트 위로 얼굴을 드러낸 은노리개. 얼굴이 벌겋게 상기된 조선백자는 눈을 반쯤 뜬 채 무슨 소리건 애써 무시하며 시트 아래로 은노리개를 끌어 당겼다.

"언제 죽어도 이상할 게 없는 우리잖아요. 어차피 죽을 거라면……."

시트 위로 고개가 오르락내리락 하던 조선백자는 다음 말을 다 잇지 못했다. 그리고 하얀 시트 위로 번져나가는 핏물. 은노리개 역시 둔탁한 소리와 함께 침대 위에 같이 축 늘어졌다. 이 둘을 위에서 바라보는 그림자 하나가 방문 앞까지 길게 이어져 있었다.

다음날 아침이 되었을 때 늦게까지 일어나지 못하고 있던 고려청자는 비취불상의 비명 소리에 깜짝 놀라 일어났다.

"무슨 일입니까? 비취불상 님."

거실을 가로질러 은노리개의 방으로 들어온 고려청자는 헝클어진 시트자락과 불길하게 물든 핏물 자국을 보았다. 그러나 그것뿐이었다.

"어떻게 된 겁니까? 은노리개 님이 어딜 다쳤습니까?"

"그게 아니라, 없어요. 아무 데도 없어요. 그리고 문제는 그것만이 아니라 조선백자도 함께 사라졌다는 겁니다."

"예?"

비취불상은 침대 밑에 있던 조선백자의 옷가지와 신발을 고려청자에게 보여주었다. 고려청자는 무슨 표정을 지어야 할지 모르는 얼굴이었다.

"설마 ……그런 겁니까? 나 원 참."

"저도 설마 했었는데 쓰레기통까지 뒤져보고선 어쩔 수 없었죠."

"이런 데 편견을 갖지 않으려 했는데 역겨운 건 어쩔 수 없군요. 이런 상황에서 그것도 남자들끼리."

고려청자는 뒤늦게 비취불상의 말에 쓰레기통을 바라보다가 무엇을 뜻한 것인지 이내 알아채고는 인상을 더욱 찌푸렸다.

"은노리개가 조선백자를 유혹해 죽였다. 혹시 그럼 은노리개가 감광준라는 얘긴가요? 아니 그 반대가 되려나? 그렇겠군요. 조선백자가 감광준, 은노리개가 사건의 진범. 맞아요. 그렇겠군요. 깜빡 속았는걸요?"

"하하하하!"

"하, 핫"

모든 게 다 해결된 것처럼 비취불상이 웃자 고려청자도 어색하게 따라 웃었다.

"비취불상 님이 어제 말했던, 그 진범을 알고 있다고 했던 말

있죠. 그렇다면 그 알고 있다던 진범이 은노리개, 맞습니까?"

"하하!"

비취불상은 아주 신이 나는 것처럼 크게 웃었다. 그리고 머쓱해져 왼손으로 안경을 밀어 올리는 고려청자를 뚫어지게 바라봤다. 그것은 혼란스러움과 어떤 의미에선 환희로 가득 찬 눈빛이었다.

"이제 이런 연극 따위는 집어치웁시다. 감광준 씨. 이 섬 어디에서도 못 찾을 거라고 하더니 이렇게 무리 속에 숨어 있었으니 말이지!"

"네에?"

고려청자는 비취불상의 돌발에 너무 놀라 작은 눈이 찢어지게 치켜뜨고 말았다.

"사건의 진범인 나와 단 둘이 남은 당신! 아까 일어났을 때만 해도 난 당신이 감광준이라고는 생각 못 했지. 그런데 여기 이렇게 두 사람마저 사라지고 나니 앗차! 싶더군. 얼굴이 화끈거릴 정도였어."

"비취불상 님, 저는 무슨 말씀을 하시는 건지 도통."

"왜, 전번에 은노리개가 서재에서 발견한 볼링 공 있잖아. 그때 오른 손잡이인 조선백자가 낑낑거리며 공 구멍에 손가락을 끼려고 하자 당신이 빼어서 왼손에 가볍게 끼웠던 일이 있었지. 당신은 왼손잡이. 그것도 감광준과 같은 왼손잡이야."

고려청자는 애타게 말했다.

“비취불상 님, 이번엔 제가 웃을 차례입니까? 같은 왼손잡이라는 것만 가지고 감광준으로 몰아간 다는 건 정말 지나가는 새가 웃을 일입니다. 제발 정신 차리세요. 이러지 말고 어서 섬을 빠져나갈 궁리나 하자고요.”

고려청자는 이제 진지한 얼굴을 하고 비취불상을 설득하고 있었다. 하지만 비취불상은 ‘흐흐’ 비웃으며 고려청자의 손을 뿌리쳤다.

“금불상이 죽었을 때를 생각해 보라고. ‘17기차길’, ‘더하기30’이라는 구절을 누가 풀이했었는지를. 바로 당신이잖아.”

“아니, 비취불상 님. 그게 어떻게 됐다는 겁니까?”

“그게 아니지. 그게 아니야. 당신과 감광준은 모두 왼손잡이라고. 적어도 왼손잡이라면 스페어 처리 방향은 반대가 돼야 해. 볼링 경기에서 오른손잡이와 왼손잡이가 모든 경우에 있어서 반대가 돼야 한다는 건 상식이라고. 당신 덕분에 반대 방향을 파헤치려던 금불상이 당신의 함정에 빠지고 말았지. 빌어먹을 왼손잡이! 진즉에 알아챘어야 했었어!”

논리적으로 자신을 옭아매는 비취불상에 고려청자는 쉽게 대꾸하지 못했다.

“이것뿐만이 아니야. 돌이켜 보면 첫 단서를 진열장 책 속에서 발견했던 것도 당신이었고, 난관에 닥쳐서 사람들을 이끌었던 것도 항상 당신이었어. 감광준 씨! 그 교묘한 리더십에 속아 우리 모두 당신의 게임 말이 되어 이리저리 놀아났던 거라고. 그 중에서 가장 악랄했던 건 당신이 우리 모두의 식사며 차를 만들었다는 거지. 우리의 아침 두통은 거기서 시작 됐고, 수면제에 골아

떨어져 있을 때 당신은 마음껏 섬 이곳저곳을 활보하며 공작을 벌여놨겠지. 이 악마 같은 놈아!"

뛰어드는 비취불상 덕분에 고려청자는 뒤로 벌렁 넘어졌다. 뒤통수를 찧어 머리에서는 피가 흘렀고, 배 위에 올라탄 비취불상은 그의 목을 조여 왔다.

"왜 이제야 깨달았는지 나도 참 한심하지. 그래도 다행이야. 아직까지 감광준이 이 섬 어딘가에 숨어 있다고만 생각했으면 어쩔 뻔했어? 그나저나 보란 듯이 사람들 사이에 섞여 여우 짓을 한 네 녀석의 괴벽스러운 취미라는 것도 정말 못 말리겠어. 아니, 그것보다 네 녀석의 소설 따위를 읽고 여기까지 찾아온 나란 녀석도 구제불능의 성향을 가진 건 마찬가지지. 안 그래?"

"크…… 허헉. 이것 좀 놓……"

"난 사실 금불상이 폭발로 어이없이 죽었을 때 어떤 배신감 같은 걸 느꼈다고. 왠지 알아? 그런 식의 예고 없는 살인은 부당하다고 느꼈기 때문이야! 네 녀석이 이 정도로 무차별적이고 형편없는 살인계획을 짜놨을 줄은 몰랐다고!"

고려청자는 목 위로 검붉게 부풀어 올라 힘없이 비취불상의 손을 툭툭 쳤다.

"뭐, 뭐라고? 이것 좀 놔달라고? 이렇게 나한테 허무하게 당하고 말 건가? 더 새로 준비한 트릭은 없어? 천하의 감광준이 이 정도였나?"

비취불상은 손가락에 더 힘을 주어 고려청자의 목을 짓눌렀다. 동그랗게 말린 고려청자의 입 속에서 혀가 튀어나올 것 같았다.

"응? 날 겨우 이정도 고생시키고 말려는 거야?"

불거진 눈알이 뽑혀질 듯 튀어나왔다.

"응? 응?"

세차게 고려청자의 목을 들었다 놨다 반복하던 비취불상은 맥이 빠졌는지 그만 손을 놓고 말았다.

"왜 아무 말도 안 하는 거야?"

하얗게 손자국이 난 목을 어루만지던 고려청자는 바닥에 빈 토악질을 해댔다. 입가를 소매로 슥슥 닦아내고 힘겹게 고개를 들고 하는 얘기가 비취불상의 귀에 들릴락 말락 했다.

"……비취불상 님께 이, 이걸 꼭 들려드리고 싶었습니다."

"뭐어?"

"……."

그러자 고요하던 바닷가 쪽에서 뭔가 들리는 것도 같았다.

"뭘 들어보라는 거야?"

"이제 들릴 겁니다."

작은 소리가 점차 굉음이 되면서 들려왔다. 짧고 빠르게 물살을 헤치는 소리. 그것은 바로 보트의 엔진음이었다. 수평선 너머에서 달려오는 보트는 해양경찰의 깃발을 달고 있었다. 창문을 재빨리 내다보던 비취불상은 놀라 외쳤다.

"아니, 저게 어떻게?"

그럼 조선백자가 해안가를 샅샅이 살펴봤다는 얘기가 모두 거짓이란 말인가? 어떻게 밖과 연락이 된 것일까? 충격과 혼란 속에서 빠져나오지 못 하던 비취불상에게 다짜고짜 다가가 고려청자는 안경을 벗으며 말했다.

"비취불상 님, 잘 보셨습니다. 맞습니다. 제가 바로 광인작가 감광준이올시다."

고려청자, 아니 감광준은 무대에 선 배우처럼 손과 발로 멋지게 곡선을 그으며 인사를 했다.

"너, 이 새끼……."

"방금 어떻게 뭍과 연락을 취한 걸까 궁금하고 계셨나요? 다름 아닌 우리의 보트였죠. 방법은 실로 간단했답니다. 이 섬의 지하는 2차 대전 시에 일본군이 뚫은 수많은 해저터널들로 얽혀 있지요. 물론 지금은 대부분이 막혀버렸지만 몇 개는 건재한 것들이 있습니다. 이 터널이라는 게 원래 목적은 바다의 가미가제라고 할 수 있는 '자살 특공보트'들을 위한 것이었던 만큼 배의 격납에는 더없이 좋은 곳이랍니다. 조선백자 님이 말한 것처럼 배가 들고 나기가 쉽게 경사진 입수로도 있지요. 섬의 절벽 쪽에서는 잘 보이지 않는 깊숙한 곳의 터널 안에 보트를 숨겨놓았던 겁니다."

"그 따위로 완전 나를 가지고 놀았군."

"비취불상 님, 전 처음부터 당신을 범인으로 점찍어 놨었답니다. 하지만 제가 그토록 애착을 가지는 『조선식 가옥 살인 사건』의 진범이신 만큼 당신에 대해 더 많은 것을 연구하고 싶었습니다. 당신의 관심사는 이 섬에 왔을 때부터 '보물'에는 없었죠. 바로 '나' 이외는 없었던 겁니다. 그래도 당신은 보물찾기에 너무 관심을 보이지 않았어요. 옆에서 못 봐줄 정도로요. 금불상과 은노리개, 조선백자 님들이 열성을 가졌던 것에 비하면 너무나 차갑고 이성적이었어요. 그것도 그렇지만 당신을 범인으로 점찍었던 이유는 사실 '비취불상'이라는 그 이름 때문이랍니다. 섬에 도착하자마자 5개의 이름표 중에 선택해야 했던 이름, 비취불상 말입니다."

“그게 뭐 어쨌다는 거야?”

“3년 전 그 사건 뉴스 발표 때에 도난품으로 발표됐던 것들입니다. 조선백자, 고려청자, 비취불상, 금불상, 은노리개. 하지만 사실 여기서 오보가 났던 게 있습니다. 비취불상만은 도난품이 아니라 몇 시간 전에 다른 상인에게 팔려갔던 것이죠. 그 몇 시간 후에 들이닥쳐 물건을 훔치고 살인을 저지른 진범에게 비취불상은 어떤 느낌일까요? 생각해 보세요. 자기 사건과 관련된 것들은 모두 피하고 싶은 게 범인의 심리라는 것입니다. 그 와중에 범행과 상관없는 선택지를 발견했다면 아무 망설임 없이 그것을 집었겠죠? 바로 당신이 ‘비취불상’ 이름표를 택할 때 그랬습니다.”

정곡을 찔린 듯 비취불상은 한 손으로 피곤함이 가득한 얼굴을 쓸어내렸다. 손에 쓸려서 새로 나타난 얼굴은 악에 받친 살인마의 얼굴이었다.

“방심하지 마! 나머지 사람들을 살해한 네 놈 범행의 목격자가 여기 있다!”

“아— 하! 우리 금불상 님과 조선백자, 은노리개에 대해서 말해두자면 셋 다 모처에서 편안하게 휴식을 취하고 계십니다. 안전하게 수납해 놓은 보트를 이용해서 폭발과 동시에 연기와 돼지 창자로 둔갑한 금불상과 엉뚱하게 동침하게 된 은노리개와 조선백자를 손수 제주도까지 모셔드리고 왔지요. 왜 죽이지 않았냐고요? 저로선 그들을 죽일 이유가 없었답니다. 제 목표는 처음부터 당신뿐이었으니까요. 금불상의 경우는 가짜 폭탄이 폭발하는 동시에 밑의 함정이 열리게 고안된 장치로 감쪽같이 해치울 수 있었죠. 그리고 은노리개와 조선백자의 경우는, 저도 참 난감했던 경우랍니다. 은노리개를 처리할 차례여서 마스터키로 열고 들어갔더니 글쎄, 두 남자 놈들이 그러고 있는 게 아니겠어요? 은노리개란 녀석은 처음부터 여장을 하고 나타나서 꺼림칙했었는데…… 아무튼 너무나 놀라 얼떨결에 두 놈들을 기절시키고, 아! 그 와중에 조선백자가 이마가 긁혀 피를 좀 흘려버렸죠. 그리고 제주도로 옮겨놓고 온 게 오늘 새벽일이었습니다. 두 녀석들 어찌나 무겁던지 덕분에 오늘 늦잠을 다 잤지 뭡니까."

이내 비취불상은 털썩 주저앉아 버렸다. 그에게 내린 햇살이 조명처럼 그를 비추었다.

"명심해, 아직 끝난 게 아니야. 결국 넌 『조선식 가옥살인 사건』에 대해선 아무것도 밝혀내지 못했으니까."

"흠…… 이거 꽤 어려운 스페어 처리가 되겠는걸요?"

그 옆에 햇살을 받으며 선 감광준은 묘한 자세를 잡았다. 그러더니 현관을 향해 볼링공을 굴리는 흉내를 냈다. 고장난 다리가 무색할 정도로 가상의 공은 정원의 쐐기돌을 지나 부드럽게 곡선을 그리며 굴러갔다. 그리고는 7번 단풍나무 핀을 때리고 7번 핀은 벽으로 튕겨졌다가 다시 튕겨져 나오며 10번을 향해 굴러갔다. 스네이크 아이즈! 레일로드의 다른 이름이었다.

부록

『조선식 가옥 살인 사건』 51p의 미스터리

여러분들이 추리 소설의 팬들이라면 감광준이라는 이름에 대해서 한 번쯤은 들어본 적이 있을 것이다. 일본파인 어떤 이는 굳이 일본의 OO 씨를 거들먹거리며 그에 비견할 만한 국내 작가라고 치켜세우기도 했지만 항상 부풀려져 있고 가려져 있는, 그의 정말로 미스터리한 정체 때문에 한 때는 감광준 '가상 인물설'이 '일요XX' 등의 일류 가십지에 단골 메뉴가 되기도 했었다. 무엇보다 추리작가로서 그의 탁월함을 입증하는 것은 '작품'일 것이다. 그의 천재성이라면 과작(寡作)이 어울릴 법하지만 그는 의외로 수준도 천차만별인 다작(多作)을 했다. 그 중 일반인들의 뇌리 속에서도 쉽게 떠오르는 작품이라면 단연 근작인 『조선식 가옥 살인 사건』을 꼽아야 할 테다.

실제 사건을 모티브로 한 것으로 유명한 이 작품은 미제사건으로 남겨진 실제 상황과는 달리 작가 나름의 끈질긴 추적을 통해 범인을 지목하고 그를 벌할 것을 예고까지 한다. 이 작품이 세간에 등장했을 때 그

센세이션이란 것은 상상을 초월한 것이었다. 광적인 열기가 사그라지고 고개를 든 의문 한 가지!

“당신은 왜 그토록 그 범인에게 집착하고 벌하려고 하는 것입니까? 이것은 ‘정의’ 때문입니까?”

이에 대한 감광준 측의 비공식적인 답변은 ‘노코멘트’였다.

이후 『조선식 가옥 살인 사건』에 대해서는 마니아 층 주도의 다각적인 분석과 연구가 이루어졌고 이러한 과정에서 나온 것이 51p의 미스터리였다. 이 미스터리가 맨 처음 제기 되었을 때 사람들의 반응은 믿는 대로 보고 싶어 하는 광신자들의 경우에 빗대어 조롱하기 일쑤였다. 하지만 그 암호 해독법이 점차 정교해지고 완전한 의미로 원문을 해독해 냈을 때 상황은 반전되었다. 물론 아직까지도 그 완전한 해독법과 원문 메시지에 대해서는 공식적으로 알려지고 있지 않지만 51p의 미스터리는 본 단편 『보물섬 스트라이크! 볼링게임』의 중요한 시발점이 되기도 하므로 열성적인 추리 마니아들이라면 꼭 한 번 도전해서 원하는 답을 얻어 보기를 바란다.

51p

아궁ㅣㅇ청소를하던경ㅍ 을밀쳐내ㄸ들어온6그노수사관이놀란것은뜯어낸온돌ㅣㅎ기이한0형태때문이었ㅓㄱ8아온이로부터뜨거공공기가퍼져나가는방향ㅣㅇ한곳인3ㅎ로식5온돌방7형태를취한피살자의방온돌구3ㅈ는꼭미로를연상케했기때곰L이었다이ㅣㅂ효율적인OR미로구조1때문ㅣㅇ그ㄹ게A2불을떼었어도8방이고ㄹ게뜨ㅓㄱ워지지않았던ㅈ이다피살자의Q8불ㄹ3불만토로G에는이러한것을모두단서화4시킨것이었다는게P밝혀지자32사람들은OOㅣㅆ에U대해다시생각하게됐다이제굴뚝만을……

ps. 위 텍스트는 「보물섬 스트라이크! 볼링게임」의 주인공들이 푼 것과 동일한 것이다. 하지만 우리는 '보물섬'으로 가는 배를 탈 이유가 없기 때문에 몇 가지 조작을 통해 해독 결과를 다르게 만들었다. 그리고 여기에서 얻어낸 정보는 정점이 아니라 어떤 의미에선 시작점일 뿐이다. 또 시작점에 있어 선 유연한 태도를 가지는 게 중요하다.

전건우

1979년 생. 경영학을 전공하였으나 글쓰는 일에 마음을 뺐겨 스무 살 언저리에서부터 온라인 상에 여러 글을 발표하였다. 장르의 경계를 넘나드는 글쓰기를 지향하며 2008년에 『한국 공포 문학 단편선 3, 나의 식인 룸메이트』와 『한국 스릴러 문학 단편선』에 참여하였다. 퇴근해서는 매일 글을 쓰며, 밤에는 아내 손을 잡고 잔다. 아내가 엄지를 치켜세우는 재미있고, 감동적이며, 슬프고, 무섭우며, 신나고 유쾌한 글을 쓰는 것이 목표다.

1. 찜질방

"박국민 씨. 박국민 씨는 1층 안내데스크로 오십시오. 다시 한 번 말씀드립니다. 박국민 씨는……."

안내 데스크에 앉은 날씬한 여직원이 박국민을 찾았다. 내 앞을 지나가던 젊은 여자 둘이 "이름이 국민이래."라고 말하며 자기들끼리 웃었다. 나는 긴장한 모습을 들키지 않으려고 스포츠 신문을 얼굴에 바싹 가져다 댔다. 신문지 끝이 애처로울 정도로 바들바들 떨렸다. 벌써 세 번째인데도 마음속 깊은 곳에서 올라오는 두려움은 어쩔 수 없었다. 휴. 길게 호흡을 한 후, 신문으로 눈을 돌렸다. 국가 대표 축구팀이 분패했고, 탤런트 C군은 나이트클럽에서 난투를 벌였고, 레이싱모델인 K양은 새로운 화보집을 냈다. 건강보조제 광고를 건너뛰고, 스포츠 토토의 스코어 예상을 넘길 때쯤, 귀에 익은 목소리가 들려왔다.

"내가 박국민인데, 뭔 일입니꺼?"

슬그머니 신문을 내리고 안내데스크 쪽을 바라봤다. 키는 160센티미터쯤 될까? 작고 다부진 체격의 남자가 데스크에 한 팔을 올린 채 비스듬히 서 있었다.

"아! 어떤 분이 박국민 씨를 급히 찾아서요."

"어떤 분, 누가요?"

"네? 그, 그게 방금 전까지 여기 계셨던 것 같은데……."

당황한 듯 여자의 목소리가 떨렸다. 아마, 쩍 벌어진 어깨 말고도 상대방에게 위압감을 주는 다른 무언가가 있으리라. 예를 들면 험악한 얼굴이나 흉터 같은. 나는 박국민의 뒤통수를 노려보며 그의 얼굴을 그려봤다.

"어허. 이 아줌마 좀 보소. 찾긴 누가 찾았다고 사람을 오라가라야. 엉?"

"어, 어떤 분이, 분명히……."

여자는 같은 말만 되풀이하며 애처로울 정도로 빠르게 주위를 두리번거렸다. 여자가 찾는 '어떤 분'인 나는 괜스레 미안한 마음이 들었다. 하지만 마음과는 달리 재빨리 신문으로 얼굴을 가렸다.

"에이 씨. 열나게 땀 빼고 있었는데, 이기 뭐꼬?"

박국민이 안내데스크 위로 침을 찍 뱉었다.

"죄송합니다. 죄송합니다. 제가 착각을 했나 봅니다. 죄송……"

"똑바로 해. 확 그냥!"

손을 들어 허공에다 으르고 난 뒤, 박국민이 어기적거리며 자리를 떴다. 나는 그 순간을 놓치지 않고 최대한 많은 정보를 머리에 담았다. 작은 키, 벌어진 어깨, 튀어나온 배, 목에 두른 수건. 여기까지는 다른 사람과 구별할 만한 구석이 없다. 결정적인 건 오른쪽 팔뚝의 문신이었다. 찜질복 반팔 아래로 드러난 희미한 회색 문신. 용인가? 아니면 그냥 글자? 안내데스크를 지나 1층 로비로 들어선 박국민이 바닥에 널브러진 사람들을 헤집고 불가마방으로 들어갈 때까지 나는 계속해서 눈으로 좇았다. 그러면서 놈의 더러운 몸뚱이를 머릿속에 똑똑히 새겼다.

"손님. 안마의자를 이용하시는 게 아니면 내려오셔야 됩니다."

"네?"

고개를 들어보니 한 남자가 나를 내려다보고 있었다.

"그래야 다른 손님이 이용하시잖아요."

"아. 네."

찜질방 직원의 말에 서둘러 안마의자에서 내려왔다. 엄폐물이 되어 주었던 두 달 전 스포츠 신문은 쓰레기통에 버렸다.

"저희 보석 찜질방은 항상 고객 여러분의 건강과……."

겁에 질려 있던 안내데스크의 여직원이 정신을 차렸는지 매시 정각마다 되풀이하는 안내 멘트를 읊어대기 시작했다.

이곳 찜질방에서 잠복한 지 다섯 시간 째.

드디어, 박국민을 찾았다.

이제, 죽이는 일만 남았다.

불가마방 입구가 보이는 위치에 자리를 잡고 앉았다. 토요일 오후라 사람이 꽤 붐볐다. 초등학생 정도로 보이는 어린애들이 넓은 홀 여기저기를 뛰어다녔다. 하얀 수건을 말아 양머리처럼 쓰고 있는 애들을 보고 있자니 민호 생각이 떠올라 눈물이 핑 돌았다. 지난 1년 동안 벼르고 벼른 마음은 충분히 독해졌지만, 이상하게도 눈물만은 사라지지 않았다. "아빠는 순 울보야." 만화영화에서 조금만 감동적인 장면이 나와도 눈물을 감추지 못하는 나를 보고 아들 녀석은 그렇게 놀려댔다. 그러면 나는 또 녀석의 더벅머리를 마구 헝클어뜨렸다.

감상에 젖지 말자…….

목에 두른 수건으로 눈물을 닦고 다시 불가마방 입구에 집중했다. 아치형의 나무문 위에 매달린 디지털 온도계가 98이라는 숫자로 바뀌었다. 내가 들어간다면 아마 몇 분도 버티지 못하리라. 하지만 박국민은 벌써 30분째 나오지 않았다.

그 사이 누군가가 로비에 놓인 커다란 텔레비전의 채널을 바꿨다. 연예인들이 떼로 나와서 말장난을 하던 토크쇼가 사라지는가 싶더니 뉴스가 튀어나왔다.

"……경찰 조사 결과 동일범의 소행으로 밝혀졌습니다. 경찰은 이번 사건을 지난 달 3일에 있었던 홍대 PC방 살인 사건에 이은 연쇄 살인 사건으로 보고 수사의 폭을 넓히고 있습니다. 한편, 사건 현장인 신당동 일대의 주민들 중, 사건 발생 시각인 오후 7시부터……."

"거 원래 보던 거 좀 봅시다. 다른 사람들 다 보고 있는데 뭡니까?"

로비에 누워 있던 남자 한 명이 걸걸한 목소리로 소리쳤다. 그러자 몇몇 사람들이 동조를 했다. 채널은 다시 토크쇼로 돌아갔다. 왁자지껄한 웃음소리가 쏟아져 나왔다.

불가마방 입구가 열리며 서너 명이 동시에 로비로 나왔다. 퍼뜩 정신을 차리고 사람들 한 명 한 명을 유심히 관찰했다. 모두 얼굴에 수건을 감고 있었지만 그런 건 상관없었다. 내가 찾는 건 문신. 오직 그것뿐이다. 맨 마지막에 나온 작달막한 남자의 오른쪽 팔에 새겨진 문신이 눈에 들어왔다. 나는 자리에서 일어나 놈의 뒤를 좇았다.

나무 계단을 밟고 2층으로 올라간 박국민은 쭉 늘어선 안마의자를 지나 얼음방으로 들어갔다. 이번에도 나는 얼음방이 마주보이는 위치에 앉아서 놈을 기다렸다. 투명한 유리로 된 얼음방은 바깥에서도 안이 훤히 들여다보였다. 뻿뻿한 동작으로 맨손 체조를 하던 박국민은 몇 분 만에 얼음방에서 나왔다. 그러고는 남탕 입구라고 적힌 계단으로 발걸음을 옮겼다.

됐다. 이제 끝낼 순간이 왔다.

밤새 도박을 하고 난 다음 날이면 찜질을 한 뒤 수면실에서 잠을 잔다는 사실은 이미 알고 있었다. 나는 놈을 따라 남탕으로 들어갔다. 박국민이 찜질복을 훌렁훌렁 벗어던지고 목욕을 하러 들어간 사이, 사물함에서 3845쪽 짜리 「편람식 조세 법전」을 꺼냈다. 하드커버의 묵직한 그 책 안에는 내 마음처럼 잘 벼린 사시미가 들어 있었다. 휴대하기 좋게 칼날의 길이를 줄이고 손잡이도 짧게 만든 주문 제작품이다. 나는 주위를 살피며 책의 가운데 부분을 열었다. 매끄럽게 파여 나간 책장들 속에 들어 있는 시퍼런, 사시미.

내가 칼을 챙기는 사이 샤워를 끝낸 놈이 수면실로 들어갔다. 어두컴컴한 수면실에는 아직 시간이 일러서인지 누워 있는 사람이 몇 없었다. 박국민은 제일 안쪽의 2층 침대로 올라갔다. 나는 조용히 따라붙어 놈이 누운 침대의 1층에 가만히 앉았다. 박국민은 눕자마자 코를 골기 시작했다. 일부터 백까지 세 번을 센 후, 책에서 칼을 꺼냈다. 그리고 소리를 죽이며 계단을 올랐다.

박국민은 아랫도리에 두르고 있던 수건을 머리맡으로 치운 채 알몸으로 잠들어 있었다. 코를 골 때마다 놈의 두툼한 배가 부풀어 올랐다. 나는 칼을 단단히 쥐고 나머지 손으로 수건을 집어 들었다. 말아서 입을 누르고, 놈의 목에다 칼을 박아 넣으면…….

"영숙아 사랑해!"

갑자기 들려온 소리에 깜짝 놀라 뒤를 돌아봤다. 뒤편 침대에 누워 있던 남자가 허공에다 손을 몇 번 젓더니 다시 조용해졌다. 등줄기를 타고 식은땀이 흘렀다. 긴장으로 발가락이 오그라들었다. 숨을 죽인 채, 어두운 수면실 안을 다시 둘러봤다. 규칙적으로 바람을 내뿜는 공기청정기 말고는 아무것도 움직이지 않는다는 걸 확인한 후 다시 호흡을 가다듬었다.

잠깐. 뭔가 이상하잖아?

일순간 소름이 돋았다.

놈의 코고는 소리가 멈췄다!

미처 대비를 하기도 전에 주먹이 날아왔다. 코끝에 짜릿한 통증을 느끼며 수면실 바닥으로 떨어졌다.

"이런 개자슥이! 니 누고?"

박국민이 덩치와는 어울리지 않게 날렵한 동작으로 2층 침대에서 뛰어내렸다. 그리고 그대로 내 배를 밟았다. 헉. 저절로 신음이 터져 나왔다. 놈을 기다리면서 먹었던 맥반석 달걀이 죄다 올라오는 기분이었다. 발길질이 계속됐다. 뜨거운 통증이 온몸 구석구석을 달궜다.

칼. 칼은 어디 있지?

"야! 니 누고? 누군데 내 목을 딸라꼬……."

놈이 멱살을 거머쥔 채로 억지로 일으켜 세웠다. 자고 있던 사람들이 깨어나면서 웅성거리는 소리가 아득히 멀게만 들렸다. 빌어먹을. 꼭 실수를 한단 말이야. 얼마나 죽여야, 구질구질하지 않게, 단번에 끝낼 수 있을까? 응? 민호야.

"어라? 니 이 자슥, 그 아새끼……."

박국민이 드디어 나를 알아봤다. 놈의 눈이 커졌다.

"그래. 나다. 노멀 맨. 흐흐흐."

손에 잡히는 「편람식 조세 법전」으로 놈의 머리를 후려쳤다. 들고 다닐 때는 우라지게 무거워 고생을 시키더니만, 결국 도움이 되는구나.

얻어맞은 박국민이 순간 비틀거렸다. 몸을 일으켜 놈에게 달려들었다. 하지만 놈은 만만한 상대가 아니었다. 다시 발길질이 날아왔다. 명치를 차인 나는 뒤로 넘어졌다. 숨이 끊어질 것 같은 고통에 허리를 숙였다. 바로 그때, 침대 밑에 떨어져 있는 칼을 발견했다. 앞으로 고꾸라지며 칼을 가렸다.

"아따 마. 그때 확 직이뻿으야 되는 긴데. 에이 재수 없어."

놈이 내 머리에 침을 뱉더니 양발을 넓게 벌리고 섰다. 조금씩,

조금씩 손가락을 움직여 칼을 쥐었다.

"뭘 보는교? 그냥 잠이나 처자지."

이때다! 구경하던 사람들을 향해 놈이 한 마디를 던질 때, 벌떡 일어나며 사타구니 중앙에다 칼을 쑤셔 넣었다.

"으아아아악!"

박국민이 비명을 질렀다. 혈관 중 어딘가가 잘려나갔는지 더운 피가 온몸으로 뿌려졌다. 나는 칼에 힘을 실어 그대로 밀어 붙였다. 그리고 놈의 몸을 헤집으며 칼날의 방향을 돌려 힘껏 위로 당겨 올렸다. 놈은 흰자위만 남긴 채 까무러쳤다.

나는 재빨리 수면실을 빠져나왔다. 수면실 안에서 비명이 이어졌다.

"경찰에 신고해."

누군가가 소리쳤다. 피투성이가 된 내 모습을 본 남탕 안의 사람들도 놀라긴 마찬가지였다. 사람들이 점점 모여들었다. 초조한 마음을 누르며 수건 몇 장으로 몸에 묻은 피를 닦았다. 사물함에서 옷을 꺼내 대충 외투만 걸쳐 입었다. 그리고 곧장 남탕을 나와 계단을 달려 내려갔다.

"살인 사건이야."

"저 남자가 범인이야!"

시끄러운 소리들이 내 뒤를 따라 붙었다.

밖으로 나오자 차가운 겨울 공기가 몸을 감쌌다. 젠장. 신발을 잊었다.

나는 달리기 시작했다.

뒤쪽에서 사이렌 소리가 긴 꼬리를 남기며 들려왔다.

2. 1년 전

유괴범들은 모두 네 명이었다. 남자 셋과 여자 하나. 겨울 햇살이 비쳐드는 폐공사장 안에서 놈들은 내 주위에 빙 둘러섰다. 한 명, 양복을 입은 남자만이 한 발짝 정도 뒤에 물러서 있었다.

"뭐라고 적은 거야? 노멀 맨? 골 때리는구먼."

내 티셔츠 위에 적어 넣은 글자를 보고 비웃은 놈은, 그래, 노랑머리, 내가 첫 번째로 죽인 한성진이었다.

"아따. 뭐 이래 비리비리한 새끼 아를 납치했노? 돈이라도 제대로 준비했겠나?"

심한 사투리를 썼던 남자는 박국민. 침을 한 번 뱉고, 발로 쓱 지우기를 되풀이하던 놈.

"돈은 맞아요. 1억 5000만 원."

내가 준비해 간 돈을 세어 보던 여자는 두 번째로 죽인 권지혜.

"우리 아들, 민호는 어디 있습니까? 돈을 준비했으니 이제 민호를 풀어주세요."

어쩌면 그때부터, 놈들이 순순히 얼굴을 드러냈을 때부터 나는 불길한 예감을 느꼈던 건지도 모른다. 아니, 놈들 중 한 명이 내 몸을 뒤져 위치추적기를 찾아냈을 때 이미 각오를 했던 건지도 모른다. 아니, 접선 장소로 지정했던 마을버스 정류장에서 다짜고짜 나를 납치해 승합차에 태울 때 무언가가 잘못됐다고 생각했던 건지도 모른다.

아니다.

사실은, "민호를 납치했다."라는 전화를 받았던 눈 내리던 그날 밤에 이미 비극적인 결말을 예상했던 건지도…….

"이제 됐지 않습니까? 입 다물고 가만히 있겠습니다. 여기 계신 분들에 대해서는 한 마디도 안 하겠습니다. 그러니, 우리 민호 제발 좀 풀어주세요. 이 돈도 전세금 빼서 마련한 겁니다. 이제 더 이상 드릴 것도 없어요. 그러니 제발 민호를……."

"그 새끼 참. 억수로 시끄럽네."

박국민이 그렇게 말하며 슬그머니 고개를 돌리는 모습을 나는 똑똑히 봤다. 나머지 두 년 놈, 한성진과 권지혜의 얼굴이 순간 굳어지는 것도 눈치 챘다. 무언가가 잘못 됐다는 느낌이 들었다.

"민호야! 아빠 왔어. 어디 있니? 노멀 맨이 너 구하러 왔으니까 조금만 기다려. 민호야!"

나는 티셔츠를 내 보이며 민호를 불렀다. 하지만 아무런 대답도 돌아오지 않았다. 공사장 지붕에 부딪힌 내 목소리만이 메아리처럼 울릴 뿐이었다. 그때였다.

"돌려드리겠습니다."

한 발 물러서 있던 양복 차림의 남자가 불쑥 말했다.

"암. 돌려드려야죠. 약속은 약속이니까."

그 남자의 목소리를 듣는 순간 협박 전화를 걸었던 놈이라는 사실을 깨달았다. 모든 행동을 지시하던 차가운 그 목소리. 너무나도 태연해서 전화를 끊은 후에도 온몸에 돋은 소름을 털어내기 힘들게 만들었던 바로 그 목소리. 놈이 유괴범들의 리더였다. 죽어서도 잊지 못할 그 이름. 마형석.

"고맙습니다. 고맙습니다."

"이것 봐요. 한성진 씨. 빨리 돌려드리세요. 민호 군 말입니다."

노랑머리가 구석으로 사라졌다. 그리고 곧 까만색 여행용 트렁크를 끌면서 나타났다.

"그냥은 데리고 다니기가 힘들어서 말이죠."

마형석이 그렇게 말하며 트렁크를 내 쪽으로 밀었다. 나는 놈들과 트렁크를 번갈아 바라봤다. 한성진이 내 눈을 피했다. 권지혜가 내 눈을 피했다. 박국민이 내 눈을 피했다. 하지만 마형석은 나를 보며 웃었다. '어서. 어서.' 입 모양으로 그렇게 말하며 트렁크를 여는 시늉을 했다. 놈의 왼쪽 관자놀이 부근이 부자연스럽게 떨렸다.

나는 지퍼에 손을 가져갔다. '열지 마! 열면 안 돼!' 머릿속 어딘가에서 날카로운 경고음이 들렸다.

"민호야."

나는 트렁크에 대고 아들을 불렀다.

"……."

"민호야?"

"……."

민호는 대답이 없었다.

천천히, 지퍼를 열었다. 찌이이이익. 트렁크의 아가리가 벌어지며 끔찍한 소리가 들렸다. 숨을 쉴 수가 없었다. 심장이 뜨거워졌다. 한 번, 눈을 감았다 뜬 후, 트렁크를 열었다.

처음 본 것은 손이었다. 민호의 앙증맞은 두 손이 이상한 방향으로 뻗어 있었다. 반대네? 미련하게도 한참을 내려다 본 뒤에야 그 사실을 깨달았다. 오른손과 왼손이 반대네? 팔꿈치부터 잘려나간 민호의 두 팔이 각각 반대쪽 어깨에 얹혀 있었다. 민호의 오른손 손등에는 유괴되던 날 아침 내가 찍어준 '참 잘했어요.' 도장이 아직 선명했다.

"이게 뭔가요?"

바보처럼, 놈들을 향해 그렇게 물었다.

그리고 다음 순간, 모든 상황이 이해됐다. 감전이라도 된 것처럼 찌릿한 통증이 온몸 구석구석으로 퍼져 나갔다. 눈앞이 하얘졌다. 나는 민호의 잘린 팔을 꺼내 들었다. 엑스자로 놓인 두 다리도 꺼내 들었다. 허리에서 끊긴 엉덩이도, 그리고 목이 떨어져나간 상체도 꺼내 들었다. 그동안 한 번도 숨을 쉬지 않았다. 아니, 가슴이 무언가로 꽉 막혀 숨을 쉴 수 없었다. 머릿속이 멍했다. 온몸이 부들부들 떨렸다.

"자, 됐죠? 이제 민호를 돌려드렸으니까 됐죠?"

아마, 그 말이 신호였던 것 같다.

"으아아."

나는 울부짖으며 놈들에게 달려들었다. 멍하니 서 있던 권지혜의 뺨을 후려치고, 곧장 마형석에게로 몸을 날렸다. 하지만 한성진이 중간에 끼어들어 나를 때리기 시작했다.

"지랄발광을 한다."

한성진과 드잡이를 하던 나를 박국민이 걷어찼다. 나는 바닥으로 쓰러졌다.

"보소. 끝낼 거면 빨리 끝내입시더. 영 보기 그렇네요."

박국민이 마형석을 향해 말했다. 그때 사이렌 소리가 들리기 시작했다.

"경찰이에요. 경찰."

권지혜가 소리쳤다.

"좀 머리를 썼나 봅니다. 위치추적기가 더 있었군요."

바닥에 쓰러진 채 울부짖는 내게는 그 모든 소리가 그저 멍하게만 들렸다. 꿈이었으면. 민호야. 이 모든 게 꿈이었으면! 네가 자주 꾼다는 그 무서운 꿈이었으면…….

"그럼, 끝내 볼까요?"

무언가가 머리 위로 날아왔다.

퍽.

내 머리가 터지는 소리가 마치 영화 속에서 들리는 효과음처럼 비현실적으로 들렸다. 뜨거운 피가 이마를 적셨다. 통증 따위는 느껴지지도 않았다. 퍽. 다시 한 번. "빨리 도망가야죠." "돈부터 챙기라." 그리고 내 머리를 후려친 쇠파이프가 바닥에 떨어지는 소리가 역시나, 꿈결처럼 들려왔다.

"자, 이제 저승에 가서 아들을 만나시죠. 흐흐흐."

최후의 순간, 마형석이 내게 귓속말을 했다. 얼굴이 뱀처럼 꿈틀거렸다. 마형석이 내 가슴에 뭔가를 올려두고 사라졌다. 꺼져가는 의식 속에서 간신히 눈을 뜨고, 그 무언가를 바라봤다. 그것은 잘린, 민호의 머리였다.

나는 정신을 잃었다.

일주일 만에 깨어났다.

병원 침대 위에서였다. 정신 나간 아내가 멍하니 내 옆을 지키고 있었다.

"두개골에 큰 부상을 입으셨어요. 이만하신 게 기적입니다."

머리에 난 구멍은 아려오는 마음에 비하면 별 것도 아니었다.

"민호가, 우리 민호가 아빠 아프다며 내내 울다 갔어."

아내는 자꾸 헛소리를 했다. 똥오줌을 지릴 때도 있었다. 나는 병원 침대에 누워 그 모든 것을 받아들였다. 담담했다. 머리에서 오는지 마음에서 오는지 모를 뜨거운 통증이 가끔 온몸을 훑고 지나갔다. 아프지 않았다. 그래서 살아있다는 게 느껴지지 않았다.

또 하나, 새로운 사실을 받아들여야 했다.

"물리적으로나 정신적으로 큰 충격을 받으셨기 때문에 이런 증상이 생긴 것 같습니다. 현재는 딱히 치료 방법이 없어서 뭐라 말씀드리기가……."

처음 깨어나서 아내의 얼굴을 알아보지 못했을 때에는 그저 잠깐 기억을 잃었다고만 생각했다. 아니면 감당할 수 없는 고통에 맛이 간 걸지도……. 하지만 사람을 알아보지 못하는 일이 계속 됐다. 진술을 듣기 위해 수시로 드나드는 형사와 문병 온 직장 동료들을 구분하지 못했다. 유괴범들의 살 떨리는 목소리와 그 억양까지도 생생한데 유독 그놈들의 얼굴만은 떠오르지 않았다.

"아무래도 상모실인증, 그러니까 안면인식장애인 것 같습니다. 그것도 중증의."

상관없었다.

의사가 "평생 다른 사람을 구분하지 못할지도 모릅니다. 심지어는 자기 자신의 얼굴도요."라고 말해도 나는 아무런 감흥이 없었다. 중요한 건 그게 아니었다.

복수.

깨어난 순간부터 내 머릿속에는 오직 그 단어뿐이었다.

"선생님. 한 가지만 물어 보겠습니다. 뱀이 지나가는 것처럼 얼굴이 꿈틀거리는 게 무슨 병입니까?"

안면인식장애를 알리러 온 의사에게 내가 물었다.

"여러 가지 병명이 있는데 통칭해서 그냥 안면경련이라고 합니다만, 왜 그러시죠? 그런 증상도 있으신가요?"

"아닙니다. 그럼, 그런 병은 왜 생기는 건가요?"

"뭐, 일반적으로는 스트레스나 피로 때문이라고 알려져 있습니다. 일단 정밀한 검사를 해 봐야 자세한 원인을 알 수 있죠. 신경계통의 이상일 수도 있거든요. 참! 극도로 흥분했을 때도 그런 증상이 나올 수 있죠."

나는 의사의 말을 머릿속에 새겼다. 얼굴은 기억나지 않지만 그 떨림만은 생생했다. 마형석의 왼쪽 관자놀이 부근을 기어 다니던 뱀의 꿈틀거림은 스트레스나 피로가 아닌 흥분 때문이었을 것이다. 그런 확신이 들었다.

"여보. 얼굴을 모른다 해도 나는 그놈들을 찾아낼 자신이 있어. 놈들의 역겨운 냄새를 찾아, 목소리를 찾아 세상 끝까지라도 뒤질 거야. 그러니 좀 이해해 줘."

어느 날 밤, 아무도 없는 허공에 대고 뭐라고 중얼거리는 아내를 향해 나는 그렇게 말했다.

"찾아내면 물어볼게."

아내가 나를 바라보더니 히죽 웃었다.

"왜…… 왜, 우리 민호였냐고……."

내 눈에서 뜨거운 눈물이 흘러내렸다.

"그리고 그놈들의 몸에 똑똑히 새겨 주겠어. 민호가 당한 고통을."

그렇게, 1년이 지났다.

3. 마트

진통제를 꺼내 입 안에 털어 넣었다. 옛 생각이 날 때마다 수시로 아파오는 머리도 머리지만 박국민에게 당한 상처가 심상치 않았다. 옆구리 근처에서 뜨거운 통증이 올라왔다. 아무래도 갈비뼈가 부러진 모양이다. 약 기운이 돌기를 기다리며 나는 수첩을 꺼냈다.

박국민, 무직, 조직 폭력배? 가양동 거주, 찜질방에 자주 감, 도박, 싸움에 능함.

수첩에 적힌 박국민의 이름과 특이사항에 빨간 줄을 그으며 속으로 혀를 찼다. 실수다. 놈이 조직 폭력배 출신일지도 모른다는 사실과 싸움에 능하다는 정보를 입수하고도 너무 만만하게 봤다. 한성진의 입에서 나온 말들을 온전히 믿었어야 했는데.

병원에서 정신을 차렸을 때, 피에 젖은 티셔츠를 제외한 나머지 옷가지들이 침대 옆에 얌전히 놓여 있었다. 미쳐 버린 아내 대신 간호사들이 챙겨놓은 것들이었다. 그 속에서 전화번호도 없이 이름만 달랑 찍힌 PC방 쿠폰을 발견했다. '마우스 PC방.' 처음 들어보는 이름이었다.

"여기 있는 게 전부 제 물건인가요?"

링거를 갈러 온 호리호리한 간호사에게 물었다.

"옷은 전부 환자분 거고, 나머지는 주머니에서 나온 소지품이에요."

"이것도?"

쿠폰을 들어보였다.

"아! 그건 환자분이 병원에 실려 오실 때 손에 꼭 쥐고 있던 거예요. 구급차가 들어오던 날 제가 담당이었거든요. 그래서 똑똑히 기억해요."

내가 손에 쥐고 있었다. 하지만 내 물건은 아니다. 그렇다면…….

그때부터였다. 복수에 대한 구체적인 계획을 세우기 시작한 건. PC방을 뒤지다 보면 놈들 중 한 명과 만날지도 모른다.

형사들에게는 쿠폰에 대해 입을 닫았다. 그것 말고는, 유괴범들의 얼굴이 기억나지 않았으므로 더 이상 말해 줄 것도 없었다. 몸을 추스르고 아내를 정신병원에 입원시키는 동안 6개월이 훌쩍 지나갔다. 전세금이 없어 집에서도 쫓겨난 나는 고시원 생활을 시작했다. 회사도 그만두었다. 퇴직금은 고스란히 모아두었다. 시골에 와서 요양이라도 하라는 부모님의 만류를 뿌리치고, 주위 사람들과의 연락도 끊었다.

모든 것이 다 복수를 위한 사전 준비였다. 그리고 드디어 놈들을 찾기 시작했다.

서울 지역에만 똑같은 이름의 PC방이 152개나 있었다. 집과 가까운 곳부터 뒤지기 시작했다. 발품을 팔며 거리를 누비기를 한 달 째, 드디어 홍대에 있는 '마우스 PC 방'에서 똑같은 쿠폰을 발견했다. 며칠 동안 잠복에 들어갔다. 맛도 없는 컵라면을 시켜 먹으며 일주일을 버텼다. PC방 폐인이 따로 없었다. 남들은 게임이다 뭐다 정신이 없었지만 나는 그마저도 할 수 없었다. 의심을 사지 않으려고 최신 게임의 창을 멍하니 열어놓았을 뿐 온 신경은 PC방을 드나드는 사람들의 움직임에 맞춰져 있었다. 얼굴을 구분하지 못하는 나로서는 간신히 기억하고 있는 몸의 형태와 목소리에 매달릴 뿐이었다.

일주일 째 되는 날, 드디어 귀에 익은 목소리가 들려왔다.

"오랜만입니다. 사장님."

"어. 어서 와. 이게 얼마만이야? 난 게임 끊었나 했네."

"잠시 외국에 좀 갔다 왔거든요. 헤헤."

라면을 먹다 말고 재빨리 카운터를 향해 고개를 돌렸다. 비쩍 마른 몸에다 노랑머리를 한 남자가 PC방 사장과 이야기를 하고 있었다. 직감적으로 놈들 중 한 명이란 사실을 알아챘다. 노랑머리. 내 티셔츠를 보고 비웃던 그 새끼. 민호가 든 트렁크를 가져왔던 그 개새끼!

놈은 카운터와 가까운 위치의 컴퓨터 앞에 가방을 올려놓더니 다시 밖으로 나갔다.

"사장님. 화장실 좀 다녀올게요."

나는 놈이 눈치 채지 못하게 조용히 따라 나섰다. 다행이 복도에는 아무도 없었다. 화장실로 들어가려는 놈의 뒤에 바싹 붙어 칼을 들이댔다. 그리고 물었다.

"노멀 맨이라고, 기억해?"

노랑머리의 몸이 순간 움찔했다.

찾았다!

놈의 몸뚱이에 칼집을 낼 때의 환희보다도 그때의 기쁨이 더 컸다.

이제 남은 것은 마형석뿐이다. 나는 수첩에 적힌 놈의 이름과 특징을 물끄러미 바라봤다.

마형석, 은평구의 ○○ 마트에서 일함, 악마.

받아적으면서도 의아했던지 악마라는 단어의 '마'자가 살짝 일그러졌다.

"저, 정말이에요. 다 마형석 그 자식이 계획했다니까요! 저, 전 그저 운전만 했을 뿐이에요. 정말이에요!"

한성진은 고통에 몸부림을 치면서 그렇게 말했었다. 그때쯤에는 칼날이 놈의 허벅지를 훑고 있었다. 번화가의 건물 옥상. 아무리 고문을 해도, 아무리 비명을 질러도 들킬 염려가 없는 곳.

"진짜 나쁜 놈은 마형석이에요. 권지혜 그년이나 박국민 그 무식한 자식도 마형석의 꾐에 빠졌을 뿐이라니까요. 도박 빚을 갚아주겠다면서 다가왔을 때부터 알아봤어야 했는데……. 마형석, 그 새끼는 진짜 악마라니까요!"

악마라…….

책임을 전가해서 조금이라도 고통을 덜어보려는 한성진의 발악이었을까, 아니면 마형석이라는 놈은, 진짜 악마일까?

애초에 한성진과 권지혜, 그리고 박국민은 같은 도박장에서 만났다. 비슷한 시기에 도박에 빠진 셋은 안면을 틀 정도로 친해졌다. 그리고 셋 다 5000만 원 가까운 빚을 지게 되었다. 그런 세 사람 앞에 나타난 것이 바로 마형석이었다. '평범한 인상에 직업마저도 평범한 40대의 꼰대'가 그들이 마형석에게서 처음 받은 인상이었다. 마형석은 도박장에서도 늘 뒷자리에 앉아 관전만 하는 특이한 사람이었다. 그런 사람의 입에서 처음 '유괴'라는 단어가 나왔을 때 셋 모두 농담인 줄로만 알았다. 하지만 마형석은 이미 치밀한 계획까지 세워놓은 상태였다.

"왜 우리 민호였지?

한성진의 목덜미에 칼날을 밀어 넣기 전 마지막으로 그걸 물었다. 이미 정신을 잃어가던 놈이 가느다란 목소리로 대답했다.

"……그냥 ……이유가 없대 ……마형석이."

탁.

수첩을 덮었다.

놈을 죽이러 가자.

외투를 여미며 마트 안으로 들어섰다. 모자를 눌러쓰고 마스크로 입도 가렸다. 지금쯤 전국에 수배령이 내려졌을 것이다. 이곳 마트로 오기 전 공중전화에서 아내가 입원한 정신병원으로 전화를 걸었다. 아내를 바꿔주는 간호사의 목소리가 심상치 않았다.

"여보. 잘 있지?"

"……."

아내는 대답이 없었다.

"난 잘 지내. 이제 계획했던 일도 얼마 안 남았어."

"……."

"조금만 있으면 끝날 거야. 그럼, 우리 민호도 좋아할 거야."

"민호가 왔어."

가만히 듣고만 있던 아내가 불쑥 그렇게 말했다.

"민호가…… 아빠 걱정을 많이 했어. 아빠가 힘들다고, 걱정을 많이 했어. 헤헤."

갑자기 뜨거운 것이 목구멍을 타고 올라왔다.

"최현수 씨? 최현수 씨죠? 지금 어디 계십니까?"

낯선 남자 목소리가 수화기를 넘어 들어왔다.

"지금 최현수 씨는 중대한 범죄를…….

나는 전화를 끊어버렸다. 형사들이 나를 찾기 까지는 제법 시간이 걸릴 것이다. 하지만 문제는 내가 마형석을 찾기까지도 시간이 걸린다는 사실이었다. 이름은 알고 있지만 찜질방에서처럼 무작정 찾을 수도 없는 노릇이었다. 놈도 뉴스를 볼 테니 내가 자기를 찾는다는 것쯤은 짐작을 하리라. 섣불리 다가갔다가는 오히려 내가 당한다. 아니, 어쩌면 놈은 나를 피해 꽁꽁 숨어버렸는지도 모른다.

그러면 곤란한데…….

입구에서 100원을 넣고 카트를 꺼냈다. 일단은 쇼핑을 하는 척 돌아다니는 수밖에 없었다. 놈의 이름을 찾아서, 그리고 놈의 목소리를 찾아서.

일요일이라 그런지 마트는 몹시 붐볐다. 찰흙덩이를 뭉개놓은 듯 밋밋하니 구분하기 힘든 얼굴들이 내 주위를 둥둥 떠 다녔다. 어지러웠다. 안면인식장애가 생긴 후로 사람들이 많은 곳은 내게 역겨움을 불러일으켰다. 누가 누구인지 알 수 없다는 불안감. 하지만 정말로 슬픈 건 이제는 아내의 얼굴도, 그리고 민호의 얼굴도 떠오르지 않는다는 사실, 바로 그것이었다.

"죄송합니다."

누군가가 카트로 내 엉덩이를 치고는 급히 사과했다. 남자 목소리라는 사실에 화들짝 놀랐다. 재빨리 뒤를 돌아봤다.

"상품을 좀 진열하려고요."

마트 직원 복장을 한 남자가 물건을 가득 실은 카트에서 과자 박스들을 꺼내기 시작했다. 마형석이라고 하기에는 너무 젊었다. 안성진은 마형석이 40대 정도라고 했다. 내 기억으로도 분명 그쯤이었다. 그 정도 나이의 남자가 마트에서 할 수 있는 일이 무엇일까?

나는 카트를 밀고 가전제품을 파는 맨 꼭대기 6층까지 올라갔다. 다른 층보다는 비교적 한산했지만 그래도 많은 사람들이 이리저리 밀려다니고 있었다. 자연스레 텔레비전이며 냉장고를 파는 코너 쪽으로 걸어갔다. 내 기억이 정확하다면, 마트 직원 중 나이 많은 남자가 파는 물건은 전자 제품뿐이었다.

"고객님. 새로 나온 TV 좀 보고 가시죠."

"요즘은 양문형 냉장고가 인기입니다. 재고가 없을 정도라니까요."

"사실 에어컨이라면 지금 사야 딱이죠. 가격도 저렴하고."

여러 목소리들이 한꺼번에 들려왔다. 높거나 낮거나, 굵거나 가늘거나. 하지만 어디에도 마형석의 목소리는 없었다. 그때, 분주하게 움직이는 다른 사람들과는 달리 애니메이션의 한 장면을 끊임없이 반복하는 HD 텔레비전 앞에 말없이 서 있는 직원 한 명을 발견했다. 왠지 모르게 분위기가 낯익었다.

나는 고개를 최대한 숙이고 남자에게 다가갔다. 텅 빈 카트 바퀴에서 요란한 소리가 났다. 한 발, 두 발. 남자와의 거리가 가까워질수록 가슴이 두방망이질 쳤다. 목이 탔다. 카트를 잡은 손에 힘이 들어갔다. 옆구리가 다시 아파오기 시작했다.

"저……."

"네. 고객님. 어떤 걸 찾으십니까?"

아니다. 아니었다. 체구에 어울리지 않는 하이톤의 경박한 목소리였다.

"아, 아닙니다."

나는 급히 돌아서서 5층으로 내려가는 에스컬레이터에 올랐다. 손에서 진득한 땀이 배어 나왔다. 진정해. 긴장하지 말자. 시간은 많아.

에스컬레이터에서 내려 주방 잡화를 파는 5층을 샅샅이 뒤졌지만 아무런 단서도 얻지 못했다. 시간이 지날수록 통증만 더해질 뿐이었다. 나는 남은 진통제를 모두 털어 넣었다. 그렇게 1층까지 한 바퀴를 다 돌았다. 남은 것은 지하 1층 식품 매장뿐이었다. 많은 사람들이 그곳으로 카트를 밀며 내려가고 있었다.

"자, 자. 타임 세일. 오이가 세 개에 1000원."

식품 매장은 다른 곳보다 두 배쯤 시끄러웠다. 똑같은 모양으로 뭉그러진 얼굴들이 저마다 입을 열며 소음을 내뱉었다. 나는 천천히 살피기 시작했다. 의심을 사지 않으려고 손에 잡히는 대로 카트에 집어넣었다. 채소가 진열된 곳을 지나 생선 코너로 접어들었다. 호객 행위는 더 심해졌다. 오징어가 두 마리 5000원. 고흥에서 오늘 아침에 올라 온 낙지가 만 원에 다섯 마리. 갈치가, 고등어가…….

소름은 갑자기 찾아왔다.

손끝부터 발끝까지.

뭐지? 갑작스런 몸의 반응에 나는 주위를 살폈다. 서로를 밀치며 지나다니는 사람들. 물건을 파는 사람들. 뛰어다니는 애들. 분간할 수 없는 소음, 소음, 또 소음. 하지만 그 소음들 속에 귀에 익은 목소리가 섞여 있었다. 귓속에 문신처럼 새겨진 그 목소리를 찾아 이리저리 고개를 돌렸다. 그러다가 정육 코너 앞에서 시선이 멈췄다. 한 남자가 손님에게 고기를 건네며 몇 마디를 던지고 있었다. 목소리가 들릴 듯 말 듯했다.

나도 모르게 남자를 향해 다가갔다.

"한가운데서 거치적거리면 어떻게 해요?"

뚱뚱한 여자가 나를 밀치고 지나갔다. 순간, 남자가 고개를 돌렸다. 눈이 마주쳤다. 그가 입모양으로 무언가를 중얼거렸다.

"참……."

남자를 따라 한 글자씩 발음해 봤다.

"잘…… 했…… 어요."

가슴이 벌렁거렸다. 마형석을 찾은 것이다.

4. 악(惡)

카트를 끌고 무작정 위로 올라갔다. 긴장으로 몸이 뻣뻣해졌다.

막상 마형석을 발견하고 보니 본능적으로 움츠러들었다. 끔찍했던 그날의 기억이 되살아나며 머리가 쑤셔왔다. 어금니를 깨물었다. 지고 들어가면 안 된다. 정신을 차려야 한다. 민호야. 힘을 줘. 이 아빠를 도와 줘…….

나는 6층 매장에 있는 의자에 앉아 천천히 호흡을 가다듬었다.

마형석은 나를 피해 숨지 않았다. 오히려 기다렸다는 모습이었다. 놈의 뻔뻔함에 치가 떨리면서도 도무지 꿍꿍이를 알 수 없어 불안했다. 경찰을 부르지는 않을 것이다. 그건 놈도, 나도 바라지 않는 일이다. 그렇다면 왜 아는 척을 한 걸까? 복잡한 머릿속을 정리하고 있을 때 갑자기 안내 방송이 울려 퍼졌다.

"최현수 씨. 최현수 씨. 가양동에서 오신 최현수 씨는 1층 고객만족센터로 와 주십시오. 다시 한 번 말씀드립니다. 가양동에서 오신……."

몇 초간 멍하다가 쓴웃음이 나왔다. 웃기는 군. 정말로, 웃겨.

나는 카트를 버려둔 채 1층으로 향했다. 놈, 마형석은 뉴스를 봤다. 가양동이라면 박국민을 죽인 보석 찜질방이 있던 곳이었다. 그래. 해 보자. 누가 이기는지. 도발을 한다면 기꺼이 넘어가주면 된다. 대신에 마지막에 죽는 놈은 바로 너, 마형석이다. 외투 안으로 손을 넣어 장도리를 확인했다. 마트로 오는 길에 철물점에서 산 물건이었다. 놈이 내게 전화를 걸어 협박을 남길 때마다 느꼈던 고통 그대로, 놈의 온몸에 이 장도리를 박아 넣으리라.

에스컬레이터에 늘어 선 카트들 때문에 빨리 내려갈 수가 없었다. 마음이 급했다. 아무리 스스로를 타일러도 들고 일어난 분노는 쉽게 가라앉지 않았다. 자꾸만 눈앞이 흐려졌다. 그게 분노 때문인지, 통증 때문인지, 아니면 약 기운 때문인지 분간할 수가 없었다. 5층, 4층, 3층, 그리고 2층. 잠시 후, 드디어 1층으로 내려섰다. 흥분은 최고조에 달했다. 주위를 둘러봤다. 고객만족센터는 계산대를 나와 화장실 쪽으로 가는 길에 있었다.

"안녕히 가십시오."

매장을 나가는 내게 귀에 리시버를 꽂은 남자가 꾸벅 인사를 했다.

고객만족센터 앞에는 카트며 유모차를 끌고 온 여자들이 제법 많이 앉아 있었다. 나는 여자들을 지나쳐 바로 데스크로 향했다.

"고객님. 먼저 번호표를 뽑으셔야……."

"나를 찾는다기에 왔습니다. 아까 방송으로. 제가 최현수입니다."

나는 그렇게 말하면서도 계속해서 주위를 두리번거렸다. 분명, 놈은 어디선가에서 나를 지켜보고 있을 것이다. 그 생각을 하자 뒷덜미가 서늘해졌다.

"아! 고객님 친구분이라며 다른 고객님이 이걸 맡겨 놓고 가셨습니다."

친구? 마형석이 이 개새끼!

여자가 내민 편지 봉투를 받아 들었다. 봉투 안에는 휘갈겨 쓴 메모가 한 장 들어 있었다. '배고프시죠? 커피 전문점 옆쪽에 있는 엘리베이터를 타고 6층 식당가로 오세요.'

빌어먹을. 나는 메모를 구겨 버렸다. 놈은 나를 놀리고 있는 것이다!

"여기 직원 얼굴도 몰라요?"

"네?"

괜스레 여직원에게 쏘아붙이고 난 뒤 서둘러 엘리베이터로 향했다. 커피 전문점 옆의 엘리베이터는 크기가 작아서 그런지 이용하는 사람이 없었다. 나는 엘리베이터 버튼을 눌렀다. 지하 3층에 멈춰 있던 엘리베이터가 천천히 올라왔다. 땡. 소리가 들리고, 텅 빈 엘리베이터가 그 속을 드러냈다. 올라탔다. 그리고 닫힘 버튼을 누르려는 찰나, 누군가가 불쑥 안으로 들어왔다. 동시에 문이 스르르 닫혔다. 직원복을 입었구나, 라고 느끼는 순간 남자가 나를 향해 달려들었다. 반사적으로 팔을 들었다.

번쩍. 뜨거운 통증에 정신이 아득해졌다. 송곳이 외투를 뚫고 팔에 박혔다. 마형석이 내 목을 잡고 벽으로 밀어붙였다. 엄청난 힘이었다.

"지금처럼, 그때도 이렇게 귓속말을 나눴는데 말이죠. 그때 확실히 죽여 버릴 걸 후회하는 중입니다. 흐흐흐."

마형석의 입김이 목덜미에 닿았다. 섬뜩할 정도로 차가운 느낌이었다. 놈이 내 팔에서 송곳을 빼냈다. 한 손으로는 내 목을 졸랐다. 숨이 막혔다. 마형석이 다시 송곳을 휘둘렀다. 간신히 몸을 비틀었다. 목을 향하던 송곳이 그대로 어깨에 내리꽂혔다. 등골을 타고 예리한 통증이 퍼져나갔다. 사력을 다해 놈의 팔을 잡아 뜯었다. 하지만 아무 소용도 없었다.

"흐흐흐. 오늘 끝장을 내 드리겠습니다."

놈의 팔에 힘이 들어갔다. 내 다리가 꺾였다. 옆구리의 통증이 다시 몸을 흔들었다. 정신이 아득해졌다.

땡.

마형석이 동작을 멈췄다. 놈의 팔 힘이 풀리는 것과 엘리베이터 문이 열리는 것은 거의 동시였다. 나는 마지막 힘을 짜내 놈을 밀쳐내며 엘리베이터 밖으로 몸을 던졌다.

"어머, 뭐야?"

엘리베이터 밖에 있던 사람들이 깜짝 놀라며 나를 피했다. 나는 서둘러 몸을 일으켰다. 통증 때문에 이가 덜덜 떨렸다. "저 사람 피 흘리는 거 아냐?" "에이. 상관하지 마." 자기네들끼리 수군거리는 소리를 들으며 힐끗 뒤를 돌아봤다. 엘리베이터 맨 구석으로 자리를 옮긴 마형석이 나를 노려보며 웃고 있었다.

이상하게도, 놈의 그 표정만은 생생하게 각인됐다.

놈은 나에 대해 얼마나 알고 있을까?

화장실 변기에 앉아 피를 닦으며 그런 생각을 했다. 1년 전 민호의 납치 사건은 경찰의 무능력을 성토하는 기사로 몇 개월 동안 화제에 올랐다. 유괴범들에 의해 토막 난 여덟 살짜리 사내아이와 미쳐 버린 엄마, 그리고 죽다가 살아난 아빠는 기자들에게는 최고의 먹잇감이었다. 경찰들의 보호가 있었지만 기사를 막을 수는 없었다. 희대의 범죄. 일가족 전원이 불행. 범인은 여전히 오리무중. 돈을 노린 단순한 유괴는 아닌 듯. 가족들의 심각한 후유증. 수많은 기사들 중에서는 내가 안면인식장애에 걸렸다는 내용도 분명히 있었다. 그래서 유괴범들의 인상착의를 증언하지 못했다는 사실과 함께. 마형석도 기사를 봤을 것이다. 안면인식장애라는 병도 물론 알고 있을 것이다. 그렇다면 뻔뻔한 얼굴로 나를 지켜보고 있다가 엘리베이터에서처럼 공격하는 게 가장 현명한 방법이라는 것도 알고 있겠지. 애초부터 너무 불리한 게임이었다. 하지만 멈출 수는 없다. 경찰에 수배령이 내려진 지금, 다음 기회를 노리는 건 포기하는 것과 다름없다.

팔과 어깨의 상처에서는 계속해서 피가 흘러내렸다. 몸이 뜨거웠다. 상처 부위에서 퍼진 열기가 몸 전체를 휘감아 돌았다. 옆구리는 더 심각했다. 갈비뼈 부위가 시퍼런 멍과 함께 빵처럼 크게 부풀어 올랐다. 조금만 움직여도 극심한 통증이 엄습했다. 화장지를 여러 겹 풀어 대충 상처를 싸매고 힘겹게 일어났다. 대책도, 계획도 없었지만 그런 걸 마련할 시간이 없다는 초조함만은 가득했다. 젠장. 내가 놈에게 쫓기는 꼴이라니…….

문을 열었다. 그때 검은 형체가 쓱 눈앞으로 다가왔다. 재빨리 장도리를 꺼내 휘두르려는 순간, 그 형체가 비명을 지르며 주저앉았다.

"아악. 살려주세요."

솜털이 보송보송한 목소리. 학생쯤으로 보이는 자그마한 체구의 남자였다. 눈앞이 하얘졌다. 하마터면 큰 실수를 할 뻔했다. 나는 도망치듯 화장실을 빠져나왔다. 우려가 현실이 됐다는 생각에 마음이 진정되지 않았다. 매장 안에서 쇼핑을 하던 사람들이 나와 마주치자 슬금슬금 피했다. 정신을 차리고 보니 아직도 장도리를 들고 있었다. 표정은 분명 귀신 같겠지? 장도리를 다시 품 안으로 넣었다. 안면인식장애가 내 복수를 멈출 수는 없었다. 하지만 복수를 시작했을 때부터 한 가지가 마음에 걸렸다. 내가 죽인 건, 과연 한성진일까? 신당동 술집에서 썩어가던 그 여자는 정말 권지혜일까? 찜질방의 그놈은 진짜 박국민일까? 혹시, 다른 사람은 아닐까? 애써 눌러왔던 불안이 봇물처럼 터졌다. 그놈들이 맞다. 그놈들이 맞다. 속으로 중얼거려 봐도 불안감과 두려움은 사라지지 않았다. 그때 누군가가 나를 건드렸다.

"으아아아!"

놀라서 비명을 질렀다. 장도리를 빼들고 곧바로 그 누군가의 멱살을 잡았다.

"고, 고객님. 왜 이러……."

정장을 차려 입은 직원. 그것도 여자였다.

주위가 시끄러워졌다. 쇼핑을 하던 사람들이 우뚝 멈춰 서서 나를 쳐다보기 시작했다.

"미, 미안합니다. 갑자기 좀 놀라서……."

나는 여직원의 멱살을 놓았다. 그녀가 슬금슬금 뒷걸음을 치면서 무전기에 대고 뭐라고 중얼거렸다. 소란은 더 커졌다. 식은땀이 흘렀다. 나를 둘러 싼 수십 개의 얼굴들. 그 똑같은 얼굴들 중에 분명 마형석이 있을 거라는 생각이 들자 참을 수 없는 공포가 밀려왔다. 장도리를 쥔 손에 잔뜩 힘이 들어갔다.

"이쪽이에요. 이쪽."

방금 전 내게 멱살을 잡혔던 여직원이 위로 올라오는 에스컬레이터를 보며 손짓을 했다. 아무래도 경비를 부른 모양이었다. 도망칠 생각으로 주위를 살폈다. 그리고 에스컬레이터를 향해 냅다 뛰었다. 사람들이 비명을 지르며 피하기 시작했다. 빌어먹을. 완전 괴물 취급이군. 에스컬레이터는 카트를 올려놓고 한가하게 내려가는 사람들로 만원이었다. 재빨리 방향을 틀었다. 이번에는 엘리베이터를 향해, 전속력으로 달렸다. 녹슨 기계처럼 움직일 때마다 근육이 비명을 질렀다. 엘리베이터는 두 대 모두 이제 막 내려가고 있었다. 정장을 입은 남자 직원들과 진압봉까지 든 경비들이 6층으로 뛰어올라오는 모습이 눈에 들어왔다. 지체할 시간이 없었다. 육중한 문을 밀고 엘리베이터 옆에 있는 비상계단으로 뛰었다. 한 번에 두 계단씩 정신없이 달려 내려갔다. 발을 내딛을 때마다 전해지는 신경을 후벼 파는 고통에 머리카락이 주뼛 섰다. 민호야. 민호야. 나는 쉴 새 없이 민호를 불렀다. 녀석이 아침에 일어나 부스스한 얼굴로 내 볼에 입을 맞출 때 나는 얼마나 행복했던가. 녀석을 데리고 마트에 가서 아내 몰래 장난감을 사줄 때 또 얼마나 즐거웠던가. 민호야. 왜 이렇게 됐니? 나는 왜 아무리 네 이름을 불러도 너의 그 귀여운 얼굴을 떠올릴 수 없니?

계단과 계단 사이의 문이 벌컥 열렸다.

"여기야!"

직원용 노란 모자를 쓴 남자가 나를 발견하고는 소리쳤다. 그러더니 내게로 돌진했다. 장도리를 꺼내 허공에 휘둘렀다. 남자가 새된 비명을 지르며 옆으로 비켜섰다. 나는 열린 문으로 뛰어들었다. 서적과 음반, 그리고 스포츠 용품을 파는 4층이었다. 왼편 끝에서 사람들이 달려오고 있었다. 반대쪽으로 뛰었다. 하지만 절뚝거리는 나보다 젊은 직원들이 훨씬 빨랐다. 순식간에 따라잡혔다. 나는 앞쪽에 놓인 농구공이 가득 든 진열 상자를 넘어뜨렸다. '50% 파격세일'이라고 적힌 종이가 허공에 날았다. 요란한 소리를 내며 공들이 굴러갔다. 쫓아오던 사람들 중 몇 명이 공에 걸려 넘어졌다. 가지런히 늘어선 자전거를 손에 잡히는 대로 뒤쪽으로 던졌다. 여기저기서 비명이 터졌다.

"고객 여러분께 알려드립니다. 지금 매장 내에서 난동을 부리는 사람이 있습니다. 저희 마트에서는 신속한 진압을 위해 노력하고 있으니 협조해 주시기 바라며 안전한 곳으로 대피……."

경쾌한 음악에 섞여 안내방송이 흘러나왔다. 어제 오늘, 안내방송 한번 원 없이 듣는구나! 골프 용품점을 돌아 에스컬레이터로 뛰었다. 숨이 턱 끝까지 차올랐다. 다리에 점점 힘이 풀렸다. 누가 누구인지 분간할 수 없는 혼란 속에서 간신히 버텨오던 신경이 툭하고 끊어져 버릴 것만 같았다. 다가오거나 물러나는 모든 사람이 마형석으로만 보여 급기야 장도리를 휘두르며 뛰기 시작했다.

바로 그때, 마치 느리게 돌린 비디오 화면처럼 내 주위의 모든 사람들이 천천히 움직이기 시작했다. 시간이 멈춘 듯, 공기가 그 흐름을 멈춘 듯 사방이 고요했다. 눈과 코, 그리고 귀와 피부의 모든 감각들이 날선 칼처럼 예리해졌다. 그리고 민호가 서 있었다. 바로 내 눈앞에! 실종됐을 때 입었던 그 옷 그대로. 하지만 얼굴은 검은 크레파스로 칠한 듯 시커멓게만 보였다. 민호야! 나도 모르게 울부짖었다. 민호가 팔을 들어 자신의 뒤쪽 어딘가를 가리켰다. 무수히 똑같은 얼굴들 너머, 밑으로 내려가는 반대편 에스컬레이터 앞에 누군가가 웃으며 서 있었다. 눈에 익은 미소. 실로 꿰맨 듯 아무런 감정이 담기지 않은, 차가운 미소.

마형석!

시간이 정상으로 돌아왔다. 뜨거운 소음이 폭발하듯 크게 들렸다. 민호는 사라지고 없었다. 나는 사람들을 헤집고 마형석을 향해 질주했다. 부딪치는 카트들을 그대로 밀치고 엎어버렸다. 바닥에 떨어진 물건들이 깨지고 부서졌다. 순간적인 내 움직임에 놈이 몸을 움찔했다. 그러더니 에스컬레이터로 냅다 도망쳤다. 그렇겠지. 네 놈도 이렇게 사람 많은 곳에서 흉기를 꺼낼 수는 없겠지. 인간이 아닌 너도 밥은 먹고 살아야 하니까. 하지만 나는 아냐!

"거기 서!"

놈이 가로막고 선 카트 몇 개를 타 넘었다. 사람들이 비명을 질렀다.

"비켜 주세요. 비켜 주세요."

아비규환에 빠진 사람들을 헤치며 필사적으로 마형석을 쫓았다. 하지만 따라잡기가 어려웠다. 놈이 에스컬레이터 끝에 다다랐다. 나는 카트를 피해 난간으로 올라섰다. 몸이 휘청거렸지만 무작정 내달렸다. 그리고 그대로 몸을 날렸다.

"이야앗!"

놈을 덮치며 함께 쓰러졌다. 엄청난 통증이 엄습했다. 그러나 마형석은 멀쩡했다. 나를 밀어젖히더니 구르다시피 해서 에스컬레이터를 내려갔다. 몸을 일으켜 놈을 쫓았다. 3층 매장으로 들어선 놈이 화장실을 향해 뛰기 시작했다. 이제 내 눈에는 마형석만 보였다. 아무래도 좋았다. 경찰에 잡혀서 사형을 당해도, 부러진 갈비뼈가 폐를 찔러서 그대로 저승으로 가더라도 좋았다. 그 전에, 마형석만 처단한다면. 그리고 머릿속을 떠나지 않는 그 질문에 해답만 얻는다면.

복도에 나란히 붙은 남자 화장실과 여자 화장실 문을 차례대로 열었다. 하지만 아무도 없었다. 재빨리 되돌아 나와 맞은 편 문을 바라봤다. 관계자 외 출입금지. 나는 망설이지 않고 그곳으로 뛰어 들어갔다. 어두웠다. 제법 긴 복도에 비상구 표시등 말고는 죄다 불이 꺼져 있었다. 나는 뒤를 돌아봤다. 문틈으로 얇은 빛이 새어 들어왔다. 하지만 다시 정면으로 눈을 돌리면 앞이 보이지 않는 암흑이었다. 흥분이 순식간에 가라앉으며 정신이 돌아왔다. 놈이 어디서 튀어나올지 모른다! 조심조심 발을 내딛었다. 발소리보다 심장 뛰는 소리가 더 크게 들렸다. 어디 있지? 어디…….

예고도 없이 검은 그림자가 튀어나왔다. 왼쪽 옆이었다. 그대로 장도리를 휘두르려다가 멈칫했다. 그림자는 두 개였다.

"뭐, 뭐야?"

얼떨결에 묻고 말았다. 그리고 재빨리 뒤로 물러섰다. 똑같은 직원복을 입은 두 남자가 비상구 표시등의 푸르스름한 불빛 아래 서 있었다.

"누구야? 누가 마형석이야?"

장도리를 들이대며 소리쳤지만 둘 다 아무 말이 없었다. 등골이 서늘했다. 얼굴을 알아 볼 수도, 표정을 읽을 수도 없었다. 두 남자가 슬금슬금 움직였다.

"꼼짝 마!"

긴장으로 입이 말랐다. 마형석의 특징을 기억해 내려고 안간힘을 썼지만 그럴수록 머리는 더 멍해졌다. 두 사람 중 한 명은 분명 놈이다. 키는 오른쪽 남자가 조금 더 컸다. 하지만 덩치는 왼쪽 남자였다. 둘 다 살며시 떨고 있었다. 마형석이라서? 아니면 단지 겁을 집어 먹어서? 순간, 두 사람 모두 마형석이 아닐지도 모른다는 생각이 들어 주위를 살폈다. 그때 왼쪽에 서 있던 남자가 한 발 앞으로 나왔다. 갑작스런 움직임에 심장이 내려앉았다. 반사적으로 남자를 밀쳤다.

"움직이지 마! 이 새끼들아."

하지만 왼쪽 남자는 멈추지 않았다. 나를 향해 그대로 덮쳐왔다. 이 놈이다! 뒤통수를 훑고 지나가는 뜨거운 기운을 느끼며 장도리를 휘둘렀다. 바로 그 순간 선명한 사실을 깨달았다. 오른쪽에 서 있는 또 다른 남자. 그 남자의 얼굴이 뱀이 지나가듯 꿈틀거리고 있었다.

'……안면경련이라고 합니다만…….'

'극도로 흥분했을 때도 그런 증상이 나올 수 있죠.'

의사의 말이 귓가에 스쳤다.

순간적으로 팔을 비틀었다. 장도리는 남자의 머리를 아슬아슬하게 비켜갔다. 그때, 남자의 목을 뚫고 칼날이 튀어 나왔다.

"어!"

남자가 외마디 비명을 지르며 앞으로 쓰러졌다. 남자를 찌른 마형석이 재빠르게 움직였다. 휙. 날카로운 무언가가 얼굴을 향해 날아왔다. 고개를 돌렸다. 하지만 이번에도 완벽하게 피하지는 못했다. 왼쪽 귀가 화끈거렸다. 송곳. 빌어먹을 얼음송곳! 다음 자세를 잡지도 못하고 뒤로 넘어졌다. 유일한 무기였던 장도리가 내 손을 빠져 나갔다. 마형석이 위에 올라탔다. 어두웠지만 놈의 희번덕이는 눈빛만은 생생했다.

"흐흐흐. 그렇게 안 봤는데 참 끈질기십니다. 조금만 가지고 놀려고 했는데 하마터면 제가 당할 뻔했습니다."

놈의 입에서 흘러나온 침이 내 얼굴로 떨어졌다. 역겨운 냄새가 코를 자극했다.

"제가 당신을 죽이고 밖으로 나가면 전 영웅이 되겠죠. 고객의 안전을 위해 미치광이 살인마와 맞서 싸운 용감한 정육점 직원. 흐흐흐. 휴게실에서 몰래 잠을 자던 저 멍청이가 있어서 다행이었지 뭡니까? 저놈도 당신이 죽인 게 되겠군요. 크흐흐."

점점 어둠에 익숙해지는 눈에 정육점에서 쓰는 굵고 긴 얼음송곳을 치켜든 마형석의 팔이 보였다. 나머지 팔 하나는 엘리베이터에서처럼 내 목을 누르고 있었다. 이제는 고개를 돌릴 수도, 팔을 움직여 놈을 공격할 수도 없었다. 아니, 그럴 만한 힘이 남아 있지 않았다. 복수는 끝났다. 비참하게. 왈칵 눈물이 올라왔다.

"……왜 ……왜지? 왜 우리 민호였지?"

최후의 힘을 짜내서 그렇게 물었다. 지난 1년 간 수도 없이 되풀이해 온 질문이었다. 마형석이 고개를 갸우뚱했다. 표정을 읽을 수는 없었지만 도저히 이해할 수 없다는 몸짓이었다.

"그러니까, 왜 당신 아들이었는지를 묻는 겁니까? 하고 많은 부잣집 자식들 다 놔두고 고작 전셋집에 사는 당신 아들을 왜 유괴했는지 그걸 묻는 겁니까?"

놈이 난감하다는 듯 고개를 위로 쳐들고 한숨을 쉬었다.

"그냥…… 아무 이유도 없었습니다. 어느 날 출근길에 문득, 애들을 납치해서 죽여 보면 어떨까하는 궁금증이 일었을 뿐입니다. 전 궁금한 건 바로 해 봐야 하거든요. 그래서 그 멍청한 세 놈을 끌어들였습니다. 아무래도, 저 혼자 하기엔 좀 힘드니까요. 그래도 전 돈 한푼 챙기지 않았습니다. 5000만 원씩 세 명에게 나눠줬죠. 저야 뭐, 호기심만 충족하면 되는 거였으니까요. 고기와 달리 살아있는 아이를 토막 내는 일은 꽤 재미있더군요. 꽥. 꽥. 소리도 지르고 말이죠. 참! 왜 당신 아들이었냐는 질문이었죠? 초등학교 앞에서 이런 걸 했습니다. '어떤 애를 먹을까요. 알아 맞혀 봅시다. 딩동댕.' 당신 아들은 '동'에 걸렸습니다. 흐흐흐."

눈이 뒤집혔다. 참을 수 없는 분노가 온몸을 휘돌았다. 이놈의 입을 찢어놓으리라!

"자, 그럼. 여기까지."

마형석이 팔을 휘둘렀다. 송곳이 날아왔다. 남아 있는 힘을 왼팔에 집중했다가 힘껏 뻗었다. 살갗이 뚫리는 기분 나쁜 소리와 함께 왼팔 전체에 끔찍한 고통이 찾아왔다. 왼손을 관통한 송곳이 손등 부분으로 비죽이 튀어 나왔다. 나는 이를 악물고 송곳과 함께 놈의 오른손을 그러쥐었다. 그리고 내 목을 죄고 있던 왼손에 이를 박아 넣었다.

"아악."

비릿한 피 맛이 느껴졌다. 놈이 내 위에서 휘청거렸다. 상체를 일으키며 놈을 밀었다. 뿌드득. 갈비뼈가 드디어 폐를 뚫었는지 시큰한 통증이 등허리를 훑었다. 마형석이 얼음송곳을 놓치며 뒤로 나뒹굴었다. 나는 왼손에 박힌 송곳을 힘껏 뽑았다. 분수처럼 피가 치솟았다. 몸을 날려 마형석 위로 올라가 마구 내리찍었다. 처절한 비명이 복도에 울려 퍼졌다. 그때 문이 열리며 한 줄기 빛이 새어 들어왔다.

"여기 있습니다!"

실수다! 빛을 보고 그만 멈칫했다. 놈이 그 틈을 놓치지 않고 발로 나를 걷어찼다. 그러고는 밖으로 도망치기 시작했다. 재빨리 일어났다. 죽어 나자빠진 검은 그림자의 목에서 칼을 빼냈다. 장도리도 챙겨들었다. 그리고 마형석을 쫓았다. 나를 향해 사람들이 몰려들었다. 누군가가 휘두른 진압봉이 등을 강타했다. 다리가 꺾였다. 그래도 달리는 걸 멈추지는 않았다. 또 다른 누군가가 외투의 소맷자락을 잡아챘다. 단추가 떨어져 나가며 외투가 벗겨졌다. 흰색 면 티셔츠가 드러났다. 티셔츠 위에 적힌 글자도 드러났다.

노멀 맨.

어젯밤, 편의점에서 산 사인펜으로 직접 써 넣은 글자 위로 피가 흘러내렸다. 글자가 핏빛으로 물들었다.

5. 노멀 맨

"살려주세요. 살려주세요."

놈이 비명을 지르며 지하 1층까지 내달렸다. 나도 오로지 놈만 바라보며 속력을 늦추지 않았다. 마트는 이미 아비규환이었다. 여기저기서 비명이 들렸다. 이제 나를 막아서는 사람도 없었다. 텅 빈 에스컬레이터를 달려 내려갔다. 바로 몇 미터 앞. 마형석이 달리고 있다. 악마. 인간이 아닌 놈. 다른 사람들을 위해 처단해야 할 악. 손만 뻗으면, 손만 뻗으면 죽일 수 있다!

나는 장도리를 던졌다. 빗나간 장도리가 생선 코너의 대형 수족관을 깼다. 엄청난 양의 물이 바닥으로 쏟아졌다. 물에 휩쓸려 생선들도 떨어졌다. 놈이 그 중 한 마리를 밟았다. 기우뚱 하더니 그대로 미끄러졌다. 쓰러진 놈을 향해 몸을 던졌다. 마형석이 발버둥을 쳤다. 첫 번째로 휘두른 칼은 놈의 어깨에 박혔다. 놈이 발길질을 해 왔다. 주먹을 들어 놈의 얼굴을 후려쳤다. 짜릿한 쾌감이 온몸으로 전해졌다. 모든 힘을 실어 몇 번 더 주먹을 날렸다. 피투성이가 된 마형석이 축 늘어졌다. 어깨에 박아 넣었던 칼을 뽑아 머리 위로 치켜들었다. 이제 끝이다. 저 세상에 가서 우리 민호를 보거든 싹싹 빌어라!

"꼼짝 마!"

갑자기 들려온 외침에 고개를 들어 앞을 바라봤다. 경찰들이 어느새 나를 둘러싸고 서 있었다. 그 너머에는 더 많은 구경꾼들이 목을 빼고 바라보고 있었다. 그러고 보니 사이렌 소리로 사방이 시끄러웠다. 텔레비전과 신문에서도 왔는지 카메라를 든 사람들도 보였다. 맨 앞에 선 경찰 몇몇이 나에게 총을 겨누고 있었다. 그 중에서 사복을 걸친 형사가 다시 소리쳤다.

"꼼짝 마!"

나는 마형석을 향해 고개를 돌렸다. 내 밑에 깔린 놈이 웃고 있었다.

"흐흐흐. 참 지지리 복도 없는 사람입니다. 이제 막 복수를 마무리하려고 하는데 민중의 지팡이라는 짭새님들이 등장하셨군요. 흐흐흐."

칼을 쥔 손에 힘을 줬다. 경찰들이 뭐라고 하건 상관없었다.

"최현수 씨. 이제 그만하시죠. 사정은 알고 있습니다."

귀에 익은 목소리였다. 나는 다시 경찰들을 바라봤다. 뒤편에서 점퍼를 걸친 키 작은 형사가 걸어 나왔다.

"저 기억하십니까? 아드님 사건 담당했던 김 형삽니다. 최현수 씨 마음은 십분 이해하니까 어서 흉기를 내려놓으세요. 지금까지 저지른 일도 어느 정도 정상 참작이 될 겁니다. 그러니 그만 포기하세요. 병원에서 아내 분께서 애타게 기다리고 계십니다."

아내라는 단어를 듣는 순간, 가슴이 아파왔다. 저릿한 통증. 갑자기 못 견디게 아내가 보고 싶었다. 그녀의 따뜻한 품에 안겨 마음 놓고 울고 싶었다. 여보. 내가 잘못한 거 아니지? 어쩔 수 없었지? 우리 민호, 민호를 위해서, 어쩔 수 없었지?

"꼴사납게 눈물을 보이십니까? 자, 어서 죽이십시오. 어서."

눈물 맺힌 눈으로 마형석을 내려다보았다. 신기하게도 놈의 얼굴이 똑똑히 보였다. 찰흙처럼 뭉개진 형상이 아닌, 눈과 코와 입을 확실히 구분할 수 있는 얼굴. 뭐야? 결국 그냥 평범한 사람이었잖아? 괴물의 얼굴이 아닌, 옆머리가 희끗희끗한, 그냥 인간…….

"빨리 흉기 내려 놔."

"최현수 씨!"

나는 칼을 더 높이 들었다.

"어서 죽여! 죽여 봐! 흐흐흐."

여보. 민호야.

"마지막 경고입니다. 발포하겠습니다."

"못 하겠지? 내가 한 가지 더 말해 줄까?"

왜 악은 악으로 처단할 수밖에 없는 걸까?

"……네 아들놈이 처음이었을 것 같아?"

나는 놈을 향해 그대로 칼을 내리꽂았다.

탕.

고개가 뒤로 젖혀졌다. 반짝반짝 빛나는 마트 천정이 보였다. 편안했다. 1년간 제대로 찾아오지 않던 잠이 한꺼번에 밀려왔다. 스르르 눈이 감겼다. 닫히는 눈꺼풀 사이로 민호가 보였다. 반달 같은 눈썹, 알사탕처럼 동그란 눈동자, 작은 코, 그리고 언제나 내게 뽀뽀하기를 좋아했던 입술. 민호의 얼굴이 똑똑히 보였다. 녀석이 웃고 있었다. 환하게. 환하게.

아주 환하게.

"민호야 아빠 왔다."

민호가 힘겹게 웃어 보였다. 자식. 어른스러워 보이려고 제법 애쓰는군. 하지만 얼굴은 새파랗게 질린 상태였다.

"도대체 거긴 왜 올라갔어?"

"그냥 동네 형들 따라서. 으아앙."

결국 울음을 터트렸다.

"안 그래도 벌벌 떠는 애를 왜 울리고 그래요? 애가 이대로 계속 못 내려오면 119라도 부를까 봐요."

아내가 내 옆구리를 찌르며 핀잔을 줬다. 나는 민호가 올라가 있는 담벼락을 바라봤다. 한 3미터쯤 되려나? 자식, 용케도 기어 올라갔구나. 내려오질 못해서 문제지만.

"아빠. 나 무서워. 엉엉엉."

"무서워하지 말고 빨리 내려와, 그럼."

"길이 없는데 어떻게 내려 가?"

"올라갈 땐 어떻게 하고?"

"그땐 그때고 지금은 지금이지. 엉엉엉."

슬슬 동네 사람들이 모여 들었다. 구경이라면 사족을 못 쓰는 양반들이 재미있다며 한 마디씩 거들기 시작했다.

"민호야. 그럼 그냥 뛰어내려. 아빠가 받아 줄게."

"싫어. 무섭단 말이야."

"얘가 무섭다고 하는데 왜 자꾸 뛰어내리래요. 어디서 사다리라도 빌려와요. 반장 아줌마. 사다리 없어요? 사다리?"

아내는 금방이라도 사다리를 사러 갈 기세다. 이런. 민호는 나를 닮아서 고집불통이란 말이야. 나는 할 수 없이 입고 있던 와이셔츠를 벗었다.

"뭐, 뭐하는 거예요? 갑자기!"

아내가 놀라서 펄쩍 뛰었다. 동네 사람들도 수군거렸다.

와이셔츠 안에 입은 흰색 티셔츠를 민호에게 들어 보이며 나는 외쳤다.

"야! 최민호. 여기 뭐라고 적혀 있는지 읽어 봐. 너 글씨는 잘 읽잖아."

"노, 노…… 멀…… 맨?"

"그래. 노멀 맨. 너 임마 며칠 전에 아빠가 슈퍼맨이나 스파이더맨처럼 영웅이었으면 좋겠다고 했지? 사실 이 아빠는 노멀 맨이야. 악당을 물리치고, 착한 사람을 돕는 노멀 맨!"

평소에 민호가 즐겨하는 파이팅 포즈까지는 취하지 않는 건데……. 막상 하고 나니 얼굴이 화끈거렸다.

"자. 이 노멀 맨이 출동했으니 어서 뛰어내려. 멋지게 받아 줄 테니까! 아빠 믿지?"

"응."

민호가 밝게 웃으며 눈물을 닦았다. 그리고 작은 입을 오물이며 숨을 들이쉬었다. 하나. 둘. 셋. 녀석이 저 혼자서 숫자를 세더니 풀쩍,

나를 향해 뛰어내렸다.

환하게 웃으며.

한 이

1973년 출생. 장르를 넘나들며 9000권의 책을 읽었다. 노점상, 막노동, 시장 야간경비, 세차, 자동차 사이드 미러 세일즈맨, 영어 교재 판매원, 도장공, 논술 강사 등 다양한 직업을 거쳤다. 현재 한국 추리 작가 협회 회원, 한국 미스터리 작가 모임에서 활동하고 있다. 작품으로는 게임의 원작이 된 장편소설 『아스가르드』, 단편 「금연」, 「시리얼 킬러 만들기」, 「수면 아래에서는」, 「공모」, 「새로운 사업」, 「체류」 등이 있다. 이 외에 공동 단편집 『한국 추리 스릴러 단편선』을 출간하였다.

1

근위대장 펠릭스가 체포하러 왔을 때, 요세푸스는 책상에 엎드려 꿈에 빠져 있었다. 마사다 요새에 관한 꿈이었다. 덕분에 펠릭스가 입을 뻐끔거리며 하는 말이 청각에서 뇌로 이어지는데 시간이 필요했다.

"요세푸스 플라비우스. 너를 황제 암살 모의죄와 반역죄로 체포한다."

펠릭스가 말했다.

그는 얼굴을 근엄하게 찌푸리고 있었지만 목소리에는 마침내 참고 참았던 후식을 먹게 된 어린아이 같은 즐거움이 묻어 있었다.

"꺼져."

요세푸스가 말했다.

숙취와 끊어질 듯 이어진 꿈 때문에 머리가 깨질 것처럼 아파왔다. 그는 이리저리 널브러져 있는 두루마리들과 양피지 조각, 포도주가 든 가죽부대를 밀고 책상 위에 걸터앉았다. 날카로운 부리를 가진 수십 마리의 맹금들이 관자놀이를 쪼아대고 있는 것 같았다.

"떠버리. 넌 끝났어."

펠릭스가 말했다.

그의 뒤로는 펠릭스를 틀에 구워낸 것 같은 축소판들 다섯이 방으로 들어오는 유일한 입구이자 퇴로를 살기등등하게 막고 있었다. 새들이 이제는 요세푸스의 눈알 뒤쪽의 신경을 부리로 파내고 찢고 쪼아대는 것 같았다.

"므라리 —!"

요세푸스가 밖에 대고 외쳤다.

하지만 대답은 바로 앞에서 들려왔다. 펠릭스의 부하들 틈에서 므라리가 오들오들 떨고 있었다. 평소에도 진흙으로 빚은 다음 손으로 쓸어내린 것처럼 이목구비가 아래로 쏠려 있어서 '광야의 사다새(펠리컨)'를 떠올리게 하는 얼굴이 하얗게 질려 있었다.

"이 고약한 손님들은 걱정 말고 시원한 물이나 한 잔 떠와."

"주, 주인님. 지금은 그러실 때가……."

므라리가 한겨울 강에 빠진 사람처럼 덜덜 떨리는 목소리로 말했다. 사다새 같은 턱이 아래위로 딱딱 맞부딪히고 있었다. 그 소리에 따라서 요세푸스를 쪼아내는 녀석들도 더 극성을 부리고 있었다. 놈들은 그의 가슴 근육을 가르고 심장과 내장을 게걸스럽게 뜯어먹고 있었다.

요세푸스의 양팔을 작은 펠릭스 둘이 단단히 틀어쥐었다.

"이봐, 젊은 친구들. 용무가 있으면 내일 암피테이트룸 플라비움(플라비우스 원형극장, 콜로세움) 낙성식 때 찾아오라고. 황제 바로 옆 자리로 말이야."

요세푸스는 그들을 뿌리치기 위해 몸을 뒤틀어 보았지만 꼼짝도 하지 않았다. 오히려 펠릭스 녀석이 잽싸게 다가오더니 그의 얼굴은 강타했다. 턱이 돌아갈 정도로 강한 충격이 왔다. 하지만 오히려 그 충격으로 머리를 지속적으로 쪼아대던 녀석들이 다른 먹잇감을 찾아 날아간 것 같았다.

"한 대만 더 쳐 줘."

요세푸스가 말했다.

다시 한번 옆구리에 강한 충격이 왔다. 간장이 있는 부분을 맞았는지 울컥하면서 쓴물이 올라왔다. 요세푸스는 펠릭스의 신발을 잘 조준해서 위에서 올라온 물을 뱉는 것으로 복수를 대신했다.

그 다음은 일방적으로 주먹이 날아왔다.

요타파타, 예루살렘, 마사다 전투까지 치열한 충성심과 남다른 무모함으로 차근차근 승진의 길을 밟아온 펠릭스는 어디를 때려야 인간에게 최대의 고통을 줄 수 있을지 잘 알고 있었고 평소에도 부하들에게 훈련의 명목으로 꾸준히 갈고 닦아왔다. 그리고 그 실력은 요세푸스에게 유감없이 발휘되었다. 요세푸스는 그저 애처로운 비명으로 녀석에게 병적인 쾌감을 주지 않으려고 어금니를 무는 것으로 최선을 다할 뿐이었다.

"끌고 가."

손을 멈춘 펠릭스가 말했다.

"잠깐, 잠깐. 도대체 무슨 일이야?"

입 안에 고인 피를 꿀꺽 삼키며 요세푸스가 말했다. 이번에는 녀석의 무릎 보호대를 조준할까 하다가 소중한 피를 낭비할 수는 없다는 생각으로 참았다.

"황제 암살 기도가 있었다."

"뭐?"

그제야 처음에 들었던 펠릭스의 말이 뇌에서 이해되기 시작했다.

"어디서?"

"테르마이."

황제가 평소에 자신이 건축한 목욕탕에 자주 다닌다는 것은 잘 알려진 사실이었다.

"티투스는 무사하신가?"

"암살은 실패했어."

"어떻게?"

"마사지하던 녀석이 몸을 날려 황제를 구했다더군."

"그런데 왜 나한테 온 거야?"

"잡힌 놈이 다 불었어. 네가 배후라고."

날아갔던 녀석들이 떼를 지어 돌아와서, 그의 상처를 헤집고 쪼아대기 시작했다.

"모함이야. 내가 무엇 때문에 황제를 암살하겠어? 황제 덕분에 잘 먹고 잘 살고 있는데."

"유대인 떠버리 사기꾼에게는 과분한 은혜야."

"황제는 내가 얼마 전 출간한 『유대전쟁사』에 추천사도 써 주셨다고."

"조국을 배반한 변절자의 치졸한 자기변명뿐이더군."

"읽었냐?"

요세푸스는 펠릭스가 글을 읽을 줄 알 뿐 아니라, 자신의 책을 읽었다는 사실이 암살 음모보다 더 놀랍게 느껴졌다.

"흥."

펠릭스가 매섭게 노려보았다.

"어쨌든 이건 모함이라고. 예전에 요나단이라는 녀석이 나를 무고한 사건도 있었잖아."

"그때는 운이 좋았지. 이번에는 아마 네 녀석의 운도 다한 모양이다."

"증거가 있어?"

"있지."

펠릭스가 주화 하나를 꺼내서 그에게 보여주었다. 청동으로 만든 것이었는데 앞면에는 암포라*가 있고 히브리 글자로 *'제14년'*이라고 쓰여 있었다. 머리를 쪼아대던 녀석들이 불길한 소리로 비명을 지르고 있었다.

"암살자 녀석이 가지고 있었어."

"14년?"

"그래."

---

* 암포라 : 두개의 손잡이가 달린 항아리

"세겔 주화는 예루살렘 전쟁이 끝난 '5년'이 마지막이야."

"하지만 일부 열심당에게는 아닌 모양이더군."

요세푸스가 마지막으로 이 주화를 보았던 때도 아주 오래 전 일이었다. 침묵만이 감돌던 그곳에서 본 것이 마지막이었다. 코가 간지러웠다. 시원하게 긁고 싶었지만 근위병들이 붙잡고 있어서 불가능했다.

"그런데?"

요세푸스가 물었다.

"이것이 시카리*들 사이의 증표라더군."

요세푸스는 펠릭스에게 무언의 질문을 던졌다.

"불행하게도 너희 집 서재에서 이것을 찾았거든."

펠릭스가 책상에서 낡은 가죽 부대를 들고 거꾸로 쏟았다.

"그건 내가 어제 마신……."

피처럼 붉은 포도주가 대리석 바닥을 적셨다. 그리고 세겔 주화들이 짤랑거리는 소리를 내며 바닥으로 쏟아져 내렸다. 데굴거리며 구른 주화가 요세푸스의 발에 부딪혀 멈췄다. 포도 나뭇잎이 박혀 있었고 히브리어로 글자가 새겨져 있었다.

"시온**의 자유를 위하여."

---

* 시카리 : 단검단원들. 시카리라는 그리스어 표현은 문자적으로 '자객들'을 의미한다.

** 시온 : 다윗이 예루살렘 성전을 세운 산. 흔히 예루살렘 전체를 가리킨다.

2

서기 73년. 마사다.

"시온의 자유를 위하여!"

"시온의 자유를 위하여!"

요셉 벤 마티아스 아니, 요세푸스 플라비우스는 경사로에 쪼그리고 앉아서 불길이 잦아들어가는 마사다를 바라보고 있었다.

밤에 로마군이 급조된 성벽에 횃불을 던질 때까지만 해도 적들은 신의 가호를 확신하며 승리의 함성을 질러댔다. 그들의 믿음은 보상을 받는 것처럼 보였다. 나무로 만들어진 성벽은 횃불에 무섭게 타오르기 시작했지만, 곧 불어온 북풍에 의해 오히려 로마군의 공성 장비를 삼킬 듯 넘실거렸다.

동족들은 환호성을 발하며 *'시온의 자유'*를 연호했다. 그러나 갑작스럽게 남풍으로 바뀌었고 성벽은 걷잡을 수 없이 무너져 내리기 시작했다. 동족들의 함성도 서서히 무너져 내렸다. 젖은 솜처럼 눅눅한 침묵만이 요새를 감쌌다.

플라비우스 실바는 단 한 명의 유대인도 빠져 나가지 못하도록 하라는 엄중한 경계령을 내렸고, 날이 밝고 불길이 사그라지면 마지막 총공세를 가할 것이라고 명령을 내렸다.

요세푸스는 적들의 최후를 생각했다. 아마 예루살렘에서 있었던 일방적인 살육이 이곳 마사다에서 재현될 것이다. 로마군은 혹시라도 귀금속을 옷 속에 감춘 자가 있을지도 모른다는 생각에 임산부의 배를 갈랐고, 황금을 입혀 찬란하게 빛나는 성전 벽을 벗겨가기 위해 의도적으로 불을 질렀다. 아버지 마티아스가 그토록 영광스럽게 생각하던 성전은 로마군을 막는데 아무런 도움도 되지 못했다.

마침내 날이 밝아왔다. 성벽을 모두 태워버린 불길은 더 이상 삼킬 것을 얻지 못하자 입맛을 다시는 듯 바작거리는 소리만을 남기며 수그러들었다.

요세푸스는 자신도 모르게 울대를 움직여 침을 삼켰다. 자신이 서 있는 사막처럼 바싹 마른 혀는 아무런 액체도 목으로 밀어 넣지 못했다. 그는 허리춤에 찬 가죽 물병을 입으로 가져가 물을 들이켰다. 미지근한 물은 협곡에서 불어오는 메마른 바람을 연상케 했다.

주위는 기이할 정도로 조용했다.

그의 옆에서 백인대장 펠릭스가 조용하지만 기민한 동작으로 자신의 글라디우스를 점검하고 있었다. 예리하게 벼려놓은 칼날이 요사스러운 빛을 내뿜더니 검집으로 돌아갔다. 펠릭스의 흉갑에는 돋을새김을 한 원반 형태의 훈장이 달려 있었다. 그것은 예루살렘 공격 당시 혁혁한 공을 세웠다는 표시였다. 그는 당시의 공적으로 하사관에서 백인대장으로 올라설 수 있었다. 요세푸스는 그가 훈장을 받기 위해서 얼마나 많은 임산부의 배를 갈랐는지 생각하지 않으려고 애썼다. 펠릭스가 그의 시선을 느꼈는지 고개를 돌렸다.

"떠버리, 두렵나?"

펠릭스가 물었다.

"자네가 오늘 저녁을 먹지 못할까봐 걱정하는 정도로 두렵군."

"허세 떨고 있네."

"아니면 자네가 벌을 무서워하는 정도는 되겠군."

펠릭스가 얼음처럼 차가운 시선을 보냈다. 성문을 부수는 공성 망치만 한 팔뚝에 곰처럼 두터운 가슴 근육을 가진 그가 가장 무서워하는 것은 벌이었다. 요세푸스도 우연한 기회에 그 사실을 알게 되었다.

협곡에서 메마른 바람이 불어왔다. 오늘 흘릴 피 냄새를 맡았는지 독수리 떼가 마사다 위에서 맴돌고 있었다.

조용해도 너무 조용했다. 예루살렘의 포위 공격도 이렇지는 않았다. 광기에 휩싸인 자들의 울부짖음과 약해져 가는 용기를 북돋우려는 발작적인 고함, 얼마 남지 않은 생에 대한 열망으로 가득한 울음 등이 가득했었다. 마사다는 모든 것이 진공 속으로 사라진 듯 아무런 소리도 들리지 않았다.

"네가 앞서 가."

펠릭스가 요세푸스에게 말했다.

"내가?"

"그래. 베스파시아누스 장군이 황제가 되실 것이라는 것을 예언하신 분이 아니신가? 네 능력을 조금만 사용하면 적들이 어디에 숨어 있는지 알아내는 것은 일도 아니겠지."

"시카리가 무서워 그러는 것은 아니고?"

"닥치고 앞에 가라면 가. 혹시 네 친척들이라도 만나면 가여운 목숨이라도 구걸해 볼 기회가 되지 않겠어?"

"아니면 내가 나서서 네 목숨을 좀 살려달라고 구걸해 볼 수도 있겠지."

펠릭스는 대답 대신 자신의 검을 뽑어 목을 베는 동작을 해 보였다.

요세푸스는 입을 닫고 인공 경사로 위 망대에 서 있는 실바를 올려다보았다. 마침내 그의 손에서 진격을 명령하는 신호가 떨어졌다.

새벽녘의 적막이 찢어발겨졌다.

로마군이 창대로 방패를 두드리는 소리가 천둥처럼 울렸다. 병사들의 고조된 살기가 하늘을 붉게 물들이며 솟아오르는 태양을 향해 솟구쳤다.

요세푸스도 펠릭스의 백인대와 함께 불탄 성벽을 잔해를 넘어 요새 안으로 들어갔다. 처음 보이는 건물을 박차고 들어갔지만 아무도 없었다. 두루마리로 된 율법서와 아이들이 썼음직한 서판만이 바닥에 뒹굴고 있었다. 마사다 어디에서도 생사를 가르는 단말마의 울부짖음도 칼과 칼이 부딪히는 날카로운 쇳소리도 들리지 않았다. 옆에서 펠릭스가 내뿜는 거친 숨소리와 요세푸스 자신의 심장 소리만이 귓가를 두들기고 있었다.

펠릭스는 자신의 병사들에게 사방을 경계하도록 시켰다.

"그런데 진짜 베스파시아누스 장군이 황제가 될 줄 알고 있었나?"

거친 숨을 내뿜으며 펠릭스가 말했다.

"입이나 좀 헹궈."

요세푸스가 코를 막으며 말했다.

그는 건물을 빠져나가 모퉁이에 등을 기대고 몸을 내밀었다. 최소한 등을 보호하기 위해서였다. 재빨리 고개를 빼들고 앞을 살폈다. 헤롯이 지은 궁전의 입구가 보였다. 동족들이 모여 있다면 왕궁 안일 가능성이 높았다. 보초를 서는 자들도 없었다. 그는 마른침을 삼켰다. 다시 물통을 꺼내 물을 들이켜고 싶은 충동이 일었다. 열기에 달궈진 건물 벽이 등짝에 달라붙고 있었다. 그는 무릎을 굽히고 날아오는 창이나 화살을 경계하며 왕궁 안으로 달려 들어갔다.

짙은 어둠이 그를 맞았다. 아직 햇빛은 왕궁 안까지 침입하지 못하고 있었다. 요세푸스는 거친 숨을 내뱉으며 눈이 어둠에 익숙해지기를 기다렸다.

금방이라도 동족의 단검이 옆구리에 쑤셔 박힐 것 같았다. 열까지 세고 눈을 떴다. 기둥을 빠져나와 조심스럽게 발걸음을 내디뎠다. 왕궁의 입구에 펠릭스와 그의 군대가 조용히 자리를 잡고 있었다.

콰직.

요세푸스의 발밑에서 도기 조각이 부서졌다. 적들이 소리를 들었다면 그의 위치는 백일하에 드러날 것이다. 쿵쾅거리는 숨을 참으며 도기 파편을 살펴보았다. 도기에는 '벤 야이르'라는 이름이 새겨져 있었고, 비슷한 조각들이 열개 남짓 깔려 있었다. 만약 이것이 적들이 다가 오는 소리를 알기 위해서 장치해 놓은 것이라면 너무 어설펐다. 물론 그 함정에 걸려든 멍청이도 있기는 하지만.

요세푸스는 허리춤에서 검을 빼어들고 왕궁 안으로 들어섰다. 그의 눈에 이해할 수 없는, 그리고 평생 그를 괴롭히게 될 광경이 파고들었다.

헤롯의 아름다운 겨울 궁전, 그곳에는 일렬로 나란히 누운 적들의 시체만이 쌓여 있었다.

3

요세푸스는 절뚝거리면서 걸음을 옮겼다. 그들은 요세푸스의 집을 나서서 셉티조나움 세베리 근처를 걷고 있었다. 거리는 사람들로 넘쳐나고 있었다.

"이봐, 이거 힘없는 늙은이에게 너무 하는 것 아닌가?"

요세푸스가 그의 팔꿈치를 움켜쥐고 있는 근위병에게 말했다. 한눈에 최근에 근위대에 들어온 녀석이라는 것을 알 수 있을 정도로 바싹 군기가 들어 있었다.

"속지 마라. 보기보다 노회한 자니."

펠릭스가 말했다.

"다 늙은 책상물림일 뿐이야."

"흥. 쇠사슬로 묶기 전에 얌전히 따라오시지."

요세푸스는 속으로 펠릭스를 욕하며 상황을 모면할 방법을 이리저리 굴려보았다. 아무래도 이번에는 단단히 엮인 모양이었다.

"자네 아버님은 안녕하신가?"

오른쪽의 근위병에게 물었다. 녀석은 오른쪽에 검을 왼쪽에는 단도를 차고 있었는데 칼집에 달려 있는 고리를 벨트에 차고 있었다. 그는 결연한 태도로 전면을 바라보고 있었다. 오히려 팔꿈치를 잡은 손에 힘이 가해졌다.

"베수비오 때문에 피해는 없으셨나?"

근위병이 그를 힐끔 쳐다보았다.

"다행히 외유 중이시라. 아버지를 잘 아시오?"

"폼페이의 가이우스 플로루스가 아니신가?"

"아!"

근위병의 목소리에 급격한 호기심이 담겼다.

"오토, 그만. 죄인과의 대화는 엄격하게 금지되어 있다는 것을 모르나? 한번만 더 주둥이를 놀리면 여름 특별 행군을 보내주지."

여름 특별 행군은 5시간 안에 24로마 마일(35.5Km)을 주파해야 하는 혹독한 훈련이었다. 거기에 전투 장비 외에도 60로마 파운드(19.645kg)에 이르는 물 항아리, 곡괭이, 삽, 도끼, 갈고리, 3일분의 식량 등을 챙겨가야만 했다. 근위병의 태도가 급격하게 경직되었다.

요세푸스는 입맛을 다셨다.

"떠버리. 무슨 방법으로 저 순진한 녀석의 아버지를 알아냈는지는 모르겠지만 수작 부리지 말고 조용히 따라와."

펠릭스가 으름장을 놓았다. 요세푸스는 어깨를 으쓱하며 늑대 앞의 양처럼 순한 표정을 지었다.

근위병의 아버지는 그저 찔러본 것에 불과했다. 녀석의 단도는 고가품이었다. 철이나 청동으로 만드는 칼날이야 가격 차이가 별로 나지 않지만, 손잡이와 끝의 장식 부분은 어떻게 만드는가에 따라서 천차만별이었다. 단도의 손잡이는 상아로 만들어진 것이었다. 젊은 녀석이 직접 벌었을 리는 없을 터이니 상당한 재력가의 아들일 것이다. 그리고 상아 손잡이에 눈에 잘 띄지 않지만 만든 자의 서명이 있었다. 그것은 폼페이의 유명한 상아세공사 메텔루스의 서명이었다. 그렇다면 최소한 폼페이에 들러서 사온 것이거나 폼페이에 사는 사람일 가능성이 높았다. 거기에 녀석은 단도를 고리에 걸어 벨트에 차고 있었다. 그것은 군단 기수나 백부장 이상만 가능한 것이었다. 저 성질 고약한 펠릭스가 생 초보 녀석의 겉멋을 받아주고 있다면 아버지가 상당한 권력을 가지고 있다고 보아야 할 것이다. 폼페이에 살면서 재력과 권력을 소유한 인물이라면 몇 명 되지 않았다.

비아 트리움팔리스로 접어들자 새로 건축한 원형경기장의 웅장한 모습이 보였다. 타원형의 건물은 선황인 플라비우스 베스파시아누스가 짓기 시작한 것이었는데 티투스 시대에 이르러 완공되었다. 내일, 티투스는 대대적인 개막 행사를 준비하고 있었다. 황제는 엄청난 물량 공세를 퍼부을 모양이었다.

"지금 어디로 가는 거지?"

요세푸스가 물었다.

"유피테르 신전으로 간다. 황제는 그곳에 계신다."

펠릭스가 말했다.

"변호인에게 들렀다 가게 해 줘."

"나중에 불러주지."

암피테아트룸 플라비움이 가까워질수록 흉물스럽게 거대한 동상이 보였다. 원래는 네로 황제가 자신의 얼굴을 새긴 동상을 만들었는데, 베스파시아누스가 동상은 그대로 두고 얼굴만 태양신의 얼굴로 바꾼 것이었다.

거리에는 점점 사람들이 늘어나고 있었다. 봄에 있었던 대화재 이후로 침울해 있던 로마인들의 얼굴에 모처럼 활기가 돌아오고 있었다. 토가 프라이텍스타*를 입은 소년들, 칼라미스트룸**으로

---

* 프라이텍스타 : 16세가 되기 전의 소년들이 입던 상의

** 칼라미스트룸 : 금속제 고데기

몇 겹의 컬을 넣어 부드럽게 말아 올린 머리를 한 여자들, 우스꽝스러운 복장을 한 남자들, 코끼리 등에 올라타고 가는 조련사도 있었다. 아이들은 신기한 구경거리에 마냥 들뜬 모습이었다. 심지어는 펠릭스의 얼굴에도 미소가 그려졌다. 아마도 이것이 티투스가 자신의 재정을 축내면서까지 암피테아트룸 플라비움의 낙성식을 성대하게 치르고자 하는 이유일 것이다.

"그 암살자는 어떻게 됐지?"

요세푸스가 지나가듯 물었다.

"죽었어."

펠릭스의 대답이 끝나기 무섭게 요세푸스는 결단을 내렸다.

유피테르 신전은 화재로 전소되어 복원 중이니 황제가 법정이 아닌 그곳에서 그를 만날 이유가 없었다. 요세푸스는 티투스 황제가 선황 밑에서 근위대장을 하던 시절 소리 없이 사라진 정적(政敵)들을 떠올렸다. 거기다 대질 심문할 증인도 죽어버렸다. 스스로 누명을 벗는 수밖에는 없었다.

다리가 아파 절뚝거리는 척 하면서 바닥으로 몸을 굴렸다. 엉겁결에 그를 붙들고 있던 오토가 중심을 잃고 쓰러졌다. 그는 오토의 허리춤에서 단검을 잽싸게 낚아챈 다음 지나가던 코끼리를 향해 날렸다. 손잡이만큼 성능도 훌륭하기만을 바랄 뿐이었다.

단검은 화살처럼 날아가 코끼리의 다리에 박혔다. 거대한 몸집의 코끼리가 괴성을 지르며 앞발을 높이 치켜들었다. 왜소한 몸의 조련사가 막대기를 흔들며 코끼리를 진정시키려 했지만 역부족이었다. 한 번 날뛰기 시작한 녀석은 인간의 힘으로 통제할 수 없었다. 녀석은 조련사를 흔들어 떨어뜨리더니 성난 몸짓으로 두 바퀴달린 플라우스트룸에 농산물을 싣고 길을 가던 농민을 들이받았다. 호박이 벽에 부딪혀 박살이 났고, 배, 콩, 포도가 바닥에 짓이겨졌다. 야채상의 찢어지는 비명이 울려 퍼졌다.

요세푸스는 근위병들이 우왕좌왕하는 사이 바닥에 쓰러진 오토의 얼굴을 이마로 들이받았다. 콰직하는 소리와 함께 코뼈가 박살이 났다. 녀석의 비명을 확인할 겨를도 없이 몸을 일으켜 날아오는 근위병의 창을 가슴으로 미끄러뜨렸다. 그리고 흘러내린 녀석의 머리카락을 움켜쥐고 앞으로 잡아당겼다. 창을 찔러오던 힘과 잡아당기는 힘에 의해 녀석의 몸이 앞으로 쏠렸다. 요세푸스는 주먹을 모로 세워 도끼로 장작을 패듯 있는 힘껏 녀석의 뒷머리를 내려쳤다. 녀석이 땅으로 처박혔다.

더 많은 칼과 창이 덮쳐왔다. 요세푸스는 바닥을 구르며 쓰러진 녀석에게서 빼앗은 창을 근위병들의 발목을 향해 휘둘렀다. 무릎 보호대가 있었지만 부드러운 샌들은 발목의 복숭아 뼈까지 보호해 줄 수는 없었다. 근위병들이 발목을 감싸며 쓰러졌다.

요세푸스는 몸을 날려 놈들의 포위를 벗어났다.

상황을 눈치 챈 펠릭스가 성난 황소처럼 고함을 지르더니 옆에서 있던 근위병의 창을 빼앗아 요세푸스를 향해 날렸다. 요세푸스가 몸을 숙이자 창은 창대가 부르르 떨릴 정도로 벽에 박혔다.

상아를 이리저리 휘둘러 닥치는 대로 물건을 박살내며 날뛰던 코끼리가 얼굴을 움켜쥐고 있는 오토를 깔아뭉갤 것처럼 무서운 속도로 달려들었다. 펠릭스가 재빠르게 잡아당기지 않았더라면 코는커녕 얼굴 전체가 뭉개질 뻔했다.

"정신 차려!"

펠릭스의 고함소리에 근위병들이 전열을 정비하기 시작했다.

요세푸스는 혼란을 틈타 있는 힘껏 도약해서 벽에 박힌 창두를 밟았다. 창대가 휘청하며 뚝 부러졌다. 하지만 그 탄력으로 아트리움*을 감싸고 있는 담의 꼭대기를 움켜잡았다. 신음 소리와 함께 담 위로 몸을 넘겼다.

몸이 부서지는 듯한 통증과 함께 바닥에 떨어졌다. 이런 일을 하기에는 너무 늙었다는 생각이 머리를 스쳤다. 몸을 일으킬 때마다 뼈와 관절이 삐걱거리는 소리가 들리는 듯했다.

"누구세요?"

두려움과 호기심이 섞인 여자의 목소리가 들렸다.

흠칫하며 뒤를 돌아보자 목욕탕에서나 입는 파스키아 펙토랄리스**와 수브리가르***를 입은 여자가 가벼운 아령을 들고 있었다. 커튼이 쳐진 청동제 침대에서는 배에 털이 덥수룩하게 덮인 배불뚝이 남자가 코를 골며 자고 있었다. 그는 몸에 아무것도 걸치지 않은 채 허리띠만 차고 있었다. 침대 옆 협탁에는 먹다 남은 과일이 담긴 접시, 포도주가 반쯤 남은 술잔, 물병, 나이프 등이 놓여 있었다.

여자는 요세푸스의 갑작스런 등장에도 놀라는 기색 없이 나른한 동작으로 물을 따라 마셨다. 여자가 움직이자 파스키아 펙토랄리스의 얇은 천이 풍만한 가슴을 잡아두기 위해 애처롭게 안간힘을 쓰고 있었다. 여자의 유두가 뾰족하게 솟아 있었다. 여자의

* 아트리움 : 중정(中庭)의 천정 없는 대공간

** 파스키아 펙토랄리스 : 현대의 비키니와 유사한 브래지어

*** 수브리가르 : 짧은 바지

몸은 송골송골 맺힌 땀으로 빛나고 있었다.

요세푸스는 입 꼬리를 올리며 장난꾸러기 소년 같은 미소를 흘렸다.

"로마 전체가 난리죠?"

"그건 바깥 소리만 들어도 알겠는데, 당신은 누구에요?"

벽 너머로 코끼리의 울부짖음, 사람들의 고함과 비명, 무엇인가가 부서지는 소리가 들려왔다.

"알렉산드리아에서 온 장사꾼일 뿐입니다."

요세푸스는 몸에 묻은 흙먼지를 털면서 말했다.

"장사꾼? 요즘 장사꾼은 남의 집 담을 넘어 다니나 보죠?"

"실례했습니다. 아가씨의 혜안에는 당할 수가 없군요. 사실 저는 내일 낙성식에서 공연을 하게 될 곡예사랍니다."

"곡예사? 훗. 곡예사치고는 담에서 내려오는 모습이 서투시군요."

여자의 얼굴은 화가 난 것처럼 굳어 있었지만 목소리에는 흥겨움이 묻어나고 있었다. 아직은 스스로에게 자부심을 가져도 되겠군. 요세푸스는 생각했다.

"이것 참. 도저히 숨길 수 없군요. 사실 저는 알렉산드리아에서 온 역사가랍니다."

"글쎄요. 그 직업이야말로 댁과는 가장 어울리지 않는데요. 칼을 들고 군인에게 쫓기는 역사가라……."

여자가 턱으로 담장을 가리켰다. 오토가 담장 위로 팔을 얹고 몸을 끌어올리기 위해 안간힘을 쓰고 있었다.

"실례."

요세푸스는 탁자 위의 청동 접시를 집어 들어 오토를 향해 날렸다. 쇳소리를 내며 날아간 접시는 오토의 이마를 직격했다. 오토가 비명을 지르며 담장에서 사라졌다.

"남편 분께 접시 값은 나중에 물어드린다고 얘기해 줘요."

요세푸스가 미소를 지으며 말했다.

"왜 남편이 있다고 생각하죠? 나도 그 정도 능력은 돼요."

여자가 샐쭉하게 말했다.

남자의 코고는 소리가 숨넘어갈 것처럼 들려왔다.

"당신 이름은?"

"포르투나타."

"행운?"

"그래요."

"그럼 내일 낙성식에 가시거든 'Ⅳ'이라고 쓰인 동그란 물건을 잡아요. 당신이 원하는 것을 얻게 될 거요."

"당신은 누구죠?"

"나는 환시가요. 황제를 예언한 사람이죠."

4

요세푸스는 여자의 집에서 나오면서 슬쩍한 남자의 옷으로 갈아입었다. 치수가 커서 흘러내리는 단점이 있었지만 얼굴을 가리는 데는 유리했다. 집 앞에는 공무여행에 주로 사용되는 사륜마차인 쿠르수스 푸블리쿠스 벨록스가 세워져 있었다. 남자는 다른 사람에게 들키기 싫었는지 직접 마차를 몰고 온 모양이었다.

요세푸스는 마차를 몰고 혼잡한 도로로 스며들었다.

최근의 정국으로 미루어 볼 때 대대적이고 공식적인 수색은 하기 어려울 것이라는 확신이 있었다. 티투스가 황제가 된 후 잇달아 발생한 사건들로 인해서 민심이 흉흉한 상태였다. 작년에는 폼페이의 화산이 폭발하더니, 봄에는 화재가 일어나서 유피테르 옵피테르 막시무스 신전을 비롯해서 많은 가택이 피해를 입었다. 황제는 민심을 다스리기 위해 필사적이었다. 그가 자신의 사재를 털어서까지 화려한 볼거리를 만들고자 하는 이유가 여기에 있었다. 황제 암살이 있었다는 것을 공공연하게 광고하는 것은 그의 입지를 좁아들게 하고, 호시탐탐 황제 자리를 노리는 동생 도미티아누스에게 빌미를 제공하는 것밖에는 되지 않을 것이다.

거리는 어디를 가나 사람들로 넘쳐났다. 광대한 제국을 다스리는 로마는 수도로 몰려드는 사람들로 증축을 거듭하다보니 거대한 미로가 되었다. 거기에 내일 있을 개막식을 보려는 사람들까지 더해져 도시는 군인들, 노예들, 자유인들, 행상인들로 인산인해를 이루고 있었다.

인술라이를 지나자 악취와 소음이 몰려왔다. 임대용 공동 주택에는 지하뿐 아니라 다락에도 사람이 살고 있었고, 그들이 배출하는 쓰레기와 배설물을 처리하는 문제도 로마가 갖고 있는 어려움 중 하나였다.

타베르나 거리로 들어서자 사람들이 더 많아졌다. 군인들을 상대로 양털로 만든 담요를 판매하는 행상인, 부엌 용품을 파는 가게, 책방, 젊은 여자들에게 호객 행위를 하고 있는 장신구점 주인,

은행, 선술집, 세탁소 등이 어우러져 한편의 소극(笑劇)을 연출하고 있었다. 요세푸스는 혼잡한 입구에 마차를 세워놓고 사람들 틈에 섞였다.

요세푸스는 양 떼와 소 떼를 비켜 타베르나 거리의 첫 번째 대장간으로 들어갔다. 망치는커녕 물 잔이나 들어 올릴 힘은 있을까 싶은 비쩍 마른 노인이 의자에 앉아 있었다.

"이것 좀 더 만들어 주시오."

요세푸스가 세겔 주화를 노인의 손에 건넸다.

"이게 뭐요?"

노인이 눈을 찌푸리며 주화를 한참 들여다보았다.

"집을 잘못 찾았나 보오. 내가 만든 것이 아니오."

"마지막으로 작업한 것이 언제요?"

대장간 안은 한 겨울의 매장지처럼 냉기가 감돌았다.

"작년인가? 그나마 아들 녀석이 일을 도울 때는 물건을 좀 만들었는데 전쟁에 나갔다가 죽어버리는 바람에 이제는 만들지도 못하오. 저거나 다 팔면 그만 둘 거라오."

노인이 가리킨 벽에는 녹이 슨 칼 몇 자루가 걸려 있었다.

"그럼 집에서 쉬지 뭐 하러 나와 계시오?"

"이렇게라도 해서 마누라랑 떨어져 있으려고 그러오."

요세푸스는 건물을 나와 타베르나 거리의 다른 대장간을 찾아 주화를 보여주며 노인에게 한 것과 똑같이 묻고 다녔다.

네 번째 찾아 간 대장간에서 수확이 있었다.

안으로 들어가자 숨 막히는 열기가 훅 끼쳐왔다. 풀무는 거친 숨을 뿜어내며 불길을 키워내고 있었고, 벽에는 초승달 모양으로 휘어진 칼에서부터 장검, 단검, 창두 등이 걸려 있었다. 상체를 벗어던진 남자가 붉게 달아오른 쇠를 두드려 모양을 만들고 있었다. 남자의 등은 낙타처럼 툭 튀어나와 있었다. 요세푸스가 헛기침을 하자 남자가 돌아보았다.

"무슨 일이오?"

곱사등이라는 것을 제외하면 땀으로 번들거리는 상체는 곰처럼 잘 발달되어 있었고 곱슬거리는 털로 뒤덮여 있었다. 미간에서 붙어버린 눈썹마저도 곱슬거리는 것 같았다. 한 쪽 귀가 화상을 입었는지 문드러져 있었다.

"열 개만 더 만들어 주시오."

요세푸스가 주화를 던지며 말했다.

"이게 무슨 짓이오? 한 번으로 끝내기로 하지 않았소?"

곱사등이가 낮게 으르렁거렸다.

"지난 번 납품 양으로는 모자라게 되었소. 그저 틀에 찍어내기만 하면 되는데 뭘 그러시오."

요세푸스는 능글거리는 웃음을 지으며 말했다.

"미쳤소? 틀을 아직도 갖고 있게? 벌써 녹여버렸단 말이오. 잠깐, 그 사람이 아닌데? 당신은 누구요?"

"그는 간밤에 담요를 제대로 덮지 않고 자서 지독한 감기에 걸려서 내가 대신 왔소."

"개소리."

곱사등이가 소리를 지르며 벌떡 일어나 벌겋게 달궈진 쇳덩이를 휘둘렀다. 대장장이가 몸을 일으키자 요세푸스보다 주먹 하나는 더 컸다. 곱사등이만 아니라면 대단한 거구의 사나이였다. 요세푸스는 몸을 젖히며 칼을 들어 쇳덩이를 막았다. 엄청난 열기가 얼굴 앞에서 퍼지며 불똥이 튀었다. 요세푸스는 칼을 비껴 곱사등이의 쇳덩이를 미끄러트렸다. 무거운 쇳덩이를 휘두르는 힘도 힘이지만, 열기 때문에 눈을 뜰 수가 없었다. 좁은 대장간 안에서 이리저리 몸을 피하는 것도 한계가 있었다.

요세푸스는 되도록이면 직접적으로 칼을 부딪치지 않으려고 하면서 탁자 뒤로 몸을 숨겼다. 곱사등이의 쇳덩이가 탁자를 내리치자 하얀 연기가 피어올랐다.

덜컥.

벽에 기대놓은 곡괭이인지 삽이 넘어지면서 요세푸스도 중심을 잃고 함께 쓰러졌다. 날카로운 쇠가 등을 찔렀다.

곱사등이의 쇳덩이가 머리를 향해 떨어져 내렸다.

빗겨 맞아도 실명이다.

요세푸스는 손에 잡히는 암포라를 녀석의 얼굴을 향해 뿌렸다.

치지직.

차가운 물이 쇳덩이에 뿌려지면서 하얀 수증기가 피워 올랐다.

요세푸스는 곱사등이가 움찔하는 순간을 놓치지 않고 손목을 후려갈겼다. 쇳덩이가 바닥에 떨어졌다. 손목을 잡아당기면서 팔뚝으로 곱사등이의 목을 감싸며 뒤로 돌아갔다. 녀석이 용을 썼다. 요세푸스는 허리를 뒤로 젖히며 녀석의 오금을 힘차게 눌렀다. 곱사등이가 엉덩방아를 찧었다. 녀석의 튀어나온 등이 배를 압박했다. 땀이 눈으로 들어가 따끔거렸다. 목을 감싼 팔에 힘을 주었다. 곱사등이의 몸이 벌벌 떨리기 시작했다. 입으로는 부글거리는 거품이 넘어왔다. 동공이 풀리고 흰자위가 치켜 올라간 다음에야 팔에 힘을 풀었다. 숨이 차올랐다.

요세푸스는 의자를 가져와 녀석의 몸을 고정시키고 손을 등받이 뒤로 돌려 단단히 묶었다. 차가운 물을 퍼서 얼굴에 뿌렸다. 정신을 차린 녀석은 몸을 격렬하게 흔들더니 곧 체념한 표정이 되었다.

"자네는 좋은 대장장이야?"

요세푸스는 천진한 표정으로 물었다.

"무슨 수작이요?"

"자네가 자신의 일에 최선을 다하는 사람이었으면 좋겠다는 생각으로 한 말이야. 요즘에는 뭐든지 대충대충 하는 인간들이 많거든."

"당신이 뭘 알고 싶은지는 모르겠지만 시간 낭비하지 마시오."

요세푸스는 벽에 걸린 초승달처럼 끝이 휘어진 칼 하나를 손에 들었다.

"자네가 양심적인 대장장이라 날을 제대로 벼려 놨으면 좋겠군. 그래야 손가락을 자를 때 조금이라도 덜 아프거든."

그는 벽에 걸린 겉옷을 말아 녀석의 입에 쑤셔 넣었다. 녀석이 미친 듯이 고개를 흔들었다.

"처음엔 엄지손가락이야. 참 자넨 엄지가 없으면 물건을 집기가 힘들다는 것을 아나? 아마 앞으로는 망치를 잡을 때도 고생 좀 하겠는걸."

요세푸스는 엄지 없는 시늉을 하며 네 손가락으로 칼을 잡는 모습을 보여주곤 대장장이의 등 뒤로 돌아갔다. 그리고 칼등으로 녀석의 엄지손가락 첫 번째 마디를 비볐다.

"날이 무딘걸. 잘 안 썰어지네."

녀석이 고개를 미친 듯이 끄덕였다. 입 밖으로 침이 줄줄 새어 나왔다. 겉옷을 빼내자 녀석의 입에서 말이 줄줄 새어나왔다.

"며칠 전 밤 어떤 녀석이 주화 모양이 그려진 파피루스와 필요한 양의 청동을 가져와서 제작을 의뢰했소. 주화 제조는 나라에서만 가능한 일이기 때문에 거절했지만 놈은 막무가내였소."

"귀?"

요세푸스가 아직도 고름이 흐르는 왼쪽 귀를 가리켰다. 대장장이가 씁쓸한 표정을 지었다.

"그렇소. 그가 한 거요."

"저런. 나도 처음부터 귀를 공략할 것을 그랬군."

곱사등이가 원독에 찬 눈으로 요세푸스를 노려보았다.

"그는 한 번만 작업하면 두 번 다시 귀찮게 하지 않을 터이니 일을 어렵게 만들지 말자고 하더군. 내가 사는 곳, 부인, 아이들을 정확히 알고 있다면서. 그래서 물건을 넘겨주고 틀은 재빨리 없애버린 거요."

"그래서 얼마를 받았나?"

대장장이는 부인하려다 요세푸스의 싱글거리는 얼굴을 보더니 체념한 듯 말했다.

"1000데나리우스요."

요세푸스는 낮게 휘파람을 불었다. 보통 군인이 1년에 받는 연봉이 225데나리우스였다. 4년치 연봉에 해당하는 거금이었다.

"그놈의 특징은?"

"망토 같은 것으로 얼굴을 가리고 있어서 제대로 보지 못했소.

그런데 외국 사람인 듯 억양이 조금 특이한 것 같았소."

"그 외에는?"

"한쪽 손가락이 여섯이었소."

"어느 쪽?"

"왼손이었소."

요세푸스는 생각에 잠겨 콧잔등을 긁다가 곱사등이에게 슬쩍 웃어주었다. 우연히 그도 손가락이 여섯인 사람을 아주 가까이에서 알고 있었다.

"보수로 받은 돈은?"

"집에 있소."

곱사등이가 말했다.

"갑자기 들어온 목돈을 마누라가 청소하다가 찾아낼 수도 있는 집에 두었다? 지나가는 낙타가 웃을 일이군."

요세푸스는 의자에 앉아 있는 녀석의 허리띠를 툭툭 쳤다. 녀석의 허리띠는 다른 사람들 것보다 넓적하고 넓었다.

"아주 좋은 허리띠요. 최근에 질이 좀 바뀐 듯 하오만. 내가 마침 옷이 자꾸 흘러내려서 말이오."

요세푸스는 허리띠를 풀러 허리에 찬 다음 안색이 변한 녀석을 뒤로하고 대장간 밖으로 나왔다. 어느새 날이 어둑해져 있었다. 그의 등 뒤로 결박이라도 풀어주고 가라는 녀석의 악다구니가 들려왔다.

5

요세푸스는 순찰을 도는 두 명의 근위병의 시선을 피해 자신의 집 화단으로 숨어들었다. 화단은 로즈마리와 은매화 등으로 꾸며져 있었다. 그는 정원사가 사자 모양으로 다듬어 놓은 상록수 뒤에 몸을 숨겼다. 오늘만큼은 정원사에게 들인 돈이 아깝지 않았다. 아트리움 요소요소에 적당한 크기의 엄폐물을 만들어 놓아서 어둠 속에 몸을 숨기고 이동하기에 어렵지 않았다.

근위병들의 움직임에 귀를 기울였다. 그들은 요세푸스의 체포보다는 내일 있을 축제에 더 많은 관심이 쏠려 있었다.

"마리우스가 다쳤다고?"

"어제 선술집에서 술을 마시다가 시비가 붙었대."

"빌어먹을 자식. 그럼 내일 무네라*에도 출전 못한대?"

"아마 그럴 것 같은데."

"난 그 녀석에게 60데나리우스나 걸었다고."

"한 달치 녹봉을 전부 걸었단 말이야?"

"젠장. 그럼 또 파비우스가 이기겠군."

"또 포피나**에 갔었냐? 한 달 녹봉을 모조리 날렸으니 가족들 생활비는 어떻게 보낼래?"

"서기한테 부탁해서 가불이라도 받아야지 뭐. 정 안되면 방패라도 담보로 잡히고 빌리던지."

"참 베레니케가 로마에 왔다는 소문 들었냐?"

---

* 무네라 : 격투경기

** 포피나 : 음식점. 도박이 일상적이었다.

"유대 공주? 황제의 애인이었던?"

"그래. 둘의 결혼을 방해하던 선황이 죽었으니 이제 거리낄 것도 없는 거지."

"곧 볼만한 일이 벌어지겠는걸. 근데 내일 밥값 좀 빌려주면 안 되겠냐?"

근위병들의 목소리가 서서히 멀어져 가자 요세푸스는 정원수 그늘에서 나와서 빗물을 저장하는 임플루비움 뒤로 몸을 숨겼다. 2층을 올려다보자 희미한 불빛이 새어나왔다. 므라리의 방이었다. 요세푸스는 정원의 조약돌을 주워 므라리의 방 창문을 조준해 던졌다. 잠시 뒤 불이 꺼지고 므라리가 계단을 내려왔다. 요세푸스는 조용히 그의 뒤를 시선으로 쫓았다.

므라리는 정자 안으로 들어갔다. 그곳은 지붕에 포도와 아이비를 얹어서 여름밤에도 향긋한 냄새를 풍기는 곳이었다. 가끔 요세푸스도 그곳에 누워 밤하늘을 바라다보고는 했다. 하지만 지금의 므라리는 횃불도 들지 않았고 주변을 두리번거리며 은밀하게 움직이고 있었다.

요세푸스는 불쑥 정자 안으로 들어갔다.

"왜지?"

요세푸스가 낮은 소리로 물었다.

"아이고, 놀래라."

므라리가 화들짝 놀라며 호들갑을 떨었다.

"주인님, 다치신 데는 없으십니까? 근위병들에게 주인님이 호송 도중 탈출했다는 소식은 들었는데, 얼마나 걱정했는지 모릅니다."

"연극은 그만하고, 왜 날 모함했지?"

"무슨 말씀이십니까요. 제가 주인님을 모함하다니요."

므라리가 체중을 이쪽저쪽으로 옮겨 실었다.

"자넨 유대인 포로로 로마로 끌려왔네."

"맞습니다. 그런 저를 주인님께서 해방시켜 주시지 않으셨습니까."

"내가 왜 자네를 노예 시장에서 사들일 결심이 들었는지 아는가?"

"그건 잘 모릅니다. 소인이 특별히 불쌍해 보인 것이 아닙니까요."

"그랬는지도 모르지. 자넨 '사막의 사다새'를 닮았거든."

"제가 그렇게 우울해 보입니까?"

"그래. 또 한 가지 이유는 자네가 로마군에게 예루살렘에서 제사장으로 일했다고 말하는 것을 들어서야."

"네. 저는 레위 지파의 아비후 가문의 일원이자 제사장으로……"

요세푸스는 므라리의 왼손을 잡아챘다. 엄지손가락 옆에 조그맣게 손가락 하나가 더 튀어나와 있었다.

"육손이거나 다리를 저는 자이거나 고환이 없는 자처럼 기형인 사람은 제사장이 될 수 없네. 자네처럼 어설픈 사기꾼은 처음 보았어. 내가 사지 않았으면 조만간 자네의 거짓말은 누군가에 의해 들통 날 것이 뻔했지."

"이런."

므라리가 정자의 의자에 주저앉았다. 잔망스런 모습이 빠져 나가고 지친 중년 사내가 있었다.

"혹시나 하는 생각은 갖고 있었네. 집안사람이 아니라면 내 책상 위에 주화를 갖다 놓을 수 있는 사람이 누가 있겠나."

"역시. 꼽추를 찾으셨나요?"

요세푸스는 고개를 끄덕였다.

"저는 열심당원 중 하나였습니다. 엘르아살이 마사다를 공격해 무기를 탈취했을 때 함께 한 자들 중 하나였죠. 저보다는 로마군에 의해 아이를 잃은 아내가 더 급진적이었죠. 아내와 저는 짝을 이루어서 축제 때 적들을 찔러 죽이는 일을 맡았어요. 군중들 가운데 섞여 있다가 단검으로 찔러 죽이고 태연하게 그들 가운데 섞여 암살에 분개하는 구호를 외치면 아무런 의심도 받지 않았어요. 피가 마를 날이 없었죠. 죽이고 또 죽였죠. 그러다가 아내가 두 번째 임신을 하게 되었어요. 저는 갈루스가 예루살렘의 포위망을 풀었을 때 아내를 간신히 설득해 조금이라도 더 안전한 마사다 요새로 보내고, 나중에 뒤따르기로 했어요."

마사다. 또 마사다인가. 요세푸스는 한숨을 쉬었다.

"그러다가 다시 티투스가 포위를 하자 마사다로 올라갈 기회를 놓치고 말았죠. 포로로 잡힌 다음은 잘 아시는 내용입니다."

"내 집에 있으면서 시카리로 활동했단 말인가?"

"아닙니다. 아무리 손에 피를 묻혀 보았자 상황은 달라지지 않을 것이라는 것을 깨달은 거죠. 그 사람이 저를 찾기 전까지는."

"그 사람이라면?"

"얼마 전에 식료품을 구입하러 타베르나에 나갔는데 그 사람이……."

그때 정자 밑의 어둠 속에서 그림자가 튀어나왔다. 요세푸스가 그를 발견했을 때는 이미 므라리의 등에 단검을 손잡이까지 박아 넣은 다음이었다. 요세푸스가 재빨리 팔을 뻗어 움켜잡으려 했지만 녀석은 흡사 고양이 같은 움직임으로 몸을 뒤로 날렸다.

식탁을 타 넘고 녀석의 뒤를 쫓았다.

녀석은 협죽도 울타리를 뛰어 넘더니 전나무 그늘 아래로 사라졌다.

"살인이다!"

찢어지는 듯한 비명이 들려왔다.

녀석이 도망치면서 소리를 내지른 것이다.

요세푸스는 황급히 몸을 돌려 정자로 돌아왔다. 곧 근위병들이 이곳까지 들이닥칠 것이다. 녀석은 그것을 노리고 비명을 지른 것이 틀림없었다.

므라리는 가망이 없어보였다. 단검이 등을 관통해 가슴으로 삐져나와 있었다.

"내일……."

"천천히 말해."

요세푸스는 므라리의 입술에 귀를 가까이 갖다 댔다. 피거품이 뿜어져 나왔다.

"내일……, 티투스……."

그리고 가슴을 헐떡이며 거친 숨을 몰아쉬더니 조용해졌다. 소란스런 발걸음 소리가 들려오고 있었다. 가야 할 시간이었다. 요세푸스는 손을 쓸어 그의 눈을 감겨주고 반대방향으로 몸을 날렸다.

어쨌든 내일 티투스가 있을 곳은 정해져 있었다.

6

한때 헤롯의 아름다운 겨울 궁전이었던 곳, 그곳에는 오직 시체만이 쌓여 있었다.

가장은 싸늘한 시체로 변한 아내와 자식을 끌어안고 있었고, 자신 역시도 목에서 피를 흘리며 누워 있었다. 누구 하나 살아있는 사람이 없었다. 누구 하나 저항한 흔적도 없었다. 내세의 희망을 위하여 조용히 자신의 목숨을 내어놓은 사람들의 모습만이 있었다. 언뜻 보아도 천여 명의 사람들이 조용히, 조용히 죽어 있었다.

어느새 그의 곁으로 펠릭스와 로마 병사들이 서 있었다. 그들 역시도 망연자실한 모습이었다.

요세푸스는 주변이 흐릿해지는 것을 느꼈다. 명치 아래에서 무엇인가 알 수 없는 뜨거운 덩어리가 치밀어 올라왔다. 자신도 모르게 가슴을 두드리고 있는 자신을 발견했다. 숯덩어리가 명치에서 올라오다가 심장에 박혀 있었다. 그것을 빼내야만 숨을 토해낼 수 있을 것 같았다.

불길이 뜨거운 혓바닥을 날름거리며 시체들을 먹어치우기 위해 덤벼들고 있었다.

"불을 꺼라."

펠릭스가 명령했다.

요세푸스의 옆에서 로마군이 부산하게 움직이고 있었지만 아무런 소음도 들리지 않았다. 그는 시체 주위를 돌면서 작은 소리로 어릴 적에 읽었던 구절을 되씹고 있을 뿐이었다.

"만일 내가 해로운 야수들로 그 땅을 지나다니게 하여 그것들이 거기에서 아이들을 앗아 가고, 또 야수들 때문에 그곳이 아무도 지나다니지 않는 황무지가 된다면……"

요세푸스는 조용히 눈을 감았다.

오래 전 예언자 에스겔의 환시가 이루어져 야수가 풀려났을 때 그들은 바빌론의 포로로 잡혀 갔다. 그때도 역시 예루살렘은 철저히 파괴되었고 다시는 사람이 살지 못할 곳으로 여겨졌다. 조상들은 노예 생활을 하면서 바빌론 강가에서 눈물을 흘렸다. 하지만 그때는 70년이 지나자 고향으로 돌아올 수 있었다.

이번에는?

이번에도 다시 고향으로 돌아와 성전과 성벽을 재건할 수 있을까? 다시 나라가 될 수 있을까?

"야수들 때문에 아무도 지나다니지 않는 황무지가 된다면……."

요세푸스는 헛웃음을 날렸다.

그때, 어디선가 미약하지만 가냘픈 신음 소리가 들렸다. 그는 처음에는 자신이 낸 신음 소리가 아닌가했다. 하지만 분명히 미약하지만 가냘픈 신음 소리가 들리고 있었다.

펠릭스가 요세푸스의 표정을 보더니 우렁찬 소리로 군령을 내렸다.

"멈춰라 ―!"

병사들의 부산한 손놀림이 멎었다. 가지런한 시체들이 가득한 곳에 괴이쩍은 적막이 감돌았다.

소리는 어딘가에서 공명하듯 들리고 있었다.

주위를 휘둘러보자 바닥에서 흰 연기가 올라오고 있었다. 불길 때문에 건물 여기저기서 연기기 치솟고 있었기 때문에 발견하지 못했지만, 그것은 바닥의 돌 틈에서 새어 나오고 있었다.

요세푸스는 옆 병사의 창을 빼앗아 바닥을 두드려 보았다. 텅텅. 단단해 보이는 바닥 아래 빈공간이 있었다. 요세푸스는 돌 틈으로 창을 박아 넣고 방패를 지렛대 삼아 들어올렸다. 꿈쩍도 하지 않았다.

펠릭스와 다른 병사들이 창대를 박아 넣고 힘을 쓰자 돌이 서서히 밀려 올라왔다. 요세푸스는 돌이 어느 정도 올라오자 발로 밀었다. 돌바닥 아래에는 수로가 흐르고 있었다.

신음 소리가 더 선명하게 들려오고 있었다.

수로의 물은 화마에 의해 달궈진 돌 덕분에 온천처럼 증기를 내뿜고 있었다.

요세푸스는 창대로 바닥을 두들기며 수로를 따라갔다. 땀방울이 얼굴을 타고 줄줄 흘러내렸다.

몇 개의 담을 돌아가자 아치형의 문이 나왔다. 답답한 신음은 그 안에서 들려오고 있었다.

요세푸스는 안으로 들어갔다.

빗물을 받아 놓는 저장고였다. 자욱한 수증기가 피어 올라오고 있었다. 그곳은 요세푸스에게 예루살렘의 *게 힌놈*, 힌놈의 골짜기를 연상케 했다. 힌놈의 골짜기는 깊은 암석층으로 예루살렘의 오물을 소각하는 곳이었는데 유황을 첨가해서 잠시도 쉬지 않고 불길이 타오르는 곳이었다. 유대인들은 그곳에 죽은 동물의 시체나 처형된 범죄자들의 시체를 던져 넣어 불살라 버렸다.

요세푸스에게는 저수조 안에 있는 이들이 산 채로 힌놈의 골짜기에 떨어진 사람들처럼 보였다.

어른의 허리까지 올라오는 물속에 노파 하나, 젊은 여자 하나, 숯검뎅이 묻은 채 오들오들 떨고 있는 열 살 남짓한 아이 셋이 있었다. 젊은 여자는 서너 살로 보이는 아이를 품에 안고 있었는데, 신음 소리는 그 아이의 입에서 새어 나오고 있었다.

요세푸스는 젊은 여자에게 손을 내밀었다.

날카로운 아픔과 함께 여자의 품에서 튀어나온 단검이 요세푸스의 손등을 긁고 지나갔다. 요세푸스는 피가 떨어지는 손을 여자에게 계속 내밀고 있었다. 붉은 피가 물 위로 방울져 떨어졌지만 손을 접지 않았다.

아이의 신음 소리가 더욱더 심해졌다.

여자는 아이의 땀에 젖은 앞머리를 쓸어 올렸다.

요세푸스가 여자를 재촉했다.

여자의 손에서 단검이 떨어졌다.

그녀는 요세푸스에게 아이를 넘겨주었다. 뒤로는 로마 군인들이 몰려오는 소란스런 소리가 들려왔다.

7

도시 전체가 소음으로 둘러싸여 있었다. 로마는 흥분과 기대감에 폭발할 것 같았다. 귀족들의 마차란 마차는 모두 새로운 원형경기장을 향해 몰려들고 있었고, 서민들은 부인과 아이의 손을 잡고 걸어서 그곳에 도착했다. 사람들은 앞으로 100일 동안 이어질 검투사들의 싸움과 맹수 사냥에 대한 갈증으로 들떠 있었다.

요세푸스는 입구 양 옆에 짝을 지어 서 있는 근위병들을 보았다. 오토는 시커멓게 멍이든 얼굴에 투구를 쓰고 사람들의 얼굴을 확인하고 있었다. 사람들이 조금이라도 좋은 자리를 차지하기 위해 악을 쓰고 있었지만 개의치 않았다.

팡파레가 울렸다. 사람들의 아우성 소리가 더 커졌다.

안으로 들어가기 위해 다른 출입구를 찾아야 했다. 그때 두리번거리는 요세푸스의 시야에 포르투나타가 마차에서 내리는 것이 보였다.

요세푸스는 슬쩍 몸을 돌려 줄에서 빠져 나왔다.

"포르투나타."

요세푸스가 부르자 그녀가 돌아보았다.

"환시가 양반이군요. 내가 올 것도 환상으로 보았나요."

매혹적인 미소를 지으며 그녀가 말했다.

"더 좋은 구경을 하고 싶지 않으시오?"

요세푸스가 은근히 말했다. 여자가 대답 대신 그의 팔짱을 꼈다. 뭉클한 가슴과 볼록한 유두가 느껴졌다. 그녀는 이스라엘 시골 소녀 같은 순진한 표정을 지었다. 공성퇴로 머리를 맞은 것 같았다.

그는 헛기침을 하며 건물의 오른쪽으로 돌았다. 사람들이 점점 한적해졌다. 그는 검투사들이 출입하는 입구로 그녀를 안내했다.

"좀 더 당신의 매력을 발산하면 좋겠소만."

요세푸스가 포르투나타에게 말했다.

"흠. 저들에게 말인가요?"

그녀는 입구에 서 있는 병사 둘을 가리켰다.

그가 고개를 끄덕였다.

"우와 무지 덥네요."

그녀가 병사들에게 말하며 손부채질을 했다. 그리고 겉에 둘렀던 망토를 벗어 요세푸스의 손에 맡겼다. 눈부시도록 하얀 피부와 유혹적인 가슴의 골이 드러났다. 요세푸스는 병사들의 시선이 어디로 향하는지 알 수 있었다. 그녀의 가슴 사이로 흘러내리는 한 줄기 땀방울은 갈증을 해소하는 것이 아니라 더 깊은 목마름을 유발했다. 입이 탔다.

"우리 주인님께서 파비우스를 좀 보시고 싶으시다 하셔서."

파비우스는 오랜 경력을 가진 검투사였다. 실력으로 살아남아 자유인이 되었고 그 후에는 부자가 되었다. 수많은 귀부인들이 그의 근육을 직접 보기 위해서 수단을 가리지 않았다. 요세푸스는 한눈에 보기에도 선임으로 보이는 병사의 손에 허리띠에서 꺼낸 드라크마를 올려놓았다.

"근무 끝나시고 목이라도 축이시죠."

병사는 슬쩍 무게를 가늠하더니 자연스럽게 전대를 수납했다.

대부분의 병사들은 돈에 쪼들리고 있었다. 튜닉이나 갑옷, 군화, 심지어 투창까지 자신의 돈으로 구입해야 했다. 그나마 전쟁에 나가지 않는 지금 같은 보직이라면 몇 번 사용하지도 않은 투창을 적에게 던져 버려서 다시 구입해야 하는 일도 없을 것이다.

어쩌면 그 자리를 차지하기 위해 윗선에 줄이라도 대야 했을 것이다.

후임이 주변을 한 번 둘러보더니 지하로 향하는 문을 열어 주었다.

계단을 내려가자 노린내와 짐승의 배설물 냄새가 진동했다. 미로 같은 터널을 지나자 우리 안에 맹수들이 갇혀 있었다. 때가 되면 평형추가 달린 승강기를 이용해서 나무로 된 투기장 바닥을 뚫고 경기장에 바로 모습을 드러낼 것이고, 흥분한 관객들이 비명을 질러댈 것이다. 사자는 오늘을 위해서 며칠 동안 굶긴 터라 날카로운 이빨로 창살을 물어뜯고 있었다. 사자가 창살을 들이받으며 포효했다. 땅속 깊은 곳에서 울리는 듯한 포효였다. 곧이어 지하실 전체에 상처 입은 맹수들의 울부짖음으로 가득 찼다.

포르투나타가 그의 팔을 꽉 끌어안았다. 부들부들 떨고 있었다. 그것이 두려움 때문인지 흥분 때문인지 분간하기 어려웠다.

요세푸스는 충동적으로 포르투나타를 끌어안고 입을 맞추었다. 혀로 그녀의 치열을 더듬었다. 곧 그녀의 혀가 감겨왔다. 그들은 배고픈 사자와 암사자처럼 서로를 격렬하게 탐하고 물어뜯고 빨았다.

지상에서 5만 명이 내지르는 함성 소리가 폭발하듯 터졌다.

두 사람은 흠칫 놀라 서로에게서 떨어졌다. 어색한 침묵이 흘렀다. 먼저 포르투나타가 그의 손을 잡았다.

요세푸스는 말없이 미소 지으며 지상으로 올라가는 목재 경사로로 그녀를 이끌었다. 어두운 터널을 지나가자 경기장 바닥에서 수많은 사람들이 무엇인가를 줍기 위해 난리법석을 벌이고 있었다. 떠밀고 들이받고 더 좋은 것을 차지하기 위해 주먹질하는 사람들도 있었다.

"뭐하는 거죠?"

포르투나타가 물었다.

"자연스럽게 나가서 바닥의 공을 주워요. 그러면 공에 번호가 적혀 있을 거요. 당신의 행운을 시험해 봐요."

이 행사의 착상을 낸 것은 요세푸스 자신이었다. 티투스는 암피테아트룸 플라비움의 낙성식을 무언가 특별한 사건으로 만들고 싶어 했다. 바닥에 던져진 나무 공에는 숫자가 새겨져 있었고 숫자마다 경품이 달랐다. 나무 공을 차지한 사람은 시종들에게 가서 노예나, 금, 목걸이, 보석 등의 상품으로 바꿔갈 수 있었다.

공을 주은 사람들은 시종들 앞에 줄을 서기 위해 달려갔다.

요세푸스는 포르투나타와 함께 나무로 된 투기장 바닥으로 나갔다. 공을 하나 주웠다. 아무것도 적혀 있지 않았다. 실망한 듯 혀를 차며 던져버렸다. 하지만 그의 시선은 황제의 위치를 찾아내기 위해 분주했다.

그들이 있는 곳은 계란처럼 생긴 아레나의 길쭉한 부분이었다. 왼쪽으로 계란의 폭이 좁은 부분에 원로원 의원들을 비롯한 고관 전용 관람석이 있었고, 그 맞은편 즉 요세푸스의 오른쪽으로 황제 전용 관람석이 보였다.

요세푸스는 포르투나타의 손을 끌고 티투스가 있는 곳을 향해 거치적거리는 사람을 헤치며 움직였다.

티투스는 몇 명의 정치적 유력자와 함께 자리에 앉아 술잔을 기울이고 있었다. 멀리서도 황제의 둥글넓적한 얼굴을 알아 볼 수 있었다. 그는 황제가 된 후에 처음으로 즐거운 일을 맞이한 듯 입을 크게 벌리고 웃고 있었다. 예정대로라면 요세푸스 자신도 황제 곁에서 술잔을 부딪치고 있어야 했다.

술잔을 쭉 들이켠 황제는 자리에서 일어나 더 많은 공을 경기장을 향해 뿌렸다. 황제 전용석 밑으로 사람들이 몰려들었다.

여인 둘이 이오니아식 기둥을 지나서 황제 전용석으로 다가가고 있었다. 요세푸스는 불길한 느낌에 발걸음을 빨리했다.

"내일……, 티투스……."

므라리의 말이 머릿속에서 메아리쳤다.

앞선 여인이 근위병에게 제재를 당했다. 여자가 근위병에게 귓속말을 했다. 근위병의 보고를 받은 티투스가 여자를 보더니 난처한 표정을 지었다. 여자는 티투스 곁으로 다가갔다. 종처럼 보이는 여자도 그녀의 뒤를 따랐다.

요세푸스는 황제에게 다가간 여인이 누구인지 알아보았다.

베레니케였다.

티투스는 연상의 유대 공주와 사랑에 빠졌다. 그는 딸을 낳은 두 번째 부인과 이혼하면서까지 그녀와 동거를 시작했다. 하지만 아버지 베스파시아누스가 황제가 되면서 사정이 달라졌다. 이제 티투스는 단순한 호민관이 아니라 확실한 황위 계승자였다. 여론이 들끓었고 둘은 결국 헤어질 수밖에 없었다. 티투스는 황제가 되었지만 아직 아내를 만들지 않았다.

이제 그녀가 돌아온 것이다.

티투스는 그녀를 거부할 수 없을 것이다.

베레니케가 황제 곁에 앉자 그녀의 종은 그 뒤에 섰다.

여종이 후드를 벗었다.

요세푸스는 그녀가 누구인지 알아보았다.

연옥과도 같던 그 저수조에서 아이의 앞머리를 쓸어 주던 여자, 어젯밤 므라리의 등에 칼을 꽂은 여자, 그리고 이제 황제를 죽이기 위해 그의 뒤에 선 여자였다.

"위험해!"

소리를 질렀지만 사람들의 함성에 쓸려 전혀 닿지 않았다.

수염이 덥수룩하게 난 덩치가 그를 밀치고 바닥의 공을 주웠다.

요세푸스는 자신도 모르게 휘청거렸다.

포르투나타의 손을 놓쳤다.

덩치는 공을 확인하더니 바닥에 던져 버렸다.

마사다 여자의 손이 소매 안으로 들어갔다. 그 손이 다시 나올 때는 날카로운 단검이 들려 있을 것이다.

여자가 위치를 조금씩 바꾸어 황제의 뒤로 다가갔다.

요세푸스는 허리띠를 풀었다. 그리고 덩치가 버린 공을 주워 넙적하고 오목한 가운데 부분에 앉힌 다음, 머리 위로 쉭쉭 돌렸다. 덩치를 비롯한 다른 사람들이 욕을 해대며 공간을 비워줬다.

무릿매 솜씨가 녹슬지 않았기만을 빌었다.

여자의 손이 소매에서 나왔다.

동시에 요세푸스도 허리띠의 한쪽을 놓았다. 나무 공은 화살처럼 날아갔다.

단검이 황제의 목에 쑤셔 박히려는 찰나, 원심력을 실은 나무 공이 여자의 미간을 가격했다. 여자가 단검을 놓치며 쓰러졌다.

요세푸스는 황제 전용석으로 달려가 보호용 철책을 기어올랐다. 철책에 박혀 있는 대못이 손바닥을 찔렀지만 아픔을 느낄 겨를도 없었다.

바닥에 쓰러졌던 여자가 비틀거리며 몸을 일으키더니 다시 황제에게 덤벼들었다. 상황을 눈치 챈 근위병이 칼을 휘둘렀다. 여자는 투기장 바닥으로 떨어졌다.

요세푸스는 여자에게 달려갔다. 여자는 피투성이가 된 배를 틀어막고 있었다.

여자가 요세푸스를 원한에 찬 눈으로 바라보았다. 그리고 무엇인가를 말하려하다가 숨을 멈췄다. 그녀의 입가에는 미소가 그려져 있었다.

8

"여기 있었군."

펠릭스가 말했다.

요세푸스는 포르투나타와 함께 황제 전용석에 앉아 있었다. 소동은 조용히 처리되었다. 대중들은 파비우스의 화려한 손놀림에 넋을 잃었고, 패자의 목을 치라고 "이우굴라!"* 를 합창했다. 야수가 아무런 무기도 없는 사람을 쫓아가 갈기갈기 찢어 죽이는 것에 환호성을 발했고, 배고픈 맹수들이 서로 싸우는 모습에 열광했다. 그날 일어난 사소한 사건 따위에는 아무도 관심이 없었다.

---

* 이우굴라 : 목을 치라는 뜻

그들은 내일 있을 더 강렬한 자극을 기대하며 집으로 돌아갔다.

"여자는 누구였나?"

펠릭스가 물었다.

"마사다의 생존자였어. 예전에 단검단원이었던."

요세푸스가 대답했다.

"왜 자네를 연루시키려고 한 거지?"

"내가 낙성식에서 황제 곁에 있을 것이라는 것을 알았거든. 다른 사람은 몰라도 나만은 자신을 알아 볼 것이라고 생각한 것이겠지."

"무릿매는 어떻게 된 거야?"

"예전에 사막에서 써먹던 솜씨야. 내게 무릿매를 알려준 스승은 작은 돌멩이 하나로 280큐빗(125미터) 떨어진 곳의 뱀의 머리만 맞출 수 있었어."

"자네를 만나려면 돌멩이가 있는지 없는지부터 살펴야 되겠구먼."

"펠릭스, 자네는 왜 나의 탈출을 도운 거야? 창을 던져서 디딤돌을 만들어 주면서까지."

"자네가 황제 암살과 무관하다는 것이 분명했거든. 황제 덕분에 연금과 집, 취미로 글을 쓸 수 있는 여유를 갖게 되었는데 자기 돈줄을 잘라 버리는 바보가 어디 있겠나. 자네는 그러기엔 너무 현실적이거든."

"정확하군. 그런데 꽤 아팠어, 집에서."

"흥. 지난 번 포피나에서 사기 친 벌이야."

"가서 술이나 한잔 하자."

요세푸스가 자리를 털고 일어나며 말했다. 그는 포르투타나의 손을 잡았다. 그녀에게는 추첨을 통해 받은 섬세하게 세공된 이집트 산 은 접시가 들려 있었다.

그들이 난간으로 내려왔을 때 팔에 붕대를 감은 14, 5세의 소년이 여자가 죽은 자리에 우두커니 서 있었다. 나무로 만든 바닥을 감추기 위해 깔아놓은 모래 위로 검붉은 자국이 남아 있었다.

"하르사. 뭐해?"

펠릭스가 물었다.

"그냥요."

선이 고운 미소년이었다.

"아는 아이야?"

요세푸스가 물었다.

"마사지사."

"그런 취미도 있었냐?"

"난 그런 쪽에 관심 없다."

"그러면?"

"이번에 벼락출세한 녀석이야."

"테르마이에서 황제의 목숨을 구해주었다던 아이?"

"그래. 덕분에 황제 전용 마사지사가 되었지."

"아저씨가 요세푸스에요?"

아이가 물었다.

"그래."

"역사가죠?"

"어쩌면."

"'*메네, 메네, 테켈, 그리고 파르신*'이 무슨 뜻이에요?"

"'한 미나, 한 미나, 한 세겔, 그리고 반 세겔들'이란 말이야."

요세푸스가 대답했다.

"고마워요."

아이가 천진하게 웃으며 꾸벅 인사를 하고는 사라졌다.

요세푸스는 멀어지는 아이를 바라보며 콧잔등을 찡그렸다.

"왜 그래요?"

포르투타나가 물었다.

"응?"

"생각에 잠긴 것 같아서."

"아냐."

'메네, 메네, 테켈, 그리고 파르신'은 바빌론의 멸망이 있던 날 밤에 기적에 의해 벽에 나타난 수수께끼였다. 구전에 의하면 그 수수께끼의 뜻은 *'유다의 예언된 고통이 다 계수되었다. 바빌론의 왕은 저울에 달려 부족함이 드러났다. 그리하여 그의 왕국이 다른 사람에게 주어질 것이다.'* 라는 것이었다. 그리고 유다는 포로 상태에서 해방되어 고국으로 돌아갈 수 있었다.

콧잔등에 먼지가 앉은 것처럼 간지러웠다.

소년이 보고 있던 자리에 박힌 명문(銘文)이 눈에 들어왔다. 거기에는 *'티투스 베스파시아누스 카이사르 아우구스투스 황제는 새로운 원형 경기장을 전리품에서 얻은 수입으로 세우게 하였다.'* 라고 새겨져 있었다. 요세푸스는 티투스의 전리품이 어디에서 온 것인지 잘 알고 있었다.

요세푸스는 멍하니 서서 계속 코를 긁어댔다.

9

일 년 뒤인 서기 81년 9월 13일.

악화된 건강을 회복하기 위해 고향 온천으로 요양을 하러 간 티투스는 얼마 되지 않아 세상을 떠났다. 겨우 2년 3개월의 짧은 치세였다.

임종은 동생 도미티아누스와 젊은 마사지사가 지켰다.

티투스는 죽기 전에 이와 같은 말을 남겼다고 한다.

"나는 한 가지를 제외하고는 전혀 실수를 하지 않았다."

박하익

1981년 출생. 충북대 국어교육과 졸업했다. 2008년 《계간 미스터리》 가을호에서 「화면저편의 인간」으로 신인상을 수상했다. 같은 해 아이작가 무협 판타지 중단편 공모전에서 「피리소리 고즈넉이」으로 가작을 수상했다. 청주에서 아이들을 가르치며 틈틈이 소설을 쓰고 있다. 한국 미스터리 작가 모임에서 활동 중이다.

1

밥은 물론이거니와 후식도 꿀맛이었다. 맑게 달인 대추차, 백년초와 치자로 색을 낸 유과, 생강 향이 은은한 개성주악까지. 단맛을 한껏 즐기고 있는 혀와는 달리 눈은 쿡쿡 쓰려온다. 시야가 흐려지려는 걸 필사적으로 참으며 이를 악물었다.

'요즘 누가 널 며느릿감으로 여기는 모양인가 봐. 이것저것 묻고 다니는 사람이 있다는 데 혼담이 들어오려나 보다.'

보름쯤 전에, 어머니가 하셨던 말이 귓전을 스친다.

지금 눈앞에서 미소 짓고 있는 이 미남자가 어머니가 말한 그 사람이라면 아쉽지만 그 기대는 완전히 빗나갔다. 남자가 들고 있는 건 청혼용 반지가 아니라 K5 권총이고, 여기는 분위기 좋은 한식당이 아니라, 창문도 없이 백열등만 외로이 오렌지 빛을 토하고 있는 창고 한구석이었다. 어제 저녁 퇴근길에 괴한들에게 납치된 정미는 열 시간 넘게 기절해 있었다가 막 눈을 뜬 참이었다.

납치범은 정미에게 환상적인 식사를 제공하고, 눈앞에서 빙글빙글 웃고 있다. 변태 자식.

"어때? 음식이 입에 맞아?"

마녀가 주는 음식을 꾸역꾸역 먹어야 했던 헨젤처럼 정미는 어색하게 웃었다. 바둑알처럼 작은 총구에는 검고 혼탁한 어둠이 동그랗게 고여 있었다.

오늘은 어린 악마들에게 시달리지 않아도 되는 황금 같은 놀토. 틈만 나면 결혼하라고 성화인 어머니까지 친구 분들과 속리산으로 여행을 떠난 럭키 세븐의 주말이었다. 예정대로라면 보드라운 햇살이 비치는 커피숍에 앉아 바닐라 카푸치노를 홀짝이며 조디 피콜트의 최신작을 야금야금 읽고 있었을 것이다.

"……그러니까, 난 당신을 K라고 부르면 되는 건가요? 내 소설 주인공 이름 그대로?"

떨리는 목소리로 정미가 물었다. 남자는 고개를 끄덕인다.

상아를 깎아 놓은 것처럼 창백하고 건조한 피부에 매섭게 치켜 올라간 눈. 해골이 세공된 커프스 버튼이 달린 블랙 셔츠. 목에는 은빛의 차가운 크롬하츠 펜던트가 빛났다. 작품 속에 묘사된 K의 옷차림을 따라했을 뿐인데도 머리카락 한 올만큼도 위화감이 없었다.

정미는 속으로 혀를 끌끌 찼다. 『도시의 청소부』라는 인터넷 소설을 쓸 때만 해도 이런 식으로 소설 속 주인공과 조우하게 될 거라고는 꿈에도 생각지 못했다. 정확히는 K가 아니라, K를 동경하는 살인범이지만.

"모두 당신이 저지른 일인 거죠? 그 살인들은?"

최대한 담담한 목소리로 물었다. K의 미간이 살짝 구겨진다.

"어떻게 알고 있지?"

"3개월 전쯤에 끌려가서 조사를 받았었어요. 경찰이 내사하고 있었던 거 몰랐지요? 어찌나 꼬치꼬치 캐묻든지 덕분에 고생했어요."

"……미안하지만 우린 네 소설을 그대로 실행했어. 한 치의 오차도 없이. 실수가 있었다면 그건 너의 계획이 완벽하지 못했기 때문이야."

항변하기 전에 그의 말을 천천히 음미했다. '우리'라고 했다. 청소부들은 K말고도 몇 명이 더 있는 모양이었다. 하긴, 그랬을 것이다. 그러니까 짧은 기간 동안에 그토록 많은 살인을 저지를 수 있었던 거겠지.

"내 계획은 완벽했어요."

"그렇다면 경찰이 왜 너를 조사했지? 응?"

K는 뒤에 있던 캐비닛에서 파일 하나를 꺼내왔다. 지난 1년간 저지른 살인들이 번호까지 매겨져 깔끔하게 정리되어 있다. 정미는 파일의 두께를 보고 흠칫 놀랐다. 한눈에 봐도 경찰이 추정한 것보다 배는 많았다.

머리를 아찔하게 하는 죄책감. 파일을 넘기는 손끝이 저릿저릿 떨려온다.

무려 1년 넘게 이렇게 많은 범죄자들을 죽였는데도 경찰은 제대로 된 단서조차 잡지 못하고 있다.

'내 살인 계획이 그만큼 완벽했다는 뜻인가…….'

뜨겁게 끓인 대추차에 쓴맛과 단맛이 공존하고 있었다. 혀를 태워버릴 만큼 아찔하게.

"……여기. 바로 여기가 문제였어요."

파일의 한 부분을 손가락으로 톡톡 두드리며 정미가 말했다.

소설로 치면 4장, 청소부 K가 미성년자들을 상습 성추행했던 범죄자들을 연쇄적으로 처단하는 내용이었다. 소설에서 K는 청소년 성범죄자 신상정보 열람시스템을 이용해 가해자들의 소재를 파악하고 그들을 몇 년에 걸쳐서 자연사와 사고사를 가장해 주도면밀하게 처리해 나간다. 그러나 현실의 '청소부들'은 신상정보가 열람되는 성범죄자들, 현 리스트에는 겨우 22명밖에 올라 있지 않은 사람들을 몇 개월 사이에 거반 쓸어버렸다. 특별 관리하는 범죄자들이 갑자기 줄어버리니 아무리 사인이 제각각이라 한들 경찰이 주목하지 않을 리 없다. 인터넷에 비슷한 내용을 가진 소설이 올라왔다는 제보를 접한 경찰은 정미를 소환했다.

물증도 없었고, 알리바이도 탄탄해서 문제될 것은 없었지만 워낙 소설 속 살인과 현실의 살인이 유사해서 여름 방학 내내 붙들려 있어야 했다.

취조를 받는 동안 30도가 넘는 살인적인 폭염이 계속되었다. 오로지 풀려나고 싶다는 열망에서 정미는 소설을 쓰면서 취재한 내용은 몽땅 불었고, 경찰관이었던 아버지가 근무 중 순직했다는 개인적인 이야기까지 들먹이며 구질구질하게 결백을 호소했다. 효과가 있었는지 여름방학이 끝나기 하루 전날 자유의 몸이 될 수 있었다.

물론 딱 한 명, 여태까지도 정미를 주시하고 있는 형사가 하나 있기는 했다. 임꺽정처럼 거대한 체구에 피부가 붉고 머릿결이 곱슬곱슬한 노총각 경찰. 김 형사는 아직도 가끔 정미의 주변을 맴돌며 의혹을 풀지 않고 있었다. 새로운 희생자가 나올 때마다 '네 짓이지?'라는, 추측성 문자를 보내고 그녀가 소설을 연재하는 블로그에는 '소설은 소설일 뿐 따라 해서는 안 됩니다.'라는 도배성 댓글을 올리고 다녔다. 가끔은 그녀의 주변을 미행하기까지도 하고, 가끔은 술 냄새를 폴폴 풍기며 퇴근길에 불쑥 나타나서 일장 연설을 하고 사라졌다.

"소설을 모방해서 살인을 저지르고 다니는 놈들보다 훨씬 더 나쁜 건 당신이야. 정말 범죄자들이 살아갈 가치가 없다고 생각해? 처리해야 할 쓰레기처럼 생각되냐고? 그런 어처구니없는 생각으로 소설을 써서 사람들을 도발시키고는 재수 없게 빠져버리다니……. 내가 당신 아버지라면 무덤에서라도 벌떡 일어나 눈물을 흘렸을 거야. 딸을 잘못 키웠다고 원통해하면서. 아무리 아버지를 그렇게 잃었어도 그렇지. 안 되는 건 안 되는 거야. 아무렴."

김 형사가 술 먹고 찾아와서 행패를 부리는 날이면 정미도 이성을 잃고 맞고함을 지르곤 했다.

"남의 일이라고 함부로 말하지 마요. 이렇게 일이 커질 줄 알았다면 내가 미쳤다고 그런 걸 썼겠어요? 진범도 못 잡는 주제에 찾아와서 선량한 시민을 괴롭히다니 정말 못난 경찰이네. 순직한 우리 아빠 들먹일 자격도 없어요. 이번에는 경찰만 노리는 살인범에 대한 소설을 쓸까보다. 당신 같은 무능한 경찰 좀 없어지게. 이 빛은 반드시 갚아줄 테니까, 두고 봐요. 진범이 잡히면 그날로 찾아가서……!"

만약 지금 정미가 청소부 K에게 잡혀 있다는 것을 알게 된다면 그는 어떤 얼굴을 할까. 뿌린 대로 거두는 법이지, 라고 손뼉을 치고 좋아할지도 모른다. 정미가 청소부들에 의해 '처리'되면, 억울한 죽음을 밝혀주기는커녕 범인이라 도주한 거려니, 착각할지도. 그럴 개연성이 농후한 인물이다. 울화가 치밀어 오른다.

"아직도 경찰이 우리 뒤를 쫓고 있는 건가?"

K가 팔짱을 끼며 물었다.

"글이 연재되던 시기에 사이트에 접속했던 사람들의 로그인 정보를 조사하고는 있지만, 원체 많아서요. 당신들의 소재를 파악할 가능성은 희박해요. 걱정 마요."

김 형사가 불쑥불쑥 나타나 억장을 뒤집어놓는 것도 그런 맥락에서였다. 단서가 아무것도 없으니까 답답해서. 희생자들에 대한 죄책감만 아니었다면 진즉에 민원을 넣어 징계감으로 만들었을 거다.

K가 침묵을 지키는 동안, 정미는 파일을 훑어보면서 청소부들이 자신을 납치한 이유를 추측해 보려 애썼다. 아무리 좋게 생각하려 해도 폴 셸던과 미저리 외에는 마땅한 모델이 떠오르지 않았다. 납치를 해놓고서도 호의적으로 대하는 것을 보면 K는, 더 정확히는 K들은 정미를 포섭하려는 것 같다. 타자기나, 인터넷이 연결되지 않은 노트북 하나 던져주고는 햇빛도 들어오지 않는 창고 안에서 범죄 계획을 짜라고 채근하겠지. 조만간 어머니도 끌려올지 모른다. 정미를 고분고분하게 만들기 위한 인질로서.

K는 복면은커녕 선글라스조차 쓰지 않은 맨얼굴이었다. 어두운 미래에 대한 확신이 점점 강해진다.

하지만.

죽을 때 죽더라도 궁금한 건 해결하고 싶다.

"당신, 범죄자들을 죽이는 이유가 뭐예요? 왜 내 소설을 따라하게 된 거죠?"

난데없는 질문에 K는 짜증스런 표정을 지었다. 천천히 고개를 돌려 천장을 바라본다. 반구형 카메라가 붉은 불빛을 깜박이며 이쪽을 주시하고 있었다. 동료들이 다른 곳에서 이 방을 감시하고 있는 모양인데 K가 난처한 얼굴을 해도 아무런 반응이 없었다.

결국 그는 마지못해 자기가 지나온 삶에 대해 털어놓았다. 흑인 래퍼가 관객 없는 무대에서 자신의 인생을 노래하는 듯 우울한 목소리였다.

불운한 운명을 본적이 있나? 반짝 빛을 봐도 다시금 심연 속에 끌려들어가는. 언제나 좌절만이 예비된 숙명. hey yo.

아버지가 날 버린 건 두 살 때 얘기. 어머니가 날 버린 건 열 살 때 얘기. 숙모네 집 얹혀살며 눈칫밥 처지. 도망치자 생각했지. 살기 위해서. 10년간 어둠 속을 헤매 살았네. 독하게 날고뛰며 나만 알았네. 잔혹할수록 강해지는 건 세상의 이치. 밝은 내일을 기대하는 건 나에게 사치.

그러던 어느 날 비추인 햇살. 운명처럼 다가온 oh my girl! 아름답고, 순수하고, 미치도록 사랑스러웠던 여자. put ur hands up!

태어나서 처음으로 모든 것을 다 바치고픈 상대를 만난 K는 정말로 그녀에게 모든 것을 주었다. 마음, 시간, 선물, 돈, 신용카드까지. 줄 수 있는 것을 다 주는데도 더 주지 못하는 게 슬프기만 했다. 두 사람은 미래를 약속했고 영원히 함께 할 것을 믿어 의심치 않았다.

"행복은 오래가지 않더군. 솔직히 나 같은 놈에게 과분한 여자였지."

무리하게 돈을 끌어다 쓰다가 자금운용에 실패해 K는 가게 문을 닫게 되었다. 동업하던 친구는 빚만 남기고 도망가 버렸다. 약혼자가 너무 예민해지자, 사랑하는 그녀는 잠시 거리를 둘 필요성을 느꼈다. 그러나 한 번도 충분한 사랑을 받아보지 못했던 K는 그것을 이별의 겉치레라고 받아들였다. 배신감을 억누르지 못한 격정의 밤. 그는 연인을 살해했다.

1년 동안 전국을 방황했지만 어디를 가도 마음이 편하지 않았다. 경찰은 피할 수 있었을지언정 밤마다 찾아오는 가책으로부터는 도망칠 수는 없었다. 눈을 감으면 살려달라고 애걸하던 여자친구가 떠올랐다.

어쩌다 그렇게 무서운 일을 저지른 건지. 세 번 정도 자살 시도를 했지만 그때마다 요행히 살아났다. 절망에 빠져 허우적거리고 있을 때 읽게 된 것이 정미가 쓴 소설, 『도시의 청소부』였다.

소설의 내용은 간단하다. 주인공 K는 결혼식을 하루 앞둔 날, 사랑하던 약혼녀가 살해당했다는 청천벽력 같은 소식을 듣는다. 단서가 거의 없는 사건이라 경찰도 포기했지만 K만큼은 끝까지 추적을 계속해 결국 살인범을 찾아낸다. 범인은 수차례 감옥에 들락날락거린 누범자. 가책을 느끼지도 않는 인간 쓰레기였다. 분노한 K는 그를 살해한다.

"어떤 인간들은 빨리 죽어주는 게 사회에 득이 되지. 무고한 희생자가 생기는 걸 막기 위해서라면 차라리 내 손을 더럽혀주겠어."

첫 살인 후. 떠오르는 태양을 바라보며 K는 결심한다. 상습범죄자만을 노려 살육하는 '도시의 청소부'가 되기로. 이후, 수십 명의 범죄자들을 소탕하며 종횡무진 도시를 청소해 나간다. 환상적인 솜씨와 주도면밀한 범행. 경찰도 사설탐정도 청소부의 정체를 알아낼 수 없었다. 그가 연인의 무덤 옆에서 자살한 시체로 발견될 때까지 누구도.

소설의 마지막 장을 덮으며 K는 뜨거운 눈물을 흘렸다.

'바로 이거다! 이것이야말로 그녀에게 속죄하는 길이야!'

소설 속 K가 살인으로 정의를 구현하려 했다면 그도 같은 방법으로 죽은 여자 친구에게 용서를 구하고 싶었다. 그녀가 나를 만나지 않았다면 억울한 죽음을 당하지 않을 것이다. 세상에는 나처럼 '불안정한 정신', '충동적인 마음'을 가져 죄악을 일삼는 무리들이 분명 있다. 그런 무리들을 미리 청소한다면 그녀 같은 억울한 희생자들은 생기지 않으리라. 그리고 언젠가 연인의 무덤 옆에서 청산염을 삼키고 죽고 싶었다.

법의 심판을 부족하게 여기는 원통한 영혼들은 도시에 흘러넘치고 있었다. 처음 사업을 시작했던 한 달 동안은 K가 억울한 일을 당한 고객들을 직접 찾아갔지만 나중에는 고객들이 입소문만으로 찾아왔다. 보안을 위해 이전 고객이 신원을 보증한 사람만을 새 고객으로 받았다. 소설 속 K처럼 사고사와 자연사로 마감

되는 살인만을 실행하다보니 누구도 의심하지 않았다. 목표가 제거되면 의뢰인들은 K에게 거금을 내놓았고 상담만 받았던 사람들이라도 K가 두려워서 경찰에 신고하지는 못했다.

그 과정에서 어떤 사람들은 더욱 적극적으로 그의 일을 도와주었다. 대부분이 무책임한 범죄로 가족이나 소중한 사람들을 잃은 유가족들이었다. 처음에는 고객으로 찾아왔지만 몇 번 함께 일하다보니 뜻을 같이 하는 동료가 되었다. 대한민국 최초, 누범자들만을 타깃으로 하는 살인 청부업체는 그렇게 탄생했다.

'악을 행하는 자는 자기가 선을 행한다고 굳게 믿어야 한다.'라고 말한 건 솔제니친이었다. 과거를 회상하는 K의 얼굴은 세계무역센터에 비행기를 박아 넣은 알카에다처럼 뻔뻔스러워 소름이 끼쳤다. 그러나 곧 정미는 고개를 가로 저었다. K가 알카에다라면 자신은 오사마 빈라덴일 테니.

K5총구가 정미의 이마에 닿는다.

"나도 너에게 묻고 싶은 게 있었어."

서늘한 감촉이 정신을 번쩍 들게 했다. 차갑게 식은 눈동자, 푸른빛이 도는 입술, 뱀 같은 얼굴을 한 살인자가 정미에게 묻고 있었다.

"그 소설을 반복해서 읽다보니, 어느 날 이런 생각이 들더군. 이 소설을 쓴 사람은 나보다 더한 악질이다. 나는 충동적으로 살인을 저질렀지만, 이 작가는 마치 예술작품을 만들 듯 공들여 사람을 죽이는 계획을 세우고 있다. 원한이나, 분노 같은 동기도 없이, 그저 '재미'를 위해서. 그럴듯한 살인 계획을 짜고 모니터 저쪽에 숨어 혼자 즐기고 있어. 솔직히 말해 봐. 너……, 살인을 동경

하고 있지?"

벽에 걸린 시계가 째깍째깍 앞으로 전진하고 있었다.

입이 바싹바싹 말라왔다. 머리가 백지가 된 것처럼 아무 생각도 들지 않는다.

정미는 눈을 감았다. 오랫동안.

"……지금 나한테 동기가 없다고 그랬어요?"

어린 시절부터 가슴을 억누르던 슬픔이 몸을 빠져나갔다가 허공을 일주하고 난 뒤 다시 심장으로 찾아왔다. 심근은 빠듯한 수축과 이완을 반복한다. 두근두근.

"우리 아버지가 어떻게 죽었는지 모르죠? 칼에 찔려 죽었어요. 나쁜 놈들 잡다가."

장례식이 끝나고 아버지의 후배가 네모난 상자를 전해주었다. 그 안에는 아버지가 경찰서에서 쓰던 소지품들이 들어 있었다. 만년필과 루페, 업무일지들 그리고 새하얀 운동화 한 켤레. 정미가 마지막 생신에 사드린 것이었는데 한 번도 신지를 않고 책상 서랍에 넣고 보고 또 보고 했단다.

왜 착한 사람은 죽고, 나쁜 사람은 감옥에서 행복하게 살지? 국민이 내는 세금으로 삼시 세끼 잘 먹고 잘 자면서.

운동화를 껴안고 울면서 어린 정미는 생각했다. 마음 속 깊이 자리 잡은 분노는 시간이 흐를수록 점점 더 커져갔다. 사춘기 때에는 온갖 추리소설을 탐독하며 벌레처럼 불쾌한 인간들, 사회의 안녕을 위협하는 쓰레기들을 처리하는 상상하며 쾌감을 맛보았다.

그리고 작년 여름. 아버지를 죽음으로 몰아넣은 원수의 소식을 들었다. 출소했다는 사실은 알고 있었지만 그렇게까지 잘 살고 있을 줄은 몰랐다. 작은 유흥업소들을 관리하던 그는 이제 고리대금업까지 손을 뻗혀 약자들의 피고름을 짜먹으며 떵떵거리며 살고 있었다. 만삭의 태아처럼 비대해진 살의가 밤마다 몸을 뒤틀며 그녀를 키보드 앞으로 이끌었다. 정미는 식음을 잊은 채로 세상의 악을 청소하는 청소부 K의 이야기를 쓰기 시작했다. 진짜 영웅의 이야기를.

2

식사가 끝날 때쯤 본론이 나왔다. 가만히 이야기를 듣고 있던 K는 무엇이 그토록 마음에 들었는지 손까지 덥석 잡으며 속삭였다.

동료가 되어 함께 일하자. 네가 필요로 하는 모든 것을 지원해주겠다. 네가 설계하는 계획대로 우리는 움직일 것이다. 너는 머리고 우리는 충실한 수족이 될 것이다. 이 세상의 오물들을 청소해 나가자.

정미는 조소했다.

"당신들에게 충성을 다한다면 나는 무엇을 얻을 수 있죠? 이렇게 갇힌 채로 살다가 변심한 당신들 손에 처리되는 거?"

"이곳에 갇혀 사는 것은 당분간일 뿐이야. 신뢰관계만 성립되면 금방 풀어주겠어. 너는 가끔 원고를 전송하듯 살인계획서를 보내주면 돼. 확실하고 완성도 높은 기획으로 말이야. 공짜로 해달라는 거 아니야. 대가로 우리가 벌어들이는 수익의 10퍼센트를 주겠어."

청소부들은 현실을 잘 간파하고 있었다. 정미의 협조가 자발적이지 않다면 청소부들은 뇌관이 불안한 폭탄을 껴안고 있는 꼴이 된다. 전적인 협조를 이끌어내도 위험천만한 사업이었다. 달콤한 제안들이 더 쏟아졌다. 당신이 조직원이 되면 우리와 얼굴을 마주할 필요도 없다. 이메일을 통해 연락하면 된다. 혹시 일이 잘못되어 우리가 잡히게 되도 결코 너를 거론하지 않겠다. 내가 사형대의 이슬로 사라지는 한이 있더라도 너는 우리와 모르는 사이다. 꿈쩍 않고 있자, 10퍼센트, 15퍼센트, 20퍼센트……. 몸값은 겅중겅중 뛰었다.

"나는 돈 같은 건 필요 없어요. 모르겠어요?"

정미는 테이블을 탕 하고 쳤다.

"그럼 뭘 어쩌라는 말이야? 뭘 어떻게 해야 우리와 뜻을 같이 하겠어?"

두 시선이 오래도록 공중에서 얽혔다. 수많은 상념들이 담배 연기처럼 모였다 스러졌다.

"사람 하나만 죽여줘요."

애써 대수롭지 않은 표정으로 말했다. K가 눈을 가늘게 뜬다.

"만약 그 사람만 처리해 준다면 당신들에게 봉사하겠어요. 얼마든지."

"누구를 죽여 달라는 거야? 설마……."

"그래요. 우리 아버지를 죽게 만든 고리대금업자. 김정태. 나이 33살. 동대문 일대에서 활동하고 있어요."

사실 청소부들에게 납치되기 전날까지도 정미는 경찰에 걸리지 않고 김정태를 응징할 방법들을 강구하고 있었다. 일부러 채무를 져서 그를 불러낼 구실도 만들어 놓았는데 공교롭게도 청소부들 탓에 경찰에게 조사를 받게 되었다. 여태껏 그녀를 의심하는 경찰이 있어 마음 놓고 일을 벌일 수 없었다.

"당신들과 만나게 되었으니 망설이고 싶지 않아요. 프로들에게는 어려운 일도 아니잖아요? 지금 당장 계획을 짜겠어요. 부탁을 들어줄 것이 아니라면 차라리 지금 나를 쏴죽여요. 아무리 꼬드겨도 동료가 되지 않을 테니까."

정미는 K의 대답을 기다리지 않았다. 파일 위에 놓인 볼펜을 들고 백지 위에 일필휘지로 김정태 살해 계획을 써내려갈 뿐이었다. 중간 중간 계획에 대해 부연할 때만 입을 열었다. 청소부 K는 상의를 해보겠다며 종이를 들고 밖으로 나갔다. 청소부들이 정미의 제안을 받아들이는 것은 당연했다. 청소부들은 정미가 꼭 필요했고, 무엇보다 그녀의 요구는 매우 저렴했다.

3

다음 날 아침. 소파 위에서 눈을 떠보니 사지가 묶여 있었다. 입에는 테이프가 붙여져 있어 소리도 지를 수 없었다. 가까스로 몸을 일으켜보니 테이블 위에 메모지가 한 장 놓인 게 보였다.

> 불편하더라도 참아. 일 끝내고 돌아올 테니까. 돌아올 때는 마카롱 한 상자와 카푸치노를 사 가지고 오지. 또 먹고 싶은 게 있

다면 메뉴를 생각해. 뭐든지 대령하겠어.

식취향만큼은 확실하게 조사한 모양이었다. 남자친구처럼 살가운 내용에, 정미는 허탈하게 웃었다. 살인자가 되기 전에는 꽤 다정한 남자였을 거다.

메모를 읽고 나니, 뜨거운 커피로 몸을 녹이고 싶은 생각이 간절했다. 포도 마카롱까지 눈앞에 아른거렸다.

'얼마나 걸릴까?'

창고는 바늘 하나 떨어지는 소리도 들리지 않을 정도로 고요했다. 그들이 출발한 시간이 언제냐에 따라 다르겠지만 아무리 오래 걸려도 오후 4시까지는 모든 것이 처리될 것이다. 그때까지 영락없이 굶어야 한다는 것이 슬프다.

정미는 지금쯤 청소부들이 하고 있을 일들을 상상해 보았다.

그들은 먼저 정미의 핸드폰 번호로 문자를 보내 정태를 유인할 것이다. 번호만 정미의 것이었을 뿐, 정미의 핸드폰은 아니기 때문에 나중에 경찰에 발각되어도 상관없었다. 번호를 도용당했다는 사실은 7일 이내에 이동통신사에 가면 확인받을 수 있다. 진짜 번호가 추적당한다고 해도 청소부들이 대포폰을 사용하고 있으니 문제될 것은 없다. 다만 골치 아픈 일은 피하는 게 최선이므로 정태를 죽인 뒤 그 핸드폰은 반드시 부수라고 지시해 두었다. 그렇게 되면 나중에 통화내역을 확인하더라도 무슨 내용의 문자를 받았는지 확인할 수 없다.

약속 장소는 동대문역 옆 ××카페였다. 정미 친구를 가장한 청소부가 돈가방을 들고 나가 있어야 한다. 가능한 여자인 쪽이 좋다(청소부들의 범죄 파일을 본 터라 정미는 청소부들 중 여자 멤버가 있다는 것을 이미 알고 있었다.). 15분 정도 먼저 가서 미리 커피를 주문하고 그 안에 약을 흘려 넣는다. 약은 정신을 잃게 하는 정도의 환각제. 정태는 시간을 엄수하는 인간이므로 주의해야 한다.

돈을 주고 난 뒤에도 약기운이 퍼지도록 시간을 지체한다. 대부업자이니, 거금을 빌리고 싶다는 식으로 상담을 나누며 잡아두어야 한다. 정태가 쓰러지면 여자는 당황한 얼굴로 소리를 지르고, 그때 다른 테이블에 앉아 있던 다른 청소부가 달려와 119에 연락을 하는 시늉을 한다. 5분 정도 후에 119 요원의 복장을 한 제3, 제4의 청소부가 들어와 들것으로 정태를 옮기고 구급차에 싣는다. 여자는 보호자 자격으로 함께 차에 탄다. 손님을 가장했던 청소부는 적당한 때에 카페를 빠져나오면 되는 것이다.

구급요원 복장이나, 구급차 등은 간단하게 구할 수 있다. 119에 신고를 해서 구급차를 부른 뒤, 총으로 위협해서 탈취하면 그만이니까.

웅웅.

얼마나 시간이 지났을까. 마치 벌이 우는 것처럼 작은 소리가 철문 밖에서 들려왔다. 끊어졌다 이어졌다 웅웅거리기를 5분여.

쩡 소리와 함께 철문이 열렸다.

"최정미 씨, 최정미 씨 있습니까?"

어디선가 들은 듯한 목소리.

전에 취조를 받았던 홍 형사님의 목소리였다.

저녁마다 꾸준히 연습해 온 필라테스의 성과를 보일 때였다.

다리를 번쩍 들어 좌우로 흔들었다. 경찰들이 다가와 결박을 풀어주었다. 전신에 아찔하게 피가 통한다. 저릿한 감각이 살아있다는 쾌감을 준다.

4

피해자 진술을 위해 경찰청에 와서는 근처 중국집에서 시킨 자장면으로 간단하게 요기를 했다. 납치될 때 빼앗겼던 핸드백을 돌려받고 안에 있던 핸드폰을 켰다. 진동과 함께 만 하루 동안 받지 못한 문자들이 들어왔다. 친구들이 보낸 것이 두 통, 반 아이가 숙제 때문에 보낸 것이 한 통, 속리산에 가 있는 어머니가 보낸 문자가 한 통 있었다.

얘. 여기 산채 비빔밥 넘넘 맛있다.

문자 발송 시각은 어제 오후 7시 35분. 산채 비빔밥을 비비며 여고 동창생들과 수다를 떨고 계셨을 무렵, 정미는 괴한들에게 납치되어 의식을 잃고 있었다. 자칫하면 홀어머니 두고 세상 하직할 뻔했다. 손가락을 꾹꾹 눌러가며 답장을 보냈다.

기념품 사와. 절 앞에서 파는 얼레빗.

간만에 터진 큰 사건이라서 서울지청 광역수사대는 난리통 속이었다. 여기저기서 전화가 걸려오고 윽박지르는 소리가 났다.

시종 주위가 부산하게 움직였기 때문에 광수대에 들어온 지 한참이 지나서야 정미는 '어떤 인물'이 보이지 않는다는 사실을 깨달았다. 아니, 아까 흘깃 모습을 본 것도 같은데 눈 깜짝할 사이에 증발해 버렸다. 분명 정수기 앞에서 냉수를 들이켜고 있었는데……. 혹시 정미가 청소부들과 한패가 아니라서 실망한 걸까? 어서 조서를 작성하고 집에 돌아가 쉬고 싶건만.

한참을 멍하게 시간만 때우고 있으려니까, 보다 못한 유 대장님이 오셔서 직접 조서를 작성해 주셨다. 주민등록번호를 묻고, 인적사항을 기입한 뒤에 처음으로 날아온 질문은.

"대체 무슨 마술을 부린 거야? 전화기도 없고 손발이 묶인 채로 잡혀 있었으면서. 어떻게 우리 쪽에 연락을 취한 거지?"

납치당한 시각과 장소에 대한 질문을 예상하고 있던 터라 놀랐다.

어디부터 어떻게 설명해야 하나. 머뭇거리고 있는데 제1 취조실 문이 벌컥 열렸다.

"이봐, 너!"

층 전체를 쩌렁쩌렁 울리는 목소리. 안 그래도 붉은 기운이 도는 얼굴인데 지금 얼굴은 술이라도 마신 것처럼 시뻘겋다.

"너 저놈들한테 내가 살인범이라고 그랬어? 내가 당신 아버지를 칼로 찔러 죽였다고? 약자의 피고름을 빠는 고리대금업자?"

정미에게 덤벼드는 김을 말리기 위해 취조실 안에 있던 형사님들이 모두 달려들었지만 역부족이었다. 광역수사대라면 형사들 중에서도 무술 단수가 제일 높을 텐데, 김 형사 하나 감당 못하고 질질 매달렸다. 어느새 바로 옆에까지 다가온 그는 시집도 안 간 처녀의 옥안에 분비물을 다량 튀기고 있었다. 자꾸 너너, 하는 말투도 짜증난다.

"기껏 범인들 잡게 해줬더니, 고맙다는 말은 못할망정! 살인범들한테 납치되어서 목숨 부지하려고 거짓말 몇 마디 했어요. 억울해요?"

"고맙다는 말은 당신이 나한테 하셔야지. 내가 그 문자에 담긴 내용을 단번에 캐치했기에 망정이지, 아니었으면 당신은 지금쯤 황천……!"

"김정태 형사님. 그 정도 감도 없으면 이 생활 접으셔야죠."

"문자라니? 대체 무슨 문자?"

둘이 으르렁거리는 사이에 핵심어를 포착한 유 대장이 물었다. 정태는 여전히 정미를 향한 분노의 눈길을 거두지 않은 채로 점퍼 주머니에서 핸드폰을 꺼내 유 대장에게 넘겼다. 유 대장은 천천히 문자를 읽기 시작했다. 두 통으로 나눠 보낸 문자였다.

"'안녕하세요. 최정미입니다. 지난번에 진 빚을 갚고 싶은데 오늘 정오에 시간되시나요? 동대문역 근처 ××카페로 가시면 친구가 저 대신 전해드릴 거예요. 친구도 김정태 씨에게 신세를 졌으면 좋겠다고 해서 소개시켜드립니다. 친구의 핸드폰 번호는 010-23……' 이게 뭐가 어떻다는 거야?"

무뚝뚝한 어조로 정태는 문자에 담긴 의미를 설명했다.

"척보면 모르시겠습니까? 지나치게, 가식적이고 공손한 말투를 쓰고 있잖습니까. 안 어울리게. 아. 물론 그건 그렇게 중요한 건 아니죠.

정미 씨와 저는 청산해야 할 채무관계 같은 건 없거든요. 혹시 동명이인한테 보낼 걸 잘못 전송했나 싶어 전화를 걸어봤더니, 착신음은 가는데 안 받더라고요. 그러다가 10분쯤 있다가, '문자로만 연락바랍니다', 라는 회신이 왔어요. 전화를 못 받는 사정인가 보다 여기고 넘어가려는데, 전에 취조하다 들었던 말이 기억이 나잖아요. 아버지가 동대문역에서 피의자를 추격하다가 교통사고로 죽었다고, 그래서 어른이 된 뒤에도 동대문은 근처에도 가지 않는다고."

동대문에서 꼭 만나야 하는데, 본인이 올 수 없어서 친구를 보내는 건가. 물론 '빚'이 액면 그대로 돈을 뜻하는 게 아닐 수도 있다. 정말로 나한테 보낸 건가. 이런 저런 생각을 하기를 몇 분. 정미가 입버릇처럼 하던 말이 생각났다.

'이 빚은 반드시 갚아주겠어! 진범이 잡히는 날, 당신을 찾아가서 마구 비웃어 주겠다고!'

오싹 소름이 끼쳤다. 불길한 예감에 사로잡힌 그는 정미의 집으로 찾아가 초인종을 눌러댔다. 단독 주택은 그저 조용할 뿐 사람이 나오지 않았다.

정미 집 주변에는 초등학교가 있었고, 몇 년 전부터 확대된 '범죄예방 도시공간설계'(CPTED)에 의해 골목마다 CCTV가 설치되어 있었다. 혹시나 싶어 카메라를 확인해 보았다. 어젯밤 골목으로 걸어 들어간 정미의 뒷모습은 찍혀 있어도 다음날 아침 나오는 모습은 없었다. 골목을 전부 체크해도 마찬가지였다. 사람이 나오지 않았는데 집은 비어 있다? 문자의 진의를 파악한 정태는 그제야 청소부들에게 답문을 보냈고, 경찰에 지원을 요청했다. 그러니까 형사들은 이미 약속 한 시간 전에 ××카페에 대기해 있었던 거다.

"그러니까, 최정미 씨는 아버지가 돌아가신 이야기를 청소부들에게 들려주면서 범인 이름이 '김정태'인 것처럼 착각하게 만들었다는 거군. 사실 그건 우리 김 형사 이름이었는데 말이야. 쓸 만한 순발력이야. 그런데 하나, 묻고 싶은 게 있는데. 혹시 김 형사가 문자가 잘못 왔다고 생각하고 무시했으면 어쩔 뻔했어?"

깍지 낀 손으로 턱을 받힌 채 유 대장이 물었다.

"상관없어요. 그래도 저는 목숨을 부지할 수 있었어요. 허탕을 친 청소부들에게 다른 조건을 걸면 되었으니까요. 김 형사님도 죽지 않으셨을 테고. 손해 볼 것 없지요. 제가 제일 염려했던 것은 외로운 노총각이신 김 형사님이 제 문자를 소개팅 주선으로 오인해서, 룰루랄라 나오셨다가 허무하게 죽음을 맞는 것이었지요. 김 형사님이 좀 둔하니까, 그건 정말 걱정했어요."

말이 끝나자마자 또 한 번 정태는 광분했고 일곱 사람이 찍어누른 다음에야 제압되었다. 다음 질문이 날아왔다.

"우리가 청소부들을 모두 소탕하지 못했다면? 아니면 다른 조직원들이 더 있거나? 우리가 그쪽의 아지트를 발견하기 전에 먼저 가서 당신을 죽이고 증거를 인멸하려 했을 텐데."

조직원이 더 있었을 리는 없다. K가 내민 범죄 기록을 보며 정미는 조직원이 몇 명인지를 확실히 간파했기에 할 수 있었던 도박이었다. 청소부들 전력이 투입되도록 세심히 작전을 구상했다.

물론 피의자들을 놓치는 경우는 얼마든지 있을 수 있다. 돌아가신 아버지가 그랬던 것처럼. 현장은 예측할 수 없는 변수들이 언제나 도사린다. 정미는 시선을 떨어뜨리며 나직이 덧붙였다.

"……그때는 어쩔 수 없는 거죠."

'김정태를 죽여 달라.'라는 거짓 청탁을 하지 않았다면 좀 더 안전한 방법으로 목숨을 부지했을 거다. 그러나 시간을 끌면 끌수록 청소부들은 더욱더 사회에 위협적인 존재가 되었을 터. 그들의 동료가 되느니, 차라리 죽임을 당하는 편이 낫다고 판단했다. 인터넷에 무심코 올린 소설 한 편으로 많은 사람들의 목숨을 잃었다. 그 정도 위험은 감수해야 도리였다.

넉넉히 사정을 짐작한 경찰들이 침묵을 지켰다. 유 대장이 자판을 두들기는 것을 신호로 모두들 자기 자리로 돌아갔다.

5

"이봐!"

밤샘 조사를 마치고 경찰청을 나오는데 누군가 정미를 불러 세웠다. 뒤를 돌아보니 정태가 서 있었다.

커다란 덩치. 붉게 충혈된 눈. 뚜벅뚜벅 걸어오더니 손에 커피를 쥐여 준다. 앗, 하고 놀랄 정도로 시원한 커피였다. 더블 시나몬 카푸치노.

미안하다는 말은 곧 죽어도 입에서 안 나오는 모양이었다. 이쪽도 마찬가지다. 고맙다는 말, 끝까지 범인으로 의심해 줘서 고맙다는 말은 절대로 할 수 없었다. 당신이 아니었다면 오늘 떠오르는 태양 아래 서 있을 수 없었을 것이다.

청소부들의 사건이 보도되자 로비에는 카메라와 녹음기를 든 기자들이 진을 치고 있었다. 오전 9시쯤 1층 기자실에서 회견을 한다고 했다. 정미가 기자들에게 치이지 않도록 정태가 앞서서 길을 터주었다. 그리고 헤어지기 직전, 담담히 당부했다.

"부탁인데 앞으로는 소설 같은 거 쓰지 마. 정 쓰고 싶으면 혼자 쓰고 혼자 읽어."

"김 형사 님이나 제 블로그에 댓글 좀 그만 다세요. 할 일 없고 음침한 사람처럼 보인다는 거 알아요?"

"……양심이 있으면 선생질도 그만 둬. 당신이 초등학교 교사라니, 소름끼쳐. 자라나는 꿈나무들에게 못할 짓이야."

발끈한 정미가 걸음을 멈추고 커피를 움켜쥐었다. 이걸 집어던져 말아? 잘못했다가는 기자들의 시선을 끌지도 모른다. 목소리를 낮추고 속삭였다.

"쥐도 새도 모르게 사라지고 싶어요? 숨겨놓은 애들 시켜서 처리 해드릴까요?"

정태는 기다렸다는 듯 허리춤에 차고 있던 수갑을 꺼내 흔들었다.

"바라는 바입니다. 미스 클리너."

청사 앞, 엷아진 어둠이 쪽빛으로 빛나고 있었다.

김유철

1971년 출생. 2002년 장편소설 『오시리스의 반지』로 제1회 한국 인터넷 문학상 대상 수상하였고, 2007년 중편소설 「국선 변호사-그해 여름1」으로 한국 추리 소설가 협회에서 주관하는 제1회 황금펜 상 수상하였다. 공동 단편집 『한국 추리 스릴러 단편선』을 출간하였다. 그 외에 단편 「로리타1」, 「그리고 그곳에서」, 「9일 동안」 등이 있다. 현재 부산에 거주하며 여러 편의 장편과 중편소설을 집필하고 있다.

등장인물

- **캐빈 윌슨**(35세. 아일랜드계 백인. 미혼) : 《시카고 트리뷴》의 기자.
- **다이어 럼**(32세. 미혼) : 아나키스트. 헤이마켓 사건으로 사형당한 루이 링그와 친분이 있다.
- **해리스**(42세. 백인) : 시카고 경찰청 경감.
- **윌리엄 블랙**(61세. 변호사) : 헤이마켓 사건으로 기소된 8명의 아나키스트를 변호했던 인물.
- **루이 링그**(27세. 목수) : 헤이마켓 사건과 연루해 사형선고를 받은 8명의 아나키스트 중 한 사람.
- **앨버트 파슨스**(28세. 인쇄공) : 헤이마켓 사건과 연루해 사형선고를 받은 8명의 아나키스트 중 한 사람.
- **루시 파슨스** : 앨버트 파슨스의 아내.
- **오거스트 스파이스**(28세. 가구공) : 헤이마켓 사건과 연루해 사형선고를 받은 8명의 아나키스트 중 한 사람. 「아르바이터 차이퉁」이라는 노동자 신문도 운영했다.
- **필덴**(34세) : 헤이마켓 사건과 연루해 사형선고를 받은 8명의 아나키스트 중 한 사람. 체포된 8명의 아나키스트들 중 사건 당일 유일하게 헤이마켓 광장에 있었던 인물이다.
- **조지프 개리**(64세) : 헤이마켓 사건을 담당했던 판사.
- **루돌프 슈나우벨트** : 앨버트 파슨스와 어울려 다녔던 아나키스트. 사건 발생 뒤 경찰에 붙잡혔다가 유일하게 풀려났다.

이 작품은 헤이마켓* 사건을 소재로 한 픽션임을 알립니다.

---

* 헤이마켓 사건(Haymarket affair) : 1886년 5월 4일 헤이마켓 광장에서 8시간노동제와 경찰관의 노동자 살해에 항의하는 집회가 무정부주의자들에 의해 개최되었다. 집회는 비교적 평온하게 진행되었지만 경찰의 해산 명령에 불만을 품은 누군가가 폭탄을 던져 혼란이 벌어지면서 쌍방에 많은 사상자가 발생했다. 경찰관 살해를 교사했다는 혐의로 무정부주의자 8명이 재판에 회부되어 5명은 사형, 3명은 금고형을 받았다. 1893년 주지사 앨트겔드에 의해 금고형을 받은 3명은 특사(特赦)로 풀려났다. 오늘날 노동자의 축제일로 정해져 있는 5월 1일의 노동절은 이 사건에서 비롯되었다.

1

캐빈 윌슨이 다이어 럼의 아파트에 도착한 것은 정오가 조금 지난 뒤였다. 처음 그를 발견한 사람은 옆 호실에 사는 일흔이 넘은 노파였다. 귀가 잘 들리지 않는 그녀는 시카고 경찰청에서 나온 경관과 큰소리로 이야기를 주고받았다. 둥근 펠트모자에 모닝코트를 걸친 캐빈 윌슨은 시가를 입에 문 채 엎드려 쓰러져 있는 다이어 럼 주위를 서성거렸다. 그는 38구경 리볼버의 총구를 자신의 턱 아래에 대고 방아쇠를 당겼다. 하트포드(콜트 리볼버 제조공장이 이곳에 있다.)에서 만든 이 애물단지의 실린더에서는 단 한 개의 탄피만이 발견되었을 뿐이다.

"앨트겔드 주지사로부터 직접 연락이 왔어. 빌어먹을 일이지."

시카고 경찰청에서 나온 해리스 경감은 미간을 찡그리며 인사를 대신했다. 캐빈 윌슨은 어깨를 으쓱이며 그에게 다가가 아메리칸 타바코에서 나온 시가를 내밀었다.

"자살이라고 생각하나?"

"글쎄…… 아무튼 저 노망난 늙은이는 자신이 기르는 시추가 총 소리 때문에 매우 불안해하고 있다고 떠벌리고 있어."

해리스 경감은 양손을 펼치며 독일식 발음이 섞인 소리로 경관의 질문에 답하고 있는 노파를 눈짓했다.

"하필이면 주지시가 헤이마켓 사건의 주범 3명을 사면하기로 발표한 날 이런 일이 생긴 걸까?"

"민감한 문제지. 그들은 월드하임에 묻힌 메이데이의 멍청한 순교자들과 함께였으니까."

"여기 바닥에 쓰러져 있는 녀석도 마찬가지 아닌가?"

경감은 피범벅이 된 다이어 럼의 뒤통수를 멍하니 내려다보며 시가를 입에 물었다. 캐빈 윌슨이 성냥을 가져가자 그는 소리가 나게 시가를 빨았다.

"그런데 자넨?"

"음, 윌리엄 블랙은 다이어 럼의 죽음을 매우 중요한 사건으로 생각할 것 같은데."

"시카고의 빌어먹을 사회주의 녀석들이나 아나키스트 녀석들도 마찬가지겠지. 그들은 아직도 헤이마켓 사건에 모종의 음모가 있었다고 생각하니까."

경감이 비꼬듯이 소리쳤다. 7년 전, 헤이마켓이라는 농산물 장터에서 터진 사제폭탄으로 시카고 경찰 66명이 부상을 입고 1명이 그 자리에서, 6명이 치료 도중에 사망했다. 해리스 경감의 허벅지에도 그때의 상흔이 아직 남아 있었다.

"그래서 자네도, 사건이 터지자마자 이곳으로 달려온 건가?"

"난 단지 그와 인터뷰를 하려고 했을 뿐이네."

"덕분에 특종을 얻었군. 절묘한 타이밍이야."

"사진을 찍을 수 있게 도와준다면 더할 나위가 없지."

캐빈 윌슨이 대꾸했다.

캐빈 윌슨은 《시카고 트리뷴》의 기자였다. 《시카고 트리뷴》은 남북전쟁을 승리로 이끈 공화당과 시카고의 기업가들을 대변하는 신문이었는데 그가 이곳에 입사를 한 이유는 윈디 시티(Windy City, 시카고의 별칭)에서 일하는 목수들보다 3배 가까운 주급을 받기 때문이었다. 경기불황이 깊어지고 있었기 때문에 캐빈 윌슨은 자신이 썩 운이 좋은 사람이라고 생각했다.

허리둘레가 50인치는 될 것 같은 비개덩어리 편집장은 다이어 럼의 기사를 제일 먼저 실을 수 있었다는 사실에 만족하는 것 같았다. 캐빈 윌슨은 그에 한껏 고무되어서 헤이마켓 사건에 대한 특집 기사를 실어보는 게 어떻겠냐고 별생각 없이 떠벌렸는데 의외로 그의 말은 편집장의 관심을 끌었다. 점심 식사 시간에는 《시카고 트리뷴》의 국장이 직접 캐빈 윌슨을 찾아와 의견을 경청했다. 《시카고 트리뷴》 본사가 있는 매디슨 스트리트와 디어본 스트리트 사이에 위치한 식당에서 늦은 점심을 먹으면서 국장은 "조금 전 시카고 경찰청에 나가 있는 기자로부터 연락이 왔는데 말이야. 다이어 럼의 집에서 발견된 편지 더미 속에서 루이 링그와 관련된 편지가 발견되었다는군."이라고 담담하게 두 사람에게 말을 건넸다.

"루이 링그라면…… 사제폭탄을 제조했던 아나키스트 말입니까?"

"그는 사형집행을 하루 앞두고 시카고 교도소에서 자살을 했지."

캐빈 윌슨의 질문에 편집장이 대신 대답했다. 윌슨은 말없이 고개를 끄덕였다. 식당 창밖으로는 S자형 실루엣에 깃털이나 베일로 머리를 장식한 부유층 여인들이 아이들과 함께 다운타운 거리를 산책하는 모습을 자주 발견할 수 있었다.

"루이 링그와 다이어 럼은 친구 사이로 알려져 있지 않나요. 그의 아파트에서 루이 링그와 관련된 편지가 발견되었다고 해서 새삼스러울 건 없을 것 같습니다만."

"루이 링그가 어떻게 자살을 했는지 알게 된다면 그런 말은 하지 않을 걸세."

국장은 커피잔을 입으로 가져가며 말했다.

"그건 언론에 공개되지 않은 것으로 압니다만…… 국장님은 알고 계시는군요."

"음."

캐빈 윌슨이 넘겨 짚자 국장은 미소 띤 얼굴로 고개를 끄덕였다.

"자신이 만든 사제폭탄을 입 안에 넣고 꽝…… 그리고 끝장이었지."

캐빈 윌슨은 '폭탄이라고요?' 라고 물은 뒤 어이없는 표정을 지었다.

"어떻게 교도소 안에서 사제폭탄을 만들 수 있다는 겁니까? 있을 수 없는 일이에요."

"다이어 럼이 자주 면회를 갔다는 사실을 간과하지 말게."

국장이 다시 말을 이었다.

"다이어 럼의 아파트에서 찾아낸 편지에서 루이 링그에게 폭약을 전했다는 내용을 발견했으니까 말이야."

잠시 침묵을 지키며 곰곰이 생각에 잠겨 있던 캐빈 윌슨이 국장과 편집장을 번갈아 바라보며 말을 꺼냈다.

"다이어 럼을 폭탄을 던진 범인으로 주목하자는 얘기군요."

"7년 전 헤이마켓 사건의 폭탄 테러범은 아직 잡히지 않았으니까. 덕분에 시카고와 북미 지역의 사회주의자들과 아나키스트들 모두가 헤이마켓 사건의 폭탄 테러가 자본가들의 자작극이라고 지금까지도 주장하고 있어."

"다이어 럼이나 그와 관계된 녀석들 중에 폭탄을 던진 범인이 있다고 밝혀진다면 당시 사형선고를 내렸던 게리 판사나 배심원들, 상고(上告)를 기각했던 연방대법원도 그들의 비난에서 벗어날 수가 있지."

편집장의 말에 국장이 맞장구를 쳤다.

"우린 다음 대통령 선거에 시카고 출신인 매킨리를 후보로 밀 생각이야. 하지만 공화당은 사회주의자들과 아나키스트들에겐 공공의 적이나 마찬가지지. 투표권을 가진 이주노동자들은 물론이고 말이야. 그들이 헤이마켓 사건으로 사형당한 파슨스와 스파이스를 비롯한 4명을 순교자로 추켜세우는 것도 정치적인 세력을 확장하기 위한 하나의 방편에 지나지 않아. 전미(全美)노동연합이 새롭게 결성되거나 전번에 있었던 뉴욕시장 선거에서 독립노동자당을 만들어 단독 후보를 내세운 것만 봐도 알 수가 있는 거니까."

"이번에 클리블랜드*가 재선된 것에 대해선 많은 교훈을 얻어야만 합니다……. 그들이 순교자가 아니라 파업을 선동하고 경찰들을 죽인 살인자에 지나지 않는다는 사실을 증명할 수만 있다면 앞으로의 상황은 달라질 수도 있을 테니까요. 취임한 지 1년도 되기 전에 시작된 불경기로 벌써부터 국민들의 신뢰를 잃어가고 있어요. 우리에겐 기회가 오는 겁니다."

편집장이 국장의 의견에 동참하듯이 말했다. 국장은 흡족한 표정으로 캐빈 윌슨을 넌지시 바라보았다. 그의 눈동자는 '자네는 어떻게 생각하고 있나?' 라고 물어보는 것 같았다. 하지만 캐빈 윌슨은 헤이마켓 사건 이후 일리노이 주(州) 의회가 혁명을 교사하거나 치안을 교란하는 행위를 처벌하는 법률을 새롭게 제정했던 사실을 떠올렸다. 공화당과 능력 있는 기업가들 역시 그 사건을 계기로 노조와 파업에 맞서는 법률과 정치력으로 단결하고 있었다.

"그리고 《시카고 트리뷴》의 데스크에도 젊고 유능한 사람이 필요해질 거야."

순간 캐빈 윌슨의 가슴이 두근거리기 시작했다. 자신에게 기회가 찾아오고 있다는 사실을 본능적으로 알아챘기 때문이다. 《시카고 트리뷴》의 편집장이라는 직책은 그에게 지금보다 두 배가 많은 주급과 (부유층들이 모여 사는) 링컨 공원에 접한 아늑한 아파트 생활과 상류사회로의 진입을 의미했다. 1880년대 미국에 들

---

* 스티븐 클리블랜드 : 24대(1893~1897)미국 대통령. 민주당

어온 550만 명의 이민자 중 한 사람인 캐빈 윌슨에게 그것은 인생역전과 같은 극적인 감동을 불러일으켰다. 윌슨은 잠시 동안이긴 하지만 그 달콤한 여운에 취해 있었다. 아메리칸 드림이라는 열매가 바로 자신의 눈앞에 매달려 있다는 사실이 전혀 현실감 있게 다가오지 않을 만큼. 그는 양손으로 자신의 무릎을 치며 '그럼 어디서부터 시작하는 게 좋을까요?' 라고 물었다. 국장은 디저트로 나온 애플파이 조각을 집어 들며 캐빈 윌슨에게 응답했다.

"그가 왜 자살을 했는지부터 사람들은 궁금해 하겠지. 앨트겔드 주지사가 사면을 약속한 3명의 동료들에게 죄책감을 느꼈는지도 모를 일이지만."

2

다이어 럼을 제일 마지막에 본 사람은 50대 초반의 어느 독일계 이민자였다. 그는 유럽에서 건너온 이주 노동자들이 집단으로 거주하는 시카고 북쪽 빈민가에 살고 있었다. 1871년에 일어난 대화재* 이후 오두막촌은 사라졌지만 여전히 그곳엔 매춘과 저질 위스키와 맥주를 파는 술집들이 들어차 있었다. 독일계 이민자는 그 술집 중 한 곳에서 다이어 럼을 만나 루시 파슨스에 관한 이야기를 나누었다고 증언했다.

"다이어 럼은 루시가 자신의 남편이 묻힌 월드하임 묘지에 세

* 시카고 대화재 : 1871년 10월 8일에 일어난 대화재. 당시 목조 건물이 많았던 시카고 도심의 1만 8000동 건물이 전소되고 10만 명의 이재민이 발생했다.

울 추모비 디자인에 대해 썩 내키지 않아 했지요. 하지만 그녀의 열정엔 감동하고 있었던 게 분명해요."

해리스 경감이 들려주는 독일계 이민자의 증언에는 또, 다이어 럼은 매우 취해 있었고 죽은 동료들과 아직 시카고 교도소에 수감 중인 필덴 등에게 죄책감을 가지고 있다고 토로했다. 캐빈 윌슨은 죄책감이라는 단어에 대해 "확실한가?" 라고 물었는데 경감은 잠시 자신의 턱을 오른손으로 긁더니 "'빚'과 '죄책감'은 같은 뜻이 아닌가?" 라고 윌슨에게 되물었다. 그는 어깨를 으쓱이며 "때에 따라선." 이라고 말해 주었다.

다이어 럼은 그날 자정을 넘어서 자신의 아파트로 돌아왔다. 옆집에 사는 늙은 노파는 자신이 기르는 시추가 갑자기 짖어대는 바람에 그가 돌아왔다는 사실을 알았다고 했다. 그리고 한방의 총소리가 들린 건 한 시간 남짓이 지난 뒤였다.

"유서를 남기지 않았지만 그가 자살했을 거란 상황증거는 많아. 문은 안으로 잠겨 있었고 창문 역시 마찬가지였네."

"총에 대해선?"

"시카고의 아나키스트 녀석들에게 리볼버는 하나의 생필품에 불과하지."

해리스 경감의 미소를 보며 캐빈 윌슨은 다이어 럼의 수사가 이미 마무리되었다는 사실을 알 수 있었다. 그리고 그의 추측대로 그날 오후, 시카고 경찰청은 다이어 럼은 자살을 했고 그 이유에 대해서 밝혀진 것이 없다는 성명을 내놓았다.

《시카고 트리뷴》의 국장과 편집장은 이 기회를 놓치고 싶어 하지 않았다. 다이어 럼의 자살을 계기로 헤이마켓 사건을 재조명하는 기사를 실어 보내는 것이 매우 적절한 방법이라고 생각했던 것이다. 시카고 경찰청에서 성명이 나간 다음날 《시카고 트리뷴》의 일면 기사에는 다이어 럼이 자신의 아파트에서 자살한 사건으로 장식되었고 그가 월드하임 묘지에 추모비를 세우려는 루시 파슨스의 생각에 동의하지 않았으며 앨트겔드 주지사가 사면을 결정한 세 명의 아나키스트들에게 죄책감을 가지고 있었다는 내용을 포함시켰다. 캐빈 윌슨은 보도 자료에 약간의 문제(개인에 따라선 큰 문제라고 느낄 수도 있다.)가 있다는 사실을 알고 있었지만 별 개의치 않았다. 아니 그 순간만큼은 사흘 뒤부터 연재될 자신의 글에 대한 생각에만 집중해야 한다고 애써 기자로써의 양심을 저버렸는지도 모른다.

헤이마켓 사건이 상징하는 것은 법적인 효력을 가진 노동시간이었다. 산업혁명을 거치면서 유럽에선 농촌사회가 붕괴되기 시작하고 값싼 노동력이 도시로 몰려들었다. 신흥자본가가 생겨나고 도심에서는 단 몇 파운드의 빵을 구하기 위해 14시간 이상을 일해 줄 빈민들로 가득했다. 정치와 자본이 결합되면서 고삐가 풀려버린(아무런 제약을 받지 않게 된) 자본주의는 독과점과 경기불황을 적절히 이용하면서 소수의 풍요 속에서 수많은 아사자를 만들어 냈다. 그즈음 카를 마르크스는 『자본』이란 책을 통해 자본주의의 모순적인 부분들을 밝혀내려고 했으며 그의 생각은 여러 가지 문제점을 안고 있던 유럽에 혁명의 불씨를 낳았다. 가난을 벗어나기 위해 유럽에서 몰려온 이민 노동자들로 가득했던 미국 역시 그런 문제에서 자유로울 순 없었다. 남북전쟁이 끝난 뒤

상업, 교통의 중심지가 된 시카고에서도 제도적인 모순에 의한 빈부의 차이가 심해지고 있었다. 그리고 노동자들에게 법률적인 효력을 지닌 노동시간이 필요한 이유는 가난을 대물림 하지 않기 위한 최소한의 장치 중 하나가 될 수 있었다.

캐빈 윌슨은 과격한 사회주의자들이나 아나키즘 운동을, 탐욕스러운 자본가와 그들과 결탁한 무아의 정치 권력자들 모두와 함께 혐오했다. 그 역시 유럽을 휩쓸고 있는 마르크스와 바쿠닌의 사상에서 자유로울 순 없었지만(캐빈 윌슨도 가난한 구두수선공의 아들로 태어났기 때문이다.) 이상적이고 과격한 것만으로 개인과 사회의 미래가 결코 밝아질 수 없다는 사실도 알고 있었다. 그는 자본주의가 인간의 본성에 가장 충실한 체제라는 것에 토를 달고 싶지 않았던 것이다. 중요한 것은 자율경쟁과 법적인 제재가 사회적인 책임감이나 사명감과 함께 적절히 조화를 이루는 것이라고 캐빈 윌슨은 생각했다.

7년 전에 있었던 헤이마켓 사건을 들춰내면서 그는 조금씩 당황하기 시작했다. 그가 《시카고 트리뷴》에서 기자생활을 시작한 것은 3년이 조금 지났을 뿐이다. 헤이마켓 사건이 일어났던 1886년에 그는 대학생이었고 당시 가난한 고학생들의 주된 관심사였던 빈부나 노동, 인종과 차별문제보다는 인간관계나 학업에 더 많은 열정을 기울였다. 기껏 《시카고 트리뷴》 같은 신문이나 몇몇 친구들의 입을 통해 헤이마켓 사건의 대략적인 상황을 알고 있었던 것뿐이다. 캐빈 윌슨이 뒤늦게 깨달은 것은 자신이 객관적인 시선으로 헤이마켓 사건을 바라볼 수 없다는 사실이었다. 캐빈 윌슨은 좀 더 자세히, 그리고 중립적인 입장에서 폭탄 테러를 감행했던 범인을 찾고 싶었다. 그리고 그때 제일 먼저 떠오른 사람이 당시 사형선고를 받은 8명의 아나키스트들을 변호했던 변호사 윌리엄 블랙이었다.

마흔이 넘은 윌리엄 블랙은 나비넥타이에 목 아래까지 내려오는 수염을 기르고 있었다. 그는 남북전쟁 당시엔 북군 대령으로 전쟁에 참전했던 인물로 보수적이지만 인종이나 계층에 대한 편견이 없었고 원칙을 중요시하는 사람으로 평판이 나 있었다. 캐빈 윌슨이 헤이마켓 사건에 대한 자료를 찾고 있다고 말했을 때 그는 잠시 윌슨을 바라보더니 '다이어 럼의 기사를 읽었소. 여전히 《시카고 트리뷴》은 개리 판사의 판결을 지지하고 있다는 생각이 들더군.' 하고 말했다. 캐빈 윌슨은 어깨를 으쓱이며 '더러는요.' 라고 응답했다.

"하지만 대부분의 사람들은 판결에 문제가 있었다고 생각하더군요."

"다이어 럼을 폭탄 테러범으로 몰아가지 않는다면 말이오."

블랙 변호사는 마치 캐빈 윌슨의 마음이라도 읽듯이 그렇게 말했다. 아마 《시카고 트리뷴》에서 헤이마켓 사건을 다룬다는 사실에 대한 일종의 불신감이었을 것이다. 캐빈 윌슨은 그의 완고해 보이는 얼굴을 바라보면서 고개를 끄덕였다.

"변호사님의 생각대롭니다. 그러니 다이어 럼이 헤이마켓 광장에서 경찰들에게 폭탄을 던지지 않았다는 사실을 밝힐 필요가 있을 겁니다."

"사건의 진실을 알고 싶다면 먼저 자네의 눈과 귀를 가려야 할 거야. 공정하지 않다면……"

"저 역시 아일랜드에서 건너온 가난한 이민자 출신이에요."

캐빈 윌슨의 응답이 마음에 들었는지 블랙 변호사는 만족스런 표정으로 파이프 담배를 입에 물었다.

블랙 변호사와 함께 헤이마켓 광장에 도착한 것은 오후 3시가 조금 넘은 시각이었다. 헤이마켓 광장의 중앙엔 그날 희생된 경찰관들을 기리는 추모비가 세워져 있었는데 추모비 난간 근처에는 몇몇 남자들이 사면을 받은 3명의 아나키스트들의 석방에 반대하는 시위를 벌이고 있었다. 승합용 마차에서 내린 블랙 변호사는 한동안 그들의 모습을 멍하니 바라보다가 입을 열었다.

"헤이마켓 사건이 일어나던 때도 비슷했지. 봄이었고 지금처럼 날씨가 좋았다고 하더군."

"누가 말입니까?"

"사건이 있던 날, 8명의 아나키스트들 중 유일하게 현장에 있었던 필덴에게서 들었네."

"이번에 사면을 받게 된 3명의 아나키스트 중 한명이군요."

블랙 변호사는 말없이 고개를 끄덕이며 추모비 근처를 손가락으로 가리켰다.

"폭탄이 터진 건 확실히 저기 근처야. 그리고 필덴은 10미터쯤 떨어진 이곳 연단 위에 서 있었지. 시카고 경찰청에서 나온 지휘관이 연단에 올라와 시위대에게 해산하라고 소리칠 때였어. 그 순간 저 추모비 근처에서 폭탄이 터진 거지. 순식간에 주변은 아수라장이 되었고 공포에 질린 경찰 몇몇과 시위대 중 몇몇이 서로

총을 쏘아대기 시작했던 거야."

"시위에 참가한 사람들의 피해도 있었군요."

"물론."

블랙 변호사는 지팡이를 짚으며 농산물 시장 근처까지 천천히 걸어갔다.

"폭탄이 터진 건 밤 10시를 훨씬 넘긴 시각이었네. 낮과는 달리 날씨가 흐리고 바람이 불기 시작했다고 하더군."

그는 시장 입구 앞에서 광장 쪽을 바라보며 말을 이었다.

"처음엔 3000명 정도가 모였다가 사건이 발생했던 시각에는 3, 400명 정도로 시위 참가자가 줄어 있었지."

"그만큼 시위대가 다칠 가능성도 줄었겠군요."

"역시 자네도 다이어 럼을 폭탄투척의 용의자로 만들고 싶어 하는군. 하지만 말이야…… 이런 궁금증은 생기지 않나? 평화로운 집회에, 모인 사람들도 적었다면 굳이 시위대 수만큼 많은 경찰들이 이곳에 올 필요가 있었을까? 라는……."

캐빈 윌슨과 블랙 변호사의 눈이 마주쳤다. 윌슨은 광장과 시장 주변을 두리번거리며 응답했다.

"이곳 농산물 시장에서 물건을 사고파는 사람들에겐 불편했을 겁니다."

"처음엔 나도 그런 생각을 했었네. 그런데 사건을 조사하는 과정에서 누군가가 폭탄 투척이 일어나기 3시간 전에 시카고 경찰청으로 전화를 걸어 헤이마켓에서 폭동이 일어날 거란 정보를 흘렸다는 사실을 알아냈지."

"정말입니까?"

캐빈 윌슨이 소리쳤다. 그와는 달리 무표정한 얼굴의 블랙 변호사는 말없이 고개를 끄덕이고는 다시 말했다.

"당시 전화를 받았던 경찰관은 임관한 지 일주일 정도밖에 안 된 신입이었다고 하더군. 처음 진술에서는 독일식 발음이 섞인 20대 중반에서 후반의 남자 목소리였다고 했다가 나중에 '독일식 발음' 이라는 단어는 빼버렸네. 실수였는지 아니면 고의였는지는 알 수 없지만…… 나는 슈나우벨트라는 아나키스트를 주목할 수밖에 없었어."

"슈나우벨트요? 혹시……"

"그래. 자네의 추측이 맞을 걸세. 앨버트 파슨스와 어울려 다녔던 아나키스트들 중에서 유일하게 체포되었다가 풀려난 사람이지."

"영국으로 밀항했다는 소문이 있더군요."

"그에 대해선 무엇 하나 정확한 것은 없네."

"무슨 뜻입니까?"

블랙 변호사는 잠시 캐빈 윌슨의 얼굴을 바라보다가 고개를 좌우로 흔들었다.

"아니. 세상엔 모르고 있는 편이 훨씬 더 자기 자신에게 이로울 수도 있는 거라네. 루돌프 슈나우벨트가 그런 경우지."

3

캐빈 윌슨은 블랙 변호사의 이야기들을 되짚어 보다가 헤이마켓 사건의 3명의 주동자 중 한 사람인 오거스트 스파이스를 주목했다. 가구공인 그는 독일어로 발행되는 《아르바이터 차이퉁》이라는 노동자 신문도 맡고 있었는데 헤이마켓 사건이 일어나기 하루 전인 1886년 5월 3일, 맥코믹 하베스터 공작소 앞에서 경찰의 발포로 숨진 4명의 노동자들의 희생에 분노해 직접 전단을 만들어 뿌렸다. 해리스 경감이 증거자료로 갖고 있던 전단지에는 영어와 독일어로 '**복수! 노동자여 무기를!**'이라는 선동적인 문구가 인쇄되어 있었다. 스파이스가 이런 문구를 뿌려대며 헤이마켓 광장에서 집회를 가졌다면 당연히 시카고 경찰은 긴장할 수밖에 없었을 거라고 캐빈 윌슨은 생각했다. 해리스 경감에게 넌지시 '제보 전화 같은 건 없었나?' 라고 물었더니 그는 별 것 아니라는 듯 대답을 해주었다.

"당연히 제보 전화가 걸려왔었지. 주로 헤이마켓 광장 주변에 사는 주민들과 자영업자들이었는데 그들도 이 전단을 보고 미리 겁을 집어 먹었던 거야. 가끔 폭동이 주변 상가의 약탈로 이어지기도 하니까."

캐빈 윌슨은 해리스 경감의 말을 들으면서 블랙 변호사의 난처해하는 얼굴을 상상했다. 슈나우벨트라는 아나키스트에 대해서도 마찬가지였다. 그가 어떻게 해서 풀려났는지는 알 수 없지만 어쨌든 아직도 폭탄 투척혐의로 시카고 경찰의 수배를 받고 있었다.

'음모 같은 건 처음부터 존재하지 않았던 게 분명해.' 라고 캐빈 윌슨은 생각했다. 당시의 재판 기록을 살피면서 그런 생각은 더욱 굳어져갔다.

블랙 변호사와의 두 번째 만남은 다음날 오후, 노스 사이드의 고급주택가에서 이루어졌다. 블랙 변호사의 초대를 받은 캐빈 윌슨은 그의 집 거실에서 커피를 마시며 이야기를 나누었다. 거실 탁자 위에는《시카고 트리뷴》의 오늘자 신문이 펼쳐져 있었는데 캐빈 윌슨이 시작한 헤이마켓 사건에 대한 첫 번째 연재 글이 실려 있었다. 블랙 변호사는 허리가 아픈지 잠시 가죽 소파 등받이에 몸을 기대더니 말을 꺼냈다.

"신문에 실린 기사는 잘 읽었소. 특히 다이어 럼이 루이 링그에게 면회를 핑계로 폭약을 전해주었다는 편지 내용의 일부분을 말이요……. 나름 진지하게 조사를 한 것 같더군."

"오늘 신문사로 열일곱 통의 항의 전화가 걸려오기도 했죠. 절 암살하겠다는 사람도 있었습니다."

"덕분에 신문의 발행부수는 늘었겠군."

"바라던 일이죠."

블랙 변호사는 고개를 끄덕이며 잠시 거실 벽면에 붙어 있는 가족사진과 그 아래 미국 소나무로 만든 오래된 셰이커식 장식장을 바라보았다.

"남북전쟁 당시에 내 휘하에는 영문도 모른 채 입대한 이민자 청년들이 많았네. 그들은 단지 하루 세끼를 해결하기 위해 사지(死地)로 내몰렸지. 거대 자본을 소유한 기업들이 무기를 만들어 막대한 이윤을 얻는 동안 말이야."

파이프를 입에 물며 그는 말을 이었다.

"그들이 노예해방에 대해 얼마나 알고 있었을까? 그들은 그들의 의지와는 상관없이 사람을 죽이고 자신도 희생당했지. 링컨이 이끄는 공화당과 공화당을 지지했던 기업가들이 승리의 기쁨을 나누는 동안 그들은 다시 도시 빈민으로 돌아가 주급 7달러를 벌기 위해 하루 12시간에서 16시간 이상을 일해야만 했네. 단지 허기를 채우기 위해서 말이야……. 흑인들의 노예해방이 남부에서 이뤄졌다곤 하지만 아이러니하게도 북부에서는 새로운 백인 임금 노예들이 생겨나기 시작했던 거야. 이런 부조리를 자넨 어떻게 생각하나?"

"전쟁을 통해 번 막대한 부를 부동산 투기를 통해 원금의 열 배 가까이 다시 벌어들이죠. 그만큼 땅 값과 집값은 오르게 되고 도시 빈민들은 더 싼 곳을 찾아 도심 외곽으로 밀려날 수밖에 없지요. 그들은 갈수록 가난해지고 반대로 투기자들은 그만큼 부자가 되는 겁니다."

캐빈 윌슨은 대학의 선배로부터 들었던 해묵은 이야기를 끄집어냈다. 하지만 그런 부조리한 세상을 폭력과 혁명으로 뒤집어엎을 수는 없는 거라고 그는 생각했다.

"그래서 저도 노동시간의 법적인 제약엔 찬성하고 있습니다. 지금 정도의 주급에 과한 노동시간을 없앤다면 최소한의 인간적인 생활은 할 수 있을 테니까요."

"잘 알고 있군. 가난을 대물림 하지 않기 위해서도 자신을 위한 공부를 위해서도 필요한 일이지. 하지만 기업가들에겐 결코 찬성할 수 없는 일이네. 자신들의 임금 노동자들이 똑똑해진다는 건 거북스러운 일일 테니까. 헤이마켓 사건은 그렇게 해서 일어난 거야."

블랙 변호사는 파이프를 길게 빨았다. 캐빈 윌슨은 식어버린 커피잔을 내려다보며 한숨을 내쉬었다.

"전 헤이마켓에서의 집회를 비난하기 위해 《시카고 트리뷴》에 연재를 시작한 것은 아닙니다. 단지 폭탄을 투척했던 범인이 누군지 알고 싶을 뿐이니까요. 무슨 일이든 올바른 과정 없이는 올바른 결과를 이끌 수 없는 법입니다. 그리고 진실을 밝히고 싶었어요."

"자네가 밝히려는 진실이 과연 누구를 위한 것인가 라는 의구심을 가질 수밖에 없군……. 《시카고 트리뷴》의 지분을 가진 사람들 중에 개리 판사도 있다는 걸 알고 있나. 그와 그가 속한 사람들은 모두 매킨리를 공화당의 다음 대통령 후보로 내세울 작정이지."

"처음 듣는 이야기군요."

캐빈 윌슨은 고개를 좌우로 흔들며 대답했다.

"분명 자네에게 멋진 대가를 제시했을 거야. 아일랜드에서 아메리칸 드림을 꿈꾸며 대서양을 건너온 가난하고 배경 없는 지그* 에겐 가슴 벅찰 정도로."

캐빈 윌슨은 총을 맞은 것처럼 가슴이 뜨끔거렸다. 그는 자신을 속물처럼 표현하는 블랙 변호사의 말투에 은근히 화가 치밀어 올랐다. 그는 헛기침을 두어 번 하고는 블랙 변호사를 향해 소리쳤다.

"그렇게 따지자면 변호사님도 마찬가지겠죠."

"무슨 뜻인가?"

---

* 지그 : 아일랜드의 전통 춤. 4분의 3박자의 경쾌한 박자에 맞춰 추는 춤이다. 여기선 아일랜드 인을 비유한다.

"앨버트 파슨스…… 그는 스파이스나 루이 링그처럼 《아르바이터 차이퉁》 신문사에서 경찰들에게 체포되지 않았습니다. 파슨스는 이미 위스콘신으로 도망친 뒤였죠. 그가 체포된 것은…… 바로 변호사님이 그의 아내 루시에게 석방시킬 수 있다는 약속과 함께 자수를 권유했기 때문입니다. 하지만 변호사님은 그를 살려내지 못했어요. 단지 그 때문에 헤이마켓 사건에 집착하고 있는 것 아닙니까."

블랙 변호사가 주먹으로 탁자를 치며 자리에서 일어났다. 그는 매우 불쾌한 얼굴로 캐빈 윌슨을 노려보았다. 하얀 머리카락 아래로 굵은 주름이 일었다. 입술을 굳게 다문 채 한동안 말없이 서 있던 블랙 변호사는 현관을 가리키며 천천히 입을 열었다.

"당장 이곳을 나가주겠나. 다신 자네와 얼굴을 마주하고 싶지 않군."

4

캐빈 윌슨이 사는 곳은 웨스트 사이드에 접한 5층의 벽돌식 건물이었다. 그는 창가로 걸어가 시가를 입에 물었다. 창밖으로 웨스턴 유니언*의 거대한 간판이 보였다. 그는 블랙 변호사와의 만남을 떠올리며 침울해하고 있었다. 그가 이렇게까지 화를 낼 줄은 미처 예상하지 못했던 것이다. 더구나 연재하고 있는 헤이마

* 웨스트 유니언 : 전신 사업을 하는 회사의 상호

켓 사건에 대해 그는 《시카고 트리뷴》뿐만 아니라 자신에게도 불신을 나타내고 있었다.

캐빈 윌슨은 길게 담배 연기를 내뱉으며 집필하고 있던 두 번째 연재 글이 적힌 원고를 멍하니 내려다봤다. 원고 옆에는 당시의 재판 기록과 삽화가 놓여 있었고 다이어 럼에게 뒷거래로 폭약을 팔았던 일리노이센트럴 철도회사의 어느 직원의 진술서가 펼쳐져 있었다. 루이 링그도 일리노이센트럴 철도회사의 창고에 보관되어 있던 다이너마이트로 사제폭탄을 만들었을 것이다. 물론 블랙 변호사와 사회주의자들, 아나키스트들이 혐의가 있다고 주장하는 루돌프 슈나우벨트에 관한 서류도 포함되어 있었다. 캐빈 윌슨은 천천히 책상 앞으로 다가가 재판 기록을 다시 한 번 훑어봤다. 검사의 기소 내용과 블랙 변호사의 변론, 개리 판사의 판결문을 살피면서 캐빈 윌슨은 몇 가지 의문점을 가지게 되었다. 그 중 하나는 폭탄이 먼저 터졌느냐 아니면 경찰들이 먼저 총을 쏘았느냐 하는 부분이었다. 그리고 대부분의 증인들이 폭탄이 터진 뒤에 총성이 오갔다는 증언을 했다. 캐빈 윌슨은 블랙 변호사와 함께 둘러본 헤이마켓 광장과 주변 건물들을 떠올리면서 그날 밤의 사건을 상상해 봤다. 날이 흐렸기 때문에 달은 구름에 가려져 있었을 것이고 가스등은 광장 구석구석을 모두 밝힐 순 없었을 것이다. 광장과 접한 건물 사이 골목이나 가로등이 없는 곳은 사람이 숨기엔 적당했을 것이다. 경찰들도 시위대들도 폭탄이 터지던 순간을 목격하지 못했다. 수백 명의 시위대와 경찰들 중 어느 누구도 심지에 불을 붙이는 것도 심지가 타들어 가는 것도(검찰 측에서 스파이스가 폭탄 심지에 불을 붙이는 것을 목격했다는 두 사람을 증인으로 내세웠지만 신뢰할 수 없었기 때문에 캐빈 윌슨은 이를 무시했다.) 본 사람이 없었다. 그런 상황증거로 봤을 때 폭탄은 외부에서 투척된 것이 아니라 처음부터 경찰관들 속에서 터졌을 가능성이 많았다. 순직한 경찰들 중에 동료의 총에 의해 죽은 이들이 포함된 이유도 그 때문이었을 것이다. 캐빈 윌슨은 조끼 주머니에서 시계를 꺼냈다. 아직 마감까지는 2시간 정도의 여유가 있었다. 그는 오늘 연재할 내용을 마무리하면서 다이어 럼에게 다이너마이트를 팔았던 일리노이센트럴 철도회사의 직원은 현장노동자가 아닌 관리직 사원이었으며 다이어 럼 이외엔 어느 누구에게도 다이너마이트를 판 적이 없다는 진술을 인용했다. 그리고 헤이마켓 사건이 일어나기 하루 전날 루이 링그가 그를 따르는 젊은 아나키스트의 집에서 사제폭탄을 제조했으며 사건이 일어난 뒤 경찰이 그 사제폭탄을 압수했다는 사실을 밝혔다. 그러나 루이 링그는 몇 개의 폭탄을 만들었는지에 대해선 묵비권을 행사했으며 당시 경찰이 압수했던 폭탄은 두 개뿐이었다고 덧붙였다.

마감에 맞춰 원고를 보낸 뒤에 캐빈 윌슨은 그랜드 퍼시픽 호텔에서 《시카고 트리뷴》의 국장이 소개하는 가운데 개리 판사를 만났다. 편집장에게 개리 판사가 헤이마켓 사건과 관련해 윌슨을 만나보고 싶어 한다는 전갈을 보냈던 것이다. 호텔 로비에서 만난 조지프 개리 판사는 블랙 변호사와는 달리 온후한 인상이었다. 구레나룻을 길게 기른 그는 "자네가 《시카고 트리뷴》의 영웅인 캐빈 윌슨인가?" 라고 인사말을 건넨 뒤에 "바에서 위스키라도 한 잔 하지." 라고 덧붙였다.

하이볼을 마시는 캐빈 윌슨과는 달리 개리 판사는 짐빔 위스키를 스트레이트 잔으로 마셔댔다. 그는 주변의 평판 때문인지 헤이마켓 사건의 판결을 결코 후회하지 않으며 언젠간 진실이 밝혀질 거라고 말했다. 하지만 그의 바람과는 달리 당시의 판결에 대해 그와 배심원들에 대한 비판의 목소리가 컸다. 조지 버나드 쇼는 '8명의 그들을 잃어야 한다면 그보다 오히려 일리노이 대법원의 8명의 배심원들을 잃어버리는 편이 나을 것이다.' 라고 독설을 퍼부었고 어느 급진적 경제학자는 배심원이 되기 위한 재산 자격 규정을 폐기하고 대배심원은 상층계급뿐 아니라 하층계급에서도 선출되어야 한다고 주장하기도 했다. 캐빈 윌슨이 조심스럽게 물었다.

"진실이라면 어떤 걸 말씀하시는지요?"

개리 판사는 약간 붉어진 얼굴로 그를 바라보았다.

"폭탄을 던진 녀석 말이오. 그들은 8시간 노동제에 반대하는 기업가들의 자작극이라고 주장하지만 그건 있을 수도 없는 일이니까. 누가 200명 가까이 되는 연대급의 시카고 경찰들 목숨을 담보로 그런 어리석은 일을 벌일 수 있단 말인가……"

"그럼 루돌프 슈나우벨트에 대해서도 말씀해 주실 수 있겠군요."

개리 판사가 미간을 찡그리며 소리쳤다.

"그 녀석 이름이 나올 줄 알았소. 빌어먹을 슈나우벨트!"

그러고는 단번에 위스키 잔을 입으로 가져갔다.

"그 녀석은 돈이라면 자식도 팔 인간이지."

"스파이스와 루이 링그가 체포된 다음날 그도 체포되었습니다.

그런데 1시간 만에 풀려났어요. 그러곤 획 하고 사라진 겁니다."

"그가 정보원이었다는 사실을 부정하지는 않네. 하지만 그는 양다리를 걸치고 있었을 가능성이 많아. 『죄와 벌』에서 도스토예프스키가 말한 빈곤할 때까지는 그래도 인간의 고귀한 본성을 간직할 수 있지만 적빈상태에 이르면 아무도 그럴 수 없다고 했던 것처럼 말이야. 녀석이 바로 그런 인간이었지."

"그가 풀려날 수 있었던 이윤 그럼 하나군요. 중요한 정보를 시카고 경찰청에 흘렸을 가능성 말입니다. 파슨스를 제외한 모두가 이미 체포된 상태였으니까…… 어쩌면 폭탄을 투척했던 범인을 알고 있었는지도 모르겠군요."

"지나친 추측이네."

개리 판사는 고개를 좌우로 흔들며 대답했다.

"그렇다면 어떤 정보를 팔고 그가 풀려날 수 있었을까요?"

개리 판사는 바텐더에게 버번위스키를 스트레이트 잔으로 추가 주문을 하고 나서 말을 이었다.

"내가 자넬 만나자고 한 것도 바로 그 때문일세. 자살한 다이어 럼. 그는 결코 헤이마켓 사건의 진범이 될 수 없는 사람이지."

"무슨 뜻입니까?"

"슈나우벨트가 풀려난 것도 그와 관계가 있으니까…… 녀석은 경찰서장에게 입을 열지 않겠다는 다짐을 했었지."

"세상에! 다이어 럼! 그가 시카고 경찰의 진짜 정보원이었군요!"

흥분하는 캐빈 윌슨과는 달리 개리 판사는 차분하게 고개를 끄덕였다.

5

《시카고 트리뷴》의 국장 역시 당황하는 표정이 역력했다. 결코 공개할 수 없는 정보였기 때문에 다이어 럼은 끝까지 헤이마켓 사건의 폭탄투척 용의자로 남아 있어야만 했다. 하지만 캐빈 윌슨은 일리노이센트럴 철도회사 직원의 말을 떠올릴 수밖에 없었다. 결코 다이어 럼 이외엔 다이너마이트를 팔지 않았다는 그의 진술은 매우 신빙성이 있었다. 그렇다면 다이어 럼이 다이너마이트를 구입해 루이 링그에게 전해주었다는 사실을 경찰이 모르고 있을 리 없었다. 그것은 캐빈 윌슨에게는 매우 곤혹스러운 일이었다. 개리 판사가 자진해서 그런 정보를 자신에게 털어놓는 이유에 대해서도 의구심이 들었다. 그날 저녁 개리 판사는 남북이 통일된 미국은 20세기엔 세상에서 가장 강력한 나라가 될 것이라고 장담했지만 캐빈 윌슨은 그의 말을 들으면서 회의감에 빠져 들었다. 미국이 자랑하는 개척정신과 아메리칸 드림에는 약자에 대한 무자비한 파괴와 무한 경쟁이라는 어두운 그림자가 도사리고 있었기 때문이다. 아메리카 대륙에서 사라져버린 수천만 명의 인디언들처럼 또 다른 희생물이 필요할지도 모를 테니까 라는 생각이 들었던 것이다.

다음날 캐빈 윌슨은 해리스 경감을 만나 희생된 경찰들의 신원에 대해 알고 싶다고 말했다. 당시 희생자의 검시를 맡았던 의사를 만나보고 싶다고도 했다. 캐빈 윌슨의 부탁에 해리스 경감은 탐탁찮은 얼굴로 입을 열었다.

"갑자기 희생된 경찰들의 신원은 왜 알고 싶다는 거지?"

"범인을 밝히기 위해서."

"범인이라면 이미 알고 있지 않나. 다섯 명은 6년 전에 형장의 이슬로 사라졌고…… 빌어먹을 주지사 때문에 살아남은 세 명은 곧 풀려날 테니까."

"정말 그들이 범인이라고 생각하나?"

"물론."

"하지만 그들은 사건이 터진 날 그곳에 있지도 않았지. 알리바이도 확실했고 폭탄을 투척했다는 구체적인 증거도 나오지 않았네."

"그들이 직접 폭탄을 터뜨리지 않았다 해도 집회를 선동하고 폭동을 일으키려 했다는 사실만으로도 충분히 유죄라고 생각하고 있어."

"사형선고를 받을 만큼? 오 그건 아니지. 해리스…… 그런 답변은 자네답지 않군."

"그날 헤이마켓 광장에서 팔, 다리가 날아가 버린 동료의 모습을 봤다면 자네도 그들을 결코 용서할 수 없었을 걸세. 난 그날의 끔찍했던 순간을 죽을 때까지 잊을 수가 없어."

해리스 경감은 입술을 굳게 다문 채 캐빈 윌슨을 바라보았다. 그의 다리에 남아 있는 흉터만큼 그의 마음속에도 지울 수 없는 깊은 상처가 남아 있는 것 같았다. 하지만 이제껏 많은 노동자들이 경찰들이 쏜 총에 죽거나 부상을 입거나 짐짝처럼 묶여 교도소로 내던져지고 있었다. 헤이마켓 광장에서 터진 폭탄으로 경찰들이 아니라 노동자들이 죽었다면 그는 뭐라고 말했을까? 캐빈 윌슨은 시가를 꺼내 해리스 경감에게 내밀었다. 하지만 그는 고개를 좌우로 흔들며 거절했다.

"이유는 뭐지? 아직 대답을 듣지 못했네."

캐빈 윌슨은 잠시 시가를 피울까 생각하다가 포기하고 모닝코트 주머니에 다시 쑤셔 넣었다.

"난 폭탄이 외부에서 투척된 것이 아니라 경찰들 사이에서 터졌을 거라고 생각하네."

"무슨 뜻인가……?"

하던 일을 멈추고 해리스 경감은 동그래진 눈으로 윌슨에게 소리쳤다.

"범인이 경찰 치안대 속에 섞여 있었다고 생각하는 건가? 기발한 상상력이군 그래. 하지만…… 그건 있을 수 없는 일이야. 우릴 너무 우습게보고 있군."

해리스 경감은 어이없다는 듯 헛웃음을 터뜨리며 대답했다.

"단지 그럴 가능성도 있단 소리야……. 당시 검시관을 만나 그날 희생된 경관들에 대해서도 알아볼 생각이네. 신원이 파악되지 않은 시체는 없었는지……."

캐빈 윌슨은 범인이 폭탄을 허리나 가슴에 둘러매거나 가방 같은 곳에 숨기고 있었을 거라는 말을 덧붙였다.

"그럼 난 뭘 도와주면 되나?"

"검시관이 사는 곳이지. 아니, 그의 병원 주소가 더 빠르겠군."

"그뿐인가?"

"한 가지 더…… 헤이마켓 사건이 있기 하루 전날 맥코믹 하베스터 공작소 앞에서 경찰의 발포로 죽은 네 명에 대해서도 알고 싶네."

"그들은 또 왜?"

"그들과 관련이 있는 사람이 폭탄을 터뜨렸을 가능성도 있을 테니까."

"개인적인 원한 때문에 일어난 사건이라고 생각하나? 자넨?"

캐빈 윌슨은 대답 대신 고개를 끄덕였다.

"그렇다 해도 확실한 건 아무것도 없지……. 어쨌든 이 사건은 구린 데도 있는 것 같단 말이야."

"무슨 뜻이지?"

"자네도 알고 있었겠지? 다이어 럼이 자네들의 정보원이었다는 사실을 말일세."

캐빈 윌슨의 질문에 해리스 경감은 당황한 눈빛으로 그를 바라보았다. 하지만 그뿐이었다. 해리스 경감은 양손을 들어 보이며 대답했다.

"농담이 심하군."

"시치미 뗄 필욘 없어. 개리 판사로부터 직접 들은 이야기니까……. 적어도 시카고 경찰청에선 루이 링그가 사제폭탄을 만들고 있었다는 사실을 이미 알고 있었어."

"개리 판사가?"

해리스 경감이 되물었다. 캐빈 윌슨은 고개를 끄덕이며 대답했다.

"그는 자신이 사형선고를 내린 파슨스나 스파이스가 범인이 되어야 한다고 믿고 있더군. 《시카고 트리뷴》에서도…… 아니 내가 쓰고 있는 연재 기사에서도 그런 사실을 밝혀주길 원하는 것 같아."

"하지만…… 헤이마켓은 아니었어."

체념한 듯 해리스 경감이 말을 이었다.

"그날 사건은 우리도 전혀 예측하지 못했네. 정말 생각하지 못했던 사건이었지."

"파슨스나 스파이스가 아닌 좀 더 굵직한 인물이나 단체를 잡아들일 생각이었군."

해리스 경감은 캐빈 윌슨의 추측에 긍정도 부정도 하지 않았다. 대신 제법 진지한 얼굴로 자신의 사무실 안을 팔짱을 낀 채 돌아다녔다.

"한 가지 더 밝히자면 말일세. 5월 4일 시카고 경찰청에 걸려온 전화 말이야. 독일식 발음을 사용하는 남자…… 우린 그 목소리의 주인공이 폭탄을 투척한 장본인이라고 생각하고 있어. 하지만 불행하게도 아직까지 그 남자에 대한 아무런 단서도 찾아내지 못했네."

"그가 루돌프 슈나우벨트가 아니라면 말이지?"

캐빈 윌슨의 대꾸에 해리스 경감은 고개를 좌우로 흔들며 대답했다.

"그 녀석 이야기도 개리 판사에게 들었겠지? 나도 녀석을 똑같이 생각하고 있어. 상종하기 싫은 놈이었지. 하지만 그런 짓을 할 만큼 담이 크지도 않아. 그건 내가 장담하지."

6

헤이마켓 사건에 대한 두 번째 특집기사가 나가자 8시간 노동제를 주장하며 당시 파업과 시위를 독려했던 미국노동총연맹이나 노동자기사단에서는 《시카고 트리뷴》이 다이어 럼의 자살을 계기로 소설을 쓰기 시작했다고 불쾌해했다. 그들의 지지를 등에 업고 이번 선거에서 이긴 백악관도 부정적인 시각을 나타냈다. 더욱 과격한 사회주의와 아나키스트 단체에 속해 있는 사람들은 《시카고 트리뷴》 본사를 폭파시키거나 캐빈 윌슨을 암살하겠다는 협박성 전화를 걸어오기도 했다. 헤이마켓 사건이 일어나기 하루 전날 루이 링그가 다이어 럼이 구해준 다이너마이트로 사제폭탄을 만들었으며, 사건 뒤 회수된 폭탄의 개수와 관련해 루이 링그는 침묵으로 일관했었다는 부분이 특히 그들의 심기를 건드린 모양이었다. 시카고 교도소에서 재판 결과에 승복할 수가 없다며 스스로 자살을 한 루이 링그는 젊고 열정적인 아나키스트들에겐 일종의 영웅과도 같은 존재였다. 하지만 캐빈 윌슨은 단지 객관적인 사실을 밝혔을 뿐이라고 생각했기 때문에 그런 전화를 심각하게 받아들이지는 않았다.

오전에 있었던 편집회의에서도 협박전화에 대한 이야기가 잠시 나왔지만 캐빈 윌슨은 별 개의치 않았다. 편집장은 국장에게서 무슨 이야길 들었는지 자살한 다이어 럼보단 스파이스나 파슨스가 용의자일 가능성이 많다는 말을 둘러서했다. 편집부 직원들과 함께한 회의였지만 캐빈 윌슨은 편집장의 의도를 충분히 알 수 있었다. 캐빈 윌슨은 억지 미소를 그에게 보냈지만 뒤끝은 씁쓸했다. 이미 헤이마켓 사건이 일어나야만 했던 사회적인 문제들은 중요하지 않았던 것이다. 순직한 경관들도 사형선고를 받고 사라져간 아나키스트들도 마찬가지였다. 그들(지금의 여당과 야당의 정치가들과 정당 지지자들)의 머릿속에는 이 사건이 주는 교훈보다는 오로지 정권을 유지하거나 빼앗기 위한 정치적인 공작과 음모만이 중요한 것 같았다.

취재를 핑계로 일찍 신문사를 떠난 캐빈 윌슨은 기자로서의 무력감을 애써 떨쳐내며 당시 희생자들을 검시했던 의사를 만나기 위해 해리스 경감이 일러준 병원으로 찾아갔다. 30대 후반의 의사는 링컨처럼 키가 컸는데 매우 다정한 목소리로, 당시의 부검 서류를 뒤적이면서 사건 당시 즉사했던 경관에 대해 말해주었다.

"말하자면 그의 사체는 삽으로 퍼갈 정도로 훼손이 심했습니다. 그 경관 앞에서 폭탄이 터진 거지요. 그리고 현장에서 즉사한 경관은 그가 유일했습니다. 나머지 경관 6명은 치료 도중에 사망했지요."

"현장에서 희생된 경관의 프로필은요?"

"어니스트라는 시카고 토박이로 나와 있군요……. 그날 광장에 출동했던 176명의 경관들 중 첫 희생자였습니다."

의사는 부검 서류를 한 번 더 뒤적이면서 말했다.

"현장에선 어니스트라는 경관만이 희생되었다는 말씀이군요."

"무슨 의도로 되묻는 진 모르겠지만…… 그렇습니다."

캐빈 윌슨은 의사의 말을 들으면서 자신의 추측이 일부분 틀렸다는 것을 깨달았다.

“부상당한 경관들에게서 들은 이야긴 없었습니까?”

“시위대와 경관들 사이에 몸싸움이 벌어지고 있어서 경황이 없었다고 하더군요. 정신을 차렸을 땐 이미 폭탄이 터진 뒤였거나 병원이었다고 말했습니다.”

“총상을 입고 희생된 경관들도 검시를 했습니까?”

의사는 말없이 고개를 끄덕였다.

“정말 그들이 동료 경관들이 쏜 총에 희생되었던 겁니까?”

“38구경이었습니다. 하지만 동료 경관들에 의한 것이었는지는 확실하지 않아요. 몇몇 진보적인 신문에 실린 기사가 사실인 것처럼 인용되었던 것뿐이었죠. 하지만 정확하게 밝혀진 건 아무것도 없습니다. 왜냐하면 경찰들이 사용하는 리볼버는 누구나 쉽게 구할 수 있는 물건이기도 하니까요.”

“무기거래가 쉽게 이뤄지고 있단 소문을 믿는 거군요.”

얼굴을 붉히며 의사가 고개를 끄덕였다. 캐빈 윌슨은 의사에게 취재에 응해줘서 고맙다는 말을 건넸다. 진료실 탁자 위에 걸터앉아 있던 그가 몸을 일으키며 말했다.

“왜 사람들은 헤이마켓 사건 자체에만 관심을 가지는지 모르겠습니다. 중요한 건 그런 사건이 일어나게 된 사회적인 배경과 문제점들인데 말이에요.”

“그러니 7년이 지난 지금도 비슷한 사건이 계속해서 일어나고 있는 거겠죠. 참으로 안타까운 현실입니다.”

7

밤 9시의 헤이마켓 광장은 어두웠다. 가스등 불빛이 비추는 광장 한편에서 캐빈 윌슨은 천천히 걸음을 옮겼다. 순직 경관들의 추모비가 세워진 대리석 받침대 앞까지 다가간 그는 주위를 두리번거리면서 7년 전, 이곳에서 터졌던 폭발 현장의 상황을 다시금 머릿속으로 떠올렸다. 그러곤 길게 한숨을 내쉬며 시가를 피웠다.

검시를 맡았던 의사의 말처럼 경관들이 사용하는 권총과 경찰복은 뒷거래를 통해 쉽게 구입할 수 있었다. 시카고 북쪽 변두리에 위치한 암거래 시장에서는 돈만 있으면 뭐든지 구할 수 있는 것이다. 캐빈 윌슨은 추모비 앞에서 잡화점이 들어선 골목 쪽을 바라보았다. 가로등의 사각지역인 그곳은 상점이 문을 닫는 10시 경에는 아무것도 보이지 않는 암흑으로 변했다. 저곳에서 경찰복을 입은 범인이 서 있었다면 아무도 눈치를 채거나 관심을 가질 수 없었을 것이다. 그리고 시위대와의 몸싸움이 벌어지면서 경관들의 관심은 모두 광장 중앙으로 향했고 그때 범인은 심지에 불을 붙인 사제폭탄을 가슴에 품거나 가방 속에 넣은 채 경찰 치안대 속으로 유유히 숨어들었는지도 모른다. 시위대와의 몸싸움으로 정신이 없는 어니스트라는 경관의 발밑에 폭탄이 든 가방을 던져두고 다시 골목 쪽으로 사라졌다면, 그 다음 폭탄이 터지던 순간을 기다렸다가 38구경 리볼버 몇 발을 경관들을 향해 쏴대며 시위대와 경관 사이의 충돌이 유혈사태로 이어지기를 바랐다면, 얼굴 없는 범인은 완벽하게 자신의 계획대로 모든 걸 완수할 수가 있었을 것이다. 캐빈 윌슨은 순간 주먹을 불끈 쥐었다. 매우 지능적이고 대범한 녀석이라는 생각 때문이었다.

해리스 경감을 불러내는 일은 쉽지 않았다. 그는 이미 아내와 잠자리에 들 준비를 하고 있었다. 캐빈 윌슨이 펠트 모자를 공손히 자신의 가슴으로 가져가면서 그를 찾았을 때 경감의 아내는 부스스한 얼굴로 현관으로 걸어 나오는 남편의 얼굴을 걱정스럽게 바라보았다.

경찰복 대신에 싱글 오버코트를 걸친 해리스는 평소보다 육중해 보였다. 그는 연신 투덜거리면서 '지금 시간에 어딜 간다고 날 불러내는 거야? 보디가드라면 나 말고도 많지 않아.' 라고 덧붙였다.

"아니. 지금은 자네가 필요해. 우린 경찰복을 구하러 가는 길이니까."

"뭐?"

되묻는 해리스 경감에게 캐빈 윌슨은 '총은 가지고 나왔겠지?' 하고 다시 물었다.

얼굴에 칼자국이 난 남자는 八자 모양의 콧수염을 기르고 있었다. 그는 5분에 한 번씩은 바닥에 침을 뱉는 습관이 있었다.

"모자나 배지, 곤봉까지 모두 갖추려면 최소한 20달러는 필요해. 거기다 리볼버까지 더하면…… 이거 금액이 많이 올라가겠는걸."

"돈이라면 얼마든지 줄 수 있어. 문젠 언제까지 구해 줄 수 있느냐지."

"그건 걱정하지 마. 곧, 아주 가까운 시간에 다시 연락을 줄 테니까."

남자는 자신 있다는 듯 가슴을 꼿꼿이 세우면서 말했다. 해리스 경감이 미간을 찡그리면서 남자에게 물었다.

"도대체 어디서 구하는 거야?"

"그건 말해줄 수 없어. 비즈니스라고."

남자가 경계하는 눈빛으로 해리스 경감을 훑어보며 대답했다.

"이런 걸 찾는 녀석들이 자주 있나보군."

화제를 돌리듯 캐빈 윌슨이 물었다. 남자는 어깨를 으쓱이면서 "자주는 아니지만……" 하고는 "가끔은 있지. 물론 난 어디에 사용하는지 묻지 않아. 그리고 누구에게 떠벌리지도 않지. 입 하난 무거운 편이거든." 라는 말을 덧붙였다.

"마음에 드는군…… 그런데 언제부터 경찰복과 리볼버를 팔기 시작한 거야?"

"그런 것까지 이야기해야 하나?"

남자가 인상을 쓰면서 캐빈 윌슨을 바라보았다. 캐빈 윌슨은 아무것도 아니라는 듯 가볍게 웃고는 "싫으면 관둬. 그냥 궁금해서 물어본 것뿐이니까." 하고 말했다. 무안해진 남자는 보드카 한 잔을 들이키고는 혼잣말처럼 입을 열었다.

"7년 전부터야. 그때 한 녀석이 부탁을 해서 들어줬지. 덕분에 꽤 큰돈을 만질 수 있었단 말이야."

캐빈 윌슨과 해리스 경감의 눈이 마주쳤다. 캐빈 윌슨은 해리스 경감에게 '봤지?' 라고 말하듯이 윙크를 한 뒤에 남자에게 다시 물었다.

"맞아. 나도 그 녀석을 통해서 이곳을 알게 되었거든. 빌어먹을 독일 놈이지만 말이야. 그래도 믿을 수 있는 구석이 많았지."

"당신도 알고 있었나? 그 녀석을……"

캐빈 윌슨은 너스레를 떨며 대답했다.

"친하진 않았지만."

"당신도 목공소에서 일하나 보군. 하긴 시카고에선 대부분이 목수 아니면 도축장에서 일을 하니까. 철도회사에서 근무를 하지 않는 이상은 말이야."

여유가 있어 보이는 남자와는 달리 해리스 경감은 당장이라도 리볼버를 뽑아들 자세를 취했다. 그러나 캐빈 윌슨이 그의 손등에 오른손을 살며시 올려놓으며 만류했다. 남자와 헤어져 어둡고 습한 골목을 걸어 나오면서 해리스 경감은 "녀석을 죽도록 패주고 싶었단 말이야." 하고 소리쳤다. 캐빈 윌슨은 목소리를 줄이라고 이야기 한 뒤에 "아직은 아냐. 경찰복과 리볼버를 받으러 가는 날 현행범으로 체포하는 게 더 유리하니까. 그 다음엔 자네에게 모두 맡길 생각이네. 녀석을 구워삶든지 아니면 두들겨 패든지 그 독일 녀석에 대해 알아내라고." 하고 말했다. 해리스 경감은 그제야 흡족한 표정을 지으며 응답했다.

"그런 일이라면 나한테 맡겨 둬."

"그보다…… 전날 농기구 제작소 주변에서 사망한 노동자들의 신원은 확보 했나?"

골목을 거의 빠져나올 때쯤 캐빈 윌슨이 생각난 듯 물었다. 해리스 경감은 말없이 고개를 끄덕인 뒤에 "내일 오전 중에 자네 사무실로 가져가지."라고 말했다. 하지만 캐빈 윌슨은 고개를 좌우로 흔들었다.

“아니 그럴 필욘 없어. 오후에 내가 받으러 가겠네. 내일 오전엔 필덴을 만나볼 생각이니까.”

“이번에 특사로 풀려나는 녀석 말인가?”

캐빈 윌슨은 이번엔 아래위로 고개를 끄덕이면서 말을 이었다.

“유일하게 현장에 있었던 아나키스트였으니.”

“하지만 자네…… 아무것도 얻을 수 없을 거야. 사형을 면하는 조건으로 죄를 인정하고 뉘우쳤으니까. 필덴이란 녀석은.”

8

시카고 교도소 내에 있는 접견실 창밖으로 여름을 재촉하는 비가 내리고 있었다. 캐빈 윌슨은 개리 판사의 도움으로 출옥이 이틀밖에 남지 않은 필덴을 만날 수 있었다. 60센티미터는 될 것 같은 곤봉을 허리에 찬 교도관과 함께 접견실로 들어온 필덴은 초췌한 얼굴로 캐빈 윌슨을 바라보았다. 이미 《시카고 트리뷴》의 기자라는 사실을 알고 있는 탓인지 인사를 나누는 그의 태도는 매우 형식적이었다.

“《시카고 트리뷴》에서 뭣 때문에 절 찾아온 거죠? 우릴 더 이상 괴롭히지 말았으면 합니다. 이젠 맞서 싸울 기력도 남아 있지 않아요.”

탁자를 사이에 두고 마주 앉은 필덴이 피곤한 목소리로 입을 열었다. 캐빈 윌슨은 응답하는 대신 《시카고 트리뷴》에 실린 자신의 기사를 내밀었다. 필덴은 곁눈질로 기사의 타이틀을 훑어본 뒤에 말했다.

"이 기사라면 이미 읽었어요. 친하게 지내는 교도관이 있는데 헤이마켓 사건에 대한 기사가 났다고 보여주더군요."

"제가 기사를 쓰고 있습니다."

"관심 없어요. 어차피 루이 링그나 다이어 럼을 폭탄테러범으로 몰아갈 테니까. 아니면 윌드하임에 묻힌 동료들일지도 모르지만."

필덴 역시 블랙 변호사와 마찬가지로 《시카고 트리뷴》을 불신하고 있는 것 같았다. 물론 그의 동료들이 사형선고를 받는 동안 《시카고 트리뷴》은 정의로운 법의 승리라고 떠벌리고 다녔다. 미국의 사법권이나 언론 역시 가난한 도시 노동자의 고통이나 죽음에 대해선 관심을 가지지 않는 것이다.

"유일하게 현장에 있었다고 들었습니다."

캐빈 윌슨이 조심스럽게 입을 열었다. 필덴은 고통스러운 기억이 떠오르는지 미간을 찡그리며 의자 등받이에 몸을 맡겼다.

"집회가 거의 마무리될 때였으니까요."

"그때 경찰 치안대가 몰려왔군요."

필덴은 말없이 고개를 끄덕였다.

"폭탄이 터졌을 당시엔 어땠습니까?"

"귀가 먹먹했죠. 주변 상가의 유리창이 깨질 만큼 큰 폭발이었으니까요."

"정말 폭탄이 터질 거라곤 생각하지 않았군요."

"모두가 그랬죠. 평화로웠고 변덕스러운 날씨 탓에 모인 사람들도 얼마 되지 않았어요. 경관이 연단 위에 올라와 해산하라고 소리치기는 했지만 폭동이 일어날 만한 상황은 아니었죠. 하지만 결과는 참담했어요. 형제 같은 동료들을 잃었으니까……."

필덴은 침울하게 입을 열었다.

"루이 링그가 폭탄을 만든 건 사실이었습니다."

"폭탄을 그런 식으로 사용할 생각은 처음부터 하지 않았어요. 루이 링그는 폭탄만 있으면 경찰들도 함부로 시위대를 향해 곤봉을 휘두르거나 총을 쏘진 못할 거라고 생각했던 겁니다."

"위협용이었을 뿐이란 말입니까? 하지만 그는 그를 따르는 젊은 아나키스트의 집에서 만든 폭탄의 개수에 대해 침묵했어요."

필덴은 손을 깍지 끼며 자세를 고쳐 앉았다.

"재판이란 건 형식에 불과했어요. 어차피 우린 판결에 상관없이 사형선고를 받게 되어 있었으니까. 루이 링그는 그런 사실을 누구보다 잘 알고 있었어요. 그래서 단지…… 자신을 따르는 젊은 동료들을 지키려고 했을 뿐입니다."

잠시 두 사람 사이에 침묵이 지나갔다. 캐빈 윌슨은 필덴의 이야기를 듣는 동안 뭔지 모를 무력감에 시달렸다. 어제 있었던 편집회의에서 느꼈던 감정과 비슷했다. 왜 이제껏 루이 링그가 교도소에서 만든 사제폭탄으로 벽을 부수거나 경관들을 헤치지 않고 자살하는데 사용했는지, 그런 그의 도덕적인 성격을 등한시 했는지 캐빈 윌슨은 스스로 놀라지 않을 수 없었다. 부끄럽게도 그는 단지 보수언론에서 다뤄진 괴물 같은 루이 링그의 이미지를 사실 그대로 받아들였던 것이다.

"루이 링그는 어쩌면 폭탄을 투척한 사람을 알고 있었는지도 몰라요. 하지만 우리에게도 그런 이야긴 하지 않았습니다. 단지……"

필덴은 잠시 철창 밖의 하늘을 올려다본 뒤에 말을 이었다.

"루이 링그가 자살하기 전에 이런 이야길 한 적이 있었어요. 유다가 금화 몇 닢에 예수를 밀고 했다고 사람들은 생각하지만 실제로 그는 예수가 감옥에 갇히게 되면 사람들이 그를 구하기 위해 폭동을 일으킬 거라고 생각했던 것뿐이라고 말입니다. 지금도 그가 왜 그런 이야길 죽기 전에 했는지 알 순 없습니다. 하지만 분명히 어떤 의미를 두고 했던 말 같았어요."

캐빈 윌슨은 필덴을 넌지시 바라보면서 헤이마켓 사건으로 기소되었던 젊은 아나키스트들의 판결이 개리 판사의 바람처럼 정당했는가에 대한 의구심을 떨쳐버릴 수 없었다.

헤어지기 전에 필덴은 앞으론 평범한 노동자로 돌아가 살고 싶다는 말을 꺼냈다. 교도소에 있는 동안 많은 것을 생각하고 깨닫게 되었다고도 했다. 파슨스의 아내 루시가 추모비를 세우는 날 동료들이 묻힌 월드하임 묘지에 꼭 가고 싶다는 이야기도 덧붙였다. 캐빈 윌슨은 그에게 행운이 있길 바란다는 말을 했지만《시카고 트리뷴》에 연재하는 글에 대해선 단 한마디도 나누지 않았다.

"우린 모르고 있었어요. 세상을 바꿀 수 있는 건 대중도 개인도 아니었다는 걸 말입니다. 바로 시간이에요. 우리가 올바른 생각을 가지고 염원한다면 천천히 그렇게 바뀔 수 있다는 걸 말입니다. 그리고 그들은 결코 헛되이 죽은 게 아니었다는 걸 말하고 싶습니다."

캐빈 윌슨은 말없이 고개를 끄덕였다. 그러면서 그는 헤이마켓 사건의 연재에 대해 후회하기 시작했다. 7년이 지난 지금, 헤이마켓 사건의 폭탄 투척자를 찾아내는 것은 별 의미가 없다는 사실을 알게 되었기 때문이다. 루이 링그도 다이어 럼도 역시 그런 사실을 알고 있었을 것이다. 헤이마켓 사건 뒤에도 많은 노동자들이 죽거나 다치고 있었고 경찰들도 마찬가지였다. 세상은 여전히 모순을 가진 채 돌아가고 있었고 비슷한 사건은 계속해서 되풀이되고 있었다. 하지만 헤이마켓 사건은 하나의 상징성을 가진 채 조금씩 주변의 모든 걸 변화시키고 있는 것도 사실이었다. 서로의 이익을 위해 투쟁하는 과정에서 조금씩 사람들은 타협점을 찾아갈 것이기 때문이다. 사회에서 가장 소외받는 계층의 목소리에 귀를 기울여야 한다는 사실도 알게 되었을 것이다. 개리 판사가 『죄와 벌』에서 인용했던 것처럼 적빈 상태에 빠지는 사람들이 생기지 않도록 사회가 어느 정도의 책임을 져야 한다는 사실도 말이다. 그럼에도 불구하고 헤이마켓 사건의 연재를 환영하는 사람들은 도대체 (캐빈 윌슨 자신을 포함해) 어떤 대가를 원하고 있었던 것일까? 그의 가슴 속은 다시 자괴심에 대한 생각으로 가득 차기 시작했다.

9

어제 새벽부터 내린 비로 시카고 시내는 짙은 안개와 함께 모든 것이 촉촉하게 물들어 있었다. 캐빈 윌슨은 해리스 경감이 건네주는 서류를 뒤적이다가 한 사내에 대해 관심을 가지기 시작했다. 가슴과 복부에 관통상을 입고 죽은 남자는 스물한 살의 어린 나이였다. 그에게는 네 명의 형제가 있었는데 캐빈 윌슨의 기억이 맞는다면 그 형제 중 한 남자의 이름이 폭탄을 제조했던 루이 링그에게 장소를 제공한 젊은 아나키스트와 관계가 있었다. 젊은 아나키스트는 경찰의 심문과정에서 그 친구의 이름을 언급했던 것이다. 캐빈 윌슨은 다시 헤이마켓 광장에서 죽은 경관들의 신상에 대해서 살피기 시작했다. 전날 맥코믹 하베스터 공작소에서 벌어진 시위에 맞선 치안대 속에 그 경관들이 포함되어 있었는지 궁금했기 때문이다. 그러나 애석하게도 기록은 남아 있지 않았다. 캐빈 윌슨은 해리스 경감에게 전화를 걸어 당시 공작소에 출동한 치안대의 명단을 찾을 수 있는지 물었다. 해리스 경감은 시간이 필요하다는 말과 함께 "헤이마켓에서 죽은 경관들 중에 공작소에서 시위대에게 발포한 경관이 포함되어 있는지 알고 싶단 거군." 하고 지레짐작을 했다.

"아무리 생각해도 폭탄테러가 일어날 상황은 아니었어. 헤이마켓에선 말이야. 그렇다면 이윤 단 한 가지지……. 개인적인 원한."

"하지만 어느 쪽도 자네 생각에 동의하지 않을 걸세. 헤이마켓 사건은 이미 역사의 한 페이지로 남아 있어야만 하니까."

"그래. 그러나 나는 저널리스트야. 사람들이 원하든 원하지 않든 진실을 밝힐 필요가 있지."

"난, 자네가 위험해질까봐 걱정이네."

"누구로부터? 쓸데없는 걱정이라고."

캐빈 윌슨은 어깨를 으쓱이며 말했지만 수화기 속의 해리스 경감은 아무런 대꾸도 하지 않았다.

《시카고 트리뷴》의 편집장 역시 캐빈 윌슨의 의견에 동의하지 않았다. 그는 어쨌든 파슨스와 스파이스가 범죄를 주도했으며 루이 링그가 자신의 집이 아닌 젊은 아나키스트의 집에서 사제폭탄을 만든 건 충분히 그럴 의도가 있었다고 말했다. 개리 판사의 판결은 정당했으며 폭탄 테러가 여덟 시간 노동시간을 보장하는 법을 만드는 것에 반대하는 기업가들의 자작극이라고 주장하는 건 단지 사회주의자들이나 과격한 아나키즘 운동을 선동하는 사람들의 필요에 의해서라는 말도 덧붙였다. 캐빈 윌슨은 헤이마켓 사건에 음모는 없었으며 지극히 개인적인 원한이 큰 사건과 인명의 재해를 가져온 것뿐이라고 말했다. 그리고 파슨스와 스파이스의 사형선고는 너무 섣부른 판결이었으며 결국 개리 판사는 미국 사법권의 역사에 오점을 남긴 인물로 남겨질 가능성도 있다고 말했다. 편집장은 캐빈 윌슨이 '오점' 이라는 단어를 내뱉었을 때 얼굴이 하얗게 변해버렸다.

하늘은 여전히 흐렸다. 캐빈 윌슨은 해리스 경감을 만나기 위해 시카고 경찰청으로 향했다. 매디슨 스트리트를 걸으면서 캐빈 윌슨은 편집장의 표정을 떠올리고 있었다. 처음부터 헤이마켓 사건의 진실은 왜곡되어질 수밖에 없었던 것이다. 캐빈 윌슨은 그 이유에 대해 결국 헤이마켓 사건이 일어난 건 우리 모두에게도 책임이 있기 때문이라고 생각했다.

왜 그런 사실을 이제야 깨닫게 되었는지 캐빈 윌슨은 매우 낙담하고 있었다. 시카고 경찰청의 건물이 눈앞에 들어올 때쯤 갑자기 폭우가 쏟아졌다 캐빈 윌슨은 코트의 옷깃을 세우며 잠시 빵

가게 앞에 서서 빗줄기가 가늘어지기를 기다렸다. 창틈으로 새어 나오는 버터냄새와 고소한 밀가루 냄새에 취해 그는 잠시나마 무거운 기분을 벗어날 수 있었다. 그때 한 사내가 천천히 그의 앞으로 다가왔다. 짙은 감색 망토를 걸친 그는 캐빈 윌슨의 코앞까지 다가와 불이 있냐고 물었다. 캐빈 윌슨은 주머니에서 성냥을 꺼내 그에게 내밀었다. 남자는 미소를 지으며 시가를 소리가 나게 빨아댔다. 그리고 캐빈 윌슨의 옆에 서서 날씨가 참 을씨년스럽다는 말을 꺼냈다.

"여기 사람인가요?"

캐빈 윌슨이 남자의 억양을 두고 물었다. 남자는 고개를 좌우로 흔들며 말했다.

"독일에서 건너온 지 7년 정도 됩니다. 그런데도 아직 독일식 억양이 쉽게 사라지지 않는군요."

캐빈 윌슨은 고개를 끄덕이다 말고 문득 굳은 얼굴로 남자를 바라보았다. 남자는 여전히 미소 띤 얼굴로 "어느 쪽에서도 받아주지 않는 불쌍한 강아지 꼴이 되었군, 캐빈 윌슨. 그러게 여러 번 경고하지 않았나?" 라고 말하곤 38구경 리볼버를 캐빈 윌슨의 이마에 겨누었다. 곧이어 한 방의 총소리가 들리고 남자는 유유히 빗속으로 사라졌다. 빵가게 점원이 문 앞으로 뛰어나와 인도에 쓰러진 캐빈 윌슨을 내려다보며 소리를 질러댔다. 세 번째 연재를 위해 쓴 초고 원고가 그가 쓰러진 자리에 흩어졌다. 그의 머리에서 흘러내린 붉은 피가 빗물을 타고 하수구 속으로 빨려 들어가면서 원고를 붉게 물들이기 시작했다.

김주동

1976년 출생. 고려대학교 문예창작학과를 졸업했다. 단편추리소설 「동성로」가 《계간 미스터리》 신인상에 당선되었다.

남자는 들어올려진 대변기에 손을 살짝 담그고 있었다. 대변기는 핏물로 얼룩져 있었다. 벽에 머리를 기대고 깊은 잠에 곯아떨어진 듯 미동이 없었다. 출근길 지하철 화장실에서 정체불명의 남자는 이렇듯 죽어 있었다. 하얀 단추가 떨어져나간 풀어헤쳐진 와이셔츠 안쪽 러닝셔츠 위로 둥글넓적하게 혈흔이 남아 있었다. 자세한 건 부검을 해봐야 답이 나오겠지만 언뜻 보기에는 칼 같은 날카로운 것에 찔린 것 같았다.

피살자 주변에서는 범인과 관련된 증거품을 찾기 어려웠다. 하루에도 수많은 사람들이 들락거렸을 화장실은 지문 천지여서 정확히 누구의 지문인지도 골라내기 쉽지 않았다. 다행히 피살자의 바지 뒷주머니에서 지갑을 찾아냈다.

이름 조경갑. 온순하면서도 희멀겋게 잘생긴 피살자는 이제 스물 하나였다. 도대체 무슨 이유로 이렇게 초라한 개죽음을 당했을까.

화장실로 들어오려던 사람들이 모두 정복경찰의 제지를 받고 있었다. 웅성거리는 구경꾼들 사이로 한 남자가 눈에 띄었다. 시커먼 얼굴에 꼬질꼬질한 차림으로 돌아가는 꼴을 살피고 있었다. 노숙자처럼 보였다. 지하철에서 노숙을 하는 자라면 뭔가 본 게 없을까.

그가 나를 봤을 때 흠칫 놀라는 것 같았다. 기겁하는 것 같기도 했다. 뭔가 봤을 거란 짐작이 확신으로 바뀌려 들 때 그가 몸을 돌려 다급히 현장을 떠나려 했다.

"어이."

내가 불렀지만 그는 못 들은 척 잰걸음을 놓았다. 나는 속으로 세고 있었다. 열을 세기 전에 한 번은 돌아볼 거라고. 내 짐작은 맞았다. 넷을 세고 있을 때 그가 돌아보았고 나를 보고는 당황해서 앞으로 시선을 돌렸다. 그러다가 출근길을 서두르는 어떤 아가씨와 부딪쳤다. 아가씨의 손가방이 바닥에 떨어졌고 가방에서 립스틱이 미끄러지듯 흘러나왔다. 사람들 틈을 잘도 피해 굴러가던 립스틱을 보던 남자가 잠깐 멈췄다. 그것도 잠시. 남자는 다시금 빠르게 발을 놀렸다.

남자는 개찰구 쪽으로 다급히 향하더니 몸을 움츠려 쏙 개찰구를 빠져나가 승강장 계단으로 내려갔다. 그를 따라 나도 계단을 뛰어 내려갔다. 마침 전동차가 들어오는 소리가 들렸다. 사람들 틈에 섞여 내게서 멀어지고 있는 그를 발견했다. 내가 그를 가리켰다. 나를 보고는 더 서두르는 것 같았다. 내 앞을 가로막는 사람들을 밀쳐내고 그를 쫓아갔다. 전동차가 멎고 문이 열렸을 때 사람들이 쏟아져 나왔다. 그는 사람들이 다 나오기를 기다리지도 않고 무작정 전동차에 올랐다. 나도 전동차에 몸을 실었고, 그가 있는 칸으로 달려갔다. 다음 칸으로 옮겨 탔을 때 웬 사내가 내 앞을 가로막았다. 멀지 않은 곳에서 내가 쫓던 남자가 보였다. 내 앞을 가로막던 자를 밀치고 그쪽으로 가려하는데 다시금 사내가 나를 막았다. 그러면서 내 손목을 움켜쥐었다.

나는 다음 역에서 내려 멀뚱히 떠나는 전동차를 보았다. 나를 가로막았던 사내는 소매치기 조직을 수사하고 있던 형사였다. 노숙자처럼 보였던 남자는 경찰 끄나풀이었다.

"그놈 주변에 다른 소매치기가 있었거든요. 경찰하고 접촉하는 거 보이면 좋을 거 없죠."

"난 뭔가 아는 놈인가 했지."

"그런 거 있으면 확실히 알아봐드릴게요."

이렇게 그를 놓친 게 어쩐지 맘에 걸렸다.

조경갑은 재수생 신분이었다. 말이 좋아 재수생이지 고등학교를 졸업한 뒤 그냥 놀고 있는 놈이었다. 그런 놈이 뭣 때문에 이렇게 피살됐는지 도통 감이 오지 않았다. 누구에게 원한을 살 만큼 오래 산 놈도 아니었다. 그렇다고 재산이 많은 것도 아니고.

주변 인물에 대한 조사에 착수했다. 그가 다니고 있는 학원을 찾아갔지만 헛수고였다. 등록만 해놓았지 나오지 않을 때가 더 많아 딱히 그를 기억하고 있는 선생과 학생들은 없었다. 간혹 학원에 나왔을 때도 화장실 가는 것과 밥 먹는 걸 제외하곤 하루 종일 말없이 멍청하게 책상만 지키고 있었다는 게 주변 학생들의 진술이었다. 그러다 보니 그와 친하게 어울리는 학생이 있을 리 만무했다.

그의 집으로 찾아갔을 때 집은 비어 있었다. 영남대학병원 사거리에서 그리 멀지 않은 주택가 골목길에 그의 집은 위치해 있었다. 문은 열려 있었다. 안으로 들어서니 덩그런 마당이 눈에 들어왔다. 한쪽 곁엔 썩은 배추들이 놓여 있었다. 흙이 덕지덕지 붙은 금 간 화분 위에는 이름 모를 푸른 꽃이 말라비틀어져 있었다. 내가 헛기침으로 인기척을 했음에도 아무도 나오지 않았다. 곧이어 따라 들어온 후배가 주인을 불렀지만 방문을 열고 나오는 이는 없었다. 곧 비라도 퍼부을 듯한 우중충한 날씨였다. 나와 후배는 대책 없이 누군가 나타나기만을 기다리고 있었다.

"밥이나 먹으러 가죠."

잠시 뒤, 문지방에 걸터앉아 있던 후배가 일어서며 말했다. 배가 고프기는 했다. 늦은 오후가 되기까지 제대로 밥 한 끼 못 먹었다.

우리는 도로로 나와 길 건너 식당으로 들어갔다. 정식을 시켜 먹는데 텔레비전에서는 추악한 범죄관련 뉴스가 흘러나오고 있었다. 사람들은 범인의 엽기적인 행각에 눈을 반짝이며 관심 있게 지켜봤지만 나와 후배는 밥만 떠먹기 바빴다. 한 그릇 비우는데 둘 다 10분도 채 걸리지 않았다. 티슈로 입을 닦고 있는데 이번엔 뺑소니 사고 뉴스가 아나운서의 입을 타고 나왔다. 꾸물대는 후배에게 신경질을 냈다.

"그만 가자."

후배는 군말 않고 집고 있던 동그랑땡을 그대로 놓아버리고는 자리에서 일어섰다.

차로 돌아오면서 후배에게 짜증을 낸 게 마음에 걸렸다. 후배는 내 눈치를 보고 있었다.

"괜찮아. 잊었으니까."

후배와 헤어져 혼자 차를 몰면서 나는 정말 잊었을까, 하고 생각했다. 후배는 세 살배기 딸아이가 아파 잠깐 집에 갔다 온다고 했다. 나도 딸이 있었지. 은미라고.

신호에 걸려 차를 세우다 보면 가끔씩 뺑소니 목격자를 찾는다는 현수막을 접하곤 했다. 그때마다 가슴이 무너지는 것 같았다. 뺑소니 친 새끼의 면상을 보는 순간, 말 그대로 확 돌아버렸다. 그 순간을 어떻게 참고 넘겼는지. 뺑소니 수사에서 철저히 배제된 채 매일 술로 지낸 게 엊그제 같은데. 동료들은 그를 나로부터 철저히 보호했다. 나는 그에게 이를 갈았다. 하지만 운명은 가혹하게도 그 새끼에게도 고등학생 딸이 있단 걸 알려주었다. 후배가 내게 들려준 얘기였다. 고등학생 딸은 그때 조수석에 앉아 있었고, 죄책감에 시달린 그 딸은 아버지의 죄를 털어놓고 말았다. 사고현장에서 아버지를 설득 못한 자신의 죄가 더 크다면서 자신도 처벌해 달라는 말까지 했다는 것이다. 딸의 자수로 사건은 쉽게 해결되었고 그걸 후배에게서 들은 난 원한의 마음을 접을 수밖에 없었다. 후배가 그 얘길 해준 것도 다 이런 이유에서였을 것이다.

그 뒤 난 그 딸을 만나보았다. 그런데 그는 내게 이상한 얘기를 들려주었다.

"아저씨한테는 참말 죄송한 얘기지만요. 아저씨 딸이요, 갑자기 도로로 뛰어들었거든요. 뭐에 쫓기는 사람처럼요."

문득문득 그 말이 떠올랐지만 그걸 곧이곧대로 받아들이지는 않았다. 사고를 낸 데 대한 부담이나 죄의식에서 벗어나려는 변명 같은 건 아닐까하고 짐작만 하고 있을 뿐이었다.

갑작스런 휴대폰 진동 소리에 정신을 차렸다. 전화를 받고 보니 그때 그 소매치기 담당 형사였다.

"왜?"

"그놈이 당했어요."

"그놈이라니?"

"소매치기요."

"소매치기?"

경찰 끄나풀이라고 했던.

"그래서?"

"그게요. 그놈 주변에서 돈이 발견됐는데, 모두 위조된 겁니다. 그 돈으로 우리 몰래 마약 거래하다 상대편에게 당한 거 같아요."

"자세히 얘기해 봐."

"근데, 그 돈이 죽은 조경갑이 거였답니다."

소매치기는 병원 응급실에 실려와 있었다. 지독한 폭행을 당한 모양이었다. 가슴에는 무가지 신문을 한 장 덮고 있었는데 얼굴을 찡그린 채 얕은 잠에 빠져 있었다. 얼굴은 멍투성이였다.

소매치기 담당 형사가 말했다.

"조경갑은 위폐 운반책이었던 거 같습니다. 이 소매치기가 죽은 조경갑이 옆에서 위폐를 발견했고요. 웬 떡인가 했겠죠. 그 위폐로 약을 거래하려다 거래 상대자에게 당한 거고요."

내 생각도 그랬다.

"근데 이상하잖아. 조경갑을 죽인 놈은 왜 돈을 안 챙겼을까. 가짜인 걸 알았을까."

"일반인이 볼 때는 가짜를 식별하는 건 어려울 텐데요. 약 거래하는 놈들이야 이런 일이 있을 테니 알 수도 있을 테지만요."

"그렇담 돈을 노린 게 아니란 말인데."

떠오르는 단어가 있었다.

'원한.'

한때 나 역시도 가슴에 품고 살아왔던 것. 어쨌든 이 추측은 옆으로 치워두기로 했다.

"위폐범들 조사해 봐야겠다. 그놈들 내에서 무슨 트러블이 생겼을 수도 있으니까."

며칠 동안, 위폐범들 중에서 구속된 놈이나 출소한 놈들 기록을 샅샅이 살펴보았다. 요전에 조경갑의 집 근처 한 호프집에서 위폐 신고가 접수된 적이 있었다. 범인을 잡았지만 조무래기에 불과해서 사실 수확은 없었다.

정씨는 출소한 뒤 마음을 잡았는지 현재는 친구가 하는 고물상에서 일하고 있었다. 하지만 나는 그가 손을 씻었다고 생각지 않았다. 그는 거의 매일 나이트클럽에 들렀다. 오늘도 마찬가지였다. 나이트클럽에서 나온 그는 여자 궁둥이를 주무르며 모텔로 들어갔다. 나는 모텔 앞에서 담배를 연거푸 피워대며 졸음과 지루함을 견뎌냈다.

두 시간이 채 안 돼 여자가 모텔에서 나왔다. 여자는 모텔 앞에서 휴대폰으로 누군가에게 전화를 걸었다. 삼십대 초반쯤으로 보이는 웨이브 머리의 그 여자는 전화를 끊고 주변을 살피며 발을 구르고 있었다. 건너편 도로, 내 쪽으로 시선을 던지다가 문득 나를 보고는 눈을 떼지 않았다. 잠시 뒤 검은 승용차가 도착한 뒤에도 잠깐 내 쪽을 흘깃거렸지만 별다른 행동은 취하지 않았다. 여자가 차에 오르자 차는 출발하기 시작했다. 나는 움직였다. 차가 도로로 나서려 할 때 재빨리 도로를 건너기 시작했고 차 앞을 가로막았다. 운전석 창문이 열렸다. 나는 창문 앞으로 다가섰다.

"뭐꼬!"

큰 두상에 넓적한 코를 가진 꽤나 인상 더럽게 생긴 남자가 소리쳤다.

"뭐 좀 조사할 게 있다."

"문 헛소리고!"

"화대 조사 좀 해야겠다."

"이 미친 새끼 봤나. 무슨 소리 지껄여. 화대라니. 존 말 할 때 꺼져라. 알았나."

"신고 들어와 조사 중이다."

"문 신고?"

남자가 그제야 긴장하는 빛을 보였다. 여자도 마찬가지였다.

"위폐가 돌고 있거든. 아마 여자가 받은 돈도 그럴걸."

바로 여자가 받았던 돈을 압수해서 조사에 들어갔다. 빙고. 위폐가 맞았다. 나는 그 사실을 바로 그날 두상 큰 남자를 찾아가 그대로 일렀다.

"뭐요. 그게 참말입니까."

"그러니까 그 새끼 다시 연락 오면 나한테 즉방으로 연락하라고."

"그건 염려놓으세요. 단골이니까."

나는 고개를 끄덕였다.

"그 씨발 새끼, 가만 놔두나 봐라. 어디 장난칠 게 없어서 이런 장난을 쳐. 그 새끼. 신성한 자본주의 근간을 흔든 놈 아닙니까. 불순한 새끼. 맞지요?"

"그런 건 모르겠고, 여튼 잘 붙들어 놓기나 해."

"걱정 붙들어 놓으세요."

그러면서 그는 분하다는 얼굴로 혼자 욕을 뱉었다. 진한 향내와 짬뽕 냄새가 뒤섞인 그의 사무실을 나왔다. 2층 계단을 내려오면서 이제는 기다리는 일만 남았다고 생각하니 마음이 한결 가뿐해졌다.

그로부터 며칠 뒤, 남자로부터 연락이 왔다. 남자의 사무실에서 얼마 멀지 않은 모텔이었다. 모텔 3층에 있는 방문을 열어젖혔을 때 남자가 있었다. 남자는 화장실을 가리켰다. 화장실로 들어가니 코가 깨진 정씨가 피투성이 코를 쥐어 잡고 닭똥 같은 눈물을 흘리고 있었다. 달랑 수건 하나로 성기를 가린 채 무릎 꿇고 있었다. 내가 들어서니 끔쩍 놀란 듯 고개를 푹 숙이고 바들바들 떨었다. 남자가 뒤따라 왔다.

"좆만 한 새끼. 운 좋은 줄 알아. 이만한 걸로 끝난 걸."

나는 남자를 내보낸 뒤 쪼그려 앉았다.

"고개 들어."

정씨가 눈치 보며 어렵게 나와 눈을 맞췄다.

"너, 조경갑이 알지?"

정씨가 멍청한 얼굴로 나를 보았다.

"니는 알지? 그 새끼 어쩌다 죽은지."

"모릅니더."

"모른다고?"

"예."

"진짜?"

"예."

나는 피식 웃었다. 그도 나를 따라 웃으려 했다.

"이 새끼가. 어디서 수작이야. 니 조경갑이 죽기 전에 만났잖아!"

나는 버럭 소리를 지르며 그의 귓바퀴를 세게 쥐어틀었다. 그가 죽는다고 비명을 질러댔다. 그럴수록 나는 더 세게 비틀었다.

"뭐든 얘기하란 말이다! 조경갑이하고 관계된 건 뭐든!"

정씨의 귓바퀴를 움켜쥔 채 나는 천천히 일어섰다. 그가 무력하게 딸려 올라왔다. 그가 내 명치 근처에 머리를 비볐을 때 물이 반쯤 찬 욕조 쪽으로 그를 밀어버렸다. 그가 욕조에 무릎을 부딪치며 바닥에 자빠졌다.

"뭐라도 생각나면 얘기해라."

나는 그 말을 던지고 변기로 몸을 돌렸다. 그리고 바지 지퍼를 열었다. 변기에 소변을 시끄럽게 쏟아냈다. 거품 낀 노란 오줌이 부글거렸다.

“운반만 해서 그쪽으로 아는 것도 없습니다. 그냥 건이 들어오면 하는 거라서.”

“그러니까 니한테 일주는 새끼 대라고.”

“그게.”

나는 그의 머리칼을 꽉 움켜잡으며 중얼거렸다.

“오줌 맛 좀 볼래?”

그를 변기 쪽으로 끌고 갔다. 사색이 된 그가 소리쳤다.

“이 일하고는 관계없스요!”

“문 소리야?”

그를 놓으며 물었다.

“한날 술자리를 했는데, 술김에 말하더라꼬요.”

“뭘?”

“여자 하나 잘못 건드렸다가 죽었다꼬.”

나는 그 쪽으로 몸을 숙였다.

“자세히 얘기해 봐.”

“거의 먹을라 캤는데, 여자가 팔을 깨물고 도망가더랍니다. 그카다가 여자가 도로로 뛰어들었는데, 그만 차에.”

“그래서?”

그가 멀뚱히 나를 보았다.

“그래서!”

“그…… 그래서 놀라 그냥 도망쳤다고.”

“그라고?”

“암만 생각해도 그 여자하고 아는 사람 짓 같은데예.”

나는 머리가 복잡했다. 그가 주저하듯 말을 이었다.

"근데 경갑이를 죽인 놈이 누군지는 몰라도 또 나타날 겁니다."

"뭐라?"

"그날 경갑이 혼자 그런 게 아니고 경갑이 고등학교 동창도 있었다고 했거든요. 경갑이를 죽였으니 아마 그 동창도 죽이려 할지도……"

"그 동창이 누구야!"

"나도 아는 놈인데요, 요 근처 PC방에서 아르바이트 하는데요."

나는 일어서서 세면대에 기댔다.

"꼼수부리는 거 아니지?"

"예?"

"지어낸 얘기 아니냐고!"

"아닙니더. 그런 거. 절대로. 위폐 운반 일은 아무 문제없이 잘 돌아갔거든요."

다음 날 오전 중에 조경갑의 동창이 일한다는 PC방 앞에 서 있었다. PC방은 왕래가 많은 사거리 5층 건물 지하에 위치해 있었다. 그는 야간 근무를 했다. PC방에서 일을 마치고 나올 시간은 이미 지나 있었다. PC방에서 늦장을 부리는 것 같았다.

나와 후배는 길 건너 주유소 앞에서 PC방 입구를 지켜보고 있었다. 그러기를 삼십여 분. 드디어 누군가 PC방에서 나왔다. 인상착의를 봤을 때 어젯밤 정씨가 얘기해 준 놈과 비슷했다. 짧은 스포츠형 머리였다. 170센티미터 정도 되는 신장에 덩치가 있는 놈이었다. 웃음기를 머문 크고 희멀건 얼굴은 대체로 인상 좋게 보였다. 혼잣말을 중얼거리며 편의점 쪽으로 걸어가고 있었다. 주변을 별로 살피지 않고 걷는 것 같았다. 하지만 눈에 띄는 여자가 지나가면 걸음을 멈춘 채 뒤돌아보면서까지 여자의 뒤태를 살폈다. 역시나 혼잣말을 뱉으며 웃었다. 다시 걸음을 옮겨 편의점으로 들어갔다. 계산을 치르고 나서 담배를 뜯으며 편의점을 나왔다. 그때서야 주위를 한 번 휙 둘러보고는 다시 PC방 쪽으로 걸어왔다. PC방 옆 골목으로 향하면서 자취를 감췄다.

다급해진 내가 길을 건너 골목 앞에 닿았을 때 낡은 소나타 한 대가 나타났다. 차는 나와 후배 옆을 유유히 지나갔는데 그가 운전하고 있었다. 불이 타들어가는 담배를 입에 물고. 차는 좌회전을 하면서 사거리 쪽으로 서행하고 있었다. 나는 수첩에 차 번호를 적었다.

그런 뒤 나와 후배는 차로 돌아왔다. 차로 그를 미행했지만 그날 별다른 일은 없었다. 그는 집 가까이 차를 세워두고 찜질방으로 들어갔고 거기서 오후 한나절을 보냈다. 늦은 오후 친구들을 만나 가볍게 술을 마신 뒤 다시 PC방으로 돌아왔다. 차 번호를 통해 인적사항을 조회해 보았다. 이름 김창식. 전과는 없었다.

첫 미행과 같은 일정이 월요일부터 목요일까지 반복되었다. 그리고 금요일, 비로소 나와 후배 앞에 누군가 나타났다. 김창식이 PC방으로 들어가기 전, 야구 모자를 눌러 쓴 어떤 남자가 먼저 건물로 들어간 것이다. 김창식이 또래였다. 그런데 남자는 여러 번 그냥 엘리베이터를 올려 보냈다. 나는 주의 깊게 건물 맞은편 주유소에서 남자를 지켜보고 있었다. 김창식이 소나타를 몰고 출근

시간에 맞춰 나타났다. 소나타가 건물 앞을 지나갔다. 차를 본 남자가 재빨리 비상계단으로 들어갔다. 잠시 뒤 주차를 마친 김창식이 건물 안으로 들어가더니 지하로 내려가기 시작했다. 김창식의 모습이 점점 사라지고 있었다. 그때 비상계단에서 남자가 나타났다. 그리고 청재킷 안으로 손을 집어넣었다. 그 상태로 그는 지하로 내려갔다.

우리는 찻길을 건너 지하로 들어섰다. 계단에서는 다행히 아무 일도 일어나지 않았다. PC방으로 들어갔다.

"어서 오세요."

김창식은 보이지 않았다. 카운터를 지키고 있던 직원이 물었다.

"뭐 하실 건데요?"

"잠깐만."

내부를 죽 살폈다.

"아는 사람이 있어서."

게임을 즐기는 사람들 옆을 지나쳤다. 후배는 출입구 곁에 서 있었다. 나는 구석자리에서 남자를 볼 수 있었다. 야구 모자를 깊이 눌러쓰고 인터넷 창만 보면서 아무 짓도 하지 않고 있었다. 다시 카운터 쪽으로 시선을 돌렸을 때 김창식이 화장실에서 나오고 있었다. 나는 남자 뒤를 지나쳐 김창식의 앞에 섰다.

"인터넷 할 건데."

야구 모자가 잘 보이는 곳에 나와 후배는 거리를 두고 자리를 잡았다. 나는 다만 남자를 살피고 있었다.

남자는 청재킷 안에 흉기를 숨기고 있을 것이다. 흉기는 김창식을 위한 것일 테지. 마우스를 탁탁 두드리다가 이런 의문이 들었다. 죽은 여자와는 어떤 관계일까. 애인 아님 가족.

남자는 한 시간 가까이 인터넷을 한 뒤 일어섰다. 그러면서 후배 쪽을 흘깃 보았다. 후배가 고개를 들다 남자와 눈이 마주쳤다. 후배를 이상스레 바라보는 그의 눈길이 맘에 걸렸다. 남자가 카운터 쪽으로 다가갔다. 내가 그쪽을 보았다. 후배가 일어서려는 걸, 잽싸게 다가가 자리에 다시 앉혔다.

그때 김창식 앞에 남자가 섰다. 그런데 남자를 보던 김창식의 얼굴이 굳어졌다. 그 짧은 순간을 나는 놓치지 않았다. 후배도 그걸 봤는지 다시 일어나려 했다. 나는 후배의 어깨를 누르면서 속삭였다.

"나 혼자 갈게."

"하지만."

위험할지 모른다는 걱정이 든 모양이다.

"염려 마. 무슨 일이 터지면 곧장 연락할 테니."

우리가 동시에 남자를 미행한다면 남자에게 들킬 위험이 다분히 컸다.

"걱정 마."

나는 후배의 어깨를 툭 쳤다. 김창식은 직원 뒤로 약간 물러나 있었다. 직원이 의아한 얼굴로 김창식을 보았지만 군말 없이 대신 요금을 받았다. 계산을 마친 남자는 문을 열고 나갔다. 내가 계산을 치를 때까지 김창식의 얼굴은 굳어 있었다. 김창식 역시 그 남자를 아는 것 같았다. 그건 나중에 조사하기로 하고 우선 남자 뒤를 밟아보기로 했다.

가까운 지하철역으로 들어선 남자는 전동차를 기다리고 있었다. 전동차가 도착했고 남자와 같은 칸에 올랐다. 밤 9시가 조금 안 된 시간이었고 승객들은 많지 않았다. 남자는 야구 모자를 올린 채 골똘히 뭔가 생각에 잠겨 있었다. 나는 대각선 방향에 앉아 있었다. 그런데 이상하게도 남자의 얼굴이 낯설지 않다는 느낌을 받았다. 역을 몇 차례 지나쳤지만 그는 일어서지 않았다.

어디서 봤을까 하는 걸 알아내려 머리를 짜내면서 숙였던 고개를 문득 쳐들었다. 남자가 없었다. 남자는 정차한 전동차 밖, 승강장을 걸어가고 있었다. 나는 출입문이 닫히기 전 재빨리 전동차에서 내렸다.

남자는 지금 승강장 계단을 오르고 있었다. 잠시 뒤, 개찰구를 빠져나가 2번 출입구 계단으로 향했다. 나는 일정한 거리를 유지하고 뒤를 밟았다. 남자가 흘깃 뒤돌아보았다. 남자와 눈이 마주쳤다. 태연한 척했다. 남자가 다시 시선을 돌렸고 곧이어 역을 빠져나갔다. 내가 역을 나왔을 때 남자의 모습은 눈 깜짝할 새에 온데 간 데 없었다.

이리저리 두리번거리는데 남자가 근처 약국에서 나왔다. 약 봉지를 들고 천천히 횡단보도를 건너고 있었다. 남자는 다시 뒤돌아보았다. 왠지 들켰을 거란 불길한 기분이 들었다. 내 직감은 맞았다. 남자가 걸음을 빨리 놀리기 시작한 것이다. 이대로 놓치면 끝이란 생각에 나도 서둘렀다. 그는 건너편 도로를 잰걸음으로 걷고 있었다. 내 쪽을 힐끔거리면서. 도로를 사이에 두고 우리는 같은 방향으로 걸었다. 그런데 남자는 직진을 하는 척하다, 우측으로 난 골목으로 방향을 틀어버렸다. 그러면서 내게서 점점 멀어지고 있었다. 들킨 마당에 얌전떨고 있을 수 없었다. 나는 차를 피해 도로를 건넜다. 뒤도 돌아보지 않고 남자는 종종걸음 쳤다. 아무래도 약국 안에서 나를 지켜본 것이리라.

남자는 지금 대형 불상이 내려다보는 쪽으로 뛰어가고 있었다. 건물만 달랑 있는 불교 대학이었다. 불빛 때문에 대낮 같은 대학 앞에는 주차된 차들로 붐볐다. 남자는 차들을 피해 왼쪽 골목으로 휙 사라졌다. 내가 골목으로 들어섰을 때 남자가 저 앞에서 황급히 뛰어가고 있었다. 모텔이 죽 들어선 골목이었다. 조용한 골목은 우리의 발자국 소리와 숨소리로 채워졌다. 남자는 여러 번 어지럽게 뚫려 있는 좁은 골목 사이로 나타났다 사라졌다 했다.

그를 쫓아 어느 골목으로 들어섰을 때 더 이상 길이 없었다.

시멘트벽이 나를 막고 있었다. 뒤돌아섰을 때 남자가 멀지 않은 곳에서 나를 지켜보고 있었다. 가로등 불빛 아래 일그러진 그의 얼굴을 다시 볼 수 있었다. 낯설지 않다는 느낌을 확실히 받았다. 아, 맞다. 뭔가 뇌리를 강하게 스치고 지나갔다. 그 순간 남자는 내 앞에서 사라졌다. 골목을 나왔지만 그의 자취는 찾을 수 없었다.

며칠 동안 미루던 일을 저질렀다. 나는 딸의 먼지 쌓인 사진첩을 꺼내들었다. 한 장 한 장 사진첩에 꽂힌 사진들을 확인해 갔다.

나는 어느 사진에서 멈췄다. 은미가 포함된 단체 사진이었다. 은미 바로 뒤에 서 있는 남자를 보았다. 남자의 손은 은미의 어깨에 닿아 있었다.

"내가 전에 말했던 오빠야. 어때?"

은미의 목소리가 환청처럼 꿈틀댔다. 바로 야구 모자를 쓰고 있던 남자였다.

그리고 그날 저녁, 사고가 났던 도로를 다시 찾았다. 도로는 너무도 조용했고 온전했다. 사고의 흔적조차 없었다. 은미는 갑자기 도로로 뛰어들었다고 했다. 뭔가에 쫓기던 사람처럼.

나는 은미가 튀어나왔다는 골목 쪽으로 걸음을 옮겼다. 가로등이 꺼진 골목 공터는 비어 있었다. 은미는 이 골목에서 뭔가에 쫓기다, 도로로 들어섰을 것이다. 개 짖는 소리조차 들리지 않는 한적한 골목에서 사고가 난 도로 쪽을 향해 서 있었다. 차가 은미를 덮치는 장면이 그려졌다. 나는 휴대폰을 꺼내 떨리는 손가락으로 번호를 눌렀다. 정씨는 빨리 전화를 받았다.

"어쩐 일입니꺼?"

"너 조경갑이하고 술 마신 게 언제였어?"

"그게 그러니까, 좀 오래돼서."

"6개월쯤 아이가?"

은미가 사고 난 때였다.

"아, 맞아요. 근데 어떻게 아세요?"

나는 숨이 막혔다.

나는 단체사진 속, 딸과 안면이 있는 사람과 접촉했다. 사진 속에 찍힌 그들은 딸이 다녔던 모 미술 학원 학생들과 여 원장이었다. 그림에 소질이 있었던 딸은 사고가 있던 날, 미술학원에서 집으로 돌아오는 길이었다.

미술 학원장은 야구 모자를 쓴 남자를 잘 기억하고 있었다.

"그림을 참 잘 그렸는데, 아버지가 반대하셔서 미대 입학을 포기해야 했죠. 은미하고는 잘 지냈고요."

원장은 은미 얘기를 꺼냈다.

"엄마가 없어 저라도 잘 챙겨줬어야 했는데."

아내는 은미가 중학교 때 자궁암으로 먼저 세상을 떠났다.

"밝은 애였는데."

원장은 후덕해 보였다.

"그날도 승찬이하고 같이 나갔거든요."

나는 신경이 곤두섰다.

"같이 나갔다고요?"

"예. 바래다준다고."

"저기 혹시 승찬이 집을 알 수 있습니까?"

"그거야, 어렵지 않죠."

원장은 원생들의 신상정보가 적힌 수첩을 가지고 왔다.

"고맙습니다."

그렇게 학원을 나온 나는 그 길로 이승찬의 집으로 향했다. 허름한 단층 아파트였다. 벨을 눌렀을 때 인기척이 들렸다. 문을 열고 나온 늙은 남자는 뼈만 앙상한 채 병기가 있어 보였다. 거실에는 소주병들이 어지럽게 놓여 있었다.

"승찬이 일로 왔습니다."

남자가 고개를 돌리며 한숨을 쉬었다. 거실 바닥에 앉으며 내게 자신의 얘기를 들려줬다.

"지금은 손 씻었거든. 어쩌다 위폐 만드는 일에 개입하게 됐는데, 내 실력이 좋아 그런지 대접이 좋았거든. 딱 한 번만, 한 번만 하다가 이렇게 됐소. 근데 닮을 것도 어지간히 없어 이런 걸 닮았는지 승찬이도 그쪽으로 재주가 있었던 모양이오. 그래서 그 쪽에서 내 아들한테 접촉을 시도한 모양이오. 잘만 하면 재목이 될 거라나. 난 아들 녀석 손모가지를 잘라버릴 생각도 했어. 하지만 다행히도 승찬이는 위폐 만들던 날 싫어했지."

차로 돌아온 나는 내가 알아낸 정보들을 수첩에 기록했다. 먹구름이 끼어 어둡던 하늘에서 빗방울이 떨어져 차창을 때렸다. 서늘한 냉기가 차로 스며들었다. 나는 집중해서 마음속으로 그림을 그리기 시작했다. 그림은 어렵지 않게 완성됐다.

조경갑과 김창식은 이승찬을 찾아오곤 했을 것이다. 같이 일해보자고. 이승찬은 평소 자신을 찾아오는 그들을 싫어했을 것이고 그날, 무슨 이유에서인지는 몰라도 싸움이 벌어졌을 것이다. 이승찬 혼자 둘을 상대하는 건 힘에 부쳤을 것이고, 그 와중에 같이 있던 은미에게 화가 미쳤을 것이다.

이 생각에 이르렀을 때 피가 거꾸로 솟는 기분이었다. 이걸 사실로 확인하는 건 그리 어려운 일이 아니었다. 김창식을 찾아가 고문이라도 해서 확인하면 된다. 하지만 승찬이가 김창식의 주변을 얼쩡대는 것만으로도 충분한 일이다. 김창식을 찾아가 물어볼 것까지는 없다. 중요한 건 사실이 아니라 해결 방법이다.

하지만 지금 이 시점에서 나는 무엇을 할 수 있는가. 조경갑에게 그랬듯, 김창식도 해결해 주길 승찬이에게 바라는 건 아닐까. 이 생각이 스치자 나는 소스라치듯 아니라고 부인했다. 그럼, 승찬이를 체포해야 하나. 그래야 하나. 솔직히 말해 그러고 싶지 않았다.

지금으로서는 어떻게 될지 두고 보리라. 승찬이와 김창식의 문제로 남겨두리라. 나는 방관자로서 지켜보리라. 아니, 방관자가 아니지. 조경갑을 시원스레 해치웠듯 김창식도 해치워 주길 승찬이에게 바라고 또 바랄지도.

그때부터 나는 아픈 사람처럼 우울한 낯짝으로 수사 진행 방향을 지켜보고 있었다. 아니 솔직히 말해 수사를 방해했다.

"소용없어. 그날 미행했던 야구 모자는 이 사건과 관계없었어. 좋다 말았지 뭐야. 허탕 친 거지. 김창식이가 야구 모자한테서 돈을 빌렸었나 봐. 그래서 김창식이가 PC방에서 당황한 거고. 알고 보니 별 거 아니었어. 게다가 정씨 그 새끼는 뻥을 친 거였어. 수사에 혼선을 줄라고. 빌어먹을 새끼지."

더 나아가 위폐조직을 파헤치는 쪽으로 수사의 방향을 돌리려 했다. 정씨의 항변을 주먹으로 묵살하며 윗선을 대라고 윽박질렀다. 이번 기회에 확실히 위폐조직을 박살내야 한다고 목청을 높였다.

이러면 안 된다는 걸 잘 알고 있었기에 나는 밤마다 술을 퍼마셨다. 그렇게 일주일이 흐지부지 지나갔다.

평소처럼 정씨의 윗선을 잡는다는 구실로 여기저기 쏘다니다 그날은 잠깐 집으로 돌아와 소파에 늘어졌다. 머리는 어지러웠고 속은 열병이라도 난 듯 화끈거렸다.

벌거벗고 욕조에 무릎 꿇고 앉아 샤워기에서 쏟아져 나오는 물을 맞았다. 이렇게라도 하지 않으면 돌아버릴 것 같았다. 흘러가버린 일주일이 지옥 같았다. 어떻게든 승찬이가 해결할 때까지 기다리자며 스스로를 기만했다. 하지만 김창식에게는 아무 일도 터지지 않고 있었다. 내 인내심은 바닥을 드러내고 있었다. 나는 모든 게 원망스러웠고 극도로 짜증스러웠다.

나는 물을 뚝뚝 흘리며 알몸으로 나왔다. 소파에 털썩 앉아 담배를 피웠다. 재떨이에는 담배꽁초가 쌓여갔다. 바닥에 널브러진 검은 바지 옆에 권총 손잡이가 보였다. 바지를 발로 치워냈다. 권총이 온전히 제 모습을 드러냈다. 초짜 시절 살인 용의자를 쫓다 권총을 발사한 적이 있었다. 선배 형사는 놈이 휘두른 칼에 찔려 바닥에 쓰러져 있었다. 선배를 찌르고 달아난 그를 쫓았는데 높은 담벼락 앞에서 그와 맞닥뜨렸다. 숨을 거칠게 고르며 땀범벅인 얼굴로 그를 봤을 때 억누르기 힘든 두려움이 밀려왔다. 이걸 눈치 챘는지 놈은 망설임도 없이 칼을 휘두르며 달려왔다. 하지만 한 발의 총성과 함께 내 발 밑에 머리를 박았다. 다행히 놈은 죽음 직전까지 갔다 살아났다. 그 뒤 다시 보게 됐는데 나를 보고도 두려워하지 않았다. 두려워하기는커녕 비웃듯 나를 응시했다. 나는 못 본 척 그 자리를 피하고 말았다. 놈을 잡긴 했지만 그건 어디까지나 엉겁결에 사용한 권총 덕택이었다. 내가 두려움과 대면치 못한 겁쟁이에 불과했단 걸 나는 잘 알고 있었다. 돌이켜보면 그때 이후로도 별반 다를 게 없이 살아왔다. 마누라가 아팠을 때도 우왕좌왕 그 상황을 부인하며 도망치기에만 급급했다. 김창식의 일도 그렇다. 언제까지 승찬이한테만 맡겨놓을 작정인가.

지금 맨발바닥에 총구가 닿아 있었다. 서늘한 기운이 온 몸을 휘감았다. 권총 위에 얹은 발로 조용히 권총을 끌어오면서 나는 지독한 초조를 느꼈다. 애꿎은 텔레비전 채널만 이리저리 돌려댔다. 그렇게 그 밤을 꼬박 새웠다. 더 이상 방관자로 지켜보는 건 힘들다는 결론에 닿았다. 그래, 내가 직접 해결해 보리라. 옷을 껴입고 권총을 집어 들고 집 밖으로 나서려는데 내 걸음을 막는 것이 있었다. 요란한 전화벨이었다.

나는 이십대 초반으로 보이는 젊은 남자가 죽었다는 소식에 급히 그곳으로 달려갔다. 심장이 조여 오는 기분이었다. 죽은 놈이 누군지 잘 알고 있었기 때문이다.

아파트가 내려다보이는 동네 앞산이었다. 수풀가에 시체는 있었다. 떨리는 손으로 천을 들쳤다. 천을 쥔 손에 힘이 들어갔다가 풀려버렸다. 예상은 잔인하게 빗나갔다. 피살된 놈은 김창식이 아니었다.

"수십 차례 칼로 찔렸는데 다른 데서 당한 뒤 여기 버려진 거 같아요. 그때, 야구 모자 맞죠? 근데 선배. 왜 그래요? 안색이 안 좋아요."

죽어 있는 건 빌어먹게도 승찬이었다.

얼렁뚱땅 둘러대고 나 혼자 곧장 PC방으로 차를 몰았다.

차창에는 웃고 있는 김창식의 모습이 어른거리고 있었다. 승찬이의 목숨을 살릴 수도 있었는데 하는 회한이 사무쳤다. 내가 승찬이를 체포하기라도 했다면. 그러지 않고 방관해 버린, 아니 승찬의 편에 서버린 내 자신에게 분노를 느꼈다. 그 분노는 곧장 김창식에게로 향했다.

차에서 내려 PC방으로 내려갔다. 젊은 놈 몇이 카운터를 둘러싼 채 직원이 하는 게임을 지켜보고 있었다. 내가 들어서는 걸 보고 놈들 중 한 명이 건성으로 말했다.

"어서 오세요."

"김창식이 어디 있어!"

다짜고짜 소리쳤다. 카운터 주변에 있던 젊은 놈들이 모두 나를 보았다. 직원까지 게임을 멈췄다. 모두들 굳은 얼굴이었다.

"화장실요."

한 놈이 말했다. 나는 화장실로 달려갔다. 소변기 앞에는 아무도 없었다. 하나 있는 대변기 문을 발로 차 버렸지만 마찬가지였다.

"씨발."

나는 곧장 밖으로 뛰쳐나왔다. 카운터에 있던 젊은 놈들이 출입문을 밀고 밖으로 튀어나가고 있었다. 나는 그들 중 한 놈을 계단 중간에서 가까스로 잡았다. 목덜미를 세게 잡힌 그는 몸을 뒤틀며 아프다고 비명을 질렀다.

"왜 카는데요! 이거."

"김창식이 어디 있어!"

"그걸 우예 압니까!"

"바른 대로 안카나!"

그는 끙, 버텼다.

나는 그를 화장실로 끌고 가 소변기에 처박아버렸다. 그리고 버튼을 연거푸 눌러댔다. 물이 소변기를 타고 죽죽 흘러내려 그의 머리를 한껏 적셨다. 얼굴에 들러붙는 머리칼을 연방 손으로 치우며 그가 사정했다.

"사, 살려줘요!"

"어딨어!"

"자, 잠깐만요. 전화해 볼게요."

그는 청바지 뒷주머니에서 휴대폰을 꺼내 어딘가로 전화를 걸었다. 그는 내 눈치를 살피며 잠시 뒤 입을 뗐다.

"여, 여 근처에 있는 국, 국밥집이라 카는데요."

나는 즉각 김창식이 있다는 국밥 집으로 갔다. 가게 문을 밀고 들어갔을 때 출입문 가까이 낯선 두 놈과 함께 후루룩 돼지국밥을 입 속에 처넣는 김창식을 보았다. 먹기 바쁜지 내 쪽은 보지도 않았다. 나는 걸음을 뗐다. 김창식 앞으로 다가섰을 때 그 일행이 나를 올려보았다. 심상치 않은 느낌을 받은 한 놈이 지껄였다.

"뭐꼬!"

나는 대꾸도 않고 그놈의 머리통을 주먹으로 갈겨버린 뒤 김창식의 멱살을 거머쥐었다.

"놔라! 이거!"

김창식이 본능적으로 내 손을 뿌리쳤다. 그 바람에 자기가 먹던 국밥그릇이 엎어졌고, 국물이 내 팔목에 탁 튀었다. 짧게 시선이 오갔다. 나를 노려보던 김창식은 곧 시선을 돌리며 딴청을 피우는가 싶더니 후닥닥 자기 옆에 있던 플라스틱 의자를 타 넘고는 출입문 쪽으로 달려갔다. 그런 그를 놓칠 새라 따라붙었는데 누군가 내 발을 걸었다. 나는 앞으로 자빠질 듯 비틀대다 가까스로 균형을 잡고 밖으로 뛰쳐나왔다.

김창식 뒤를 쫓아 인도를 달려갔다. 손가락 끝에 놈의 셔츠 깃이 잡히려던 순간 놈이 꽥 소리를 질렀다.

"왜 쫓아오노!"

"경찰이다!"

김창식이 몸부림치면서 내 손을 뿌리쳤다.

김창식을 따라 들어선 인도는 점점 좁아들기 시작했다. 좁은 인도에는 사람들이 들어차 있었고 도로 옆에는 상인들이 자리 잡고 있었다. 수박, 참외, 가지, 메밀, 찰옥수수, 갈치까지 죽 늘어서서 손님들을 상대하고 있었다. 갈치 옆, 모기향은 은은히 퍼져갔다.

북적대는 사람들을 거칠게 뚫고 김창식은 달려 나갔다. 나는 사람들과 부딪치며 김창식을 놓치지 않으려 죽을 힘을 다했다. 그때 자전거를 끌며 지나가던 대머리 사내가 김창식과 부딪쳐 넘어졌다. 자전거 바퀴가 헛돌았다. 바닥에 엎어진 김창식은 사내의 머리를 발로 밀어내고 다시 도망쳤다. 사거리 끝에 위치한 무림약국을 돌아 김창식은 모습을 감췄다. 무림약국을 막 지났을 때 무단횡단하고 있는 김창식을 발견했다. 김창식은 흘깃 도로 건너편의 내게로 고개를 돌렸다. 신호가 바뀌자 차들이 쌩 달려오고 있었다. 도로를 건너오지 못하고 머뭇거리는 나를 본 김창식은 재빨리 발을 놀렸다. 나는 길 건너편에서 김창식과 같은 방향으로 달렸다. 오토바이 매연 냄새가 콧구멍으로 사납게 밀려들었다. 독일 베이커리를 지나 천냥시대 잡화점을 거쳐 고래고래 노래연습장 앞에 이르렀을 때 김창식이 비와이씨 바로 앞에 있던 지하철역 출입구로 뛰어들고 있었다.

'제기랄.'

도로 위 달리는 차들을 뚫고 저쪽 출입구로 건너가는 건 아무래도 무리였다. 이쪽 출입구로 들어갈 수밖에 없었다. 두세 계단씩 넘으면서 자빠질 듯 역내로 들어왔다. 만남의 광장에는 노인들이 여유로운 표정으로 시간을 보내고 있었다. 두리번거리는 나를 무슨 일인 듯 보았다. 나는 거친 숨을 뱉으며 화장실 쪽으로 시선을 돌렸다. 거기에 숨어 있을 것 같았다. 하지만 화장실로 뛰어 들어갔을 때 그는 없었다. 다시 밖으로 나왔을 때 김창식이 내가 들어왔던 출입구로 부리나케 달려가고 있는 게 목격됐다. 김창식은 만남의 광장으로 내려오지 않고 출입구 계단에 숨어 있었던 것이다. 내가 화장실로 들어간 순간 튀어나온 것이다.

"이 새끼가!"

김창식은 몸을 움츠리며 계단 두 칸을 연속으로 뛰어오르며 가까스로 역을 빠져나갔다. 그의 허리에 닿을 듯 말 듯하면서 아깝게 손끝에서 그를 놓쳤다. 나는 바지 밑, 땀으로 젖은 셔츠를 밖으로 끄집어냈다. 6월의 무더운 날씨였다. 신천할매 떡볶이 집을 지나 24시 해장국집을 김창식은 지나고 있었다. 그는 곧바로 서부 정류장으로 쏙 들어가 버렸다.

정류장 안으로 뛰어 들어온 나는 출입구 바로 오른편에 위치한 2층 계단을 올려다보았다. 발자국 소리가 요란했던 것이다. 2층으로 올라섰을 때 왼편 끝에 미진 다방이 있었다. 다방 밖에서 안을 기웃거렸다. 놈은 보이지 않았다. 다른 복도 쪽으로 고개를 돌렸다. 경전여객 사무실과 치과가 있었다. 분명 그 둘 중 한 곳에 숨어 있을 것이다. 문에 발이 쳐진 경전여객 사무실 안을 먼저 들여다보았지만 그는 없었다. 치과로 다가서서 문을 열었다. 손님은 아무도 없었다. 당황스러웠다. 간호사가 멀뚱히 보았다. 치과를 다시 나왔을 때도 복도는 텅 비어 있었다. 아무리 살펴봐도 다방이 의심스러웠다. 다방 안으로 들어가니 잡담을 나누던 주인여자가 나를 보았다.

"어서 오소."

"여 혹시 누구 안 들어 왔습니까?"

"누구요?"

"진짜요?"

"예에."

나는 다방 안을 주의 깊게 살폈다. 그때 부스럭거리는 소리가 주방 안에서 들렸다. 주방으로 급히 뛰어들던 나는 입구 앞에서 자빠졌다. 식칼로 내 손목을 그었던 것이다. 피가 배어나는 손목을 틀어쥐고 끙끙댔다. 김창식은 내 머리를 발로 공 차듯 걷어찼다. 식칼을 내 얼굴로 던진 뒤, 주인 여자를 밀치고 뛰쳐나갔다. 여자가 철제 의자로 자빠지며 꽥 비명을 질렀다. 정신을 차린 내가 여자를 노려보자 허겁지겁 대꾸를 늘어놓았다.

"오늘 하루 매상치 돈을 다 주기에, 뭣도 모르고."

나는 욕지거리를 뱉어냈다. 여자가 내미는 수건으로 손목을 쥐어틀고 다방을 튀어나왔다. 김창식은 계단을 내려가다 말고 쫓아오는 내게 신문에 싸인 국밥 철 그릇을 집어던졌다. 국물이 바닥으로 튀겼다. 내 발에 차인 그릇이 요란스레 계단을 굴렀다.

김창식의 모습이 눈 깜짝할 새 다시 사라졌다. 계단 뒤편에는 화장실이 있었다. 거기가 눈에 밟혔다. 화장실로 들어갔다. 나는 닫혀 있는 대변기 문을 하나씩 밀어보았다. 모두 비어 있었다. 도착한 마지막 칸에 사람이 있는 것 같았다. 그런데 너무도 조용했다. 나는 몸을 숙여 화장실과 바닥의 틈새를 살폈다. 놈이 문을 확 열어버릴 것을 대비해 조금 떨어져 어중간하게 몸을 숙이고 있었다. 안에서 낌새를 눈치 챘는지 문이 확 열렸다. 나는 놀라 뒤로 물러났다. 정복을 입은 버스 기사였다. 미친 놈 다 보겠다는 눈길을 내게 던졌다. 머쓱한 얼굴로 일어섰다. 도대체 어디로 사라진 거야. 그렇담 혹시.

"빌어먹을 새끼."

여자 화장실이 있었던 것이다. 하지만 여자 화장실에는 이미 그가 없었다. 내가 남자 화장실로 들어선 순간, 여자 화장실을 나와 어딘가로 튀어버린 모양이었다.

파란색 플라스틱 의자에 몽롱한 표정으로 앉아 있는 사람들은 내가 지나갈 때마다 나를 보았다. 하지만 크게 관심을 두는 눈초리는 아니었다. 대합실에는 총 일곱 개의 사각기둥이 있었고 기둥에는 모두 거울이 부착되어져 있었다. 사람들은 피곤에 찌든 노곤한 얼굴로 차를 기다리고 있었다. 요금표가 붙은 녹색보드 밑에 매표소가 있었는데 발길은 뜸했다. 땀범벅인 상태로 긴 한숨을 뱉으며 개찰구 옆 가까운 창문에 기대어 섰다.

'어서 오십시요'라는 인사말 붙은 매점에 냉커피가 보였다. 당장 들이키고 싶었다. 그만큼 목이 말랐다. 얼마나 쥐새끼처럼 잘 내빼는지. 만일 오늘 이렇게 놓쳐버린다면……. 생각만 해도 열불이 났다.

대합실 천장에서는 선풍기가 느릿느릿 돌아가고 있었다. 내가 기대고 선 창문 바로 옆에는 금성 에어컨이 있었지만 더위를 어쩌지는 못했다. 더욱이 활짝 열린 창 밖에서도 무더운 바람이 들어왔다.

사들고 온 냉커피를 단번에 들이킨 다음 빈 종이컵을 창틀 곁에 놓았다. 출발 시간이 다 되었는지 한두 명씩 개찰구를 빠져나가고 있었다. 버스 매연과 에어컨의 더운 바람 때문에 머리가 지끈거렸다.

고려 고속버스 옆에는 비둘기 한 마리가 모이를 쪼며 돌아다니고 있었다. 비둘기는 정차된 버스 곁으로 다가갔다. 잠시 뒤 출발할 버스였다. 비둘기가 공중으로 날아올라 시야에서 사라졌다. 내 왼쪽 시야는 금성 에어컨으로 막혀 있었다. 개찰구를 지키고 앉은 직원은 나를 보지 못하고 있었다. 잠시 뒤 창문 너머 정차한 버스로 선글라스를 쓴 기사가 올라탔다. 버스가 천천히 후진을 하기 시작했다.

무심코 몸을 돌렸을 때, 방금 전 창틀 곁에 놓아두었던 종이컵이 팔꿈치에 부딪쳐 열려진 창문을 통해 밖의 목제 의자로 떨어졌다. 창문은 성인남자 한 명 거뜬히 빠져 나갈 공간은 되고도 남았다. 그때서야 뭔가 뇌리를 스쳤다.

나는 망설이지 않고 창문을 넘었다. 그리고 후진해서 정류장을 빠져나가려는 고속버스로 달려갔다. 기사는 나를 보지 못한 것 같았다. 직진하려는 버스 옆으로 달려가 버스를 힘껏 두드렸다. 기사가 나를 보았다. 김창식이 탔는지 타지 않았는지 확신할 수는 없었지만 커튼으로 가려진 창문 안, 승객들을 확인해 볼 필요는 있었다. 기사가 버스를 멈추고 운전석 창문을 열었다.

"경찰입니다. 확인할 게 있어서요."

그때 버스 안에서 일대 소란이 일면서 후닥닥, 버스 울리는 소리가 들렸다. 살짝 젖혀진 커튼 사이로 누군가가 좁은 통로를 빠르게 빠져나오고 있는 게 목격됐다. 김창식이었다. 내가 운전석 쪽에서 출입문 쪽으로 황급히 다가가려 할 때 김창식이 운전석 쪽으로 쫓아오는 게 보였다. 기사가 뒤돌아 볼 때 달려오던 김창식이 기사의 콧대를 주먹으로 날려버렸다. 코 받침이 부러지며 기사의 선글라스가 벗겨졌다. 김창식은 정신을 못 차리고 비틀대는 기사를 거칠게 치워냈다. 내가 출입문으로 다가섰지만 문은 굳게 닫혀 있었다. 나는 버스 문을 미친 듯 두드렸다.

"야! 이 새끼야!"

하지만 나 같은 건 아랑곳 않고 버스는 다시 움직이고 있었다. 김창식은 고소한 얼굴로 나를 보며 씩 웃었다. 승객들이 놀라 웅성거렸지만 모두들 할머니와 아줌마 몇뿐이었다. 김창식이 협박조로 고함을 내지르니 다들 겁을 집어먹고 어찌할 바를 몰라 발만 동동 굴렀다.

운전석 옆 조그만 창문은 여전히 열려 있었다. 먼저 빠져나가려는 앞 버스에 막혀 잠깐 버스가 섰다. 내가 운전석 쪽으로 달려갔다. 그때 앞 버스가 휙 정류장을 나가버렸다. 운전대를 잡으려던 김창식은 다시 쌩긋 웃으며 인사라도 할 것처럼 한 손을 쳐들며 입을 놀렸다.

"잡아가 보세요."

"이 새끼가! 문 안 여나!"

"미쳤나? 당신 같으면 열겠나?"

그러면서 금방 지어 보였던 미소를 다시 지으며 정류장을 빠져나가려 했다.

나는 주변을 두리번거렸다. 멀지 않은 곳에 반점이 있었고, 그 앞에는 배달 오토바이가 서 있었다. 즉각 오토바이로 달려가 올라탔다.

사거리로 진입하려는 버스 옆에 바싹 붙었다.

김창식이 나를 보고는 허둥댔다.

"살려주이소! 제발!"

버스 안에서 어떤 여자가 꽥 소리를 질렀다.

"안 닥치나!"

김창식이 버럭 소리를 지르자 버스 안은 이내 조용해졌다.

나는 한 손으로 버스를 쾅쾅 쳐댔다. 김창식은 황급히 주위를 살피며 도망갈 길을 찾다가 신호도 살피지 않고 버스를 몰았다. 때마침 정신을 차린 기사가 김창식의 팔을 붙들고 운전을 방해했다. 그러더니 운전석 밑으로 파고들었다. 버스가 가다 서다를 반복했다. 기사가 브레이크 페달을 손으로 누르는 것 같았다.

김창식이 연신 기사를 발로 밀어내며 신경질적인 고함을 질러댔다.

나는 운전석 창문 곁에 있었다. 김창식의 발에 차이면서도 기사는 집요하게 브레이크 페달에서 떨어져 나가지 않았다. 그런데 그 직전부터 시끄러운 경적소리가 들려오고 있었다. 고개를 그리로 돌렸더니 다 이유가 있었다. 소리는 눈 깜짝할 새 회오리처럼 몰아닥쳤다. 시내버스였다. 역시 그걸 보고 당황한 김창식은 죽을 힘으로 기사의 머리통을 짓밟아 버렸다. 기사가 까무러쳤다. 급정차를 시도했던 시내버스는 도로에 끼익 진한 궤적을 그리며 미끄러졌다. 김창식이 허겁지겁 가속페달을 밟았다.

나는 그 사이를 쾍 빠져나왔고 그 찰나 바로 뒤에서는 고막을 후벼파는 굉음이 터졌다.

고개를 돌렸다.

간발의 차로 고속버스를 비켜 간 시내버스가 앞으로 돌진하더니 인도 위 쓰레기통을 들이박았다.

고속버스는 턱을 넘어 보도 중간에 멈춰 섰다. 매캐한 매연이 뿌옇게 시야를 가리고 있었다. 나는 고속버스로 달려갔다. 김창식은 비틀대며 버스에서 내려오고 있었다. 나와 맞닥뜨리곤 다시 버스로 뛰어올랐다.

나는 김창식의 목덜미를 거세게 붙들었다. 김창식이 버스 통로에 주저앉았다. 그러면서 몸을 돌려 주먹을 내질렀다. 나는 코를 얻어맞고 벌렁 뒤로 나자빠졌다. 그 사이 김창식은 버스 안쪽으로 이동하려 했다. 나는 악착같이 그를 붙잡았다. 그가 몸을 뒤틀다 쓰러졌다. 나는 버스 바닥에 그의 얼굴을 내리찍었다. 얼굴을 쳐올렸을 때 터진 코피로 얼룩져 있었다.

이 틈을 타 승객들은 허둥지둥 버스에서 내렸다.

그때 김창식이 내게 팔을 휘둘렀다. 팔꿈치에 광대뼈를 얻어맞고 좌석 등받이로 휘청 기울어졌다. 그가 연이어 주먹으로 내 얼굴을 갈겼다. 피가 고인 침이 튀겼다. 정신이 얼얼했다. 좌석 안쪽에 푹 처박혔을 때 뭔가 손에 잡혔다. 손거울이었다. 승객이 잊고 간 백에서 흘러나온 것이었다. 길쭉한 손잡이를 그의 눈에 쑤셔버렸다.

"으억!"

그가 오른쪽 눈을 붙들고 뒤로 넘어갔다. 나는 좌석 손잡이를 잡고 일어나려다 바닥에 미끄러졌다. 그때 허리춤에서 뭔가 흘러나와 바닥으로 쿵 떨어졌다. 자연히 그리로 시선을 옮겼다. 권총이었다. 김창식도 그걸 보았다. 그걸 본 그가 손을 내뻗었다. 한

발 늦은 나는 권총을 쥔 김창식의 손을 구두 굽으로 짓이겼다. 그의 손이 부르르 떨리고 있었다. 권총은 그 손에서 힘겹게 빠져나오고 있었다. 권총이 김창식의 손에서 쑥 나왔을 때 그가 참았던 비명을 질렀다.

나는 바닥에서 얼른 권총을 거머쥐었다.

김창식이 고개를 쳐들었을 때 그의 미간에 총구를 박았다. 잘난 척하며 짓던 미소는 온데간데없었다.

"난, 난 모르는 일이예요."

"뭘 모르는데?"

"난, 난 상관없는 일이예요."

"뭐가?"

나는 총구를 바짝 붙였다.

"난, 난 아무도 안 죽였어요."

"누가 죽였다고 했냐?"

그의 눈동자가 흔들렸다. 아차, 실수했단 걸 깨달은 것이다.

그러자 냉큼 두 눈을 감아버렸다.

"눈 떠!"

김창식은 말을 듣지 않았다.

"눈 뜨란 말이다! 이 새끼야!"

김창식은 똑똑히 알고 있었다. 눈을 뜨는 순간 어떤 일이 일어날지를.

그럼에도 어쩔 도리 없이 그가 슬쩍 눈을 떴을 때 빌어먹게도 하늘은 이 새끼를 도운 것이다.

"당장 그만 둬!"

등 뒤에서 사내들의 목소리가 들려왔다. 버스에 올라탄 경찰들이었다.

권총을 꽉 쥔, 땀에 젖은 손이 떨렸다.

그제야 눈을 온전히 뜬 김창식이 살았다는 안도의 미소를 내게 슬쩍 흘려보냈다.

김창식은 자신이 또 한 번 실수를 저질렀단 걸 깨달았을까. 그것도 돌이킬 수 없는 실수를. 하지만 그가 그것을 깨달았을 때는 이미 너무 늦은 뒤였다. 권총을 내려놓으려 했던 나는 김창식이 지어낸 미소에 방아쇠를 당겨버렸다.

한 발의 총탄은 그렇게 김창식의 왼쪽 가슴을 파고들었고, 그는 탄식 비슷한 비명을 토해내며 버스 바닥으로 털썩 고꾸라졌다.

강지영

1978년 출생. 숭의여대 문예창작과를 졸업하였으며 프리랜서 카피라이터로 활동 중이다. 올 여름, 개인 작품집 출간과 함께 장편 소설을 준비하고 있다. 이 외에 공동 단편집 『한국 추리 스릴러 단편선』을 출간하였다. 현재 월간 팝툰에 장편 『심여사는 킬러』를 연재하고 있다.

나는 캐셔다. 대형 할인마트에서 물건 값을 계산하는 게 내 일이다. 하루 평균 600명가량의 고객을 만나고, 그들이 내민 7500개 정도의 물건을 바코드 판독기에 들이댄다. 보통의 캐셔들은 화장실에 다녀오고 싶거나 식사를 해야 할 때 '정산중입니다'라는 푯말을 세워놓고 자리를 비운다. 하지만 나는 자리를 비우는 일이 거의 없다. 내게 표정 없이 물건을 내미는 사람들을 관찰하는 게 얼마나 즐겁고 흥미진진한지 동료들은 모른다. 스커트 아래로 생리혈이 줄줄 새는 줄도 모르고, 방광이 빠듯하다 못해 오줌을 질금대는 줄도 모르고 사람들의 면면을 훑다보면 어느새 퇴근시간이 되어버린다. 나는 잠자는 시간조차 아깝다.

화려한 붉은 꽃이 정신없이 프린트 된 원피스를 입은 저 여자는 누드 모델이거나 에로 배우다. 일주일에 한 번 마트에 들러 장을 보는데 사가는 물건들이 거의 일정하다. 스무 개들이 한 묶음의 반창고, 양상추 두 통과 1킬로그램짜리 닭가슴살 세 팩. 그녀는 속옷을 입지 않는다. 등이 깊게 파이고 몸에 바듯하게 달라붙는 원피스 어디에도 속옷의 흔적은 없다. 걸을 때 마다 앞가슴의 두덩이 살이 리드미컬하게 출렁인다. 몸의 중심부에 볼록 솟아 오른 치골이 시선을 모은다. 그러나 젖꼭지만은 도드라져 보이지는 않는다. 아마도 저 반창고는 여자의 젖꼭지를 감추기 위한 용도이리라. 속옷 자국이 나면 안 되는 직업, 날씬한 몸매를 반드시 유지해야 하는 직업. 그건 바로 누드 모델이거나 에로 배우뿐이다.

"적립카드나 제휴카드 있으세요?"

여자는 앞니로 껌을 자근거리며 고개를 젓는다. 매주 나는 묻고, 그녀는 고개를 저으면서도 우리는 한 번도 거르지 않고 묻고 젓기를 반복한다.

"싸인 부탁드립니다."

여자가 성의 없이 동그라미 하나를 단말기 액정에 그린다.

"감사합니다. 또 오세요."

그녀의 물건들이 채 떠나기도 전에 중년여자 하나가 나물이 든 일회용 봉지를 밀어 놓는다. 깐 도라지, 불린 고사리, 숙주나물 200그램, 팩 시루떡 두 개들이 하나, 약과와 산자, 동태포, 무, 양지머리 한 덩이, 양초 한 갑, 마감임박세일 백조기 세 마리. 제수용품들이다. 남편을 여의기에 이른 나이로 보이지만 그건 모르는 일이다. 화장이 짙다. 남편의 제삿날 마스카라와 붉은색 립스틱을 바른다는 것은 아무래도 어색하다. 조상의 기일일 가능성이 더 높다. 손가락에 낀 비취반지와 긴 손톱, 여자는 제법 여유롭고 한

갓진 삶을 사는 모양이다. 오십대 중반 정도로 보이니 자식들은 출가시키고 두 내외만 오붓하게 살고 있는지 모른다. 제사음식 치고는 소박한 편이다. 게다가 나물류는 중국산이다. 시부모의 제사라면 살아생전 그리 사이가 좋지만은 않았을 터다.

"봉투 드릴까요?"

"그게 그냥 주는 거유? 50원은 돈 아닌가. 안 해요."

봉투가 필요 없다는 간단한 대답 대신 퉁명스런 말투가 중년 여자의 성격을 고스란히 드러낸다. 목과 팔목에 감겨 있는 두꺼운 체인 형태의 금붙이, 비만한 몸과 명품 지갑으로 보아 그녀의 살림살이는 그리 궁핍하지 않지만, 작은 것에는 손을 바들대는 피곤한 타입이다. 주식에는 수천만 원씩 쏟아 붓고 날리기를 반복해도 그러려니 하면서 왜 겨울에 애호박이 2000원이나 하는지 모르겠다고 투덜대는 얌체.

중년여자가 지나간 자리에 소설가가 다가섰다. 그는 격주로 월요일마다 마트에 들른다. 그가 소설가라는 건 아직 확실치 않다. 주머니에 든 두툼하고 낡은 수첩과 행색에 비해 눈에 띄는 만년필만으로 추측해 볼 뿐이다. 수첩을 들고 마트를 찾는 사람은 드물지 않다. 꼼꼼한 고객들은 인터넷으로 물건 값을 미리 확인 한 후, 마트가 더 저렴해야만 물건에 손을 댄다. 그런 사람들에게 사야 할 물건 리스트와 가격을 적은 수첩은 필수품이다. 하지만 남자는 보통 사람들처럼 보기 위해 수첩을 준비한 것이 아니다. 만년필을 꺼내 빠른 손놀림으로 무언가를 적고 또 적는다. 처음에는 경쟁업체의 직원이 아닐까 했지만 그가 바라보고 적는 것은 물건들이 아니었다. 지나가는 사람들을 멍하니 바라보다 카트에 몸을 숙인 채 마치 화가가 크로키 하듯 재빨리 글씨를 써내려간다.

한번은 바코드 판독기에 에러가 생겨 계산이 중단된 적이 있었다.

"손님, 죄송합니다. 판독기에 문제가 생겨서 옆 계산대를 이용해 주셔야겠는데요."

다른 손님 같으면 불쾌한 표정을 지으며 물건을 되담아 자리를 옮길 테지만 그는 달랐다.

"고치는데 얼마나 걸리죠?"

수첩을 꺼내고 만년필 뚜껑을 연 후, 침착한 표정으로 내 대답을 기다렸다.

"직원이 와 봐야 알 것 같은데, 오래 걸리지는 않습니다. 10분 내외요."

그가 내 대답을 수첩에 옮기고 있었다.

"기다리겠습니다. 천천히 하세요."

지원팀 직원이 내려와 바코드 판독기를 고치는 동안 그는 내게 이런저런 이야기들을 늘어놓았다.

남자가 다시 수첩에 만년필 끝을 가져갔다.

"캐셔들도 회식이라든가 동호회가 있습니까?"

"아르바이트생도 있고 정식직원도 있어요. 정식직원들은 가끔 부서회식을 하기도 하죠."

그는 새로운 사실을 알았다는 듯 입을 조금 벌리고 '아아' 낮게 외쳤다.

"처음 알았네요. 이런 벌써 고쳤군요."

지원팀 직원은 계산대 아래서 웅크린 몸을 펴고 그의 물건 중,

애완동물용 외날빗을 가져다 댔다. 단말기 모니터에 새 항목 '애완외날'이라는 제목으로 3000원의 금액이 올라왔다. 남자는 퍽 아쉬운 듯한 표정으로 나를 바라보다 계산된 물건들을 가져온 쇼핑 주머니에 담기 시작했다. 근무수칙 중에는 고객에게 사적인 질문을 하지 못하게 되어 있다. 하지만 나는 그에게 묻고 싶었다. '소설가세요?'라고.

"동물을 키우시는군요?"

소설가냐는 질문 대신 나는 그의 또 다른 면모를 훔쳐보고 싶어졌다.

"네. 야옹, 고양이를 키웁니다."

그는 거짓말을 했다. 고양이를 키우는 사람들은 외날빗 대신 주로 실리콘빗을 산다. 개보다 고양이의 털이 훨씬 가는데다 빠지는 양도 몇 배는 많아 외날빗보다 털이 달라붙어 날리지 않는 실리콘빗을 사는 것이다. 설령 외날빗으로 빗겨야 하는 장모종이라 하더라도 그의 대답은 엉터리였다. 그가 입은 검은 재킷과 검은 와이셔츠에는 털이라곤 한 오라기도 붙어 있지 않았다. 외출을 위해 완벽하게 털을 제거했거나 새 옷이라고 가정한다 해도 그리 석연치는 않다. 고양이 사육의 필수품인 모래나 사료 따위를 구입한 적이 한 번도 없었다. 그는 고양이를 키우지 않는다.

야간 근무조는 11시에 업무를 마감한다. 그리고 그날 들어온 현금과 카드명세표를 매출액과 맞춰야 퇴근을 할 수 있다. 대략 12시가 되어서야 옷을 갈아입고 각자의 집으로 돌아가게 된다. 집과 마트는 차로 15분 거리다. 방향이 같은 동료의 자동차를 얻어 타고 집에 돌아와 샤워를 마치면 12시 40분이다. 고향을 떠나

서울에 산 지도 7년이 지났지만 나는 아직 이 도시와 집이 낯설다. 수많은 사람들과 옷깃이 스치고 웃으며 대화를 나누지만 나는 그들이 두렵다. 물건을 내밀고 내 앞에 서는 그들의 표정은 하나 같이 굳어 있다. 내 손놀림이 끝난 후, 자신의 지갑에서 빠져나갈 돈을 셈하느라 입술을 꼭 닫고 고개를 끄덕일 뿐이다. 가끔 반짝 세일 품목이 정상가로 처리되기라도 하면 그들은 악에 받쳐 나를 몰아세운다. 마치 캐셔가 자신의 지갑을 열어 몇 백 원 혹은 몇 십 원을 훔쳐가기라도 한 것처럼. 하지만 나는 그들이 두려우면서도 좋다. 그들은 끊임없이 솟아오르는 내 호기심을 충족시켜주는 고마운 존재들이다. 소설가인 그와 내 공통점은 사람들을 관찰하고 해부하는 것이다. 우린 같은 취미와 관심사를 가진, 어쩌면 같은 부류의 사람일지 모른다.

"서울 ㅇ동에서 오늘 오후 7시경, 이십대 여성이 피살됐습니다. 피해자 이모씨는 자신의 자취방에서 입술과 코, 눈이 본드로 붙은 채 이웃주민 박모씨에게 발견되었습니다. 경찰은 사망원인을 질식사로 보고 동일수법의 전과자를 대상으로 수사에 착수했습니다. 피해자의 몸에서는 일정한 간격의 바늘 형태 자국이 목과 테이프로 결박된 손목 등에 남아 있어 독극물 가능성도 배제하지 않고 있습니다."

본드, 일정한 간격의 바늘형태를 지닌 외날빗, 테이프. 소설가가 오늘 사 간 물건들 중 일부였다. 그는 이 물건들과 함께 머그컵, 마른오징어, 타월세트, 중간 크기의 냄비, 맥주 한 박스를 ㅂ동에 위치한 자신의 집으로 배달시켰다. 그가 이모씨라는 여자를 테이프로 결박한 후, 얼굴의 모든 구멍을 본드로 봉하고, 외날빗을 살에 박아 여자의 고통스러운 몸부림을 즐기기라도 한 것일까? 뉴스는 이내 도시가스 인상과 거리 가두시위에 대한 보도로 넘어간다. 나는 텔레비전을 끄고 가만히 눈을 감는다. 남자의 얼굴을 기억하려 애썼지만 어쩐지 이목구비가 선명히 떠오르지 않는다. 앞으로 2주를 더 기다려야 그와 다시 만난다. 아니다, 나는 그의 주소를 알아낼 수 있다. 그와 나는 호기심이 너무 많다.

출근을 하자마자 지원팀으로 찾아갔다. 직원들은 대부분 점심 식사를 갔고 여직원 하나가 컴퓨터로 메신저를 하고 있다.

"판매팀 오신잔데요."

메신저에서 겨우 눈을 뗀 직원이 나를 물끄러미 바라본다.

"네, 말씀하세요."

"어제 제 고객 중에 ㅂ동으로 배달 요청하신 분이 계시거든요. 그분께 카드 영수증을 못 드렸어요. 클레임 생길까봐 걱정 돼서요."

"저희 쪽으로는 클레임 접수된 거 없는데요?"

모니터 작업표시줄에 주황색 칸이 반짝이자 직원이 재빨리 메신저 창을 올려 자판을 두드린다.

"그분 연락처 좀 주시면 안 될까요? 사과드리려고요."

"굳이 그러지 않으셔도 될 것 같은데."

직원은 모니터에서 눈을 떼지 못하고 대답한다.

"마음이 편치 않아서 그래요."

"여기 어제 배달 내역이니까 확인해 보실래요?"

마뜩치 않은 표정의 직원이 모니터에 '배달고객 리스트'라는 제목의 엑셀 파일을 열어준다. 남자의 이름은 알 수 없었지만 마트에서 거리가 꽤 있는 ㅂ동의 배달은 단 두 곳뿐이었고 그중 하나가 여자 이름이라는 걸 감안하면 '우병철'이라는 이름이 유력하다. 나는 미리 준비한 메모지에 그의 이름과 전화번호, 주소를 옮겨 적는다.

언제나 그렇듯 나는 11번 계산대에 선다. 매주 살치살을 사가는 여자가 내 앞으로 다가선다. 선글라스를 쓰고 붉은 립스틱을 바른 그녀는 매 맞는 아내다. 가끔 그녀는 자신을 샌드백처럼 두들기는 덩치 큰 남편을 대동할 때도 있다. 하지만 오늘은 혼자다. 그녀가 혼자 마트에 들를 때는 눈가의 붉은 멍을 선글라스로 가리는 날뿐이다. 고기는 두 사람이 먹기에는 턱 없이 모자란 양이다. 100그램, 두어 번 나누어 눈가에 붙이면 꼭 알맞을 크기다.

"마트에서 아르바이트 하려면 어떻게 지원해야 하나요?"

여자가 조금 머뭇대다 내게 묻는다.

"상시채용을 하고 있지만 정규직은 1년에 한 번밖에 안 뽑아요. 얼마 전에 끝난 걸로 아는데."

그녀는 콧등으로 떨어지는 선글라스를 바짝 올려 쓰고 고개를 숙인다.

"잘 몰라서 그러는데, 주부사원이란 거 정말 주부여야 가능한가요? 이혼 ……을 했다거나 그럼 불가능해요?"

드디어 여자가 스스로 샌드백의 지퍼를 열고 기어 나오려 한다. 비좁은 곳에 몸을 끼워 맞출수록 빼기는 더욱 버겁다.

"아니요, 가능한 걸로 알고 있습니다. 손님, 봉투 드릴까요?"

내게 물건 값을 치르는 여자의 손목 위에 깊은 흉이 자리하고 있다. 휘적휘적 입구를 향해 걸어가는 그녀의 뒷모습을 보자 역광 때문에 눈이 시리다.

"빨리 해 주세요."

유난히 실수가 많은 날이다. 계산대에서 물건을 떨어뜨리고 봉투 값 계산을 여러 차례 누락시켰다. 머릿속은 온통 우병철이라는 남자 생각으로 가득하다. 그를 찾아가서 나는 뭘 어째야 하는 걸까? 단순히 남을 관찰하는 취미만으로 증거 없이 그를 범인으로 내몰 수는 없다.

"언니, 안 가?"

집 방향이 같은 동료가 생각에 잠겨 우두커니 앉아 있는 내게 말을 붙여온다.

"먼저 가. 난 어디 좀 들렀다 갈게."

그가 범인이라는 확고한 증거가 있더라도 나는 섣불리 그를 신고하지 않기로 마음먹는다. 애당초 내 목표는 관찰일 뿐이다. 알몸에 원피스 한 장 걸친 여자의 직업을 끼워 맞추는 것이 즐거웠듯 나는 내 추론을 확인하고 싶을 뿐이다. 그렇게 생각하고 나자 마음이 한결 가벼워진다. 핸드백 속에 남자의 주소가 든 쪽지를 넣고 마트를 나선다.

ㅂ동은 같은 구에 있지만 자동차로 30여 분이나 달려야 도착하는 외곽에 속했다. 남자가 사는 곳은 신축 오피스텔이었다. 주변의 후줄근한 상가와 주택들 때문에 새로 지은 7층짜리 건물이 더욱 눈에 띈다. 경비원은 없어 보이지만 1층에 패스워드 패널이 있다. 예상치 못한 일이다. 일단 나는 1층 현관 옆에 붙은 우편함에서 남자의 방 번호와 일치하는 함을 열어 우편물을 확인한다.

두 통의 도톰한 봉투가 손에 잡힌다. 건물 옆면에 몸을 숨기고 우편물 하나를 뜯는다. 발신인은 카드사고 안에 든 내용물은 명세서다. 그가 지난 한 달간 어디에 지출을 했는지 알 수 있는 단서다. 내가 근무하는 마트에서 두 번의 결제 내역이 있었고, 여성의류매장에서 32만 원이 삼 개월 할부로 결제되었다. 또 식당인지 술집인지 알 수 없는 '미래와'라는 곳에서 3만 원씩 두 번 결제가 된 걸 제외하곤 휴대폰 요금, 보험료 등이 빠져나갔을 뿐이다.

다른 봉투는 남자의 이름 대신 '이성아'라는 이름 앞으로 배달된 것인데 발신인은 백화점이고 할인 쿠폰이 들어 있다. 남자는 결혼을 했을까? 문득 그의 손가락이 허전했음이 기억해 냈지만, 모든 기혼자가 다 반지를 끼는 것은 아니다. 그때 현관문 쪽에서 인기척이 들린다.

"자고 가라니까."

남자의 목소리다.

"됐다. 나이 찬 아들 집에서 왜 자고 가. 빨리 애인이든 색시든 만들어서 알콩달콩 살아. 밥해 놓고 간 지 사흘은 됐는데 그대로더라. 대체 뭘 먹고 사는 거니?"

나는 벽에 바짝 몸을 숨기고 목소리가 나는 쪽으로 고개를 내밀어 본다. 편안한 차림의 남자와 오십대 후반쯤으로 보이는 아주머니가 이야기를 나누며 대로를 향해 걸어간다. 둘은 얼굴이 많이 닮지는 않았지만 눈매가 서늘하고 어깨가 좁은 체형으로 누가 봐도 혈연지간이다. 미리 택시를 불렀는지 비상등을 켠 택시기사가 둘을 향해 손을 내젓는다. 아주머니가 택시에 오르자 남자는 습관처럼 점퍼 호주머니에서 수첩을 꺼내 택시 번호를 적는 듯했다.

"가셨어?"

택시가 출발하자, 곧바로 젊은 여자의 목소리가 건물 앞 주차장에서 들려온다.

"오래 기다렸지?"

검은색 자동차에서 긴 생머리의 키 큰 여자 하나가 내리더니 남자를 향해 종종걸음을 친다.

"지루해서 혼났네."

"아들한테 장가가라고 성화이신 양반이 12시 넘도록 안 가시는 건 뭔지. 빨리 들어가자."

"원고 마감은 끝났어? 설마 밤새 컴퓨터만 붙잡고 있는 거 아냐?"

남자가 현관 앞에서 비밀번호를 누른다.

"원래 소설가 애인들은 다 독수공방 하는 거야."

둘이 동시에 유쾌한 웃음을 터트린다. 나의 예상대로 그는 소설가다. 그러나 살인자인지는 아직 확실치 않다. 둘이 유리문을 밀고 사라지자 조명센서가 꺼지고 어둠이 자리 잡는다. 진눈깨비가 조금씩 흩날리는 대로변에서 택시를 기다린다. 갑작스런 피곤이 몰려와 눈이 스르르 감긴다. 미끄러지듯 택시 한 대가 내 앞에 선다. 뻑뻑한 눈을 바로 뜨려 하지만 온몸이 묵은 솜처럼 무겁다. 택시에서 내린 누군가가 내 어깨를 툭 치고 지나간다. 빨리 집으로 돌아가고 싶다.

남자는 정확히 2주 후 다시 나타났다. 그 사이 남편에게 매를 맞던 여자는 파트타임 직원으로 채용되어 이제 막 일을 배우고 있다. 그녀의 이름은 소연이다. 그녀의 계산대로 남자가 카트를 밀고 다가선다. 나는 고개를 빼, 그가 사는 물건들을 확인해 본다. 몇 가지 식료품과 와인병따개, 스테플러심, 면도날을 계산대 위에 올려놓은 그는 소연과 이야기를 나누며 수첩에 메모를 하고 있다. 나는 마트 업무가 종료된 후에 남자의 물건을 계산한 소연에게 다가갔다.

"메모하던 남자 말야. 뭘 물었어?"

블라우스 단추를 풀며 이제는 멍자국이 사라진 해맑은 눈의 소연이 배시시 웃는다.

"왜? 그 사람한테 관심 있어?"

"그게 아니라, 지난번에도 좀 이상한 질문을 하길래. 궁금해서."

"언니나 그 사람이나 궁금한 게 참 많아. 별거 안 물었어. 아르바이트를 하고 있냐, 시간당 얼마를 받냐, 마트에서 길을 잃은 적이 있냐, 같은 시시껄렁한 질문들."

터틀넥 스웨터를 입고 재킷을 걸친 소연이 내 곁에 바짝 다가서 귓가에 입술을 가져다 댄다.

"그리고 와인 좋아하냐고."

"그래서?"

"좋아한다고 했지. 그치만 남자랑은 술 안 마신다고 딱 잘랐어."

"왜?"

"미쳤수? 그렇게 데이고도 남자가 좋을 리 있어?"

그녀가 손을 흔들며 탈의실을 빠져 나간다. 소연은 자신을 두들겨 패던 남자와 아직 호적 정리가 되지 않았지만 그에게 새 여자가 생기며 별거에 합의했다고 한다.

"세상이 이렇게 아름다운 줄 몰랐어. 난 그 사람의 새 여자에게 감사해. 그런 인간을 떠맡긴 게 좀 미안하긴 하지만 지가 좋아 살겠다니 내 알 바 아니잖아."

소연은 마트 근처 고시원에 산다. 나는 그녀가 머무는 집 앞을 지나 큰길 옆 인도를 걷는다. 늘 집까지 데려다 주던 동료가 마트를 그만두어 꼼짝 없이 택시를 이용하거나 걸어 다녀야 했다.

날씨가 많이 풀렸고 바람도 잠잠한 밤이다. 인적이 뜸한 인도 위에 포플러 가로수들이 긴 그림자를 드리워 도로보다 더 어둑하게 느껴진다. 옆으로는 6차선 도로가 있지만 차량이 거의 없어 반대편 인도가 뻔히 보인다. 20여 미터 건너편에 사람의 검은 실루엣이 나와 비슷한 속도로 걷고 있다. 근처에는 주택가나 버스 정류장이 없어 밤 시간이면 사람을 찾아보기 힘들다. 저 길을 걷는 누군가가 궁금해졌다. 키나 체형이 가늠되지는 않지만 모자를 눌러쓰고 안경을 착용했다는 것은 확실하다. 달리는 자동차의 헤드라이트에 안경이 잠시 반짝였기 때문이다. 나는 반대편의 그가 소설가는 아닐까 생각해 본다. 와인병따개와 스테플러심이 든 쇼핑 봉투를 들고 자신을 미행한 어느 캐셔를 살해하기 위해 그가 따라 붙은 것은 아닐까? 소설가에 대한 살인 의혹은 아직 명쾌하게 풀리지 않았다. 그가 노리는 다음 대상이 나일 수도 있다는 생각이 든다. 가슴이 두근거리기 시작한다. 택시를 잡아야 한다. 손을 치켜들자마자 손님을 태운 택시 하나가 멈춰 선다. 제발 방향이 같기를.

"어디까지 가세요?"

운전석 유리창이 내려가고, 반백의 기사가 내게 묻는다.

"프오피스텔이요."

"손님, 괜찮으세요?"

상체를 돌린 기사가 뒷좌석에 먼저 탄 부인에게 양해를 구한다.

"괜찮아요. 이 시간에 택시 잡기가 얼마나 힘들다고."

재빨리 조수석으로 몸을 밀어 넣는다. 룸미러로 고급 자수가 놓인 투피스를 입은 여자의 가슴께가 비쳤다.

"귀가가 늦으시네요."

그녀가 내게 먼저 말을 붙여온다. 서울 밖에서는 살아 본적이 없는 말투다.

"마트에서 일하거든요. 고맙습니다."

"그럴 거라고 생각했어요."

세상에는 나와 같은 취미를 가진 사람들이 생각보다 많다. 사람을 상대하는 직업을 가진 이들은 대부분 보통 사람보다 호기심이 많다. 그렇게 타고난 것이 아니다. 사람을 상대하다보니 그 싹이 움터 줄기와 잎을 돋워낸 것이다. 그런 호기심조차 없다면 하루가 너무 길고 지루하니까.

"왜 그렇게 생각하셨는데요?"

"우선, 유흥가나 주택가가 없는 외진 도로변에서 택시를 잡는다는 건 뭔가를 즐기고 돌아가는 사람이 아니에요. 아마도 근처에 직장이 있을 게 틀림없는데 여긴 보다시피 저 할인마트밖엔 없잖아요. 그리고 그 구두. 하루 종일 서 있는 사람들을 위해 만

들어진 게 맞지요? 모양이 예쁘달 수는 없지만 무척이나 발이 편해 보이네요. 이런 구두를 신을 나이치곤 너무 젊잖아요. 그쪽이."

그럴듯한 추리다.

"남자보다 여자를 추리하는 편이 더 쉽죠. 남자들의 거짓말은 주변의 한두 사람만을 속이지 않아요. 여자보다 거짓말에 능하달 수는 없지만 한번 작정을 하면 가족이나 친구, 심지어 자기 자신까지 속이죠. 자기가 속아야 완벽한 거짓말이 되거든요. 여잔 아무리 앙큼한 거짓말을 담고 있다 하더라도 옷차림이나 화장법에서 모든 게 탄로가 나죠. 정말 복잡한 건 남자 쪽이랍니다."

어느새 오피스텔 앞에 택시가 멈춰 섰다. 나는 셈을 치르고 택시에서 내린다. 가슴 속에 무언가가 울컥하며 요동친다. 소설가가 살인마라면 그는 거짓말을 할 것이다. 가족과 친구, 심지어 자기 자신까지 완벽하게 속이며 치밀하게. 그런 철옹성 같은 그에게 가까이 다가갈 수 없다면 좀 더 쉬운 쪽을 택해야 한다. 그의 최측근, 긴 머리 애인이다.

평소와 같이 샤워를 하고 텔레비전을 켠다. 그녀를 다시 만나기 위해선 그의 집에 다시 찾아가는 방법뿐이 없다. 다음 주부터는 근무시간이 오전으로 당겨진다. 기회다.

"오늘 오후 5시경, ㅊ동에서 이십대 여성이 살해되었습니다. 살해된 최씨는 자신의 자택에서 양쪽 눈이 훼손된 상태로 어머니 김모씨에 의해 발견 되었습니다. 전신에 예리한 흉기로 인한 자상이 발견 되었으며, 입술과 성기가 스테플러로 훼손되어 있는 등 범행의 수법이 잔인한 것으로 밝혀졌습니다. 또 훼손된 눈의 일부는 변기 속에서 발견이 되었으며 사건 현장에 남아 있던 와인

병따개를 이용해 적출한 것으로 보인다고 부검의는 전했습니다."

나는 ㅊ동의 이십대 여성이 소설가의 애인일 거라 생각한다. 늘씬한 몸에 샴푸모델처럼 찰랑이는 머릿결을 가진 여자, 눈동자가 뽑히고 면도칼로 난자된 그녀의 모습이 그려진다. 그녀의 도톰하고 보드라운 입술에 박혔을 스테플러심들이 지네처럼 스멀스멀 내 입술 위를 기어 다니는 것 같다.

신문 사절이라고 현관 앞에 써 붙여도 매일 새벽 현관문 앞에 일간지가 쌓인다. 현관문을 열어 무릎 높이까지 쌓인 일간지를 집 안으로 끌어들인다. 수북한 신문들 사이에서 날짜를 확인해 가며 2주마다 한 부씩을 빼어냈다. 사회면을 펼친다. 거의 매일 살인이 벌어지고는 있었지만 2주 간격으로 죽어나간 사람들은 하나같이 이십대의 젊은 여성이었고, 그 수법이 잔인했다. ㄱ동에 사는 24세 직장여성은 입부터 목까지 10인치짜리 빵칼이 들어간 상태로 질식사 했고, ㄹ동의 28세 번역가는 온몸이 낚싯줄로 결박되어 과다출혈로 사망했다. 또한 그녀의 뽑힌 혀는 그릴에 익어 있었다. ㅅ동의 피아노를 전공하는 21세 여대생은 입과 코에 뜨거운 젤라틴이 가득 차 질식사했고, ㅈ동의 23세의 연기자지망생은 타정총으로 온 몸에 못이 박혀 살해된데다 머리카락까지 한 올 없이 삭발되었다. 특별한 패턴은 없어 보이지만 그녀들을 잔인하게 살해했을 법한 사내의 희고 멀끔한 얼굴만은 알 것도 같다.

자신의 애인을 어머니에게 떳떳이 소개하지 못했던 이유는 모두 2주 후면 사라질 존재들이기 때문일 것이다. 다음 차례는 이제 막 무거운 족쇄에서 발을 빼고 삶의 희망에 들뜬 여자일지 모른다. 지금쯤 비좁은 고시원에 몸을 뉘이고 내일을 꿈꾸며 잠이

들, 그 여자가 위험하다.

이튿날 출근한 소연의 손에 장미 다발이 들려 있다.

"나한테 와인 좋아하냐고 물었던 그치 기억나?"

소연은 유니폼으로 갈아입느라 장미 다발을 어찌할 줄 모르더니 결국 자신의 옷을 바닥에 내려놓고 꽃을 라커룸에 얌전히 올려놓는다.

"그 사람이 준 거야?"

"내가 하도 남자한테 데여서 여기에 빙하기가 찾아온 줄 알았는데 아니더라고."

소연이 자신의 가슴을 검지로 가리킨다.

"잘 모르는 사람인데 좀 알아보고 사귀지 그래?"

"언니, 그 사람한테 마음 있는 거 아니지?"

입가에 웃음을 담뿍 머금은 소연이 핸드백에서 접힌 종이를 꺼내 내게 내민다.

"이걸 읽고 마음이 흔들린 거야. 어쩜 이렇게 로맨틱할까?"

소연이 건넨 종이를 펴자 소설가가 쓴 듯한 글씨들이 눈에 들어온다. 달필이다.

에리히 프롬의 사랑에 기술이라는 책을 읽어 보셨습니까? 우리 땐 워낙 유명한 책이고 연애를 해 본 사람들이라면 제목 때문에라도 한 권씩 있게 마련이었지요. 저 또한 어린 시절 얼치기 연애에 눈이 멀어 집에 한 권 가지고 있습니다. 거의 읽지는 않았지만 서문에 이런 글이 있더군요. '아무것도 모르는 자는 아무것도 사랑하지 못한다. 아무 일도 할 수 없는 자는 아무것도 이해하지 못한다. 아무것도 이해하지 못하는 자는 무가치하다. 그러나 이해하는 자는 또한 사랑하고 주목하고 파악한다. 한 사물에 대한 고유한 지식이 많으면 그럴수록, 사랑은 더욱이 위대하다. 모든 열매가 딸기와 동시에 익는다고 상상하는 자는 포도에 대해 아무것도 모른다.' 제가 이렇게 구닥다리입니다. 그냥 그쪽이 좋습니다, 라고 하면 될 것을. 이렇게 고민하다 책장까지 뒤지고 뒤져 어설피 에둘러 말하고 있다니. 부끄럽습니다. 괜찮으시다면 내일 두 시간쯤 일찍 나오실 수 없을까요? 함께 점심을 나누고 싶습니다.

2주에 한 번씩 여자를 갈아치우려면 남다른 매력이 필요하다. 그는 눈에 띌 정도의 미남은 아니다. 시루에서 막 꺼낸 콩나물처럼 그에게선 비릿한 냄새가 풍긴다. 그를 살인자라 의심하지 않는 사람들에게 그 냄새는 어린 시절 비옷에서 맡았던 싱그러운 추억을 되살려 줄지도 모른다. 하지만 내게 그건 피 냄새다. 끈적하고 음침한, 세상 모든 비극의 시작, 피.

"만날 거니?"

편지를 읽는 사이 소연은 유니폼을 갈아입었다. 서른 살이라고는 하지만 아직 앳된 용모다. 그의 취향은 긴 생머리일지 모른다. 소연의 곧은 머리카락이 고무 밴드에 모아져 하나로 묶인다.

"봄이 오잖아. 진한 연애 같은 건 꿈도 꾸지 않아. 애인 말고 친구 하잘 거야. 설레는 친구."

세상에 설레는 이성친구란 없다. '설레다'를 빼던지 친구라는 단어를 빼야 문장이 성립된다. 소연은 이튿날도 무척이나 상기된 표정으로 탈의실에 들어왔다. 품에는 연시를 잘 쓰기로 유명한 작가의 시집이 들려 있다.

"그 남자가 준 거야?"

"역시 세상엔 딸기만 있는 게 아니었어. 포도도 있고 사과도 있더라고. 그는 부드러운 멜론이야. 한 입 깨물면 달콤한 향기가 입 안 가득 퍼지는."

소연은 마치 꿈꾸는 듯한 표정으로 이야기 하고 일을 하고 밥을 먹는다. 그렇게 일주일이 흘렀다. 둘은 매일 낮에 만나는 듯하다. 근무 시간이 바뀐 다음부터는 밤에 데이트를 즐기는 눈치다. 퇴근을 준비하는 그녀의 손에 마트 비닐 봉투가 들려 있다.

"잔뜩 샀네?"

"낙지 물이 좋더라고. 초대 받았어. 아무것도 사오지 말라지만 나 실은 요리를 잘하거든. 뭔가 해주고 싶어. 입에 불이 나게 매운 낙지를 먹는 부드럽고 달콤한 남자를 보고 싶어. 고춧가루는 있겠지?"

초대를 받았다는 건 둘 사이에 꽤나 진전이 있었다는 걸 의미한다. 둘은 낙지볶음을 먹고 침대로 갈까? 아니면 곧장 침대로 갔다 뒤늦게 허기를 느끼곤 낙지볶음으로 빈속을 채우게 될까? 확실한 것은 아직 그녀의 목숨은 안전하다는 것이다. 적어도 그의 집에서 만큼은 살인이 벌어지지 않으리라. 지금껏 그가 살인용의자로 지목되지 않은 이유는 주변인들에게 자신의 연애를 극도로 숨겨 왔기 때문이다.

아직 6일의 유예기간이 남아 있다. 그가 이번에는 어떤 물건을 사들일지 궁금하다. 어쩌면 다른 마트를 이용할지도 모르겠다. 하지만 패턴이 없는 살인을 저지르는 남자라면 태연히 연인을 죽일 물건들의 계산을 연인에게 맡길지도 모른다. 나는 일단 지켜보기로 한다. 딱히 내가 나설 계제가 아니다. 남자에게는 아직 결정적인 증거가 없다. 무엇보다 나는 관찰자일 뿐이다. 그가 살인자일지 모른다는 자그마한 단서를 들고 내 추측이 옳았나 옳지 않았나를 검증하고 싶을 뿐이다. 진짜 냉혈한은 그가 아니라 나다.

소연은 매일 저녁, 남자의 집으로 퇴근을 한다. 고시원에서는 필요 없을 식료품들이 그녀 손에 들려 있다. 그와 연애를 시작하며 소연은 부쩍 외모에 신경을 썼고 화장이 짙어졌다.

"그 남자, 내 과거를 다 알고도 이해해 주는 사람이야."

6일의 유예기간이 끝난 아침, 소연이 출근을 하자마자 두 눈 가득 감격의 눈물을 머금고 내게 외친다.

"다 말했어?"

"응, 어젯밤. 내 손을 꼭 잡고는 그와 원만히 이혼하도록 도와주겠대. 아는 변호사도 소개해 줄 거고, 정식으로 이혼하게 되면 그땐 함께 살자 말했어. 너무 감동해서 나도 모르게 사랑한다고 말해 버렸어. 미련한 짓일까?"

"소연 씨, 그 사람 너무 믿지 마. 뭔가를 적는 사람들은 언젠가 반드시 그걸 풀어내게 돼 있어. 사실을 가장하고 있지만 그건 모두 허구야. 왜냐하면 주워들은 얘기들이니까. 자신의 얘기인 척 남을 속이는 거지."

허황된 거짓말로 여자를 유혹하는 남자는 세상 어디에나 있다. 여자의 마음이 헐거워진 틈을 그들은 단박에 눈치 챈다. 그리고 얇디얇은 면도칼처럼 그녀들의 어수룩한 마음속에 제 성기를 꽂아 넣는다. 그 끝에 마취제가 묻어 있다는 사실은 까맣게 모른 채 자신의 상처를 헤집는 그것에 미련할 지경으로 감격한다. 소연의 가슴 어디께에도 그의 욕망이 붉은 혀를 날름거리고 있다.

지난 살인 사건으로부터 2주일이 되는 날이다. 남자가 나타났다. 그는 평소보다 오래 장을 본다. 그의 카트가 소연의 계산대를 향해 방향을 잡는다. 자신의 계산 순서를 기다리는 동안 남자의 눈길이 소연을 향해 있다. 언뜻 고개를 돌릴 때마다 소연도 그와 눈을 마주치곤 생긋 웃는다. 고개를 빼서 남자가 카트에 담은 물건들을 들여다본다. 플라스틱 상자에 담긴 가정용 글루건, 열두 가지 컬러의 마카펜 세트, 미트해머, 구이용 치맛살, 갖가지 야채와 올리브오일 등이 들었다. 자신의 계산 차례가 되자 소설가가 소연의 앞으로 물건들을 내려놓는다. 계산을 하는 소연의 손길이 눈에 띄게 느려진다. 남자의 손이 소연의 손등을 가볍게 건드렸던 것도 같다. 오늘밤, 소연에게는 무슨 일이 벌어질까?

내가 탈의실에 들어섰을 때 소연은 다급하게 옷을 갈아입고 가방을 든다.

"바쁜 일 있나봐?"

애써 태연한 척하며 그녀에게 묻는다. 오늘 남자는 소연을 만나지 않을 것이다. 만난다 하더라도 일찍 돌려보내고 그녀의 뒤를 밟을 터다. 소연이 고시원에 산다는 사실을 알고 있다면 소동을 피하기 위해 모텔 같은 숙박업소를 이용할 수도 있다. 그가 범인이라는 단서를 잡으려면 나 또한 소연을 따라나서야 한다.

"응, 미용실 가. 급해서 먼저 나가."

허둥지둥 유니폼을 갈아입고 소연을 따라나섰지만 소연은 벌써 택시를 잡아타고 저만치 사라져 가고 있다. 그녀는 주기적으로 스트레이트 퍼머를 한다. 하지만 일주일전 이미 새로운 퍼머를 했으므로 다시 미용실에 간다는 건 이례적이다. 소연을 놓쳤기 때문에 나는 곧장 남자의 집으로 향한다. 물건을 잔뜩 샀으니 일단 그가 집으로 돌아가 그것들을 냉장고나 서랍 안에 부려 놓으리라는 생각이 들었다. 퇴근시간이 겹쳐 도로는 꽉 막혔다. 어둑해져서야 남자의 오피스텔 앞에 도착했다. 그가 사는 호수의 창문에 불이 켜져 있다. 아직 그가 집 안에 있는 것이 틀림없다. 하지만 언제 나올지 모르므로 나는 몸을 숨기기 적당한 장소를 물색한다. 길 건너편 2층 건물에 다방이 눈에 띈다. 창가에 자리를 잡으면 오피스텔 입구가 눈에 들어 올 듯도 하다.

다방에는 손님이 없다. 배달 전문인지 늙수그레한 주인 여자가 커피포트와 커피 잔을 보자기에 싸 일렬로 배치하고 있다. 창가 가운데 자리에 앉아 오피스텔을 바라본다. 주인 여자가 마주 앉아 내 취향은 묻지도 않고 인스턴트커피에 크림과 설탕을 타 내민다.

6시 30분부터 시작된 나의 관찰은 밤 9시가 되도록 끝나지 않는다. 잠시도 눈을 떼지 않았지만 남자의 집엔 변화가 없다. 그의 방에 분명 불이 켜져 있었지만 그건 방범을 위한 자구책일지도 모른다는 생각이 퍼뜩 든다. 내가 도착하기 전에 남자는 잠시 집에 들러 함부로 짐을 부려놓고 소연을 찾아 나섰는지 모른다. 핸드백에서 휴대폰을 꺼내 소연에게 전화를 건다. 받지 않는다. 그때 낯익은 모습의 여자가 오피스텔 입구를 서성인다. 머리를 세팅해 우아한 컬을 만들고 연분홍색 투피스를 차려 입은 소연이 과일 바구니를 들고 오피스텔 현관에 다가선다. 능숙한 손동작으로 비밀번호를 누른 그녀가 안으로 사라진다. 몇 차례나 더 소연에게 전화를 걸었지만 그녀는 끝내 받지 않는다.

9시 30분경이 되자 남자와 소연이 현관문을 밀고 걸어 나온다. 이어 택시 한 대가 오피스텔 앞에 멈춰 서고 모피코트를 입은 중년부인이 내린다. 중년부인은 지난번에 본 소설가의 어머니인 듯하다. 활짝 웃는 낯의 소연이 중년부인에게 인사를 하자 소설가가 현관문을 연다. 이내 셋은 건물 안으로 사라진다.

10시가 되자 다방 주인은 문을 닫아야 할 시간이라며 의자를 테이블 위에 겹친다. 아직 소연은 집에 돌아가지 않았다. 내일 아침까지 그녀가 살아있다면 내 짐작은 틀린 것이 된다. 나는 그것을 확인해야만 한다. 돌아가는 소연을, 그 뒤를 밟는 남자를 쫓아야 한다. 나는 다방을 나와 주차장에 몸을 숨긴다. 밤이 되자 한기가 스민다. 드문드문 다른 입주자들의 출입이 있지만 여전히 소연의 모습은 찾을 수 없다. 그녀는 12시가 다 되어서야 모습을 드러냈다. 중년부인 없이 남자와 단 둘뿐이다. 현관 앞에서 두 볼이 붉게 상기된 소연의 부푼 머릿결을 남자가 쓰다듬는다. 무어라 대화를 나누는 듯 하지만 그녀의 훌쩍이는 소리 때문에 잘 들리지 않는다. 잠시 후 택시 한 대가 오피스텔 앞에 서고 남자가 뒷문을 열어 소연을 태운다. 그는 택시가 떠난 후에도 한동안이나 그녀가 사라진 어둠을 묵묵히 바라본다. 그러곤 무거운 걸음을 터덜거리며 현관으로 들어간다. 1시가 가깝도록 주차장에 몸을 숨기고 누군가 나오기를 기다리지만 추리닝 차림의 젊은 남자와 야식 배달원이 들락거렸을 뿐, 남자와 그의 어머니는 나오지 않는다.

집으로 돌아오며 지난 2주일간 품어온 의혹들이 눈을 비집고 흘러나왔다. 무색무취의 맑은 그것이 스커트 자락을 적신다. 소연이 목숨을 부지한 것이 다행이었지만 확고했던 나 자신에 대한 믿음은 모래성처럼 무너져 내렸다. 비정상적인 집착이었다. 누군가 나를 정신병자라 몰아세워도 나는 그럴듯한 변명거리를 내세우지 못할 터다. 고향으로 돌아가 늙어가는 어머니와 이제는 초등학교 3학년일 딸을 끌어안고 싶다. 그들과 같은 비누를 쓰며 같은 냄새를 풍기고 싶다.

남편은 나를 의부증 환자라고 말했지만 나는 그것을 받아들일 수 없었다. 내겐 지켜야 할 가정이 있었다. 남편에게는 여자가 있는 게 분명했다. 새벽마다 조깅을 한다며 사라지는 그의 뒤를 밟아 그녀의 집도 알아냈다. 작은 담뱃가게였다. 남편은 담배를 피우지 않기 때문에 담뱃가게에 들를 이유가 없었다. 동이 터오는 담뱃가게 앞에서 남편의 목소리를 엿들었다. 그의 나직한 목소리가 나무문을 사이로 웅웅거렸다. 여자의 헤픈 웃음소리와 은밀하고도 불온한 작은 소음들이 그의 외도를 증명했다.

남편은 흙탕물을 뒤집어 쓴 표정으로 추궁하는 나를 바라보았다.

"거긴 칠십대 할머니 혼자 하는 가게야. 새벽잠 없는 노인네라 아침마다 거기서 우유를 사 마실 뿐인데 그것도 죄야? 당신은 의부증이야. 알아? 의부증!"

남편의 목소리가 이명처럼 귀에 맴돈다. 엘리베이터에서 내려

내 방이 있는 복도 끝을 향해 걷는다. 현관문을 열고 들어서자 문 사이에서 무언가가 팔랑이며 떨어진다. 작은 쪽지다.

'더 이상 다가오지 마! 기회는 이번뿐이야.'

여러 가지 색깔을 섞어 마카펜으로 흘겨 쓴 글씨다. 내 추측은 틀리지 않았다. 그는 내 집을 알고 있다. 그리고 자신을 조여 오는 나를 경계하고 있다. 아직 소연은 안전하지 않다. 내 목숨도 불안하다.

이튿날, 소연은 출근하지 않았다. 휴대폰으로 전화를 걸어도 받지 않았다. 새로운 파트타이머가 그녀 대신 계산대에 선다. 퇴근 후 소연의 고시원에 들렀지만 방문은 굳게 잠겨 있다. 다음날이 되어서야 나는 그녀가 죽었다는 사실을 알게 되었다. 소연은 고시원과 멀리 떨어진 다른 구에서 발견 되었다. 아파트와 대형 할인마트가 들어서 막 철거를 시작한 빈민가였다. 사람들은 이주비를 받아 벌써 몇 달 전 집을 비웠고, 새벽녘 집 철거를 위해 모여든 인부들에 의해 소연이 발견되었다. 마트 직원들은 소연이 머리를 둔기로 맞고 온몸의 모든 틈새가 실리콘으로 정교하게 마감되어 있었다며 실물을 본 것처럼 떠든다. 집에 돌아와 텔레비전을 켜자 모자이크 화면 속에 소연의 분홍색 투피스 자락이 비친다. 가까운 사람의 시체는 남편 이후로 처음이다.

나는 남편을 살해했다. 내 의심의 눈길이 풀리기도 전에 그는 아침 조깅을 다시 시작했다. 여전히 담배 가게에 들르는 일도 잊지 않았다. 나는 그에게 친정에 가자고 졸랐다. 그리고 밤이 깊자 어머니가 주무시는 방에 군불을 지펴 달라 부탁했다. 아궁이 앞에 앉은 남편 곁에 준비해 놓은 장작을 쌓아주었다. 점심을 먹고 줄곧 뒷산 밤나무를 톱으로 켜 놓은 것이었다. 그는 군말 없이 장작을 아궁이에 넣고 부지깽이로 뒤집어가며 방을 덥혔다. 부뚜막의 무쇠솥이 하얀 김을 모락모락 피어 올리며 물을 끓이고 있었다. 한 시간 후, 살그머니 방에서 나온 나는 남편이 있을 부엌으로 들어갔다.

"여보, 어지럽다. 왜 이렇게 어지러운 거지? 찬물 좀 줄래?"

눈동자에 힘을 잃은 남편이 몸을 가누지 못하고 장작더미 위로 쓰러졌다. 밤나무는 장작감으로 쓸 수 없다. 그 연기를 맡은 사람은 마치 심한 배 멀미를 하듯 속이 메스껍고 머리가 어지럽다. 나는 솥뚜껑을 열었다. 그리고 남편을 일으켜 설설 끓는 물 위로 상체를 밀어 넣었다. 숙여진 목덜미가 금세 새빨개졌다.

"여보, 난 의부증에 걸리지 않았어."

모두들 그가 밤나무 장작 때문에 몸의 균형을 잃고 솥에 빠졌다고 생각했다. 피부가 짙은 회색으로 익은 그는 어머니가 발견했을 당시 이미 코와 입술이 뭉개져 나갔다. 나는 그가 땅에 묻힐 때 까지 창자가 끊어지게 울고 또 울었다. 그건 꾸며낸 슬픔이 아니었다. 지난 세월, 그에게 속아 살아온 바보 같은 여자를 떠나보내는 장송곡이었다.

나는 함부로 사람을 의심하지 않는다. 남자가 살인자인 것은 이미 자명하다. 목숨을 부지하기 위해서는 더 이상 그의 곁에 다가서지 않는 것이 옳다. 나는 짐을 싸기 시작한다. 고향집에서 제 아버지가 빠져 죽은 솥으로 지은 밥을 꼬약꼬약 받아먹을 딸과 그 밥을 지을 백내장 걸린 어머니가 눈에 아른거린다. 내일 아침

사직서를 내놓고 버스터미널로 떠날 생각이다. 옷장 안의 옷가지를 트렁크에 담을 즈음, 초인종이 울린다.

"나예요."

도어폰 화면에 남자의 어머니가 비친다. 그녀가 어떻게 여길 찾아왔을까? 아들의 범행을 알고 있는 걸까?

"꼭 해야 할 얘기가 있어요. 5분이면 됩니다."

잠시 머뭇거리다 문을 연다. 소연의 문제일지 모른다는 생각이 스친다. 남자를 제외하고 소연을 가장 마지막까지 본 것이 그의 어머니다. 소연이 그녀에게 내 이야기를 한 걸까?

"고맙군요. 열지 않으면 어쩌나 걱정했죠."

집 안으로 들어서는 부인의 얼굴에 깊은 그늘이 져 있다.

"저를 아세요?"

나는 옷가지로 어질러진 소파를 치우고 그녀를 앉게 한다.

"아무것도 내 올 필요 없어요. 용무가 끝나면 바로 일어 설 거거든요."

한참을 어정쩡하게 서 있다 나도 그녀 맞은편에 앉는다.

"소연 씨가 제 얘길 하던가요?"

부인이 고개를 끄덕인다.

"같이 마트에서 근무했다죠? 보아하니 이사를 할 모양이군요. 늦기 전에 찾아오길 잘했다 싶네요."

부인은 잠시 자신의 입술을 깨물다 눈물 맺힌 눈으로 나를 응시한다. 몇 초간 정적이 흐른다.

"병철이가 오랜만에 연애다운 연애를 했어요. 그렇게 빠질 줄은 몰랐죠. 여자 친구가 생겨도 생전 입 밖으로 낼 줄을 모르는 아이였는데 웬일인지 어제 소연 씨를 소개하더군요. 아들은 소연 씨의 흠까지도 자랑거리처럼 거침없이 내게 말하더군요. 그러더니 모든 걸 극복하고 결혼을 하겠다고 선언했어요."

부인의 눈에서 눈물 한 방울이 떨어져 내린다. 그러곤 목이 메는지 잠시 말을 잇지 못한다. 그녀가 핸드백을 열어 무언가를 꺼낸다. 부인이 찾아낸 것은 눈물을 닦아낼 손수건이 아니다. 미트해머다. 고기를 얇게 펴는 용도의 주방도구. 만 원 내외면 마트에서 얼마든지 구입할 수 있는, 소설가가 바로 어제 산 그 물건이다. 부인은 자리에서 일어나 내가 비명을 지를 틈도 없이 미트해머로 정수리를 내리친다. 뜨뜻한 핏물이 얼굴로 흘러내리고 몸이 축 쳐진다. 의식은 살아 있었지만 그마저도 곧 끊기리라는 생각이 든다.

"아들 전화예요. 고통스럽겠지만 잠깐 기다려주세요. 얜 내가 없으면 아무것도 하지 못하는 아이거든요."

피는 쉴 새 없이 흘러나왔지만 부인은 아랑곳없이 핸드백 안에서 휴대폰을 꺼내 통화를 한다.

"어떻게 알고 왔어? 넌 안 와도 돼. 엄마 혼자 할 수 있다니까. 너 혹시 소연이 때문에 엄마한테 삐친 거니? 정말 그런 거야? 우리 강아지 그랬구나. 그럼 올라오렴. 이제 막 시작하려면 참이야. 현관문 열어 놓을게."

핏물이 눈으로 스며들며 사방이 시뻘겋게 보인다. 부인이 현관문의 잠금장치를 해제하고 내 곁으로 돌아온다. 잠시 후 현관문 열리는 소리가 들린다.

"양말 젖을라, 슬리퍼 신고 들어와. 바닥이 온통 피야. 헤매진 않았니?"

슬리퍼를 꿰신은 소설가의 발이 보인다.

"어제 경고문 붙이러 한번 왔었거든. 엄마 휴대폰 위치 추적하니까 딱 여기더라고. 근데 소연이도 이렇게 한 거야? 되게 아프겠는데."

핸드백에서 위생장갑을 꺼내 아들에게 내민 부인이 내 머리를 쓰다듬는다. 소설가도 위생장갑을 끼고 정수리에 벌어진 상처를 손가락으로 눌러보는 듯하다.

"아냐, 소연인 한 방 맞고 바로 갔어. 아플 새도 없었지. 우리 아들 착하기도 하지. 봐요, 얜 내 말이라면 뭐든 믿고 따른 답니다. 당신, 우리가 처음 만난 날 기억해요? 병철아, 혜영이라고 했던가? 그 머리 긴 아가씨. 그래, 걔랑 한창 만날 때 당신을 처음 만나게 됐죠. 오피스텔 앞에서 그 앨 미행하려고 택시를 돌려 다시 돌아왔는데 당신이 그 택시에 타더군요. 그때 직감했죠. 당신이 병철이의 스토커이거나 우리 비밀을 알고 있는 사람, 둘 중 하나라고. 두 번째 만난 건 내가 당신의 뒤를 밟기 시작한 첫날이었죠. 천천히 당신 뒤를 따르던 택시를 공교롭게도 당신이 세운 겁니다."

정신이 혼미해지고 있었지만 부인은 내가 숨이 끊어질 때까지 기다릴 모양이었다. 그녀는 쉬지 않고 내게 지난 일들을 털어놓는다. 어린 시절부터 낯가림이 심했던 아들, 그에게는 친구가 없었다. 학교에서 돌아오면 어항 속 금붕어를 바라보는 것만이 취미였다. 어느 날, 아들은 어항 속에 빙초산 한 병을 쏟아 부었다. 금붕어들은 무디게 지느러미를 흔들다 곧 죽어버리고 말았다. 늘 풀어진 눈길로 세상을 바라보던 그가, 자신의 손이 작은 생명을 좌우

할 수 있다는 것에 눈을 반짝였다. 그러곤 시큼하고 비릿한 물속에서 죽은 금붕어를 꺼내 햇볕이 잘 드는 베란다에 말렸다. 그는 부피가 줄어 조금 큰 멸치 정도로 마른 금붕어를 마치 살아 있는 장난감처럼 들고 놀았다.

"그때 깨달았죠. 스스로 뭔가를 하게 만들려면 자극이 필요하다는 걸."

부인은 아들에게 작은 애완동물을 사주었고, 아들이 질릴 무렵에는 창의적으로 그것들을 살해하는 방법을 연구하도록 숙제를 내주었다. 두 가지 이상의 물건을 아들이 직접 선정해 이용방법을 연구해 오면 부인이 아들 앞에서 그걸 실행에 옮기곤 했다. 강아지, 고양이, 햄스터를 주방기구와 학용품으로 고문하다 죽게 되면 아들은 이내 새로운 생명을 원했다. 이제 그에게 작고 나약한 생명은 지루하기만 했다.

"그래서 택한 것이 산부인과 간호사였어요. 처녀들은 산부인과를 겁내잖아요. 하지만 아무 여자나 아들에게 내밀 수는 없었죠. 산부인과 간호사라면 더러운 병에 걸렸을 염려도 없고 신분도 확실하니까요."

자신이 다니던 병원의 간호사를 미행하던 부인은 그녀가 퇴근 후 매일 타는 버스 번호를 아들에게 알려주었다. 말끔한 남자가 친절을 베풀자 간호사는 쉽게 넘어왔다. 둘은 공원과 커피숍과 극장을 돌며 데이트를 하다 좀 더 깊은 사이로 발전을 하게 됐다. 그녀는 그의 첫 번째 인간 실험과제물이었다.

"지루한 얘기였죠? 보통 우린 이렇게 구구절절하게 지난 사연을 늘어놓진 않습니다. 오늘은 좀 특별한 경우죠. 나는 아들의 스토커이자 연쇄 살인마인 당신을 찾아와 정중히 타이르려 한 겁니다. 그런데 당신이 어이 없이 나를 공격한 거고요. 뒤늦게 달려온 아들이 그 광경을 목격하고 정당방위를 하게 된 겁니다. 우린 당신 목을 조르거나 칼을 휘두르는 졸렬한 사람들이 아닙니다. 살기등등한 여잘 제압하기 위해 어쩔 수 없이 일격을 가한 거지요. 이제 아들이 저 해머로 내 머리를 가볍게 내리치고 경찰을 부를 겁니다. 당신의 수첩에는 아들의 집 주소와 연락처가 남아 있을 테지요? 아마 소연이에게도 수 없이 전화를 걸었을 테니 증거가 되겠지요. 게다가 당신은 이렇게 짐까지 싸고 있었으니 도주를 결심했다는 게 명확합니다."

부인은 힘없이 축 늘어진 내 손을 집어 자신의 팔등에 긴 손톱자국을 낸다. 그러고는 피 묻은 미트해머를 소설가에게 건넨다. 순간, 소설가의 눈이 반짝 빛을 발한다.

"얼굴은 피해서 부탁한다."

미트해머를 받아 쥔 소설가가 부인의 등 뒤로 자리를 옮긴다. 잠시 후 퍼억, 하는 소리와 함께 부인이 내 옆으로 쓰러진다. 그녀의 뒤통수가 구겨진 함석처럼 함몰 되어 있다. 푹 꺼진 두개골 안에 미트 해머가 은빛으로 반짝이며 천천히 떨어져 나오기 시작한다. 즉사다. 빛을 잃은 부인의 우멍한 눈동자가 내 정수리를 향해 있다. 소설가의 실수일까?

"금붕어를 죽이는 건 곧 지루해졌습니다. 털짐승도 금세 흥미를 잃었고요. 이제 애인을 죽이는 일도 예전처럼 신나고 재미있지 않네요. 근데 어머니를 죽이고 나니 다시 옛날로 돌아간 것 같아요. 어항에 빙초산을 탄 그날로요. 이렇게 짜릿한 일이 또 있을 줄이야. 하지만 아쉽네요. 어머니가 한 명뿐이니 이제 그 재미도 없겠죠. 그렇죠?"

소설가는 부인의 핸드백에서 무선 글루건을 꺼내 내게 다가선다. 전원 버튼을 켜고 실리콘이 녹기를 잠시 기다린 그가 내 입술에 뜨거운 그것을 가져다 댄다.

"이건 제가 사온 것들이죠. 어머닌 언제나 제게 숙제를 주셨어요. 남들처럼 하지 말고 좀 더 새롭고 창의적인 걸 생각해 내라 말씀하셨죠. 그래서 2주일에 한 번씩 숙제를 하기 위해 마트에 들렀던 겁니다. 어머니는 잔소리가 심했어요. 소연이는 언제나 나를 챙겨주었지만 어머니처럼 이래라 저래라 하지 않았죠. 그녀가 죽은 건 정말이지 슬픈 일이에요. 이제 난 어떻게 하죠? 교수형에 처해지나요? 어머니가 살아계셨다면 물어볼 수 있을 텐데."

내 콧구멍에도 실리콘이 꾸역꾸역 밀려들고 있다. 많은 피를 흘렸고 숨을 쉴 수 없어지자 의식이 흐려지기 시작한다. 소설가는 가볍게 한숨을 쉬고는 눈꺼풀에도 실리콘을 바른다. 점점 좁혀지는 시야 속으로 어린 소년 같은 소설가의 얼굴이 들어온다.

소설가, 아니 우유부단한 거짓말쟁이 살인마는 2주 후에도 마트에 올 수 있을까? 온다면 그의 쇼핑 카트에는 어떤 물건들이 담기게 될까? 수많은 물음표들로 머릿속이 가득 메워졌다. 하지만 내 목숨은 이제 2초도 남아 있지 않다.

1초, 2초. 안녕.

정명섭

1973년 서울 출생, 한국 추리 작가 협회 회원이며 한국 미스터리 작가 모임에서 활동하고 있다. 2006년 을지문덕을 주인공으로 하는 역사추리소설 『적패』를 출간했다. 2008년 공동 단편집 『한국 추리 스릴러 단편선』을 출간하였다. 현재 파주 출판도시 아시아 정보 문화센터 카페에서 바리스타로 일하고 있다.

1

"만약 제가 죽는다면 제 가족들 중 한 명이 범인일 겁니다."

문달은 붉은색 점이 박혀 있는 저고리를 입은 여인들의 노래가 절정에 다다를 무렵 온갖 소음들을 뚫고 들려온 목소리에 귀를 쫑긋거렸다. 바로 앞에 있었던 광대패들의 공연은 막대기 위에서 재주를 부리던 자그마한 원숭이가 춤을 추던 광대에게 덤벼드는 바람에 엉망진창이 되어버렸다. 간신히 원숭이를 달랜 광대는 원숭이 가면을 벗고는 고개를 조아렸다. 연회장 밖으로 나가는 내내 원숭이는 이빨을 드러내며 사납게 굴었다. 연회 자체를 따분한 절차로 받아들였던 문달은 개의치 않고 다음 순서로 넘어가라는 손짓을 했다. 그러다 갑자기 죽음이 담긴 이야기를 듣게 된 것이다. 거나하게 술이 취했다면 농담으로 들었겠지만 눈앞의 상대방은 멀쩡했다. 잠시 예절에 맞는 대답을 찾은 문달이 피식 웃었다.

"참 재미있는 농담이십니다. 누가 감히 어르신을……"

"하지만 말입니다. 그들이 모르는 게 있어요. 나를 죽이면 그들도 죽게 되어 있다는 사실을요……."

철부지 개구쟁이처럼 웃음을 터트린 상대방은 주둥이가 넓은 잔을 한 손에 움켜쥐었다. 숨을 깊게 들이켠 문달은 여자 노비가 석쇠 위에서 잘라준 맥적*을 젓가락으로 집어서 입 안에 넣었다. 일곱 명의 여인들은 이제 유리태왕이 지었다는 황조가를 부르기 시작했다. 두 손을 어깨 위로 올린 여인들이 노 젓는 뱃사공처럼 팔을 크게 앞뒤로 흔들며 노래를 불렀다.

"펄펄 나는 저 꾀꼬리 암수 서로 정답구나."

방금 전까지 자신의 죽음을 입에 담았던 상대방은 미지근한 김이 올라오는 잔 안의 맑은 술을 한 모금 마시고는 눈을 감았다. 그러고는 황조가 가락에 맞춰 고개를 조금씩 흔들었다. 낭랑한 여인들의 목소리는 잠시 후 우당탕거리는 소리에 잡아먹혀 버리고 말았다. 놀란 여인들이 짧은 비명을 끝으로 연회장 안은 정적이 흘렀다. 소리가 난 곳은 주빈을 따라온 문객들이 앉는 입구 부근이었다. 앞에 놓인 작은 상을 발로 걷어찬 젊은이는 씩씩대며 밖으로 나가버렸다.

"제 아들 녀석입니다. 자식 대접을 안 해 준다고 저리 말썽을

---

* 맥적 : 고구려의 구이요리

부리고 다니죠. 결례를 용서해 주십시오. 오늘은 제 아랫것들이 다 말썽입니다그려. 한성 제일의 광대패라고 해서 불렀더니 원숭이 하나 다루지 못하고 말썽이라니……."

술에 취한 듯 약간 번들거리는 눈빛으로 대꾸한 예온수가 씩 웃었다. 그리고 그것으로 한성*에 속한 40개의 성들 중 작은 축에 속하는 현곡성의 신임 누초**를 환영하는 연회는 끝이 났다.

아직 낯선 곳에서의 잠자리에 익숙하지 않았던 문달은 축시***를 알리는 북소리를 듣고서야 겨우 잠이 들었다. 꿈에서 평양성의 축성 현장으로 돌아간 그는 무너지는 성벽과 그 아래 아우성을 치는 일꾼들을 바라보아야만 했다. 끈적끈적한 꿈은 마지막까지 그를 붙잡았다. 아마 죄책감 때문이리라.

"누초 어르신! 누초 어르신! 눈 좀 떠 보십시오. 누초 어르신!"

희미한 얼룩 같은 것이 천천히 뭉쳐지면서 사람 얼굴로 변해갔다. 관사를 경비하는 당주**** 성수제의 둥그런 얼굴이 연꽃무늬가 그려진 천정 한가운데 박혀서 그를 내려다봤다.

"무, 무슨 일이냐?"

"방금 예씨 어르신 댁에서 전갈이 왔습니다. 예씨 어르신이 시신으로 발견되었답니다."

"뭐라고!"

---

* 한성 : 고구려의 삼경 중 하나로 오늘날의 황해도 재령지방에 위치하고 있다.
** 누초 : 고구려의 말단 지방관리
*** 축시 : 새벽 1시부터 3시 사이
**** 당주 : 고구려의 군직, 100명의 병사를 지휘한다.

쇠망치로 뒤통수를 맞은 것처럼 머리가 서늘해졌다. 몇 시간 전까지 웃고 떠들며 술잔을 기울였던 사람이 싸늘한 시신으로 변했버렸다는 사실이 믿겨지지 않은 문달은 세차게 머리를 털었다.

"그게 사실이냐?"

"소인도 믿겨지지가 않아서 전갈을 가져온 덕근이에게 몇 번이고 물어봤습니다만, 사실이라고 하옵니다."

"소식을 가져온 자가 있다고?"

"밖에 있습니다."

문달은 성수제가 횃대에서 걷어내 준 두루마기를 걸치고 밖으로 나섰다. 4월이었지만 새벽이라 그런지 허연 입김이 연기처럼 뿜어져 나왔다. 누런 저고리와 검은색 바지를 입은 덩치 큰 사내가 무릎을 꿇고 있었다.

"예씨 어르신은 언제쯤 돌아가셨더냐?"

"그게, 소인도 잘…… 자다가 바깥이 소란스러워서 나가봤더니……."

"혼자서 돌아가신 것이냐? 아니면 누군가의 손에 의해서 돌아가신 것이냐?"

"잠을 자다가 소란스러워서 나가봤는데 작은 도련님께서 별채 안에 계신 주인 어르신이 누워계시는데 심상치 않아 보인다고 하시면서 문을 밀고 계셨습니다. 안에서 빗장을 채웠는지 꿈쩍도 하지 않아서 둘이 힘을 합해서 문을 부수고 안으로 들어갔는데, 주인어른이 꼼짝도 않고 누워 계셨습니다. 작은 도련님께서 가까이 가서 살펴보시더니 소인에게 누초 어르신께 가 알리라고 하셨습니다."

잔뜩 주눅 든 목소리는 점점 더 작아져서 마지막에는 들리지도 않았다.

"어찌된 일일까요?"

성수제의 물음에 문달은 제멋대로 엉켜버린 턱수염을 쓰다듬으며 중얼거렸다.

"자연사였다면 이렇게 호들갑을 떨지 않았겠지. 날이 밝는 대로 예씨 집안에 갈 것이니 채비를 하여라."

"분부대로 준비하겠습니다."

성수제가 우렁차게 대답했다. 문달은 고개를 조아리고 있던 덕근이에게도 말했다.

"너는 지금 당장 돌아가서 예씨 어르신의 시신과 주변을 치우지 말고 그대로 놔두라고 전하여라. 내가 가서 볼 때 까지 시신이나 주변에 함부로 손을 대는 자는 처벌을 면치 못할 것이다."

"분, 분부대로 하겠습니다요."

문달은 옅은 어둠 속에 모여든 수하들이 뿔뿔이 흩어지고 나서야 겨우 한숨을 돌렸다. 너울거리는 여명이 푸른 새벽을 힘겹게 헤쳐 나오는 광경을 지켜보던 문달은 저도 모르게 전날 밤 예온수에게 들었던 말을 중얼거렸다.

"만약 제가 죽는다면 제 가족들 중 한 명이 범인일 겁니다."

2

묘정* 을 알리는 북소리와 함께 관사의 문이 활짝 열렸다. 말을 탄 당주 성수제가 선두에 섰다. 이른 아침 밭에 나가던 백성들이 문달의 행렬을 보고는 길 옆으로 물러나 넙죽 엎드렸다. 산자락과 계곡이 북쪽의 추위를 막아준 탓인지 긴 띠처럼 이어진 평야는 기름져 보였다. 보리파종이 끝난 밭에서는 농부들이 쟁기질을 하는 중이었다. 길을 따라오는 행렬을 보고는 하던 일을 멈춘 농부들이 시선을 던졌다. 예온수의 저택은 골짜기 초입을 지나 오르막길이 높아질 무렵 나타났다. 하얗게 회칠을 하고 인동초 무늬를 그려서 멋을 낸 담장이 계곡을 병풍처럼 가로막았다. 소식을 미리 들었는지 예온수의 저택 대문은 활짝 열려진 채 그를 맞이했다. 대문 안에서 부산스럽게 움직이던 발걸음들은 문달의 출현 앞에서 딱 굳어져 버렸다. 털컹거리며 멈춰 선 수레바퀴에 나무쇄기가 끼워졌다. 수레꾼이 가져다 놓은 발판을 딛고 수레에서 내린 문달은 곧장 대문을 지나 안채로 향했다. 그가 안채에 들어서자마자 마치 기다렸다는 듯 통곡하는 소리가 들려왔다. 문달은 죄를 지은 것처럼 고개를 떨군 노비들 사이에서 덕근이를 발견했다.

"시킨 대로 했느냐?"

덕근이가 우물쭈물하는 사이 옆에서 다른 목소리가 끼어들었다.

"예, 분부하신 대로 시신은 처음 발견된 그곳에 그대로 놓아두고 출입을 삼가게 했습니다."

정수리 위쪽에 한 웅큼의 검은색 깃털을 꽂아놓아서 멋을 낸 조우관을 쓴 창백한 얼굴의 젊은이가 문달의 눈을 똑바로 쳐다보

* 묘정 : 오전 6시

왔다.

"자넨……"

"어제 저녁 연회장에서 무례를 끼쳐드렸습니다. 소인 배천이라고 하옵고, 돌아가신 예온수 어르신의 서자이옵니다."

한쪽 발을 뒤로 빼고 무릎을 꿇은 배천이 우렁찬 목소리로 말했다.

"아버님 시신은?"

"뒤뜰 별채에 그대로 있습니다."

문달은 배천을 따라 뒤뜰로 향했다. 안채 뒤편에 자리 잡은 뒤뜰은 붉은 벽돌담으로 둘러쳐진 은밀한 공간이었다. 뒤뜰에는 산자락을 따라 만들어진 계단식 화단 외에는 눈에 띄는 게 없었다. 맞배지붕에 붉은 기와를 올린 별채는 텅 빈 뒤뜰 한복판에 자리 잡았다. 녹색 단청이 칠해진 사각형 기둥이 모서리를 차지했고, 붉은 벽돌이 벽을 이루었다. 단층 치고는 꽤 높아 보이는 별채는 시를 짓고, 풍류를 즐기는 뒤뜰과는 어울려 보이지 않았다.

몽둥이와 쇠스랑을 든 건장한 노비 둘이 문 앞에 서 있다가 배천을 보고는 옆으로 물러났다. 문짝은 문틀에서 떨어져 나와 벽에 기대어져 있었다.

"안에서 빗장이 채워져 있어서 저와 덕근이가 부수고 들어갔습니다."

배천은 문짝이 있던 자리에 걸어둔 잿빛의 휘장을 젖히고 안으로 들어갔다. 천정에 웅크리고 있던 빛들이 기다렸다는 듯 내리꽂혔다. 예온수의 시신은 별채 한가운데 누워 있었다. 가까이 다가간 문달은 해가 제법 떴을 시간인데도 불구하고 아직 어두컴컴한 실내를 한 바퀴 둘러보았다. 시신은 자신이 흘린 피 웅덩이 한복판에 떠 있었다. 시신에서 풍겨 나오는 피비린내와 악취가 어둠 속에서 웅크린 채 그를 맞이했다. 죽음의 흔적은 생각보다 간결했다.

"원래 처음 만들 때부터 창을 내지 않았습니다. 빛이 들어올 곳이라고는 저기뿐이죠. 해가 조금 더 뜨면 처마를 따라 빛이 들어올 겁니다."

비스듬히 올라간 배천의 시선은 사각형 창방(기둥들을 좌우로 연결한 부재) 아래 길게 이어진 광창에서 멈췄다. 작은 사각형들이 겹쳐진 것 같은 광창의 창틀로 스며들어 온 빛들이 띠처럼 별채 안을 감았다.

"아까 들어온 출입문 말고는 드나들 수 있는 곳이 없느냐?"

"예, 한 곳뿐입니다. 몇 년 전 별채를 지을 때 뒷문을 하나 트는 게 어떻겠느냐고 말씀드렸지만 들은 척도 하지 않으셨습니다."

한쪽 무릎을 꿇은 문달이 시신을 천천히 살펴보았다. 하얀색 저고리와 바지차림에 옥으로 장식된 허리띠가 매여 있었다. 발에는 연회에서 봤던 구슬 달린 가죽신 대신 비단으로 만든 목이 짧은 신발이 보였다. 문달은 바닥을 향해 있는 시신의 손바닥을 뒤집어서 꼼꼼히 살펴보고 옷깃과 소매도 천천히 들여다보았다. 그리고 마지막으로 왼쪽 가슴 한복판에 난 상처를 살폈다. 툭 터진 상처 안은 말라붙고 있는 검붉은 피가 늪처럼 고여 들었다. 상처의 크기와 깊이를 가늠해 보다가 중얼거렸다.

"급소를 한 번에 찔렀군. 오랫동안 고통스러워하지는 않았을 거야."

"대체 누가 이런 끔찍한 짓을……"

눈살을 찌푸린 배천이 말을 잇지 못했다.

"그것보다는 어떻게 죽였는지 밝혀내는 게 급선무일세. 그나저나 이른 새벽에 별채에는 무슨 일로 갔던 건가?"

"전날 연회에서 무례를 저질렀던 걸 사과드리러 갔었습니다."

"해도 뜨지 않은 새벽에 말인가?"

"아침이 되자마자 화를 내실 것 같아서요. 어차피 혼이 날거면 아랫것들 눈이라도 피해볼 요량으로 말입니다."

"그런데 와 봤는데 아버님이 돌아가셨다 이건가?"

"처음에는 문이 잠겨 있어서 몇 번 두드려봤습니다. 어르신은 아침잠이 없는 편이셔서 일찍 일어나시거든요."

"그래서 그 다음에는?"

"아무리 두드려도 아무 대답이 없어서 뒤뜰로 통하는 문을 지키던 노비에게 아버님이 새벽 일찍 어딜 나가셨냐고 물어봤습니다. 아직 안에 계시는 것 같다고 얘기해서 발판을 가져와서 광창으로 안을 들여다봤습니다. 그리고……"

"시신을 발견했겠군."

"네, 처음에는 술기운에 주무시는 줄 알았습니다. 그런데 아무래도 이상해서 덕근이와 함께 문을 부수고 들어왔습니다."

"시신은 처음 발견된 그대로였느냐?"

"일단 숨이 멎은 걸 확인하고 바로 문을 막고 덕근이를 누초 어르신께 보낸 겁니다."

"갑작스럽게 닥친 일 치고는 잘 처리했군."

문달의 말을 비아냥으로 알아들었는지 배천의 두툼한 코끝에 주름이 잡혔다.

"아버님께서는 입버릇처럼 자식들과 부인이 자기를 죽이려고 든다고 하셨습니다. 자칫하다가는 누명을 쓸 것 같아서 시신을 보자마자 어르신께 사람을 보낸 겁니다."

"알겠네. 일단 시신을 살펴봐야 할 것 같은데, 안 쓰는 창고가 있느냐?"

"부엌 뒤편 고깃간 중 하나가 비어 있습니다."

"그럼 그곳에서 일단 시신을 살펴보도록 하지. 자네가 의원을 좀 도와주겠나?"

"그리하겠습니다."

선선히 대답한 배천이 굽혔던 허리를 펴고 일어섰다.

"바깥에 나를 따라온 의원과 당주가 있을 걸세. 나가면서 좀 불러주게."

고개를 끄덕거린 배천이 문 쪽으로 성큼성큼 걸어 나갔다. 뒷모습을 쳐다보던 문달은 문 옆에 나뒹굴고 있는 빗장을 살펴봤다. 한손으로 들기에 버거워 보이는 굵은 쇠빗장과 빗장 틀은 전쟁터에서 잘려진 머리처럼 처량하게 보였다. 성수제와 의원이 나란히 별채 안으로 들어섰다. 문달은 먼저 의원을 끌고 시신 곁으로 다가갔다.

"방금 나간 아이가 시신을 검안할 만한 장소를 마련해 줄 걸세. 시신을 깨끗이 씻어내고 외상을 살펴보게."

문달은 고개를 끄덕거린 의원이 문 밖으로 나가는 걸 지켜보다가 성수제에게 시선을 기울였다. 산전수전 다 겪은 성수제는 예온수의 죽음이 가져올 파장이 자신에게 어떤 영향을 미칠지 곰곰이 생각하는 눈치였다.

“일단 병사들을 시켜서 외부에서 침입한 흔적이 있는지, 오늘 아침 갑자기 사라진 가족이나 노비가 있는지 탐문해 보게. 사라진 사람이 없다면 이제부터라도 바깥출입을 하지 못하게 하게. 없어진 재물이 있는지도 물어보고……”

“내부 소행 같습니까?”

목소리를 잔뜩 낮춘 성수제의 물음에 문달은 고개를 끄덕거렸다.

“아마도, 저택 뒤뜰에 있는 은밀한 별채까지 외부인이 쉽사리 침입했을 것 같지는 않아. 거기다 별채도 안에서 잠겨 있었다고 하잖아.”

“혹시 자진한 것 아닐까요?”

“칼이 보이지 않아. 발이 달려서 어디론가 사라져버릴 수는 없잖아. 분명 누군가 여기서 예온수를 찌른 거야.”

두 사람의 대화는 밖에서 들려오는 발자국 소리에 깨져버렸다. 헐레벌떡 달려온 병사가 고했다.

“누초 어르신. 을지문흠 어르신께서 뵙기를 청하옵니다.”

“누구라고?”

“옆집 사는 을지씨 호족입니다. 어제 연회에서 오른쪽 제일 끝자리에 앉았던 분입니다.”

기억을 더듬던 문달에게 성수제가 대답했다.

창백하고 기름기가 번들거리던 예온수와는 달리 을지문흠은 점잖아 보였다. 예온수가 손님을 맞이하던 안채 바깥방에 자리

잡은 두 사람은 예온수에 대한 의례적인 덕담을 주고받았다. 서로 할 말이 떨어졌다는 겸연쩍은 웃음까지 끝나자 을지문흠은 금색 비단으로 덧댄 두루마기의 옷깃 안으로 손을 집어넣었다. 그의 품속에서 빠져나온 작은 두루마리가 탁자 위에 놓여졌다.

"이게 뭡니까?"

"며칠 전 쯤 예온수가 저에게 맡긴 것입니다. 잘 보관하고 있다가 만약 자기에게 무슨 일이 생기면 이걸 누초 어르신께 전해달라고 하면서 말입니다."

"저에게 말씀이십니까?"

불현듯 어젯밤 연회에서 예온수가 했던 얘기가 떠올랐다.

"예, 무슨 연유냐고 물어봤지만 그냥 막무가내로 맡기고 돌아갔지 뭡니까."

"그렇다면 유언을 남겼다는 얘기군요. 요즘 들어서 혹시 이상한 일이 벌어지거나 한 적은 없었습니까?"

"죽은 이집 주인과 저는 경당에서 함께 공부를 했었고, 15년 전 백제국이 군사를 이끌고 쳐들어 왔을 때에는 말머리를 나란히 하고 싸운 사이였습니다. 그런데 전쟁터에서 돌아온 이후부터는 서먹해졌습니다."

"어찌하여 그리 된 겁니까?"

"아끼던 고양이를 불에 태워버리는 건 양호한 편이었습니다. 하루가 멀다 하고 부인과 자식들을 때려서 비명소리가 그치지 않더군요. 보다 못해 찾아가서 정중하게 타이르려고 했습니다만……"

후욱하는 한숨을 내쉰 을지문흠이 고개를 저었다.

“제 앞에서 보란 듯이 노비를 때려 죽였습니다. 그 이후는 왕래를 끊었습니다. 공을 세워서 가문을 빛나게 하겠다고 전쟁터에 나갔는데 되레 정신이 이상해 진겁니다. 물론 미쳐 버릴 만큼 참혹한 광경을 보기는 했지만 말입니다.”

을지문흠은 겸연쩍은 웃음과 말을 끝맺었다. 문달은 두루마리를 펼쳐서 꼼꼼히 읽어 내려갔다. 호기심을 참지 못한 을지문흠이 헛기침을 뱉어내고는 그에게 물었다.

“어떤 내용입니까?”

두루마리에서 눈을 뗀 문달은 대답 대신 문 쪽을 쳐다보고는 소리쳤다.

“당주 성수제는 거기 있느냐? 지금 당장 집 안의 가족들을 모두 모셔오너라.”

3

이 문서는 나 예온수가 직접 작성해서 을지문흠에게 맡긴 것이다. 만약 내가 의문의 죽음을 당한다면, 그것은 필시 집안사람의 소행일 것이다. 따라서 집안의 모든 노비들은 처벌할 것이고, 가족들 역시 내 재산을 물려받지 못할 것이다.

예의와 격식 같은 것이라고는 눈곱만큼도 찾아볼 수 없는 예온수의 유언을 듣는 가족들의 표정은 비참하게 일그러졌다. 그들을 천천히 뜯어보던 문달은 나머지 글귀도 읽어 내려갔다.

단 나를 죽인 범인을 찾아내는 사람에게는 전 재산을 물려준다. 범인을 찾는 데 공을 세우지 못하는 사람 역시 장례가 끝나는 대로 집에서 나가야만 한다. 가족들이 범인을 찾지 못할 경우 내 전 재산은 한성의 욕살 어르신께 바친다.

공포, 경악, 그리고 탄식이 뒤범벅이 되어버린 눈빛들이 문달의 눈빛을 피해 흩어졌다. 고리모양의 가채를 얹은 약간 뚱뚱한 정실 부인 이씨와 창백한 얼굴에 가냘픈 몸매를 풍성한 노란색 두루마기에 감춘 홍이라는 이름의 어린 첩, 그리고 부름을 받고 급히 달려온 서자 배천 모두 입을 굳게 다물었다. 짧은 한숨을 쉰 문달이 그들을 향해 말을 했다.

"이런 얘기를 하기가 난감하긴 하지만 일단 바깥출입을 삼가 주시기 바랍니다."

"언제까지요?"

허리띠 끝자락으로 눈물을 닦아내던 홍이가 물었다.

"최대한 서두를 것이니 염려 말거라. 그리고 부인, 아무래도 일이 일이니만큼 여기 있는 세 사람의 얘기를 따로 따로 들어보고 싶습니다. 괜찮으시겠습니까?"

정실 부인 이씨 대신 기다렸다는 듯 배천이 대답했다.

"알겠습니다. 대신 꼭 범인을 잡아주십시오."

"그럼 각자 방에 계셨다가 제가 사람을 보내면 와주시면 고맙겠습니다."

후욱하는 한숨과 함께 부인이 입을 열었다.

"집사에게 일러 장례 준비를 하라고 할 테니 부디 사흘 안에 끝내주셨으면 합니다. 그럼 저는 먼저 일어나겠습니다."

"안채에 머무시지 않으셨습니까? 제가 자리를 비워드릴 테니 여기 계시지요."

"괜찮습니다."

문달은 처음으로 이씨 부인의 눈에서 감정이라는 것을 읽었다. 창백한 눈빛이 신경질적으로 흔들렸다.

"안채에서 기거하지 않은 지 제법 되었으니까요."

배천의 옆에 앉아 있던 홍이는 이씨 부인의 채찍 같은 시선을 피해 몸을 움츠렸다. 이씨 부인은 움츠린 홍이와 그 옆에서 반항적인 시선을 던진 배천에게 싸늘한 미소를 던지고는 문 밖으로 향했다. 홍이와 배천도 뒤따라 나갔다. 홀로 남은 문달은 팔짱을 끼고 의자의 등받이에 몸을 기댄 채 생각에 잠겼다.

"어르신 성수제이옵니다. 잠깐 들어가도 되겠습니까?"

"그러게."

안으로 들어온 성수제가 이씨 부인이 앉던 의자에 앉았다.

"집사와 함께 주변을 살펴봤습니다만 외부에서 침입한 흔적은 없습니다.

"외부에서 침입한 흔적이 없는 게 확실한가?"

"집사 말이 매일 해가 떨어지면 담장 주변에 마름쇠를 뿌렸다고 합니다. 대문과 안채로 통하는 문에는 매일 밤 번을 세웠고 말입니다."

"뭘 그렇게 두려워한 거지? 이런 한적한 시골에서 말이야."

"아랫것들 모두 잘 모르겠다고 했습니다. 저택에서 기거하는 노비 예순한 명과 집사, 예온수의 서자 배천 그리고 정실부인과 첩인 홍이 모두 그대로입니다. 행랑채에 머무는 문객과 어제 연회 때 온 원숭이를 부리는 광대도 붙잡아두었습니다."

"잘 했네. 아무도 나가지 못하게 철저히 감시하게."

"그런데 어떻게 살인자를 찾으실 겁니까? 소인 생각으로는 무지한 노비들이 그런 일을 저지를 리는 없고……"

"일단 관련자들을 심문해 볼 생각일세. 그것 외에는 답이 없지 않은가?"

문달의 말에 성수제 역시 동의한다는 듯 고개를 끄덕거렸다. 성수제가 막 입을 열려는 찰나 밖에서 나지막한 헛기침소리가 들려왔다.

"저, 누초 어르신, 이 집 문객이 뵙기를 청하옵니다. 설천이라는 이름을 대면 안다고 하셔서 모셔왔습니다."

"뭐라고? 설천?"

깜짝 놀란 문달의 눈에 문 밖의 그림자가 보였다. 오랫동안 못 봤지만 너무나 익숙한 얼굴 앞에서 문달을 잠깐 할 말을 잊었다.

"자넨 여전히 사람을 놀래키고 다니는군."

"여전히 살인과 죽음들 사이를 떠돌고 계시는군요."

쭈뼛거리는 병사를 지나쳐 안으로 들어온 설천이 가볍게 인사를 하고는 배천이 앉았던 의자에 앉았다. 성수제가 설천을 보고는 의아한 얼굴로 문달에게 물었다.

"이 자는 행랑채에 머물던 문객 아니옵니까? 아시는 사이옵니까?"

"여긴 설천이라고 막역한 내 친구일세. 10년 전에 한성에 있는 시장에서 벌어진 화재사건 들어본 적 있나? 그때 이 친구가 진범을 잡았지."

"소문은 저도 들었사옵니다. 그럼 소인은 이만 물러가겠습니다."

정중하게 고개를 숙여 인사를 한 성수제가 사라지자 문달이 활짝 웃으며 말을 건넸다.

"어쩌다 여기까지 흘러 들어온 건가?"

"글로 먹고 사는 처지라 어디로 갈지는 저도 모릅니다. 그러시는 어르신은 여기에 웬일이십니까?"

"한성 욕살의 명을 받들어 장안성을 쌓는 일을 몇 년간 했더니 수고했다며 도로 돌려보내더군. 우연치고는 너무 절묘하군. 그때처럼 말이야."

"그러게 말입니다."

"그건 그렇고 자네가 보기에 죽은 예온수는 어떤 사람이었나?"

"복잡한 사람이었습니다. 아주 많이요."

"자네가 좀 도와줘야겠어. 일단 세 사람을 따로 심문하기는 했는데 도통 감이 안 잡혀."

"일단 예온수가 죽은 별채를 살펴보는 게 순서겠지요. 아예 심문을 그곳에서 한다고 하면 어떨까요?

"그것도 좋은 방법이겠군."

"부르시는 순서는 이씨 부인, 배천, 그리고 홍이로 하시는 게 좋겠습니다."

"알겠네."

4

별채 안에 있던 시신은 사라졌지만 시신이 남겨놓은 희뿌연 존재감은 여전했다. 문달은 설천에게 시신의 상태와 피의 흔적들을 설명하고는 덧붙였다.

"누가 죽였을까? 노비들은 아닌 것 같고, 가족들이라면 저들 셋뿐인데……"

"죽음은 단지 자물쇠일 뿐입니다. 열쇠가 있어야지 열리든 닫히든 하죠."

"어떤 것이 살인을 여는 열쇠가 되었을까?"

"그건 누촌 어르신께서 찾아보셔야겠죠. 제겐 따로 할 일이 있어서요."

잠시 후 문이 열리고 노비들이 접이식 병풍과 사다리를 가지고 들어왔다.

"뭔가 저건?"

"병풍은 심문을 할 때 몸을 숨기기 위해서입니다. 일개 문객이었던 제가 심문할 때 모습을 보이면 유족들이 입을 다물어 버릴 수도 있으니까요."

"그건 그렇다 치고 사다리는?"

"광창을 좀 살펴볼 작정입니다."

"거긴 너무 작아서 사람이 드나들 수 없네. 빛이라면 모를까."

"그렇다고 빛을 살인범으로 잡아들일 수는 없잖습니까?"

싱긋 웃은 설천이 자리에서 일어나 사다리를 들고 벽 쪽으로 다가갔다. 벽 바로 앞에서 사다리를 걸쳐놓은 설천은 사다리를 타고 올라가서는 광창을 꼼꼼하게 살펴보았다.

"안에는 시신밖에 없었네. 피도 별로 흘리지 않았고, 시신 주변에 찌른 칼이라도 있었으면 자진이라고 생각했을 거야."

"반항한 흔적은 없었습니까?"

사다리에서 내려온 설천이 손에 묻은 먼지를 탁탁 털어내며 물었다.

"전혀. 깨끗했네."

바로 옆으로 사다리를 옮기고 올라선 설천이 광창의 틀을 꼼꼼히 살펴보았다. 그러다 갑자기 사다리를 타고 내려와서는 문달이 앉아 있는 의자 뒤에 세워진 병풍 뒤로 몸을 숨겼다. 거의 동시에 부서진 문짝 대신 막아놓은 휘장 밖에서 성수제의 목소리가 들려왔다.

"누초 어르신, 분부하신 대로 이씨 부인부터 모셔왔습니다."

"안으로 뫼셔라."

문달은 숨을 고르며 휘장 쪽을 쳐다봤다. 잠시 후 회색빛 휘장이 걷혀지면서 이씨 부인이 살짝 고개를 숙인 채 들어왔다. 가채를 벗어던지고 고운 베로 짠 저고리와 통이 넓은 치마를 입은 이씨 부인의 얼굴은 쌀겨로 만든 분을 살짝 발라서인지 시체처럼 창백했다. 의자에 앉은 채 살짝 고개를 숙였던 문달이 손으로 탁자 너머의 자리를 가리켰다. 평상시라면 얼굴을 붉힐 만한 모욕이었지만 이씨 부인은 잠자코 자리에 앉았다.

"식사는 좀 하셨습니까? 부인."

"이 와중에 허기가 진다면 우습겠지요. 하지만 이상하게도 가까운 사람이 죽으니 살아있다는 걸 증명하는 것들이 반가웠습니다."

"당연히 그럴 겁니다. 외람되지만 몇 가지 질문을 드려야만 하겠습니다."

"얼마든지요."

"왜 부군께서 돌아가셨다고 보고 계십니까?

"그거야……"

이씨 부인의 얼굴에 설핏 미소가 피어올랐다가 서서히 가라앉았다.

"누군가 죽일 만큼 미워했겠죠."

"여러 가지 정황으로 보건데 외부에서 침입한 자가 죽였다기보다는 집 안 내부의 소행 같습니다. 혹시 집안사람 중에 죽은 부군을 미워할 만한 사람이 있었을까요?"

"진실을 원하십니까? 아니면 위에 보고할 만한 이야깃거리를 찾으십니까?"

"관리로서의 본분을 다하고 싶을 뿐입니다."

"남편은 원래 좋은 사람이었지요. 내 나이 열여섯에 한 살 위의 남편에게 시집을 왔습니다. 정원의 꽃을 따다가 주는 남편의 다정다감함은 늘 저를 설레게 만들었지요. 그런데……"

잠깐 말끝을 흐린 이씨 부인이 숨을 깊게 내쉬면서 말을 이어갔다.

"전쟁터에서 돌아온 이후부터 사람이 변합디다. 신경질도 많이 내고 노비들한테는 안 하던 매질을 해댔죠. 저뿐만이 아니고 눈에 넣어도 아파하지 않았던 자식들한테도 차갑게 대했습니다."

"그러고 보니 자제분들이 안 보이십니다."

"첫째 애랑 둘째 애 모두 한성 동쪽 시장에서 옷감을 파는 상점을 하고 있습니다. 딸아이는 재작년에 남천 홀에 있는 호족집안에 시집을 갔고요."

"안 좋게 나간 건가요?"

조심스러운 문달의 물음에 이씨 부인은 싸늘한 코웃음과 함께 대꾸했다.

"큰 아이는 거의 쫓겨나다시피 했고, 둘째 역시 도망치다시피 했어요. 딸아이도 더 이상 못 있겠다고 해서 시집을 보냈고 말입니다. 다들 집을 떠나면서 행복해 했어요. 연옥 같은 곳에서 벗어났다고 말이죠."

"장례 때도 오지 않을까요?"

"아마 이쪽으로는 고개도 돌리지 않을 겁니다. 사람을 보내서 소식을 전하기는 했는데 오지 않을 겁니다."

"대체 왜 자식들을 갑자기 미워했던 겁니까?"

"낸들 어찌 알겠습니까. 자식들이 재산 때문에 자기를 죽일 거라고 항상 입에 달고 다닌 사람을."

잠시 주저하던 이씨 부인은 하얀 목을 쓰다듬으며 말을 이어갔다.

"전쟁터에서 돌아 온 지 얼마 후에 자고 있던 제 목을 조른 적이 있었습니다. 거의 죽어갈 무렵에야 손을 풀더군요. 그러고는 다시 돌아누워서 잠을 잤습니다. 너무 겁이 나서 바깥방으로 가서 꼬박 밤을 새웠답니다. 다음날 제가 물었지요. 악몽을 꾸었느냐고. 그랬더니 씩 웃으면서 하는 말이 얼마나 오래 견디는지 궁금해서 그랬답니다. 그 다음부터는 절대 그 사람과 한 방을 쓰지 않았습니다."

"그럼 어디서 기거를 하시는 겁니까?"

"안채로 들어오는 문 옆에 있는 별채에서 머뭅니다."

"자제분들과 부인 모두 부군을 미워하셨다고 받아들여도 되겠습니까?"

"죽일 만큼이라고 묻는 건가요?"

"예, 그렇습니다."

"맞아요. 큰 아들이 신발도 신지 못하고 집 밖으로 쫓겨났을 때, 유순하던 둘째 아들이 아버지에게 매를 맞은 다음에 살려달라고 잠꼬대를 했을 때, 나는 그 사람을 죽이고 싶었더랬지요."

이씨 부인의 말에 커다란 별채 안은 서늘함조차 자취를 감출 정도로 긴장감이 넘쳐흘렀다.

"부군께서 어제 저녁 관사에서 연회가 끝나고 집으로 돌아오셨을 때 어디 계셨습니까?"

"배천이가 안 좋은 얼굴로 먼저 들어오는 걸 보고는 향이와 별채에서 잠을 잤습니다."

"부군께서 돌아오셨을 때 보지 못했다는 말씀이십니까?"

"돌아오는 소리를 듣긴 했지만 나가보진 않았습니다."

"부군의 죽음은 언제 아셨습니까?"

문달의 물음에 이씨 부인은 고개를 살짝 기울였다.

"새벽에 소란이 벌어져서 잠에서 깨어났습니다. 그때 알았습니다."

"그때까지는 바깥출입을 하지 않으셨습니까?"

"저녁을 먹고 들어와서 향이와 잠깐 이야기를 나누고 책을 좀 읽다가 잠이 들었습니다. 새벽에 소란이 벌어질 때까지 바깥출입은 하지 않았고요."

"그렇군요. 감사합니다."

"살인자가 누구인지 안 물어보시나요?"

"네?"

심문을 끝내려던 문달은 뜻밖의 물음에 고개를 치켜들었다.

"집안사람 소행이라면 저와 배천, 그리고 홍이 셋 중 한명이 살인자라고 의심 받는 건 어린 아이라도 잘 알 겁니다."

"그렇다면 부인께서는 누가 부군을 죽였는지 알고 계십니까?"

"물론이죠. 분명 배천과 홍이가 짜고 남편을 죽였을 겁니다."

"둘을 살인자라고 단정 짓는 이유라도 있으신 겁니까?"

문달의 물음에 이씨 부인은 한 손으로 입을 가리고 웃었다. 카랑카랑한 웃음이 뚝 그치고 이씨 부인이 입을 열었다.

"아까 보셨잖습니까. 배천과 홍이가 어떤 사이인지 아직 짐작 못하시겠습니까?"

"둘이 서로 연모의 정을 가지고 있다는 말씀이십니까?"

"연모의 정 정도가 아닙니다. 홍이가 해 뜨기 전 새벽에 배천의 방에서 나오는 걸 본 노비들이 많죠. 어제 새벽에도 둘이 함께 있었던 것 같더군요. 전 그래도 다른 사람 앞에서는 조심할 줄 알았는데…… 쯧쯧쯧."

"피가 섞이지 않은 첩과 자식이 사랑에 빠지는 경우는 드물지 않습니다. 그럼 둘이 짜고 살인을 저질렀다고 생각하시는 겁니까?"

"분명 홍이년이 배천을 충동질 했을 겁니다. 눈엣가시 같은 남편을 죽이고 패물을 가지고 야반도주를 하자고 말이죠. 최근에 남편이 둘 사이를 알아챈 눈치라서 선수를 쳤을 겁니다. 남편은 둘 다 알몸으로 쫓아내고도 남을 사람이었으니까요."

"참고하도록 하겠습니다. 돌아가셔도 좋습니다."

의기양양해하던 이씨 부인은 문달이 별다른 반응을 보이지 않자 아무 말 없이 자리에서 일어나 문 밖으로 나갔다. 신경질적으로 발을 끄는 소리가 멀어지자 병풍 뒤에 숨어 있던 설천이 모습을 드러냈다.

"어떤가? 이씨 부인 말대로 둘이 예온수를 죽였을까?"

"정말 그랬다면 시신이 발견되기 전에 패물을 챙겨서 멀리 도망쳤을 겁니다. 하지만 시신을 맨 처음 발견하고 알린 건 배천이었다고 하지 않았습니까?"

"도망칠 기회를 놓치고 의심을 안 받기 위해서 그랬을 수도 있지."

"나머지 얘기도 들어보고 판단해 보시는 게 좋겠습니다."

"알겠네."

문달의 대답이 채 끝나기도 전에 밖에서 발자국 소리가 들려왔다. 설천이 도로 병풍 뒤로 숨는 걸 본 문달이 입을 열었다.

"어서 안으로 들어오라고 이르거라."

가죽으로 만든 두툼한 머리띠에 푸른색 저고리를 입은 배천이 휘장을 걷고 들어왔다. 서서 고개를 숙인 배천에게 자리를 권한 문달은 그가 앉자마자 입을 열었다.

"아버지를 언제부터 두려워 했느냐?"

"네, 어릴 때는 자애로웠던 분으로 기억합니다만 언제부터인가 포악해지셨습니다. 철 든 이후에는 매를 맞거나 혼이 난 기억밖에는 없습니다. 어머님도 아버님한테 시달리다가 돌아가신 거나 다름없었죠."

"솔직하게 얘기하겠네. 이 저택에서도 가장 깊은 곳인 별채에서 사람이 죽었고, 외부에서는 침입한 흔적이 없어. 그렇다면 분명 집 안 내부에 있는 사람들 소행으로 의심할 수밖에 없다네."

"전 아버님이 스스로 목숨을 끊으셨다고 봅니다."

"왜?"

"가족들을 괴롭히기 위해서요. 우리들이 힘들어하고 괴로워하는걸 보는 게 낙 이었으니까요. 아버님은 우리들을 괴롭히기 위해서라면 기꺼이 목숨을 끊고 흉기를 숨기시고도 남을 분입니다."

흐릿한 증오심이 깃든 미소가 배천의 입가에 걸렸다.

"연회장에서 상을 박차고 나간 후에 어디 있었느냐?"

"곧장 집으로 돌아왔습니다. 저는 분명 가지 않겠다고 했는데 아버님이 끝끝내 고집을 부리셨죠. 그래서 따라갔더니 저에게 문객이나 앉는 문 쪽 자리에 앉으라고 하더군요. 불편한 마음에 아버님을 쳐다봤는데 누초 어르신께 말을 하시는 걸 봤습니다. 멀리 있어서 소리는 들리지 않았지만 입 모양만으로도 무슨 얘길 했는지 알 수 있었습니다."

"그래서 기분이 상했군. 집으로 돌아와서는 어디 있었느냐?"

"제 방에 있었습니다. 술을 좀 마시고 곧바로 잠이 들었습니다. 아버님이 돌아오시는 소리는 얼핏 듣긴 했지만 나가보진 않았습니다."

"아까 보니까 아버지의 첩과 각별한 사이 갔던데?"

"같은 나이 또래라서 말이 잘 통하는 사입니다. 어머님이 돌아가시고 난 이후에 마음을 붙일 곳이 없었습니다."

"그냥 이야기만 주고받는 사이였나?"

단도직입적인 물음에 배천의 얼굴이 굳어졌다.

"그게 무슨 뜻이십니까?"

"아버지의 나이 어린 첩과 아들이 정을 통하는 건 종종 볼 수 있지. 둘이 정인 사이라는 건 나 역시도 어렵지 않게 짐작할 수 있다네. 사실대로 털어놓지 않으면 큰 곤란을 겪게 될 게야."

잠깐 눈을 내리깔고 고민하던 배천이 입을 열었다.

"어머님이 돌아가시고, 전 크게 상심했습니다. 아버님은 어머님에게 누울 묘조차 만들어주시지 않았습니다. 그냥 집에서 일하는 노비가 죽은 것처럼 거적에 둘둘 말아서 뒷산에 파묻어버리라고 하셨죠. 그때 홍이가 장례비용으로 쓰라고 옥가락지와 금귀고리를 줬습니다. 그때부터 서로 마음을 기대고 지냈습니다. 홍이 역시 어린 나이에 쌀 몇 섬에 첩으로 팔려온 처지였습니다."

"어제 새벽에도 둘이 함께 있었느냐?"

"네."

짧은 침묵 후 배천이 고개를 끄덕거리며 덧붙였다.

"홍이가 아버님에게 먼저 사과하라고 얘기해 줬습니다. 저도 그게 좋을 것 같아서 새벽에 여기로 왔던 거고요."

"알겠네. 돌아가도 좋네."

"홍이도 심문하실 겁니까?"

"그래야겠지."

문달의 단호한 대답에 배천이 낯빛을 흐렸다.

"홍이는 그날 새벽에 저랑 함께 있었습니다. 그리고 벌레 한 마리 못 죽이는 연약한 성격이라 그런 끔찍한 일을 저지를 아이가 아닙니다."

문달은 손바닥으로 탁자를 내리치면서 벌떡 일어났다. 손바닥이 탁자를 내리칠 때 나는 탕 소리가 살인을 굽어봤던 별채 안에 울려 퍼졌다. 팔에 의지한 채 단숨에 배천의 코앞에 얼굴을 들이댄 문달이 으르렁거렸다.

"살인이 벌어졌고, 한 집안의 가장이 죽었다. 난 그가 가족들에게 미움을 받았는지 죽을 짓을 저질렀는지는 관심 없다네. 살인범을 반드시 붙잡을 것이고, 그러기 위해서라면 수단 방법을 가리지 않을 거야."

"결국 당신도 아버님과 똑같은 부류군요. 아버님의 유언장을 듣는 순간 속으로 웃음이 나왔습니다. 부모에게 순종해야만 한다는 사실만을 강조하는 사람들에게는 남은 우리들이 기괴해 보이겠죠. 하지만 말입니다. 진짜 괴물은 어제 새벽에 여기서 죽어 있던 사람이었습니다."

"돌아가서 방에 죽은 듯이 처박혀 있게."

분노가 두툼하게 얹혀버린 배천의 눈가가 파르르 떨렸다.

"분부대로 하지요. 이만 물러가도 되겠습니까?"

문달은 이죽거리는 배천에게 물러가라는 손짓을 하고는 자리에 털썩 주저앉았다. 짧은 순간 극도로 치밀어 오른 감정의 잔해가 천천히 몸속으로 가라앉았다. 병풍 뒤에서 나타난 설천이 그의 어깨에 손을 얹었다.

"일부러 감정을 자극했군요. 화난 상태에서 자백을 받으려고요."

"감정을 조절하거나 숨길 만한 나이는 아니지. 거기다 명백한 이유도 있고 말이야."

"저 자 역시 아버지가 죽으면 폭풍에 휘말릴 처지입니다. 언제 본처의 자식이 나타나 집 밖으로 쫓겨날지 모르는데 섣불리 살인을 저지르겠습니까?"

"홍이와 정분이 난 사이라고 자기 입으로 털어놨잖아. 남자라면 자기가 연모하는 여인이 다른 남자의 품에 있는 걸 좋아할 리 없겠지."

"이것저것 냉정하게 따지지 않고 화난 상태에서 살인을 저질렀다는 겁니까?"

"예온수는 일격에 당했어. 반항한 흔적도 없었고, 그건 한 번에 사람을 죽일 만한 담력과 힘이 있어야만 한다는 뜻이지. 가족들 중 한 명이 살인자라면 배천 외에는 없어."

문달의 말에 설천은 어깨를 으쓱거리는 것으로 대답을 대신했다.

"홍이가 들어오면 언제부터 배천과 정을 통했는지 물어봐주시겠습니까?"

"자넨 뭔가 알고 있군? 그렇지?"

"노회한 이씨 부인이나 배짱 좋은 배천이라면 모르겠지만 심약한 홍이라면 우리가 모르는 걸 털어놓게 할 수도 있을 겁니다."

"그래서 일부러 홍이를 제일 마지막에 부르라고 했군."

"혼자 남겨져 있으면 누구나 다 나약해지는 법이죠."

히죽 웃은 설천의 말이 채 끝나기도 전에 휘장이 젖혀졌다. 휘장을 움켜잡은 성수제의 얼굴에 당혹스러움이 묻어나왔다.

"무슨 일이냐?"

"홍이가 목을 매달았습니다."

5

침상에 뉘어진 홍이의 얼굴은 죽은 사람처럼 핏기가 없었다. 여종이 울면서 팔과 다리를 주물렀다. 맥을 짚어보던 의원이 문달을 돌아보았다.

"다행히 일찍 발견해서 목숨에는 지장이 없을 것 같습니다.

"언제쯤 의식이 돌아오겠나?"

"시간이 좀 걸릴 것 같습니다."

"알겠네. 상태는 어떤가?"

"가슴에 난 상처를 제외하고는 별다른 외상은 없었습니다."

"수고했네. 물러가게. 그리고 너도 물러가 있거라."

종종걸음으로 물러난 의원과 몸종의 뒷모습을 물끄러미 바라보던 문달은 깊은 한숨과 함께 팔짱을 풀었다.

"일이 점점 더 복잡해지는군. 자네 생각은 어떤가?"

문달의 질문에 설천은 고개를 살짝 돌리며 대답했다.

"둘 중 하나겠지요. 살인을 저지른 죄책감과 두려움에 못 이겨 스스로 목을 매달았든지 아니면……"

"범인이 입을 막기 위해서 저지른 짓이겠지."

설천이 수긍한다는 듯 고개를 끄덕거렸다. 설천이 막 입을 열려는 찰나 바깥에서 소란이 벌어졌다. 서로 내지르는 고함들이 엉켜버린 소리가 들리자 눈살을 찌푸린 문달이 문을 향해 소리쳤다.

"대체 무슨 소란이냐!"

"죄송하옵니다. 배천이 안으로 들어오려고 합니다."

더듬거리는 성수제의 말이 채 끝나기도 전에 문이 활짝 열리고 눈물범벅이 된 배천의 모습이 보였다.

"제가 사실대로 말씀드리겠습니다. 그러니 홍이를 제발 그만 놔주세요."

배천의 말에 문달과 설천은 거의 동시에 서로를 쳐다봤다. 별채로 돌아온 세 사람은 약속이나 한 듯 의자에 앉자마자 팔짱을 끼고 눈을 내리깔았다. 먹물같이 진한 침묵을 깬 것은 배천의 갈라진 목소리였다.

"사실은 홍이와 함께 멀리 도망치려고 했습니다."

"언제?"

차가운 문달의 물음에 배천이 대답했다.

"원래는 어젯밤이었습니다. 아버님께서 누초 어르신의 연회에 가느라 집을 비우면 함께 도망치기로 했습니다."

"그런데 갑자기 예정에도 없게 아버지가 자네를 대동하고 연회장으로 오는 바람에 일이 틀어졌군."

"처음에는 들통 난 줄 알았습니다. 그래서 일단 홍이에게 너 혼자서라도 도망치라고 했지만 혼자서는 가지 않겠다고 버텼습니다."

말을 끝맺지 못한 배천이 고개를 떨군 채 눈물을 쏟아냈다.

"그래서 중간에 화가 난 척 상을 엎어버리고 먼저 돌아갔군."

"홍이가 너무 불안해해서 무슨 일을 저지를 것만 같아서요. 아니나 다를까 대들보에 밧줄을 묶고 목을 매달려고 하는 걸 겨우 말렸습니다."

배천은 솟구치는 눈물을 손등으로 훔쳤다. 그런 배천에게 문달이 냉랭하게 물었다.

"그래서 별채 안에 숨어 있다가 아버지가 들이닥치니까 칼로 찌른 건가? 정인을 괴로워하는걸 보고 복수하려고?"

"아닙니다. 사실 새벽에 아버님 동태를 살피려고 별채에 와보기는 했습니다. 그런데 인기척이 느껴져서 뒤도 안 돌아보고 돌아왔습니다."

"인기척?"

두 사람의 시선에 갇혀버린 배천이 끄응 하는 신음소리와 함께 말을 이어갔다.

"네, 너무 어두워서 제대로 보진 못했습니다만 문 옆에 사람 그림자 같은 걸 봤습니다. 아버님인 것 같아서 그냥 돌아왔죠. 밤새 안심시켜 놓았는데 아침에 아버님 시신이 발견되고 누초 어르신께서 살인범을 찾는다고 하니까 불안해서 자살을 시도한 모양입니다."

"그런데 자네가 밤새 거기 있었다고 말해 줄 유일한 증인이 지금 의식을 잃은 상태군."

"아버님을 죽인 건 이씨 부인입니다."

"지난번에는 자살했다고 하지 않았나? 거기다 이씨 부인은 부군을 죽인 게 자네 둘이라고 했네."

냉담한 문달의 대꾸에 배천이 울분에 가득 찬 숨을 내쉬었다.

"모함입니다. 이씨 부인이야말로 아버님을 죽이려고 호시탐탐 기회를 노렸습니다."

"왜 그렇게 생각하지?"

"이씨 부인은 자기 입으로 정실부인이라고 떠들고 다니지만 사실 후첩에 불과했습니다. 본래 정실부인이 아이를 낳지 못하는 사이 아들 둘을 낳고 그 자리를 꿰찬 거죠."

"그리 특이한 일들은 아닌 것 같은데?"

"이씨 부인은 늘 불안해했습니다. 자기가 그랬던 것처럼 첩들 중 누가 아버님을 꼬드겨서 자기를 쫓아낼지 몰랐으니까요. 아들들을 한성으로 내보낸 것도 겉으로는 아버님과의 다툼 때문이라고 했지만 사실은 노후를 대비하기 위함이었습니다. 여차하면 아들들한테 가서 의지하려고요. 그런데 아들들이 하는 장사가 시원찮아서 매번 집안에 손을 벌리니까 오히려 입장이 더 곤란해져버렸습니다. 최근에는 아버님이 홍이를 정실로 앉히고 돈 한 푼 안 주고 쫓아낼 것이라는 말을 했던 적이 있었습니다."

"이씨 부인은 연회가 있던 저녁 몸종과 함께 별채에서 잠을 잤다고 했네."

"직접 손을 쓰지는 않았을 겁니다. 교활한 사람이니까 누구를 시켜서 일을 저질렀겠죠."

배천의 말을 끝까지 듣던 문달은 굳게 입을 다문 채 설천을 쳐다보았다. 설천이 내보내라는 손짓을 하자 헛기침과 함께 이야기를 듣느라 앞으로 굽어진 등을 폈다.

"잘 들었네. 물러가서 쉬어도 좋네. 밖에 있는 당주에게 들어오라고 전해주겠나?"

배천이 일어나 밖으로 나갔다. 잠시 후 성수제가 들어왔다.

"세 사람의 몸종과 노비들을 조사해서 살인이 있던 밤에 뭘 하고 있었는지 알아보아라. 다들 방에서 잠을 잤다고 하는데 아무래도 숨기는 게 있는 것 같다."

"알겠습니다."

짧게 대답한 성수제가 밖으로 나가자마자 문달이 입을 열었다.

"일이 더 복잡해졌군."

투덜대듯 내뱉은 문달이 중얼거렸다.

"이씨 부인은 언제 쫓겨날지 몰라서 불안해했고, 배천과 홍이는 패물을 훔쳐서 도망치기로 결심했어. 모두 다 우발적이든 아니면 계획적이든 손에 피를 묻힐 만한 각오가 되어 있다는 뜻이잖아. 더군다나 예온수는 가족들을 괴롭혔고 말이야."

설천은 대답 대신 접이식 사다리를 밟고 부서진 문 옆의 광창을 살펴봤다.

"왜? 누가 그걸 부수고 몰래 들어와서 죽였을 것 같나? 설사 그렇다고 해도 사람이 드나들 정도가 아니잖아."

"그렇긴 하지만 뭔가 드나들 수는 있겠죠. 잠깐 와보시겠습니까?"

설천이 짧은 탄성과 함께 손짓을 했다.

"문 옆 두 번째 창틀에 뭔가에 쓸린 흔적이 보이실 겁니다."

설천의 말대로 엄지손가락 굵기의 창살 옆에는 녹색 단청이 한 꺼풀 벗겨져 있었다. 짙은 색 나무 창살에는 채찍질을 한 것 같은 하얗고 창백한 흔적이 보였다.

"청소하다가 생긴 흔적이 아닐까? 이 정도 높이라면 긴 장대에 솔을 매달아서 닦아야 하니까 못 봤을 수도 있지."

"물에 적신 부드러운 천으로는 이런 흠집이 안 생깁니다. 끈에 쓸리면서 난 흔적 같지 않습니까?"

"쓸린 흔적이 약한 걸 보면 아주 무거운 건 아닌 것 같은데 말이야."

사다리에서 훌쩍 뛰어내린 문달은 시신이 누워 있는 곳까지 걸어가면서 중얼거렸다. 그러다 벼락같이 머릿속을 후려친 생각에 붙잡혔다. 생각은 문과 광창으로 흘러갔다. 문은 안에서 잠겨져 있었고, 광창은 사람이 드나들기에는 턱없이 작았다. 풀릴 것 같지 않은 문제는 광창의 쓸린 흔적이 어젯밤 치른 연회의 한 광경과 마주치면서 순식간에 풀려나갔다.

"해답을 찾았어."

설천도 같은 생각이라는 듯 빙긋 웃었다.

6

광대는 병사들이 잡으러 오자 담을 넘어서 도망치려다가 잡혔다. 병사들의 발길질에 온 몸에 멍이 든 광대는 포승에 묶인 채 별채가 있는 뒤뜰로 끌려왔다. 해가 떨어져서 사방이 어둑해졌다. 창과 횃불을 든 병사들이 늘어선 가운데로 끌려온 광대의 얼굴은 꽃처럼 피어난 푸른 멍들과 두려움으로 범벅이 되어버렸다. 문달은 두려움 가득한 광대의 얼굴을 향해 소리쳤다.

"어제 밤 별채에 왜 침입했느냐?"

"소인은 별채에 얼씬도 하지 않았습니다요."

경련을 일으키는 광대의 턱 끝을 타고 눈물과 땀방울들이 흘러내렸다. 문달은 소매에서 끈 뭉치를 꺼내 광대의 앞에 던졌다.

“네 놈이 가지고 다니던 원숭이 목에 걸려 있던 끈이다. 별채의 광창에 이 끈에 쓸린 흔적이 있는 걸 확인했다.”

“세상에는 많고 많은 끈들이 있습니다요. 그 많은 걸 제쳐두고 어찌 소인의 원숭이 목줄이 그것과 맞는다고 하십니까요.”

광대는 부들부들 떨면서도 목소리를 높였다.

“안 그래도 집 안에 있던 모든 끈들을 구해서 똑같은 흔적을 내봤다. 아랫것들이 쓰는 새끼줄이나 삼끈은 두꺼웠고, 안채나 별채에서 쓰는 비단이나 무명 끈은 아예 흔적이 남지 않았다. 네 놈이 부리는 원숭이 목줄만 광창에 난 흔적과 일치했는데도 계속 거짓을 고하면 이 자리에서 죽을 줄 알거라!”

“제, 제발 목숨만, 목숨만 살려주시면 다 털어놓겠습니다. 연회장에서 원숭이 놈이 말썽을 부리는 바람에 받기로 했던 돈을 못 받을 것 같아서……”

“그래서 별채에 있는 귀중품을 훔치려다가 예온수와 마주치니까 살인을 저지른 것이냐?”

“아닙니다. 귀동냥으로 별채에 패물들이 있다는 말을 듣고는 혹시나 해서 갔던 것뿐입니다.”

“거짓말! 별채 안에서 패물을 찾다가 돌아온 예온수와 마주치니까 칼로 찔러버렸지? 그리고 밖으로 나간 다음에 원숭이를 광창의 틈 안으로 들어가게 해서 안쪽으로 빗장을 잠가버렸던 것 아니었느냐?”

“하늘에 맹세코 소인 놈은 이집 주인 어르신을 죽이지 않았습니다. 원숭이를 안에 넣었는데 빈손으로 돌아와서 다시 안으로 들여보내려고 했는데 손에 피가 묻어 있었습니다. 겁이 나서 그냥 돌아왔습니다."

"누초 어르신! 광대의 짐을 가져왔습니다."

병사들이 등에 짊어지는 광주리와 끈이 달린 나무상자를 그의 앞에 펼쳐놓았다. 엎어진 광주리 안에 둘둘 말린 사슴가죽이 툭 떨어졌다. 허리를 굽힌 병사가 펼치자 피 묻은 단검이 날카로운 소리를 내며 바닥에 떨어졌다.

"그건 소인께 아닙니다. 이건 누명입니다. 제발! 제발 소인의 말을 믿어 주십시오!"

문달은 광대에게서 등을 돌렸다. 살인과 마주쳤다는 식은땀이 온 몸을 젖게 만들었다. 결박당한 광대는 살려달라고 외치면서 밖으로 끌려 나갔다.

다음날 날이 밝자 마자 이씨 부인이 먼저, 그리고 홍이를 부축한 배천이 뒤따라 안채로 들어섰다. 예온수가 쓰던 평상에 걸터앉은 문달은 세 사람이 차례로 의자에 앉는 걸 본 후 천천히 입을 열었다.

"모두들 고생 많으셨습니다. 어제 광대를 살인범으로 잡았습니다. 광대는 연회에서 원숭이가 실수를 하는 바람에 돈을 받지 못할 것 같자, 별채에 침입해서 재물을 훔치려고 했던 것 같습니다. 그러다 돌아온 이집 주인어른과 마주쳤고, 엉겁결에 칼로 주인어른을 찔렀습니다. 광대는 칼을 가지고 밖으로 나가 문을 닫고 원숭이로 하여금 안에서 빗장을 채우게 했던 것 같습니다. 원숭이는 체격이 작아서 광창을 통해 드나들 수 있었죠. 쉽게 풀 수 있는 문제가 복잡해진 건 돌아가신 분께서 이웃집의 을지문흠에게 타살을 암시하는 듯한 유언장을 맡겨놓았기 때문이었습니다. 그 유언장 덕분에 여기 있는 분들 중 한 명이 살인을 저질렀을 것이라고 믿었습니다. 모든 오해가 풀렸으니 이제 마음을 놓으셔도 좋습니다."

문달의 말이 채 끝나자 이씨 부인이 두 손을 가지런히 모으고 합장을 했다. 불경의 한 구절을 중얼거린 이씨 부인이 눈을 감았다. 눈 밑에 달라붙은 두툼한 살들이 슬픔 탓인지 가늘게 떨렸다. 창백한 안색의 홍이를 꼭 끌어안은 배천이 문달에게 물었다.

"그럼 장례를 치러도 되는 겁니까?"

"물론이네."

"장례가 끝나는 대로 저와 홍이는 떠나겠습니다."

"떠나든지 말든지, 하지만 이 집 재산은 한 푼도 줄 수 없다."

"이 집 재물에는 눈곱만큼도 욕심이 없으니까 마음 놓으시지요."

갑자기 눈을 뜬 이씨 부인이 표독스럽게 쏘아붙이자 배천도 지지 않았다. 으르렁거리는 이씨 부인과 한참 동안 눈싸움을 벌이던 배천이 문달을 다시 쳐다보았다.

"이만 물러가도 되겠습니까? 홍이를 눕히고 장례준비를 해야 할 것 같아서 말입니다."

"물론이네. 나도 광대를 압송해야 하니까 이만 일어나보겠네. 그나저나 자네는 이제 어찌할 텐가?"

문달의 시선을 받은 설천이 가볍게 웃었다.

"글쎄요. 다른 집 문객자리를 알아봐야할 것 같습니다만……"

"괜찮다면 내 문객 노릇을 좀 해주겠나?"

"일단 장례가 끝나는 것까지는 보고 결정하겠습니다. 밥값을 하려면 제문 정도는 써 줘야 할지 않겠습니까."

"알겠네. 어차피 장례 때는 나도 와야 하니까 나머진 그때 얘기하세."

"대문까지는 제가 배웅해드리겠습니다."

문달을 따라 일어선 설천이 우두커니 앉아 있는 사람들에게 말했다.

밖으로 나온 문달에게 설천이 말했다.

"시장에서 일어난 화재사건을 해결한 게 벌써 10년 전인가요? 세상 참 많이 변했습니다."

설천의 말에 문달이 고개를 끄덕거렸다…….

"많이 변했지만 살인은 변하지 않았어."

"사람의 탐욕은 결코 꺼지지 않는 불과 같습니다. 세상 그 어떤 것으로도 끌 수 없지요."

"그렇겠지. 지금까지 그랬고, 앞으로도 그럴 거야."

"그때 사건을 해결할 수 있었던 건 잠겨진 자물쇠 때문이었습니다. 당연하게 보이는 것들이 때로는 뒤통수를 치곤하지요."

이빨을 드러내며 소리 없이 웃은 설천이 말방울 소리에 고개를 틀었다. 수레에 올라탄 문달은 설천과 소리 없이 인사를 나눴다. 그 사이 성수제가 병사들과 결박당한 광대를 데리고 밖으로 나왔다. 문달이 고개를 끄덕거리자 말에 올라탄 성수제가 손짓을 했다. 대열을 이룬 병사들이 천천히 걸음을 옮겼다. 언제 나왔는지 대문 밖에 서 있는 배천의 모습이 보였다. 문달은 살인을 품은 저택을 슬쩍 쳐다보고는 의자에 몸을 파묻었다.

문달이 어둠 속으로 사라지는 것을 말없이 지켜보던 배천은 저택 안으로 들어갔다. 곧장 별채로 향한 배천은 문 밖을 지키고 있던 덕근에게 살짝 눈짓을 하고는 안으로 들어섰다. 꼿꼿하게 앉아 있던 이씨 부인과 쓰러질 듯 의자에 몸을 기대고 있던 홍이 모두 들어서는 배천을 쳐다보았다. 애처로운 눈길로 자신을 바라보고 있던 홍이를 쳐다보던 배천의 눈가에 파르르 미소가 떠올랐다. 미소를 띠운 배천이 다가오자 홍이가 그의 옷자락을 움켜잡았다.

"시키는 대로 했잖아요. 제발 살려주세요."

차갑게 홍이를 뿌리친 배천이 이씨 부인에게 다가갔다. 이씨 부인이 내민 손을 잡은 배천이 미소 띤 얼굴로 입을 열었다.

"이제 다 끝났어."

깊은 한숨을 쉰 이씨 부인이 굳게 잡은 배천의 손을 이마에 갔다댔다.

"그러게. 이제 빨리 장례를 치루고 멀리 떠나자. 훌훌 털어버리고 새출발하는 거야."

한쪽 무릎을 꿇은 배천이 이씨 부인의 뺨을 어루만지며 대답했다.

"그래. 멀리 떠나자. 아무도 우릴 알아볼 수 없는 곳으로 말이야."

그때 갑자기 안채의 문이 열리고 덕근이가 들어왔다. 짜증을 내려던 배천은 심상치 않은 그의 표정과 뒤따라 들어온 문달과 설천을 보고는 그대로 굳어버렸다. 두 사람을 뒤따라 들어선 병사들이 입구를 막아버렸다. 침묵이 사슬처럼 엮어지는 사이 이씨 부인이 배천을 힘껏 떠다밀고는 바닥에 털썩 주저앉았다.

"아이고, 내 팔자야! 서자 녀석한테 겁탈을 당하고 꼼짝없이 시키는 대로 해야 했지 뭡니까."

"억지 눈물은 그만 쥐어짜내도 됩니다, 부인."

홍이를 부축해 일으킨 문달이 차갑게 말했다.

"아닙니다. 이 년 말을 들으시면 다 아실 겁니다."

"절 먼저 유혹한 건 부인이었습니다. 홍이와의 관계를 아버님께 폭로한다면서 절 강제로 취한 겁니다."

우두커니 서 있던 배천이 다급하게 끼어들었지만 문달은 코웃음을 쳤다.

"밖에서 다 들었으니 발뺌할 생각은 하지 말거라."

두 사람에게 호통을 친 문달이 뒤에 서 있던 병사들에게 소리쳤다.

"뭘 보고 있느냐? 저 두 살인범을 당장 포박하라."

넋이 나간 것 같은 표정으로 서 있던 이씨 부인과 배천, 그리고 덕근이가 차례로 끌려 나갔다. 몸종의 부축을 받은 홍이까지 나가버리자 별채 안은 문달과 설천만 남았다. 문달은 시신이 눕혀져 있던 자리를 응시하며 입을 열었다.

"다행히 눈치를 채셨군요. 조마조마했습니다."

"저 두 사람 소행이라는 걸 언제부터 눈치 챈 건가?"

"홍이가 목을 매서 자살을 시도한다고 했을 때부터 이상하다고 여겼습니다. 예온수가 죽었다면 둘의 사이가 밝혀지는 게 자살할 정도의 문제는 아니니까요. 거기다 누워 있는 홍이의 손목을 봤더니 살짝 멍이 덮여 있었습니다. 분명 누군가 팔을 잡고 올가미를 씌운 게 분명했었죠."

"어차피 집 안에서 예온수가 죽으면 의심을 받을 테니까 이런 식으로 정면 돌파를 하려고 했겠지. 사이가 안 좋은 것처럼 꾸며서 오히려 상대방을 지켜 준 거야. 광대에게 별채에 패물이 있다는 말을 흘린 것도 두 사람에게 사주를 받은 덕근이었겠지."

"연회장에서도 일부러 상을 걷어차고 일찍 돌아왔을 겁니다. 별채 안에 숨어 있다가 돌아온 예온수를 칼로 찔렀겠죠."

"그럼 빗장은? 칼은 줄을 걸어서 뽑아낼 수 있겠지만 문은 그럴 수가 없지 않은가?"

"예전 상점에서 주인 부부가 죽었을 때에도 우연들이 겹쳐서 밖에서 자물쇠가 채워져 버렸습니다. 어르신께서 처음 왔을 때 문이 부서져버렸다고 해서 문짝을 살펴봤습니다. 여기 이쪽을 보십시오."

문달은 설천을 따라 문 쪽으로 걸어갔다. 설천이 떨어져나간 문짝의 경첩을 손끝으로 가리켰다.

"안쪽으로 열리게 되어 있어서 경첩도 안쪽에 달려 있습니다. 만약 밖에서 장정들이 밀어붙여서 문을 부쉈다면 경첩이 뽑혀나가면서 못이 박혀 있던 문틀도 금이 갔거나 떨어져나갔어야만 합니다. 그런데 여길 보시면 못들이 떨어져나간 흔적이 깨끗합니다."

"미리 못을 느슨하게 뽑아놨어. 안 그랬으면 이렇게 깨끗하게 떨어져나가지 않았겠지? 그렇다고 해도 안에서 채워져 있는 빗장은 어떻게 했을까? 나가면서 걸어놓을 수는 없었을 텐데 말이야."

"경첩을 느슨하게 하면 문짝과 문틀 사이에 공간이 생깁니다. 구부러진 쇠로 빗장을 잡아두고 문을 닫은 다음에 뽑아버리면 빗장이 아래로 떨어져서 빗장 쇠에 걸려버립니다. 빗장이 빗장 쇠에 걸려 있는 상태에서 문을 부수면 누구나 다 문이 안에서 닫혀 있었다고 생각하겠죠."

"그런데 왜 칼을 가지고 나갔을까? 자살로 꾸몄다면 편했을 텐데."

"을지문흠에게 유서를 보낸 걸 알고 있었을 겁니다. 어차피 안에 칼이 남아 있어도 유서 내용이 알려지면 의심을 받을 것 같으니까 선수를 친 거죠."

"이씨 부인과 배천이 정을 통하면서 예온수를 죽일 음모를 꾸몄군. 예온수한테 괴롭힘을 당하면서 그런 생각들을 했을까?"

"처음부터 죽일 작정은 아니었겠죠. 두려움이 미움으로, 미움이 증오로 변해가면서 살인을 결심했을 겁니다."

"그렇다고 해도 받은 만큼 돌려주겠다고 결심하다니 무섭군. 살인이 점점 두려워지는군."

"살인은 넘기 어려운 장벽입니다. 하지만 그걸 넘게 된다면 말입니다."

별채 밖 어둠 속에서 이씨 부인의 구슬픈 울음소리가 들려왔다. 잠시 그 소리에 귀를 기울이던 설천이 말을 끝맺었다.

"죽음을 먹고 피를 마시는 괴물이 되는 겁니다."

최혁곤

1970년 출생. 2003년 《계간 미스터리》를 통해 데뷔하였다. 이후 여러 편의 단편 추리소설을 꾸준히 발표해 왔다. 2006년 장편소설 『B컷』을 발표하며 한국에 본격 스릴러 소설의 태동을 알렸으며, 이 작품은 영화화 준비 중이다. 현재 한국 추리 작가 협회 회원이며, 한국 미스터리 작가 모임에서 활동하고 있다. 2008년 공동 단편집 『한국 추리 스릴러 단편선』을 기획 출간하였다.

낡은 153번 버스가 크르릉, 요란한 소리를 내며 왔던 길을 되돌아갑니다. 인적 없는 종점의 공터를 찬바람이 휩쓸고 돕니다. 재실 기와지붕 너머 까치밥이 달린 감나무 가지가 흔들리고 구멍가게 앞에는 붉은 우체통과 녹슨 자판기가 서 있습니다. 세월의 속도를 따라잡지 못해, 90년대 어느 날이 박제된 풍경 같습니다.

여기는 대구에서 차로 한 시간 정도 떨어진 녹동리라는 곳입니다. 행정구역 경계에 어정쩡하게 끼여서 개발이 멈춘 전형적인 시골 마을입니다. 임진왜란 때 용맹을 떨쳤던 장군의 사당이 있다는데 나도 자세히 알지는 못합니다. 하지만 역사에 조금만 식견 있는 사람이라면 다 아는 장소라고 하니 꽤 유명한 곳인가 봅니다.

저 멀리 문정산 정상이 두터운 구름에 가려 있네요. 12월의 잿

빛 하늘은 금방이라도 골짜기에 큰 눈을 쏟아 부을 것 같습니다.

문득, 막막해집니다. 손목시계를 봤습니다. 4시 40분. 오늘밤 무슨 일이 있어도 동대구역에서 KTX를 타고 서울로 돌아가야 합니다. 출장은 오늘까지고 내일 아침 중요한 약속이 있으니까요. 하지만 여기까지 와서 발길을 돌릴 수는 없습니다. 큰 숨을 한번 들이켜고 외길을 따라 발걸음을 옮깁니다.

3킬로미터 정도 이어진 산길 끝에는 지장사(地藏寺)라는 절이 있습니다. 작은 말사(末寺)인데다 교통마저 불편해 잘 알려지지 않았지만 고려 중엽에 창건된 유서 깊은 도량입니다. 조선시대 때 사명대사가 승병훈련장으로 사용한 기록이 남아 있답니다. 산신각을 지나, 부도전을 돌아, 밤나무 숲 샛길을 따라 올라가면 작은 무덤에 다다릅니다. 그곳에는 한 여인이 잠들어 있습니다.

시간이 많이도 흘렀군요. 김일성 주석이 사망하던 해이니 벌써 15년 전입니다. 기억하시나요? 그해 여름의 더위는 살인적이었습니다. 연일 37, 38도를 오르락내리락 했습니다. 가만히 앉아 있어도 온몸에서 땀이 비어져 나왔습니다.

그때 나는 다친 몸을 이끌고 두 달 예정으로 절에 들어왔습니다. 중앙 일간지의 2년차 기자였던 나는 교통사고로 급성 허리 디스크 수술을 했고 간까지 좋지 않아 요양이 필요했습니다. 연고도 없는 낯선 곳까지 오게 된 건 종교 전문기자 권 선배의 권유 때문입니다. 그는 주지스님의 먼 친척입니다. 서울에서 나고 자란 터라 낯선 지방에 대한 호기심도 있었고, 정신없는 도시생활에서 잠시 벗어나고 싶기도 했고요.

가파르진 않아도 경사진 길이라 숨이 찹니다.

정상은 아직 저 멀리 있습니다. 위풍당당 늘어선 소나무 숲과 탁 트인 하늘, 순수한 바람이 그나마 위안을 줍니다.

절간에 시주하러 가는 차라도 한 대 만나면 좋으련만…….

평일인데다 폭설까지 예고된 상황이니 무리한 욕심이겠지요. 저기 앞에 평평한 바위가 하나 보입니다. 예전 모습 그대로군요. 녹동리 사람들이 다들 '거북바위'라고 불렀었지요.

바위에 걸터앉아 숨을 돌려도 심장이 계속 펄떡거립니다. 마흔 줄에 들어선 나이는 속일 수 없나 봅니다. 담배 맛도 쌉쌀합니다. 예전에는 기막히게 달콤했는데……. 아마도 지금 긴장감에 휩싸여서 그럴 겁니다. 아니면 추억을 미화하는 인간의 습성 때문이던지요.

슬픈 이야기지만 그녀는 가슴에 송곳을 꽂고 죽었습니다. 더 안타까운 사실은 아직 범인을 잡지 못했다는 겁니다. 나는 그녀를 지켜주지 못한 죄책감에 오래 시달렸습니다. 비가 억수같이 쏟아졌던 그녀의 장례식. 진흙 바닥에 퍼져 앉아 통곡하던 노부의 얼굴이 지금도 눈에 선합니다. 영감은 부검까지 끝낸 딸의 시신을 수습해 기어이 대웅전이 잘 내려다보이는 양지 바른 곳에 묻었습니다. 마지막 머물던 곳에 영원히 머물게 하고 싶다고 했었지요. 억울한 원혼을 한줌 가루로 날려 보내기 싫었던 걸까요. 아니면 언젠가 범인을 붙잡아 산소 앞에 꿇어앉히려는 오기의 발동이었을까요.

한 여름날 절집 생활은 호사스러웠습니다. 무욕의 땅 위로 구름과 바람이 한가로이 떠돌고, 상념을 비운 내면은 깨끗이 정화

됩니다. 나무그늘 아래 평상에 누워 사십구제 지내고 남은 수박이라도 한입 물면 신선놀음이 따로 없었지요. TV와 신문 없이 눈귀를 막고 사니 세상이 평안하더군요. 재래식 화장실에 기겁하긴 했지만 사람은 익숙함의 동물 아니겠습니까. 군대 생활처럼 며칠 뒤 바로 적응이 됐습니다. 요즘 유행하는 에코투어니 슬로푸드 운동이니 하는 것도 다 그런 것들의 연장이겠지요.

아침에 목탁 소리가 경내에 울리면 요사채 방방마다 문이 열리고 사람들이 공양간으로 몰려듭니다. 밥상에 둘러앉아 밥과 나물과 묽은 된장국으로 소박한 공양을 합니다.

절집 식구라야 나까지 포함해 고작 일곱입니다.

주지스님과 공양주 보살. 그리고 고시생 장(張)과 몸이 불편한 공(孔) 처사. 지방 전문대학에서 사진을 가르치는 황(黃) 교수와 정체를 알 수 없는 청년 강(姜)군. 인연인지 악연인지 우리는 그해 여름 그렇게 만났습니다.

주지스님 얼굴은 기억이 가물가물합니다. 삭발한 얼굴들은 그 사람이 그 사람 같지 않습니까. 게다가 내가 오고 닷새 뒤 본사(本寺) 조실스님을 모시고 티베트로 떠났으니까요. 두 달 이상 걸리는 긴 여행이라고 들었습니다. 말수가 적고 인상이 온화했습니다. 행자 하나 없이 꾸리는 살림이라 늘 부지런히 움직이셨고요. 가사에 밴 그윽한 향내가, 약지 한 마디가 잘려나간 왼손이 얼굴보다 더 오래 기억에 남았습니다.

공양주 보살에 대해선 할 말이 많습니다. 얼핏 나이든 할머니가 연상됩니다만 실은 젊고 아름다운 분입니다. 절집 식사를 책임지고 있어서 다들 편히 그렇게 불렀지요. 성이 한(韓)씨고 나이는 서른 초반. 서울 말씨를 쓰고 이목구비가 뚜렷한 서구형 미인이었습니다.

왜 이런 촌구석에서 궂은일을 도맡아 하는지 다들 궁금해 했습니다. 이혼을 했니, 외아들을 잃었니, 불치병을 앓고 있니, 추측이 무성했지만 확인할 방법은 없었습니다. 뭔가 사연이 있겠지요.

그녀는 그해 봄부터 절집에 머물렀습니다. 요양 차 사나흘 묵었다가 이 도량이 마음에 들었는지 눌러앉았다고 하더군요. 때마침 녹동리에서 출퇴근하며 일봐주시던 칠순의 진짜 공양주 보살님이 갑자기 심장병으로 드러누운 터라 주지스님이 되레 감사해 했다고 합니다. 다 인연인가 했겠지요.

뿔테안경이 어울리는 장은 서른 살의 고시생입니다. 깡마른 체구와 매부리코가 신경질적으로 느껴지지만 대화를 해보면 박식하고 논리적입니다. 서울 신림동 학원가에서 공부하다가 여름만 보낼 요량으로 내려왔다고 했습니다. 나와 비슷한 연배라 친구처럼 지냈습니다. 가끔 홍대 바닥의 늘씬한 여자애들을 화제로 삼아 낄낄거렸습니다.

도무지 속내를 알 수 없는 강군은 20대 중반의 휴학생입니다. 사회과학 서적을 탐독하고 정서불안 환자처럼 눈알을 굴리며 매사에 경계심을 품었습니다. 방 안에 틀어박혀 살아서 식사 때 빼곤 잘 보지 못했습니다. 공 처사가 자네가 진정한 용맹정진 수행자네, 뼈 있는 농담을 해도 시큰둥했습니다.

공 처사는 몇 해 전 위암 수술을 받았습니다. 대구 약전골목에 한약도매 가게를 가지고 있었는데 일주일에 한두 번 내다볼 뿐 대부분 시간을 절에서 소일하며 살았습니다. 따서 말린 솔잎을 다른 한약재와 섞어 환으로 만들어서 가게에 가져가 팔기도 했습니다. 혈액순환에 좋다고 하더군요. 다혈질이라 사소한 일에 버럭 화를 잘 냈습니다. 본인 얘기로는 열이 많은 태양인 체질이라 그렇다는데 뭐 그런가보다 했지요.

마흔 중반의 황 교수는 허풍기가 농후한 사람이었습니다. 머릿기름을 바르고 콧수염을 가늘게 길러 얍삽한 느낌도 들고요. 밥상머리에선 공양주가 있든 말든 성적인 농담을 일삼았습니다. 절 구석구석을 뒤지며 열심히 카메라에 풍경을 담았습니다. 고찰을 테마로 한 작품전을 준비하고 있다나요. 기와에 낀 이끼를 근접 촬영한 사진을 보여준 적이 있는데 모두들 감탄했습니다. 고미술에 대한 지식도 상당했습니다. 대웅전 앞에 새로 삼층석탑이 서던 날, 내가 화강암이 너무 새것이라 고색의 주변과 조화가 안 된다고 불평하자 그러더군요.

"송진가루 쫙 발라 놓고 기다려봐. 1년도 안 가서 누르죽죽하게 변할 테니. 흘흘."

그리고 이웃이 한 명 있습니다. 예전 암자가 있던 터에 슬레이트집을 짓고 홀로 사는 백(白) 노인. 베트남 참전용사라는데 늑대만 한 진돗개를 앞세우고 와서 쉬어가곤 했습니다. 벌어진 어깨와 거친 말투가 위압감을 줬습니다. 총상으로 왼쪽 다리를 절룩거렸습니다.

이따금 정적을 깨는 오토바이 굉음의 주인공은 집배원입니다. 우편물 더미를 요사채 툇마루에 휙 던지고 흙먼지를 날리며 사라졌습니다.

외로움에 사무칠 정도로 조용한 나날이었습니다. 주지가 출타 중이라 법회마저 없다보니 사위는 절대고요. 길을 잘못 든 등산객들이 돌샘 앞에서 소란을 떨어도 반가울 정도였습니다.

나는 아침나절 울력으로 채소밭 일을 거들고 오후에는 책을 읽었습니다. 수술한 허리의 근육 강화를 위해 가끔 문정산에도 올랐습니다. 정상은 평평했는데 가을이면 억새 물결이 끝없이 펼쳐진다더군요. 반대편 고지에 보이는 공군 미사일 기지는 전직 대통령 아들이 복무해서 유명해진 곳입니다.

규칙적인 노동과 청빈한 음식 덕에 몸이 한결 가벼워졌습니다. 한쪽 다리가 저릿하게 당기는 고질적인 통증이 사라졌습니다. 마음도 편했습니다. 내 인생에 다시 이런 시절을 맞이할 수 있을까 싶었습니다. 그 살인 사건이 일어나기 전까지는.

외길은 걸을수록 외롭습니다.

지금, 주위의 살아있는 모든 것들이 숨을 죽이고 있나봅니다. 새 울음소리도 나뭇잎 바스락대는 소리도 들리지 않습니다. 북쪽에서 불어온 바람만 얼굴을 할퀴고 달아납니다. 적막감에 휩싸여 세상 끝에 사는 외톨이가 된 기분입니다.

휴대폰 벨소리가 정적을 깹니다. 나도 모르게 움찔합니다. 젊은 사람들이 죄다 떠나 폐광촌 같은 마을에도 기지국 전파가 통하는군요. 액정에 신문사 전화번호가 찍혀 있습니다.

"윤 선배, 쉬는 날 죄송합니다. 현장에서 나온 지문이랑 일치하는 용의자가 없어요. 경찰도 곤혹스러운가 봐요. 공사판의 불법체류 외국인과 군부대까지 수사를 넓힌답니다. 기사 야마를 어떤 식으로 가야 할지 고민이네요. 진전된 내용 없으면 맹탕인데. 몇몇 공장은 벌써 취재 깊숙이 들어갔습니다."

사회부 시경캡 정(鄭)입니다. 그는 지금 서울을 발칵 뒤집어 놓은 강간 살인 사건에 대해 말하고 있습니다.

며칠 전 일입니다. 공사가 중단된 아파트 건설현장에서 여고생이 발가벗겨진 채 시체로 발견됐습니다. 담뱃불로 젖꼭지와 성기를 잔인하게 지져 놓아 시민들이 경악했습니다. 다행히 현장에 버려진 소주병에서 지문을 몇 개 채취했고, 덩치가 산만 한 사내들을 멀리서 봤다는 목격자도 나와 사건은 쉽게 해결 될 듯이 보였습니다.

사고현장 주변은 군 병원과 중고등학교, 재개발되는 아파트 공사장이 몰려 있어 어수선합니다. 막노동하는 뜨내기들이 넘치고요. 경찰은 근처의 방범 CCTV를 샅샅이 뒤졌지만 결정적 단서를 찾아내지 못했습니다. 믿었던 지문 대조작업마저 소득 없이 끝나면서 사건이 미궁에 빠지게 생겼습니다.

"일단 팩트만 담아서 가판 내보내. 변동 상황 있으면 다시 연락주고."

지시를 내리고 나니 좀 미안해집니다. 정은 체육부에 오래 있다가 지난주 사회부로 옮겨왔습니다. 현장 감각을 익힐 새도 없이 바로 민감한 사건이 터져버렸으니……. 관할서의 출입기자 마저 갓 수습 떨어진 신참이라 오죽 줄이 탈만도 합니다. 일이 꼬이려고 그랬는지 사회부장까지 조부상을 당해 자리를 비웠습니다. 중심을 잡아줘야 할 부데스크인 나는 그 상황을 알면서도 월차를 냈습니다. 어쩔 수 없었습니다. 오늘은 나에게 그만큼 중요한 날이니까요.

15년 전 여름, 그 사건이 나던 날은 날씨가 좀 이상했습니다. 폭염이 한풀 꺾이면서 종일 큰 비가 내렸습니다. 라디오 일기예보가 태풍 소식을 전했습니다. 중심부가 동해안으로 빠져나가는 내일 새벽까지 많은 비를 뿌린답니다. 서너 시밖에 안 됐는데 밤처럼 어둑했습니다. 주변을 휘감아 도는 개울물이 불어 쏴아, 쏴아 우는 듯이 흘러가고 문정산이 검은 병풍처럼 절간을 에워쌌습니다. 목조건물 아래서 요괴라도 출몰할 듯 기운이 불길했습니다.

밤이 되자 기온이 뚝 떨어졌습니다. 저녁공양 후 사람들이 요사채 뒤뜰에 모여 군불을 넣었습니다. 보일러 놓은 절집도 많다는데 여기는 교구 지원을 받는 가난한 말사라 다 구식입니다.

내가 불씨를 계속 꺼트리자 공 처사가 껄껄 웃으며 법당에서 양초 조각을 가져와 아궁이에 던져 넣었습니다. 이내 참나무 장작에 화르르 불길이 솟았습니다. 타닥타닥. 매캐한 연기가 콧구멍으로 스며들자 고향집 같은 푸근함에 젖어듭니다.

꾸물꾸물한 날씨 탓인지 다들 긴장이 풀렸나봅니다. 황 교수가 방에서 고급 양주를 한 병 꺼내왔습니다. 특유의 오크향이 번집니다. 비 오는 산사에서 군불 쬐며 마시는 술맛은 그 자체가 만찬이었습니다. 솔잎주가, 더덕주가 어디선가 계속 나왔습니다.

"나, 저거 한번 쳐보는 게 소원이었어요."

늘 삐딱한 강이 술 몇 잔에 취해 호기롭게 누각 아래 범종을 칩니다. 종소리는 어둠을 타고 아랫마을까지 퍼져나갑니다. 모두들 이빨을 다 드러내고 어린애처럼 깔깔 웃었습니다.

절집에서 무슨 술 파티냐고 타박하면서도, 공양주가 생두부와 김치를 가져다주었습니다. 들뜬 기분을 헤아려주는 아량이 고마웠습니다. 다들 잔을 주고받으며 사연 많았던 삶을, 혹은 잘나가던 시절 무용담을 늘어놓았고, 불콰한 얼굴로 각자의 방에 들었습니다.

비는 한밤에도 계속 내렸습니다. 데워진 구들장에 누워 처마에 떨어지는 빗소리를 듣노라니 행복하더군요. 옆방 황 교수의 코 고는 소리가 흙벽을 타고 전해왔습니다.

신문사 입사 전, 잠깐 사귀던 여자와 신촌의 극장에서 본 「지중해」란 영화가 기억났습니다. 2차 대전 때 외딴 섬에 고립된 여덟 명의 이탈리아 병사들. 그들의 낭만적 웃음을 떠올리며 기분 좋게 잠이 들었습니다.

그날 밤의 기억은 거기에서 멈췄어야 했습니다. 나는 더 깊이 잠들었어야 했습니다. 그랬다면, 이렇게 오랜 시간 번뇌에서 방황하지 않아도 됐을 텐데요.

잠결에 문득, 비명 소리를 들었습니다. 처음에는 꿈인가 싶었습니다. 아닙니다. 분명 사람의 목소리! 취기가 순식간에 달아났습니다.

승용차 한 대가 언덕에서 굴러 내려옵니다.

나는 길섶으로 비켜서 차가 지나가기를 기다립니다. 괜히 돌멩이라도 튀어서 다치면 피곤해지니까요. 두 달 전 대학병원 과잉진료 기사로 홍역을 치른 뒤 생긴 소심증인가 봅니다. 명예훼손으로 고소에 엮이거나 언론중재위원회라도 다녀오면 이 땅에서 기자로 산다는 게 덧없이 느껴집니다.

검은 그랜저에는 중년의 대머리 남자와 선글라스를 낀 젊은 여자가 타고 있습니다. 지장사에 다니러 온 사람들 같지는 않아 보입니다. 부부로 보기에는 나이 차가 있고요. 흐린 날의 선글라스라니……. 기자의 첫 번째 수칙, 추측 보도를 말라건만 대머리와 선글라스는 분명 으슥한 공터에 차를 세워놓고 그 짓을 했을 겁니다.

차에서 비릿한 정액 냄새가 나는 것 같습니다. 곁눈질로 날 훔쳐보던 대머리가 눈이 마주치자 재빨리 고개를 돌립니다. 사건이 나던 그날 밤, 나도 저 대머리처럼 외면했어야 했는데. 그것이 현명한 삶이거늘, 그놈의 호기심이 화근입니다.

날카로운 비명이 산사의 밤공기를 꿰뚫습니다. 나는 벌떡 일어나 책상 위 백열등 스탠드를 켜고 자명종을 확인했습니다. 1시 30분. 우산을 펴고 소형 군용랜턴 불빛을 앞세워 밖으로 나섰습니다. 시커먼 하늘이 굵은 비를 뿌려댑니다. 바람까지 강해져 산신각 뒤 대숲 그림자가 일렁입니다. 멀리서 진돗개가 컹컹 짖어댑니다.

대웅전 기단 앞을 지나 강당 쪽으로 내려갔습니다. 목조 건물들이 삐걱삐걱 신음소리를 내고 처마 밑의 풍경이 요동을 칩니다.

강당 끝 공양주 처소에 형광등이 환합니다. 분명 무슨 일이 터졌구나. 불길한 기운이 온몸을 감싸고돕니다. 걸음을 멈추고 주저했습니다. 가봐야 할지 말아야 할지 판단이 서질 않습니다. 돌이킬 수 없는, 판도라의 상자를 여는 게 아닐까 하는 두려움.

그때, 다시 비명 소리가 터져 나왔습니다. 주변 공기가 심하게 흔들림을 느꼈습니다. 주저할 새도 없이, 득달같이 뛰어가 문고리를 잡아 당겼습니다.

하얀 얼굴보다 붉은 핏빛이 먼저 시야에 박힙니다. 여자가 가슴에 송곳을 꽂고 방 가운데 누워 있습니다. 먼저 찔린 듯한 상처에선 피가 역류하며 솟구칩니다. 예상대로 공양주였습니다.

어디선가 다급한 발자국 소리가 들립니다. 나는 재빨리 강당으로 통하는 방 뒤쪽의 미닫이문을 열었습니다. 그림자 하나가 법당 마루를 달려 공양간 안으로 막 사라지려고 합니다. 걸음걸이가 한쪽으로 기우뚱거렸습니다.

"멈춰!"

랜턴을 비춰보지만 불빛은 짙은 어둠에 막혀 멀리 뻗지를 못합니다.

야밤에 대체 무슨 일이란 말입니까. 감이 잡히지 않습니다. 공양주가 왜 죽었고 범인은 어디로 사라졌을까. 오만가지 생각이 두서없이 몰려듭니다. 문득 공양주가 숨이 붙어 있을지 모른다는 생각이 스칩니다. 생사부터 확인하는 게 순서 같았습니다.

무릎을 꿇고 공양주 가슴에 박힌 송곳에 손을 가져가는 순간, 강렬한 불빛이 한지 문살 위에 일렁입니다.

왜 하필 그때였을까요. 전생에 무슨 악연이 있었던 걸까요. 조금만 늦게, 혹은 조금만 일찍 왔더라면 오해는 다 풀렸을 텐데…….

찬바람과 함께 문이 활짝 열렸습니다. 고시생 장과 공 처사. 장의 얼굴은 땀으로 번질거렸고 퀭한 얼굴의 공 처사는 나무 몽둥이를 들고 서 있습니다. 그들도 비명소리를 듣고 달려왔음이 분명

합니다.

갑자기 몽둥이가 나의 정수리를 향해 날아옵니다. 생각지도 못한 공격. 성미 급한 공 처사가 나를 살인자로 오해 했습니다. 상황을 설명할 틈도, 손을 내저을 틈도 없었습니다. 모두가 찰나의 일이었습니다. 나의 몸이 본능대로 움직입니다. 머리를 숙여 피했습니다. 반대편으로 다시 몽둥이가 날아옵니다. 고개를 젖혀 가까스로 위기를 넘깁니다. 살기! 분명 엄포용이 아니었습니다. 이번에는 정면에서 몽둥이가 날아옵니다. 나는 상체를 비틀면서 오른손에 잡히는 묵직한 뭔가로 공 처사의 머리를 후려쳤습니다. 그것이 청동불상이란 걸 깨달았을 땐 이미 늦었습니다.

일격에 공 처사가 고꾸라졌습니다. 허연 머리카락 사이에서 피가 줄줄 흘러내려 바닥으로 번집니다.

조금씩 변해가는 검붉은 피 무늬를 보자 아찔해집니다. 숨을 헐떡입니다. 사고야! 분명히! 그렇게 외치려 해도 입술이 떨어지지 않습니다. 고시생 장이 대범하게 다가가서 공양주와 공 처사의 코밑에 손가락을 대고 호흡을 살핍니다. 그도 극도로 당황했는지 시뻘건 눈동자가 불안하게 움직입니다.

살생을 금해야 할 수도처에 피 냄새가 습한 공기를 타고 번져갑니다. 벽에 붙은 불화 속의 달마대사가 무섭게 노려보고 있습니다.

기어이 눈발이 날리는군요.

솜털 같은 가루가 사방에 뿌려집니다. 마음이 급합니다. 발걸음이 빨라집니다. 서두르지 않으면 막차를 놓칠 것 같습니다. 볼에 큰 화상이 있는 153번 기사는 버스를 돌리면서 당부하듯 말했었습니다.

"보소, 젊은 양반. 대구 가는 막차는 7시면 끊어져."

콜택시가 있지만 오늘 같은 날 와줄지 장담할 수 없다고 했습니다. 요즘은 시골도 집집마다 차가 있다 보니 대중교통이 더 불편해지는 모양입니다.

목을 젖혀 하늘을 올려다봅니다. 눈 알갱이 하나가 안경 위에 톡 떨어져 시야를 흐려놓습니다. 눈은 밤 늦게부터 온다고 했는데……. 확실히 앞날을 예측하는 일은 어렵습니다. 그런 잔혹한 사고가 절간에서 터질지 누가 알았겠습니까.

예측이란 말에 한 가지 사실이 뇌리에 번쩍합니다. 예전 시사주간지에서 읽은, 미제 사건을 해결한 강력계 형사의 인터뷰 때문입니다. 혹시 여고생 강간살인 사건도 동일한 케이스?

급히 정에게 전화를 걸었습니다. 시경 기자실이라는데 주위가 소란스럽습니다. 나도 모르게 목소리가 올라갑니다.

"혹시 말이야, 목격자 진술 중에 덩치가 산만 한 사내들이란 표현, 그거 의심스럽지 않아? 거기에 너무 얽매여 있는 것 아니냐고! 어둠 속에서 말이야."

혹시나 하는 마음으로 나의 생각을 들려주었습니다. 간단한 사고의 전환으로 의문 사건이 풀리는 걸 허다하게 봤습니다. 특히 사회부 기자는 끊임없는 의심이 필수입니다. 정은 반색을 하더니 직접 현장에 가보겠다고 했습니다.

끊임없는 의심을 그때는 왜 하지 못했을까요. 공양주의 의뭉한 속내를, 황 교수의 싸구려 언행을, 하필 주지가 없을 때 사고가 터졌음을. 백 노인은 진짜 베트남 참전 용사일까.

왜 그때는 몰랐을까요. 편함과 낯섦에 빠져서 긴장의 끈을 놓아버렸을까요. 절은 곧 경외의 공간이라는 통념에 갇혀서 상황을 복잡하게만 봤을까요. 죄는 절이 아닌 사람의 짓임을 몰랐을까요. 병 치료를 위해서, 고시공부를 위해서, 작품 활동을 위해서, 그들은 각자의 목적이 있어서 머무르는 사람들임을 왜 잊었을까요.

두 사람이 죽었습니다. 쉽게 주워 담을 수 있는 상황이 아닙니다. 새벽이 오지 않기를 기도해야 할 처지입니다. 저당 잡힌 인생을 살아야 하는 고통은 겪어보지 않아도 압니다.

시체 앞에 눈을 감고 서 있자니 오감을 상실한 인간처럼 멍했습니다. 한참 후에야 쏟아지는 빗소리가, 진돗개 울음소리가 다시 들렸습니다. 검은 하늘을 두 쪽으로 갈라놓는 번개가 이 끔찍한 상황이 현실의 일임을 명확히 일깨워 주었습니다.

고시생 장은 판단이 빠른 사람이었습니다. 위기 상황임에도 침착했습니다. 사건 당사자가 아니라서 그렇겠지요. 내 어깨에 손을 얹고 분명 상황을 뒤집을 흔적이 있을 것이라고 위로했습니다.

그의 말대로 사건 전모를 알아야 어떻게든 대책을 세울 수 있습니다. 나는 용기를 내서 차근히 방부터 살폈습니다. 수습기자 시절 국립과학수사연구소 부검실 견학이 도움 됐습니다. 드러누운 두 구의 시체가 특별히 무섭게 느껴지지 않았습니다. 혼란스런 감정들이 조금씩 진정돼 갔습니다.

공양주의 짐은 상상했던 것과 크게 달랐습니다. 벽장 속에는 전기포트와 함께 초콜릿, 컵라면, 커피믹스 같은 인스턴트 식품이 가득했습니다. 확실히 생의 단념보다 생의 집착 쪽에 가까워 보였습니다. 이혼을 당했니, 자살기도를 했니, 따위의 소문은 헛소리가 분명합니다. 어스름한 새벽에 백팔배를 올리고 표표하게 대웅전을 나서던 모습이 위선적으로 느껴졌습니다. 그녀는 지난 넉 달간 대체 왜 여기 머무른 걸까요. 헷갈리기 시작합니다.

체크문양이 그려진 갈색 가죽가방을 뒤졌습니다. 구찌 선글라스와 진홍색 립스틱이 보입니다. 지갑 속에서 주민등록증이 나왔습니다. 본명이 한지숙. 서울 사람이고 나이가 서른하나입니다. 증명사진은 20대 때 찍은 것인지 지금보다 더 미인입니다. 짙은 눈썹과 오뚝 솟은 코, 앙다문 입술에서 색기와 고집이 함께 묻어납니다.

놀랍게도 가스총이 발견됐습니다. 총구를 보는 것만으로 아찔합니다. 빅사이즈 여행용 트렁크에선 흙 묻은 비닐 작업복, 플래시, 플로라이드 카메라와 여러 종류의 철제공구가 쏟아졌습니다. 이게 다 뭐란 말입니까.

"이걸 좀 봐요!"

좌식책상을 뒤지던 장이 맨 아래 서랍과 바닥 사이의 틈에서 낡은 책자를 찾았습니다. 불교 경전인가, 생각 없이 휘리릭 넘기는데 묵직한 한지가 툭 떨어졌습니다. 한지는 네 번 접혀 있었고 그걸 다 펼치자 A2용지만 한 지도로 변했습니다.

놀랍게도 그건 지장사의 가람 배치도였습니다. 대웅전을 중심으로 왼쪽의 강당과 공양간, 오른쪽엔 여덟 칸으로 나뉜 요사채, 정면의 누각. 대웅전 뒤편의 산신각. 해우소 위치는 지금과 다릅니다. 지도 윗부분 제목자리가 찢겨져 나갔지만 한눈에 봐도 지장사가 분명합니다. 건물의 삐뚤어진 각도와 우물자리까지 표시될 정도로 정교합니다. 오래된 것임은 분명하나 출처나 연대까지 알 수는 없었습니다.

암호 같은 글자가 군데군데 보였습니다. 자세히 보니 일본어입니다. 그건 처음 제작할 때 쓴 것이 아니라 다른 필기구로 덧썼습니다. 눈길을 끄는 건 대웅전과 강당 사이의 굵은 점선입니다.

나의 눈빛이 장과 동시에 마주쳤습니다. 그도 같은 생각을 한 모양입니다. 비밀통로! 왠지 공양주의 죽음과 연관이 있어 보입니다. 확인해 봐야 합니다. 시간 절약을 위해 장은 대웅전 쪽에서, 나는 강당 쪽을 맡아 중간에서 만나기로 했습니다.

강당 쪽 비밀통로 출구는 불전함 아래에 숨어 있었습니다. 밤이라 찾는데 애를 먹었습니다. 덮여 있는 장판을 걷으니 정사각형의 나무문이 나왔습니다. 손잡이를 들어 올리자 문은 끼익 소리를 내면서 쉽게 들렸습니다. 어설프게 엮은 나무 사다리가 어둠 아래로 내려져 있습니다. 군용랜턴을 입에 물고 한 발 한 발 내려섭니다. 굴이 깊진 않았지만 한 사람이 겨우 움직일 만큼 좁습니다. 내려와서 보니 높이가 4미터도 채 안되는 것 같습니다. 몇 발짝 전진하자 젖은 흙냄새가 풍겨옵니다. 공포영화에서처럼 발 아래서 고양이만 한 쥐 떼가 습격해 올까 무서웠습니다.

웅크린 채 암흑의 통로를 한 발 한 발 걷자니 세 가지 의문이 들었습니다. 첫째, 공양주는 도굴꾼일까? 아마도 고지도와 똑같이 생긴 절을 찾아 전국을 뒤졌을 것입니다. 지도 윗부분이 찢겨져 있었으니 그럴 공산이 큽니다. 가람 배치야 다 비슷해서 그 절이 그 절 같으니까요. 지장사를 발견하고는 희열감에 바로 눌러

앉았겠지요. 매일 밤마다 삽을 들고 이 길을 파헤쳤을 수도 있습니다. 「쇼생크 탈출」의 주인공처럼 말입니다.

두 번째, 과연 주지는 이 길을 몰랐을까? 그는 2년 전에 부임했습니다. 알았어도 무관심했을 가능성이 큽니다. 소실과 증축을 반복한 천년고찰이라면 비밀통로 하나쯤 기본 아니겠습니까. 거기에 무엇이 묻혀 있느냐, 문제는 그것이겠지요.

세 번째, 공양주를 살해하고 사라진 그림자는 누굴까? 외부 침입자 짓일 수도 있습니다. 혹시 지도를 둘러싼 조직 간의 쟁탈전? 주지가 장기 출타 중일 때 사건이 터진 것은 절대 우연이 아닙니다.

"여기!"

장의 목소리가 어디선가 에코 음향처럼 울립니다. 나는 방향감각을 상실해서 두리번거립니다. 그때 희미한 불빛이 앞에서 비칩니다. 시커먼 어둠 속을 가르는 진짜 한 줄기 빛입니다. 불빛이 점점 둥글게 커지더니 한 순간 눈이 부실만큼 강해집니다. 이글거리는 태양을 마주 본 양 나는 잠시 시야를 잃었습니다.

순식간에 눈발이 거칠어졌습니다.

폭설입니다. 나는 모직 반코트를 입고 정장용 구두를 신고 있습니다. 옷이야 대충 버티겠지만 구두가 걱정입니다. 군대시절 걸린 발가락 동상 때문에 오래 고생을 했습니다. 그래서 나에게 눈이란 첫 순간만 황홀할 뿐, 아픔만 남기고 사라지는 허망한 존재에 불과합니다.

허망한 존재. 그렇습니다. 그녀도 허망하게 사라졌습니다. 만약 그녀의 의도대로 일이 술술 풀렸다면 어떻게 됐을까요. 도굴품을 처분해 인사동에 번듯한 골동품 가게라도 차렸을까요. 한몫 단단히 잡고 드라마처럼 외국행 비행기에 몸을 실었을까요. 이제 확인할 방법은 없습니다.

운명의 아침이 밝았습니다.

나에겐 인생보다 더 긴 하루의 시작이었습니다. 살인자 누명을 쓸지 모른다는 불길한 생각에 간밤 내내 멀뚱한 눈으로 뒤척였습니다. 누군가가 깨우러 올 때까지 인내를 가지고 기다려야 했지만 잠이 오지 않았습니다. 남은 술을 찾아 벌컥벌컥 들이켜고 나서야 겨우 눈을 붙였습니다. 무슨 연유인지 어린 시절 해질녘 동네 공터에서 소타기 놀이 하던 꿈을 꿨습니다.

쾅쾅쾅쾅. 누군가가 주먹으로 방문을 두드립니다. 강군의 목소리.

"큰일 났어요. 사람이 죽었어!"

올 것이 왔습니다. 나는 심호흡을 한 번 하고 문고리를 밉니다. 대체 뭔 일이야, 하는 표정으로 두 눈을 껌벅이며 머리를 긁습니다. 덩치 큰 낯선 사내가 수첩을 들고 곁에 서 있습니다. 군 소재지 경찰서에서 온 형사. 돼지코가 인상적입니다.

아침 햇살이 화창합니다. 비가 온 뒤라 정면의 문정산 정상이 청명하게 보입니다. 그 눈부심에 까닭 없이 슬퍼집니다.

공양간 앞은 난리가 났습니다. 그새 소문이 돌았나 봅니다. 녹동리 늙은이 몇몇이 노란색 폴리스라인 밖에서 현장을 훔쳐봅니다. 신난 구경거리를 발견한 양 눈빛마다 호기심이 가득합니다.

최초 발견자는 백 노인입니다. 아침 산책 나왔다가 개가 공양주 처소 앞에서 심하게 짖어대는 통에 시신을 발견했답니다. 다른 사람이 맡아줬으면 한 역할인데 빗나가서 당황스럽습니다.

더 놀라운 사실은 황 교수가 밤새 짐을 챙겨 사라졌습니다. 동네 늙은이 하나가 새벽 버스종점에서 그와 인상착의가 비슷한 남자를 봤답니다.

형사들 탐문수사가 이어지고, 앰뷸런스가 사이렌 소리를 내며 힘겹게 산길을 오르고, 시체가 치워지고, 지방신문 주재기자가 몰려오고, 본사에서 젊은 스님 둘이 와서 사태수습에 나섰습니다. 강력계 반장이란 자는 공양간에서 전화통을 한참 붙잡고 있습니다.

그 와중에 도망간 황 교수 신원이 밝혀졌습니다. 절집 장기 체류자들은 요식행위지만 숙박계를 써야 합니다. 죄인들의 도피처로 변질되는 걸 막기 위한 조치입니다. 반장이 그걸 놓치지 않았습니다. 황민구. 황 교수가 주민번호와 함께 갈겨 써놓은 이름 석 자인데 물론 가명입니다. 그런데 그 황민구는 그가 즐겨 쓰는 몇몇 가명 중 하나랍니다. 전과가 있는 전문 도굴꾼. 별명이 '두더지'로 그 바닥에서 꽤 유명인사라나 봅니다.

형사들이 그러면 그렇지 하면서 고개를 끄덕입니다. 신속한 초동수사가 내심 만족스러운지 의기양양합니다. 처음의 긴장감은 온데간데없고 실실 코웃음을 날립니다. 서울이나 지방이나 형사들 하는 꼴은 다 똑같군요. 강한 자에 비굴하고 약한 자에 으스대고. 그들은 도굴꾼이 엮인 뻔한 살인 사건으로 단정 짓습니다. 살인 용의자는 당연히 황 교수. 곧 전국에 긴급수배령이 떨어질 것입니다.

"저 새끼 잡아!"

상황이 끝없이 꼬이고 꼬입니다. 고함소리가 나는 쪽을 보니 강군이 숲 속으로 총알같이 뛰어듭니다. 반바지에 맨발입니다. 돼지코가 손가락질을 하며 뒤뚱뒤뚱 뒤따릅니다. 숲 속에서 몇 번의 고함소리가 울렸다, 잠잠해졌다, 다시 울립니다. 소리가 날 때마다 새들이 일제히 날아오릅니다. 모두들 무슨 소동인지 궁금해하면서 산 쪽에 시선을 고정합니다.

돼지코는 보기와 달리 날렵했습니다. 10분쯤 지났을까, 숨을 헐떡이면서 강군을 앞세우고 나타납니다. 포획에 성공한 사냥꾼처럼 의기양양. 제복 순경 둘이 급히 달려가 강군을 양쪽에서 팔짱 낀 채 순찰차 쪽으로 끌고 갑니다. 풀죽은 강군 손목에 수갑이 채워져 있습니다. 돌부리에 걸려 넘어졌는지 무릎이 크게 찢어져 피가 흘러내립니다.

돼지코가 솥뚜껑만 한 손으로 부채질을 하면서 팔자걸음으로 다가옵니다. 입 꼬리를 올려 웃으니 진짜 돼지를 닮았습니다. 땀에 푹 젖은 흰 남방이 삼겹살처럼 아랫배에 달라붙어 있습니다.

"저 새끼, 뭐꼬?"

반장이란 자가 눈을 찡그리며 퉁명스럽게 내뱉습니다.

"아까부터 슬슬 내 눈빛을 피하더라고. 그럼 감이 팍 오잖아예. 며칠 전에 한총련인가 뭔가 수배 전단지 뜬 거 행님도 기억나지예. 북한과 접촉한 애들. 그게 갑자기 팍 생각나는 거라. 그래서 확인해 보려고 쑤시는데 눈치 까고 바로 튀더라고. 어쨌든 오늘 기분 째지네예. 헤헤."

"새끼, 느려 터져도 그땐 또 빠꼼하네. 마, 고생했다."

"만날 데모질하고 댕겨서 그런지 날다람쥐처럼 어찌나 잘 튀는지. 나무뿌리에 걸려서 안 자빠졌으면 놓쳤을 낍니다. 족치면 다른 새끼들도 어디에 숨어 있는지 술술 불겠지예?"

"잡아서 다행이지, 행여 탈진해서 산에서 개죽음이라도 당했으면 경찰서에 화염병 날아들 뻔했잖아. 여기 살인 사건이랑 연관 있는지도 철저히 조사해 봐."

"그라면 일타이피 아잉교. 승진 좀 하게 제발 그랬으면 좋겠네예. 흐흐."

강군이 경찰차에 오르기 전에 이쪽을 노려봅니다. 움푹 팬 눈그늘이 깊습니다. 나는 마주볼 자신이 없어 강당 처마 아래에 숨어들어 남몰래 한숨을 토해냅니다. 사연 없는 인생 없다더니 다들 그렇고 그렇게 살아왔군요. 윤회가 사실이면, 인간의 업이란 어떻게 쌓이는 것이고, 어떻게 덜어낼 수 있는 것인지 궁금해집니다.

간밤의 뒤처리 작업은 새벽까지 이어졌습니다.

동굴탐험은 허무하게 끝났습니다. 비밀통로는 존재하지만 보물은 없었습니다. 대웅전 쪽의 좀 널찍한 공간에 썩은 나무 궤짝이 널려 있긴 했습니다. 흔적으로 보아 뭔가가 묻혀 있었고 누군가가 파낸 것은 분명해 보입니다. 일본군이 퇴각할 때 묻어놓은 걸 전국의 도굴꾼들이 소문 듣고 몰려든 게 아닐까요? 공양주가 지도를 언제, 어떤 경로로 입수했는지 모르겠지만 한발 늦었습니다. 꾼들이 벌써 '등산'을 하고 난 후입니다.

인간은 간사하기 짝이 없는 자기 합리화의 동물이 아닙니까? 나도 예외가 아니어서, 시간이 흐를수록 살고 싶은 욕망이 강해집니다. 그런데 일이 의도대로 풀리지 않자 짜증이 폭발하려고 합니다. 시체를 어찌 처리해야 할지 여전히 결정을 못 내린 상태. 착잡한 심정으로 돌아섭니다. 머릿속은 계속 살인자를 좇지만 굵직하게 잡히는 것이 없습니다. 그를 잡아야 내가 살 수 있습니다. 만약, 도굴품 쟁탈전에 얽힌 외부 침입자라면 해결 방법이 요원합니다. 벌써 한참을 도망쳤을 것입니다. 대체 누굴까? 휘청거리는 뒷모습을 봐서인지 백 노인도 자꾸 아른거립니다.

장이 앞에서 터벅터벅 걸어가고 있습니다. 그도 지쳐 보입니다.

나는 이마에서 흐르는 땀을 손등으로 닦다가 문득, 한 장면을 떠올립니다. 그리고 너무나 단순한 가설이 겹쳐집니다. 그 가설에 상황을 대입시키자 조각난 여러 장면이 하나의 일직선상에 모이기 시작합니다. 온몸에 전율이 울려 퍼집니다.

드디어 다 왔나 봅니다.

얕은 고개에 올라서자 ㅁ자로 배치된 절이 한눈에 들어옵니다. 대웅전 기와는 이미 눈을 반 이상 뒤집어쓰고 있습니다. 수묵화 같은 풍경에 압도되어 잠시 걸음을 멈춥니다. 깊은 숨을 내쉬자 하얀 입김이 되어 나옵니다.

뒤돌아보면 까마득한 절벽. 저 아래 녹동리는 플라스틱 장난감으로 만든 미니어처 같습니다. 우체통은 형체를 알아보기 힘들고 휘휘 굽은 외길은 어느새 눈에 뒤덮여 군데군데 끊어져 보입니다. 방향감을 상실해 길을 잃을지도 모른다는 생각에 아뜩해집니다. 서둘러야겠습니다.

일주문을 지나 돌계단을 오릅니다. 이제부터 부처님 품에 들어온 것입니다. 앞뜰에 쌓인 눈이 흠집 하나 없는 은색 융단처럼 깔려 있습니다. 요사채 벽면에 붙은 양철 연통에선 연기가 피어오릅니다. 대웅전의 빛바랜 단청도, 누각의 벌레 먹은 나무기둥도, 칠이 벗겨진 범종도 예전 그대로입니다.

삼층석탑만이 고풍스럽게 변해있습니다. 누렇게 마모된 겉만 봐서는 조선시대 탑이라고 해도 믿겠습니다. 15년 전 '두더지' 황교수 말이 맞았습니다.

카세트테이프를 틀어놓았는지 독경소리가 나지막한 랩처럼 흐릅니다. 법당에 잠시 들를까하다가 그만뒀습니다. 부처보다 더 가까이서 중생의 염원을 살핀다는 지장보살님. 나처럼 속세의 때가 많은 인간이 마룻바닥에 엎드리면 호통을 치실 것만 같습니다. 생각만 해도 등줄기가 서늘해집니다.

산신각을 지나, 부도전을 돌아, 밤나무 숲길을 오릅니다. 비탈의 무덤이 눈에 파묻혀 있습니다. 장례식 때 와보지 않았다면 찾기 힘들었을 것입니다. 무덤과 마주하고서야 꽃 한 송이 챙겨오지 못해 미안해집니다. 봉분의 눈을 손바닥으로 쓸어내립니다.

주위를 거닐어보았습니다. 붕어빵처럼 선명하게 찍히는 검은 발자국. 그때 이렇게 분명한 증거를 찾았다면 범인이 바로 잡혔을 텐데…….

눈시울이 뜨거워집니다. 내 나이 마흔셋. 아직도 쓸쓸한 싱글이고 마포의 원룸에 살고 있습니다. 신문 제작이 없는 토요일에는 부스스한 얼굴로 일어나 라면으로 끼니를 때웁니다. 지난 세월, 악몽을 잊고 싶어 일에 미쳐서 살았습니다. 지방 출장도, 사나흘씩 이어지는 잠복근무도 자청했습니다. 근성 있는 사건기자라고 편집국 내에 칭찬이 자자했습니다. 출입처에서 별명이 '미친개'입니다. 취재 소스를 한번 물면 절대 안 놓친다는 뜻이지요. 여의도 증권맨 연쇄살인 추적 보도로 한국기자상을 탔고 내후년쯤엔 사회부장이 될 것 같습니다. 운과 때가 맞으면 편집국장을 할 수도 있겠지요.

그러나 마음이 자유로울 수 없다면 탐욕은 다 헛것입니다. 굴레란 내가 벗고 싶다고 벗을 수 있는 것이 아니니까요.

손목시계를 봅니다. 곧 그를 만날 시간입니다.

밤나무 숲길을 따라 한 사람이 올라오고 있습니다. 15년만인데도 익숙한 걸음걸이. 긴장으로 입이 타고 가슴이 뜁니다. 더는 악연으로 만나지 않길, 앞으로는 각자의 길을 가길 바랄 뿐입니다.

그가 기선 제압하듯 내 앞에 떡하니 섭니다. 턱살이 붙었고, 주름이 늘었고, 새치가 많아졌군요. 뿔테안경이 금테로 바뀌었습니다. 반복해서 표정 연습을 해온 배우처럼 굳은 얼굴에 변화가 없습니다.

우리는 눈빛만 교환하고 아무 말도 하지 않았습니다. 무슨 말을 한들 의미가 없으니까요. 둘의 입에서 흘러나온 보얀 입김만 뒤섞입니다. 기가 꺾이지 않으려고 눈동자에 잔뜩 힘을 주었습니다.

그가 먼저 재킷 안주머니에서 사진을 꺼냈습니다. 나도 코트 안주머니에서 사진을 꺼냈습니다. 우리는 천천히 사진을 교환했습니다. 몇 초의 시간이 몇 시간 같았습니다. 손끝이 떨려왔지만 의식해서 근육에 힘을 주고 견뎠습니다.

그가 담담히 사진을 확인하더니 라이터를 꺼내 아래 모서리에 불을 붙입니다. 이 순간을 기다렸다는 듯, 금세 불길이 솟습니다.

그는 담배를 피우지 않습니다. 아마 작정하고 준비를 해왔나 봅니다. 사진이 검은 재로 변하자 미련 없이 뒤돌아섭니다. 성큼성큼 눈밭을 밟고 왔던 길을 되짚어서 갑니다. 작별인사조차 없는 단호한 행동. 여전히 결단이 빠르고 현실적입니다.

그날 밤, 가장 극적인 순간은 동굴의 나무계단 앞에서 일어났습니다. 새벽 3시쯤 됐을까요. 나는 기적처럼 사건의 퍼즐을 맞췄습니다. 몇몇 부분의 설명이 미흡하긴 해도 큰 흐름에는 똑 맞아떨어집니다. 이토록 단순한 상황을 왜 그리 어렵게 봤을까요. 휘청거리는 그림자? 그건 발을 헛디뎌도 그럴 수 있는 걸. 고작 그 함정에 갇혀서 사건을 빌빌 꼬아버렸습니다.

장이 먼저 계단을 오릅니다. 그를 올려다보면서 용기를 냈습니다. 의연해야 하는데, 나도 모르게 목소리가 심하게 떨립니다.

"왜 죽였죠?"

장의 움직임이 정지된 화면처럼 멈췄습니다. 계단에 매미처럼 매달려 한참을 그대로 있습니다. 침 삼키는 소리가 천둥소리처럼 크게 들립니다.

한손에 랜턴을 들고 다른 손은 주먹을 쥔 채, 나는 긴장을 늦추지 않았습니다. 막다른 골목에 몰린 인간이 굶주린 맹수보다 더 무서운 법입니다.

"무슨 농담을……. 난 공 처사님과 계속 같이 있었잖아요. 하하……. 하하하……."

장의 웃음소리가 가늘게 떨립니다.

"내가 멍청했어. 어린애도 알 수 있는 걸 눈뜨고 놓치다니."

나의 한탄에 장이 예민하게 반응합니다.

"대체 무슨 소릴 하고 싶은 거야?"

"당신은 공양주를 살해한 후 공양간으로 도망쳤어. 누각을 돌아 요사채에 가서 잠자는 공 처사를 깨웠겠지. 그리고 호들갑을 떨면서 다시 현장에 나타난 거야."

"이봐 기자양반, 갑자기 헛것이 씌었나. 사람 하나 죽이더니 이제 물귀신 작전을 쓰겠다 그건가? 뭔 근거로 그따위 소릴 지껄이는 거야!"

장의 목소리가 빨라지면서 칼날이 돋습니다. 하지만 이제 칼자루를 쥔 건 내 쪽입니다.

"당신 머리를 적신 빗물을 보고도 땀이라고 착각한 내가 어리석었어. 당신이 살인자야!"

"말도 안 돼. 그렇다면 내가 왜 현장으로 돌아왔겠어? 도망쳤으면 그만이잖아!"

"송곳 손잡이에 묻은 지문이 신경 쓰였겠지. 내가 갑작스럽게 뛰어드는 바람에 당신은 그걸 지우지 못했어. 그래서 다시 돌아온 거야. 분명히 봤어. 시체를 살피는 척하면서 가장 먼저 송곳을 만졌지. 경찰 진술에 대비해 일부러 내가 보는 앞에서. 안 그래?"

장이 고집을 굽히지 않고 뇌까립니다.

"그걸 누가 증명할 건데? 그딴 게 증거가 돼? 그리고 내가 공 처사의 죽음이 정당방위가 아닌 고의 살인이라고 증언하면 당신은 어쩔 건데?"

"그건 나도 마찬가지야. 두 사람 다 당신이 죽였다고 우길 거야. 네가 죽든 내가 죽든 이왕 개판 된 거 지옥 끝까지 함께 가는 거지."

랜턴을 번쩍 들어 장의 얼굴에 비춥니다. 밀렵꾼의 조명등에 들킨 짐승마냥 겁에 질려 있습니다. 콧등의 음영이 유독 선명합니다. 동공이 파르르 흔들리는 걸 나는 놓치지 않았습니다.

밤이 깊어 갈수록 새벽이 가까이 옵니다. 이제 우리는 한 팔씩 수갑을 나눠 차고 공동의 비밀을 짊어지게 됐습니다. 시체 앞에 퍼져 앉아 피 말리는 시간을 보내도, 이상하게 나의 마음은 한결 편해졌습니다.

"왜 그랬죠?"

시선을 시체에 고정한 채 나직이 물었습니다. 궁금하기도 했거니와 장을 자극하기 싫었습니다. 장도 시선을 시체에 고정한 채 대답합니다. 목소리는 여전히 떨고 있습니다.

"사고였어! 당신처럼. 죽일 생각은 전혀 없었다고!"

순간, 장의 어투가 야비하게 들려 그의 멱살을 움켜잡았습니다. 왜 그랬을까요? 그를 자극하기 싫었는데…….

"씨팔, 변명 말고 왜 죽였느냐고 묻고 있잖아!"

소리를 질러도 장은 침묵합니다. 얼굴만 심하게 붉힙니다. 그런데 자세히 보니 흥분해서 그런 것이 아닙니다. 뭐랄까, 감추고 싶은 치부를 만인 앞에 들켰을 때의 낭패감 같은 표정. 눈빛은 수치와 증오가 뒤섞여 활활 타오릅니다.

나는 그제야 눈치 챘습니다. 주체 못하는 남성의 욕구. 그에게는 그것이 어떤 문제보다 절박했던 것입니다.

장이 고개를 떨궜습니다. 흐느끼기 시작합니다. 한 시간 이상을 그렇게 있었던 것 같습니다. 여전히 장대비가 수직으로 바닥을 때리고 진돗개는 쉬지 않고 짖어댔습니다. 백 노인이 먹이를 안 준 채 깊이 잠든 모양입니다.

나는 조바심 내지 않고 묵묵히 기다렸습니다. 현명한 장은 곧 이성을 찾을 테고, 남은 삶에 집착하게 될 것이고, 나와 타협하게 되겠지요. 직장 생활 2년 만에 많을 것을 배웠습니다. 모든 사람들은 제 속의 야만을 감춘 채 살고, 세상은 또 그렇게 적당히 흘러갑니다.

우리는 서로의 약점을 쥐었습니다. 운 좋게 이 위기를 탈출하더라도 영원히 입막음할 장치가 필요하다는 뜻입니다. 벽장 속의 플로라이드 카메라에 생각이 미친 건 그 때문이었습니다.

하산을 서둘러야겠습니다.

산에는 어둠이 일찍 내립니다. 사위가 어둑해질수록 눈은 더 강렬한 흰빛으로 검은빛을 제압합니다. 구두 속으로 물이 스며들어 발끝이 아립니다. 시큰거리는 통증만 아니라면 이 꿈결 같은 신비감을 만끽할 텐데……. 막차 시간이 걱정되면서도 이상하게 발걸음이 떨어지지 않습니다.

그제야 나는 15년 전에 찍은 사진을 봤습니다. 색이 많이 바랬군요. 잔뜩 겁먹은 새하얀 얼굴이 앞에 보이고 배경에는 공양주와 공 처사 시체가 또렷합니다.

그날 밤, 우리는 시체와 함께 있는 플로라이드 사진을 찍어서 교환했습니다. 장이 나의 사진을, 내가 장의 사진을 간직하고 있다가 시효가 끝난 뒤 맞바꾸는 조건입니다. 아무려나 결과는 성공적입니다.

나는 토할 듯이 큰 숨을 내쉬며 사진을 잘게 찢었습니다. 종잇조각을 허공에 날려 보냈습니다. 내 미래를 옥죌 증거는 이로써 영원히 사라졌습니다.

장은 변호사가 됐습니다. 천형 같은 굴레를 벗고픈 강박증이 공부에 미치게 했던 걸까요. 장담컨대 그는 아주 오래 잘 살아갈 것입니다. 묘지에 눈길 한 번 주지 않고 사라지는 도도함이 서운하긴 하지만요.

경찰은 서둘러 사건을 종결했습니다. 낯 뜨거운 일이다보니 조기봉합하고 싶은 종단 어른들의 의중도 작용했겠지요. 탐문수사 과정에서 내 기자 신분이 드러나고, 형사들은 그들의 비밀이라도 들킨 양 화들짝 놀랐습니다. 촌구석일수록 공권력과 언론 약발이 잘 먹힌다는 말은 그냥 우스갯소리가 아닙니다.

나는 단어를 골라 가며 신중하게 진술했고, 그들은 그것을 전적으로 신뢰했고, 되레 의견을 물어오기도 했습니다. 나는 지방주재 기자들 틈에서 팔짱을 낀 채 짐짓 심각한 표정으로 쌍방 살인으로 몰아갔습니다. 장 또한 특유의 영민함으로 잘 대처했습니다.

우리는 밤새 현장을 조작했습니다. 공양주가 자신을 겁탈하려는 공 처사를 청동불상으로 내리쳤다는 시나리오에 맞춰서요. 그리고 부상한 공 처사는 이성을 잃고 송곳으로 공양주를 수차례 찌른 것입니다. 확인해 보니 문제의 송곳은 여행용 트렁크 안의 공구세트에서 빠져나온 것이었습니다.

널브러진 시체 두 구의 거리는 상황을 설명하기에 적절했습니다. 죽은 시차도 10분이 나지 않아 사망추정 시간도 문제없었고요. 송곳 손잡이에 공 처사의 지문을 찍었고, 공양주 속옷을 허벅지까지 내려놓았습니다. 그녀는 도색잡지에서나 볼 법한 새빨간 속옷을 입고 있었습니다. 장이 일하는 내내 인상을 찡그렸지만 그런 것까지 배려할 여유는 없었습니다.

우리가 할 수 있는 행동은 거기까지. 나머지는 운에 맡길 수밖에요.

이것저것 허술한 구석이 많아 불안했습니다. 여자가 휘두른 청동불상에 남자가 절명할까. 서로를 죽일 수 있는 확률은 얼마나 될까. 잘 몰아가면 가능할 것도 같았습니다. 공 처사가 나를 향해 공격해 온 확률을, 내가 공 처사를 절명시킨 확률을 따져보면 말입니다. 운명은 아무도 모릅니다. 그리고 많은 경우 마음먹기에 달린 것입니다.

경찰은 초동수사 때는 도굴꾼이 엮인 범행으로, 얘기가 잘 안 들어맞자 강간 살인 사건으로 몰아갔습니다. 결론을 정해 놓고 증거를 끼워 맞추니 또 그럴 듯하게 설명이 되었습니다.

황 교수가 두 해 뒤, 경기도 파주의 한 사우나에서 불심검문에 잡혔지만 경찰은 살인을 입증할 어떤 증거도, 자백도 얻어내지 못했습니다. 그는 새벽에 시체를 발견하고 죄를 뒤집어쓸까 두려워서 도망친 죄밖에 없다고 항변했습니다. 형사들 추측대로 공양주와 동업자였음은 실토했습니다. 주지가 자리를 비우는 밤마다 토굴을 뒤졌지만 헛심만 썼다고 하더군요. 공양주는 미련을 못 버리고 주위를 더 샅샅이 파헤쳤답니다.

하나 더 밝혀진 사실이 있습니다. 공양주의 아버지는 손꼽히는 전문 도굴꾼이었습니다. 그제야 그 노인네가 굳이 그녀의 묘를 만든 의중을 알 것 같았습니다. 살인범이 언젠가는 현장에 돌아온다는 본능을 그는 알고 있었던 겁니다.

15년은 긴 시간입니다. 세월은 사람의 기억을 잡아먹고 수사는 그렇게 흐지부지 됐습니다.

그녀의 산소에 다시 눈길이 머뭅니다. 장을 대신해 마지막 인사를 해야 할 시간입니다. 다시 이곳에 올 일은 없을 테니까요. 내가 그녀의 죽음을 애통해하는 이유와 동정할 수 없는 이유는 하나입니다.

내가 두려움 없이 판단했다면 그녀는 살 수 있었습니다. 처음 비명 소리를 들었을 때 주저 없이 달려갔어야 했습니다. 그랬다면 억겁 동안 이어질지도 모를 이 악연의 고리를 끊을 수 있었을 텐데요.

동정할 수 없는 이유는 그녀가 녹동리에 사는 진짜 공양주를 병들어 죽게 했기 때문입니다. 오랜 기간 도굴작업을 위해선 그 자리가 필요했겠지요. 아마 심장병을 유발하는 독극물을 사용했을 겁니다. 증거는 없지만 확신합니다. 살인과 다름없는, 용서할 수 없는 행동입니다.

음악이 듣고 싶습니다. 온갖 사념을 위로해 줄 곡으로 말입니다. 얼마 전 신문사 앞 카페에서 들은 신영옥의 노래가 생각납니다. 그녀의 가녀린 목소리는 멍든 가슴에 호— 입김을 불어주듯 속삭입니다. 나도 모르게 가사를 흥얼댑니다.

'나 돌아왔죠. 세상의 끝에서. 이젠 볼 수 있어요, 아름다운 세상. 때론 지치고 힘들고 서글퍼도……'

눈은 진작 멎었습니다. 저 멀리 측백나무 숲 위를 까마귀 떼가 원을 그리며 날고 있습니다. 나뭇가지에 쌓인 눈이 후드득, 소리를 내며 떨어집니다. 토끼도 고라니도 오늘은 모습을 드러내지 않습니다.

나는 수면을 오르내리는 부표처럼 경계에서 가슴 졸이며 살아왔습니다. 어떻게도 되돌릴 수 없는 세월입니다. 이제는 꾹 참았던 들숨을 내뱉고 달콤한 새 공기를 삼키고 싶습니다. 슬픈 일이든 기쁜 일이든 끝이 있지 않겠습니까. 지난 악업이야 어쩔 수 없고, 지금부터라도 선업만 행하며 살겠습니다. 그렇게 살다보면 끝이 올 테고, 이 죄악도 빛바래겠지요? 이기적이라고 욕하지 마십시오. 우리는 다들 그런 식으로 살아가고 있습니다.

휴대폰 벨 소리가 울립니다. 시경 캡 정의 목소리가 들떠 있습니다.

"선배가 제대로 짚었어요. 현장에서 목격된 덩치가 산만 한 사내들은 인근 고등학교 농구부 1학년 애들이었어요. 방금 확인했습니다. 주민등록이 없으니 지문 조회에 안 걸렸던 거고요. 그 간단한 걸 덩치 큰 사내들이란 진술에 얽매여서 아무도 생각 못했다니……. 우리 특종입니다. 다른 공장에선 전혀 몰라요. 20판부터 판갈이 들어갑니다. 선배 정말 대단하세요. 완전 존경합니다. 하하."

나는 대답 없이 전화를 끊습니다. 측백나무 숲에서 날아든 칼바람이 휑한 소리를 내고 앞질러갑니다. 어디선가 여자 목소리가 들려옵니다. 환청인가 싶어 귀를 모았습니다. 그녀, 그녀 목소리가 분명합니다. 뒤돌아봅니다. 그녀는 없지만 분명, 그녀는 있습니다.

볼을 타고 뜨거운 눈물이 흘러내립니다. 무엇이 날 울리는지, 그 이유에 대해서는 아직도 헷갈립니다.

지금 혹시, 저기 앞에, 황망히 산을 내려가고 있을 한 남자도 눈물을 흘리고 있을까요.

다시 시계를 봅니다. 막차는 없습니다.

한국 추리 스릴러 단편선 2
두명의 목격자

1판 1쇄 펴냄 2009년 7월 16일
1판 2쇄 펴냄 2021년 3월 12일

지은이 | 최혁곤 외 9인
발행인 | 박근섭
편집인 | 김준혁
펴낸곳 | 황금가지

출판등록 | 2009. 10. 8 (제2009-000273호)
주소 | 06027 서울 강남구 도산대로 1길 62 강남출판문화센터 5층
전화 | **영업부** 515-2000 **편집부** 3446-8774 **팩시밀리** 515-2007
홈페이지 | www.goldenbough.co.kr

도서 파본 등의 이유로 반송이 필요할 경우에는 구매처에서 교환하시고
출판사 교환이 필요할 경우에는 아래 주소로 반송 사유를 적어 도서와 함께 보내주세요.
06027 서울 강남구 도산대로 1길 62 강남출판문화센터 6층 민음인 마케팅부

ISBN 978-89-6017-157-2 03810

㈜민음인은 민음사 출판 그룹의 자회사입니다.
황금가지는 ㈜민음인의 픽션 전문 출간 브랜드입니다.

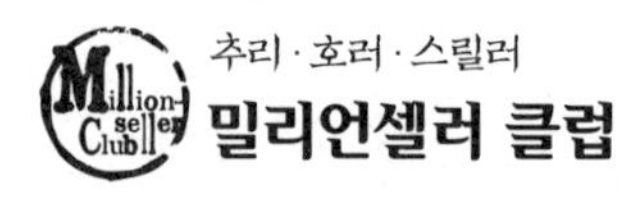

1·2 **첫 번째 희생자 (상) (하)** | 제임스 패터슨
3 **살인자들의 섬** | 데니스 루헤인
4 **전쟁 전 한 잔** | 데니스 루헤인
5 **쇠못 살인자** | 로베르트 반 훌릭
6 **경찰 혐오자** | 에드 맥베인
7·8 **고스트 스토리 (상) (하)** | 피터 스트라우브
9 **경마장 살인 사건** | 딕 프랜시스
10 **야수는 죽어야 한다** | 니콜러스 블레이크
11·12 **미스틱 리버 (상) (하)** | 데니스 루헤인
13 **800만 가지 죽는 방법** | 로렌스 블록
14 **내 눈에는 악마가** | 루스 렌들
15·16 **아메리칸 사이코 (상) (하)** | 브렛 이스턴 엘리스
17 **벤슨 살인사건** | S. S. 반다인
18 **나는 전설이다** | 리처드 매드슨
19·20·21 **세계 서스펜스 걸작선 1·2·3** | 제프리 디버 외
22 로마의 명탐정 팔코 1 **실버피그** | 린지 데이비스
23·24 로마의 명탐정 팔코 2 **청동 조각상의 그림자 (상) (하)** | 린지 데이비스
25 **쇠종 살인자** | 로베르트 반 훌릭
26·27 **나이트 워치 (상) (하)** | 세르게이 루키야넨코
28 로마의 명탐정 팔코 3 **베누스의 구리반지** | 린지 데이비스
29 **13 계단** | 다카노 가즈아키
30 마이크 해머 시리즈 1 **내가 심판한다** | 미키 스 레인
31 마이크 해머 시리즈 2 **내총이 빠르다** | 미키 스 레인
32 마이크 해머 시리즈 3 **복수는 나의 것** | 미키 스 레인
33·34 **애완동물 공동묘지 (상) (하)** | 스티븐 킹
35 **아이거 빙벽** | 트레바니언
36 뱀파이어 헌터 애니타 블레이크 1 **달콤한 죄악** | 로렐 K. 해밀턴
37 뱀파이어 헌터 애니타 블레이크 2 **웃는 시체** | 로렐 K. 해밀턴
38 뱀파이어 헌터 애니타 블레이크 3 **저주받은 자들의 서커스** | 로렐 K. 해밀턴
39·40·41 **제 1의 대죄 1·2·3** | 로렌스 샌더스
42·43 스티븐 킹 단편집 **스켈레톤 크루 (상) (하)** | 스티븐 킹
44 **아임 소리 마마** | 기리노 나쓰오
45 **헤드크러셔** | 알렉산더 기로스 • 알렉세이 예브도키모프
46·47 **가라, 아이야, 가라 1·2** | 데니스 루헤인
48 **비를 바라는 기도** | 데니스 루헤인
49 **두번째 기회** | 제임스 패터슨
50 **톰 고든을 사랑한 소녀** | 스티븐 킹
51·52 **셀 1·2** | 스티븐 킹
53·54 **블랙 달리아 1·2** | 제임스 엘로이
55·56 **데이 워치 (상) (하)** | 세르게이 루키야넨코
57 **로즈메리의 아기** | 아이라 레빈
58 데릭 스트레인지 시리즈 1 **살인자에게 정의는 없다** | 조지 펠레카노스
59 데릭 스트레인지 시리즈 2 **지옥에서 온 심판자** | 조지 펠레카노스
60·61 **무죄추정 1·2** | 스콧 터로
62 **암보스 문도스** | 기리노 나쓰오
63 **잔학기** | 기리노 나쓰오
64·65 **아웃 1·2** | 기리노 나쓰오
66 **그레이브 디거** | 다카노 가즈아키
67·68 **리시 이야기 1·2** | 스티븐 킹
69 **코로나도** | 데니스 루헤인
70·71·74 **스탠드 1·2·3** | 스티븐 킹
75·77·78 **4·5·6**
72 **머더리스 브루클린** | 조나단 레덤
73 **여탐정은 환영받지 못한다** | P. D. 제임스
76 **줄어드는 남자** | 리처드 매드슨
79 **러시아 추리작가 10인 단편선** | 엘레나 아르세네바 외
80 **블러드 더 라스트 뱀파이어** | 오시이 마모루
81·82·90·91 **적색,청색,흑색,백색의 수수께끼** | 다카노 가즈아키 외
83 **18초** | 조지 D. 슈먼
84 **세계대전Z** | 맥스 브룩스
85 **텐더니스** | 로버트 코마이어
86·87 **듀마 키 1·2** | 스티븐 킹
88·89 **얼터드 카본 1·2** | 리처드 모건
92·93 **더스크 워치 1·2** | 세르게이 루키야넨코
94·95·96 **21세기 서스펜스 컬렉션 1·2·3** | 에드 맥베인 엮음
97 **무덤으로 향하다** | 로렌스 블록
98 **천사의 나이프** | 야쿠마루 가쿠
99 **6시간 후 너는 죽는다** | 다카노 가즈아키
100·101 스티븐 킹 단편집 **모든 일은 결국 벌어진다 (상) (하)** | 스티븐 킹

한국편

1 **몸** | 김종일
2·3·4 **팔란티어 1·2·3** | 김민영 (옥스타칼니스의 아이들 개정판)
5 **이프** | 이종호
6·7 **아켈다마 1·2** | 김명섭
8 **한국 공포 문학 단편집** | 이종호 외 9인
9 **B컷** | 최혁곤
10 **한국 공포 문학 단편집 2 - 두 번째 방문** | 이종호 외 8인
11 **한국 추리 스릴러 단편선** | 최혁곤 외
12 **한국 공포 문학 단편집 3 - 나의 식인 룸메이트** | 이종호 외
13 **한국 추리 스릴러 단편선 2 - 두 명의 목격자** | 최혁곤 외